JE BENT GEWELDIG

Van Jill Mansell is verschenen:

Solo
Open huis
Tophit
Kapers op de kust ⓔ
Hals over kop ⓔ
Geknipt voor Miranda ⓔ
De boot gemist ⓔ
Millies flirt ⓔ
Niet storen! ⓔ
Kiezen of delen ⓔ
Gemengd dubbel ⓔ
Geluk in het spel ⓔ
De prins op het verkeerde paard ⓔ
Schot in de roos ⓔ
En de minnaar is... ⓔ
Ondersteboven ⓔ
Scherven brengen geluk ⓔ
Eenmaal andermaal verliefd ⓔ
Versier me dan ⓔ
De smaak te pakken ⓔ
Drie is te veel ⓔ
Vlinders voor altijd ⓔ
Huisje boompje feestje ⓔ
Rozengeur en zonneschijn ⓔ
Je bent geweldig ⓔ
Lang leve de liefde ⓔ

ⓔ Ook als e-book verkrijgbaar

Jill Mansell

Je bent geweldig

UITGEVERIJ LUITINGH-SIJTHOFF

MIX
Papier van
verantwoorde herkomst
FSC® C004472

Uitgeverij Luitingh Sijthoff en Drukkerij Koninklijke Wöhrmann BV vinden het belangrijk om op milieuvriendelijke en duurzame wijze met natuurlijke bronnen om te gaan.

Eerste druk 2015
Zevende druk 2017

Oorspronkelijke titel: *Three Amazing Things About You*
Vertaling: Marja Borg
Omslagontwerp: Studio Marlies Visser
Omslagillustratie: Ingrid Bockting
Auteursfoto: Bonnita Postma

ISBN 978 90 210 1872 0
NUR 343

www.jillmansell.nl
www.lsamsterdam.nl
www.boekenwereld.com

1

Nu

Oké, tijd voor een bekentenis. De afgelopen twee jaar heb ik jullie allemaal gevraagd om me drie dingen over jezelf te vertellen. Maar ik heb jullie nooit iets over mijzelf verteld. Wat jullie waarschijnlijk niet erg eerlijk vonden.

Maar het is op dit moment één uur 's nachts. Ik zit achter in een auto op weg naar Londen en heb besloten om openheid van zaken te geven.

Dus daar gaan we dan.

1. Ik ben achtentwintig, ik heb taaislijmziekte en ik had eerlijk gezegd nooit verwacht zo lang te zullen leven.
2. Twee uur geleden ben ik gebeld door mijn transplantatiecoördinator – ze hebben nieuwe longen voor me.
3. Ik ben nog nooit zo bang geweest. Ook opgewonden. Maar vooral bang. Omdat er iets heel groots gaat gebeuren en ik een lafaard ben en automatisch van het ergste uitga.

Dus nu weten jullie de reden voor deze onthulling. Het komt erop neer dat ik wil dat jullie snappen waarom dit misschien wel de laatste keer is dat ik iets voor de website schrijf. Hoewel ik natuurlijk met heel mijn hart hoop dat dat niet zo is.

Nog één ding. Dank, dank, DANK, aan de prachtfamilie van de donor voor dit geschenk, voor de ongelooflijke kans die jullie me hiermee geven. Ik zal jullie dankbaar zijn tot aan mijn dood en

Hallie stopte, las wat ze had geschreven en wiste de laatste zin. In plaats daarvan typte ze: *Ik hoop dat jullie beseffen hoe bijzonder jullie zijn. Ik zal jullie moed, jullie vriendelijkheid en vrijgevigheid nooit vergeten.*

Kleine regendruppeltjes bespikkelden de voorruit. Hallie staarde de warme, donkere zomernacht in terwijl ze een bord passeerden met de tekst LONDEN 40 KILOMETER. De straatlantaarns gloeiden, en slechts in enkele huizen brandde nog licht; bijna iedereen sliep op dit tijdstip. Het zou echter niet lang meer duren voor de zon opkwam, en er wekkers rinkelden, en de mensen verdergingen met hun gewone leventje zonder er ook maar een moment bij stil te staan hoe wonderbaarlijk het was dat ze een gewoon leventje leidden.

Om gewoon in en uit te kunnen ademen, dat was behoorlijk wonderbaarlijk...

Ineens drong de onontkoombaarheid van alles weer tot haar door. Natuurlijk, de kans bestond dat er geen weefselmatch was en dat de transplantatie niet doorging. Daarom had ze haar bericht ook nog niet naar de website geüpload. Maar voor hetzelfde geld lag ze over een paar uur al op een operatietafel en kreeg ze de longen van iemand anders. En wie weet wat er daarna zou gebeuren?

Hoeveel mensen zouden lezen wat ze had geschreven? Wat zouden ze denken?

Terwijl Hallie achteroverleunde, dacht ze aan de zin die ze had gewist, en ze wou dat ze de tekst van het liedje dat door haar hoofd speelde net zo eenvoudig kon wissen. Het was een fantastisch liedje, een liedje dat mensen graag zongen op karaokeavondjes. En dan zong iedereen altijd uit volle borst het refrein mee.

Ze kende de tekst niet precies uit haar hoofd, maar de laatste zin uit het refrein was zoiets als: *This could be the day that I die... this could be the day that I die...*

Dit kan de dag zijn waarop ik doodga. Nou ja. Blijkbaar hadden haar hersens hun gevoel voor humor nog niet verloren. Dat was al wat.

Eerder

'Hé, hoi, hoe gaat-ie? Waar ben je?'

Hallie vrolijkte helemaal op bij het horen van Bea's stem. 'Wil je dat echt weten? Oké, dan zal ik het je vertellen. Maar je zult zó jaloers zijn!'

'Nou, vertel!'

'Ik ben in Venetië en ik zit op het terras van Caffè Florian, op het San Marcoplein. De zon schijnt, de kerkklokken luiden en de ober heeft net een fles ijskoude prosecco voor me opengemaakt.'

'Ziet die ober er goed uit?'

'Wat dacht je? Dit is Venetië! Natuurlijk ziet hij er goed uit. En hij kijkt me ook aan met zo'n blik van... Nou ja, je weet wel,' zei Hallie.

'Hm, en hoort hij ook alles wat je zegt?'

'Dat geeft niks, hij spreekt geen woord Engels. Misschien dat ik hem straks ga verleiden. Hij heeft wel iets van Bradley Cooper.'

'Weet je zeker dat je niet Tommy Cooper bedoelt?'

'Heel grappig.'

'Zijn er daar ook duiven?'

'Het stikt ervan.'

'Mijn moeder is ook eens op het San Marcoplein geweest. En toen heeft er een duif op haar kop gepoept.'

'Lekker dan.'

'Ze was ontzettend boos,' vertelde Bea. 'Ze was nog speciaal voor de vakantie naar de kapper geweest. Als ik jou was, zou ik daar maar niet te lang blijven zitten. Die Italiaanse duiven zijn echt heel erg.'

'Oké, je hebt me overtuigd. Ik spring meteen in mijn helikopter en kom naar huis.'

'Dat lijkt me inderdaad het beste. Zal ik na mijn werk even langskomen?'

'Dat zou leuk zijn.'

'Dan zie je me rond zevenen. Tot later.'

Hallie legde de telefoon neer en trok het dekbed recht. Ze ging wat lekkerder zitten en probeerde de kussens weer goed te leggen. Het was een ware kunst om in bed te liggen zonder voortdurend te gaan verliggen en almaar alles recht te moeten leggen, en ze had dat kunstje nog steeds niet helemaal onder de knie. Haar rug hol maken, haar schouders uitrekken, met haar achterste wiebelen en haar hoofd ronddraaien, dat waren zo ongeveer de trucs.

Toen ze alles weer min of meer onder controle had, keek ze naar buiten, waar de avond viel. Het was de week voor kerst, en overal brandden kleurige lampjes. Ze had vanuit haar bed beslist het mooiste uitzicht op het dorp: links de hoofdstraat; rechts de rivier de Windrush met zijn lage stenen brug en de rij honinggele winkels, hotels en huizen aan de andere kant van het water. Vanuit haar bed kon ze alles in de gaten houden, ze kon zien waar de mensen die ze kende, heen gingen, en ze kon de gestage stroom toeristen volgen, die ronddwaalden door Carranford, dat zichzelf had uitgeroepen tot het kroonjuweel van de noord-Cotswolds.

Natuurlijk waren er 's winters minder toeristen, maar nog steeds genoeg om lekker naar mensen te kunnen kijken, en ook om de toeristenwinkeltjes open te kunnen houden. Op het ogenblik liep er weer een buslading toeristen rond die foto's maakten, de winkels in en uit liepen en niet alleen souvenirs kochten die ze niet nodig hadden, maar ook kerstcadeautjes voor vrienden en familie thuis. Zo te zien zouden er dit jaar heel wat mensen een feestelijk ingepakte paraplu met taferelen uit Carranford krijgen. Bea moest er alleen vandaag al meer dan tien hebben verkocht.

Nog acht dagen en dan was het Kerstmis. Hallie probeerde zich niet af te vragen of dit haar laatste kerst zou zijn, vooral niet omdat zulke vragen niet hielpen en ook niet te beantwoorden waren. Het enige antwoord was altijd weer: *zou kunnen.*

Maar dat gold in feite voor iedereen.

Vastbesloten er niet meer aan te denken, zette ze haar iPad aan om te kijken of ze mail had. Ze zag dat er die middag nog een paar mailtjes waren gekomen van bezoekers van de website. Fijn, dan had ze tenminste iets te doen tot Bea kwam. Niks geen gesomber meer over dat dit misschien wel haar laatste kerst was; er waren belangrijker problemen op de wereld, zoals hoe een meisje de ontdekking moest verwerken dat ze onbedoeld had gedatet met een tweeling, en hoe een man van middelbare leeftijd zijn feestdagen het best kon verdelen tussen zijn saaie vrouw en zijn opwindende minnares.

Hallie was de website tijdens een lang en bijzonder eentonig ziekenhuisverblijf begonnen. Want vond niet iedereen het leuk om vragenrubrieken te lezen? Zij in elk geval wel. Ze had ze gewoon verslonden en ze had ook altijd geprobeerd oplossingen voor de problemen te bedenken. En ze had zich wild geërgerd als er naar haar mening een verkeerd advies werd gegeven, terwijl ze zelf een veel betere oplossing had.

Om een einde aan haar frustratie te maken was ze zelf een website begonnen waarin ze haar goede raad kwijt kon.

En dat had ze niet gedaan door zich te presenteren als de arme Hallie met de slechte longen, die waarschijnlijk niet lang meer te leven had. Dat zou alleen maar averechts hebben gewerkt, dat wist ze gewoon. Nee, wanneer mensen problemen hadden, dan waren die problemen voor hen gewoon overweldigend, en dat hadden anderen maar te begrijpen. Ze moesten zeker niet het gevoel krijgen dat hun problemen niets voorstelden in vergelijking met die van degene die hun raad gaf.

Dus was ze vanaf het begin anoniem geweest, en dat was altijd zo gebleven. Het enige wat de lezers van haar wisten, was dat ze een vrouw was. De website heette www.driedingenoverjou.com, en iedereen die met een probleem aan kwam zetten, moest eerst drie dingen over zichzelf vertellen. Ze mochten zelf weten of dat kleine of grote dingen waren, maar het zei altijd iets over hun karakter, en Hallie gebruikte ze om een beter inzicht te krijgen in de mensen die haar om raad vroegen.

Natuurlijk had ze de eerste weken geen lezers gehad en dus ook geen vragen, gewoonweg omdat niemand van het bestaan van de website af wist. Ze had dus zelf maar problemen verzonnen of overgenomen uit oude tijdschriften en daar in haar eigen woorden antwoord op gegeven aan niet-bestaande mensen.

Dat had echter niet lang geduurd. Dankzij de kracht van de social media werd haar website al snel ontdekt, en mensen wezen hun vrienden erop. Het aantal hits steeg gestaag, en Hallies volgers begonnen haar hun eigen problemen voor te leggen, wat heel fijn was, want omdat ze nu zelf niets meer hoefde te bedenken, hield ze meer tijd over om zich in de onderwerpen te verdiepen en de best mogelijke antwoorden te bedenken.

De populariteit van de website was sindsdien alleen maar toegenomen. Hallies lezers kenden haar als Rose, wat haar tweede naam was. Bezoekers van de website mochten ook zelf met raadgevingen komen, maar zij was degene die besloot om ze wel of niet te plaatsen. Over het algemeen vonden mensen Rose' antwoorden erg goed en haar omgang met haar volgers volmaakt. Ze was warm, grappig en meelevend, en dat werd gewaardeerd.

En op haar beurt waardeerde Hallie haar lezers ook.

Ze klikte het eerste mailtje aan.

Beste Rose,
1. Ik ben brandweerman.
2. Ik speel rugby.
3. Ik ben bang voor het donker.

Ik ben zesenveertig, bijna twintig jaar getrouwd, en mijn vrouw weet niet dat ik graag in dameslingerie rondloop. Nou ja, dat weet dus niemand. Mijn probleem is dat mijn schoonmoeder vorige week, toen ik op mijn werk was, mijn auto heeft schoongemaakt. Omdat ze nogal een pietje-precies is, heeft ze de reserveband uit de kofferbak gehaald en mijn beha en slipje gevonden.

En nu beschuldigt ze me ervan dat ik een verhouding heb, en ze eist dat ik het aan mijn vrouw opbiecht. Ik weet hoe mijn schoonmoeder is – ze zal niet rusten voor ik dat heb gedaan. Dus wat kan ik volgens jou het best opbiechten, Rose? Dat ik een ontrouwe echtgenoot ben of dat ik een travestiet ben? Ik weet echt niet welke van de twee ze het makkelijkst zal accepteren.

Oké...

In het tweede mailtje stond:

1. Ik ben lelijk.
2. Ik ben dik.
3. Ik haat mijn leven.

Er zit bij mij een jongen in de klas die ik echt heel leuk vind, maar hij ziet me gewoon niet staan. Eerst dacht ik dat het kwam omdat ik niet mager genoeg was, want zo te merken valt hij op dunne meisjes, dus ben ik in oktober gestopt met eten, en ik ben twintig kilo afgevallen, maar hij heeft nog steeds geen belangstelling voor me.

Wat is er mis met me, en hoe krijg ik hem zover dat hij verliefd op me wordt? Ik wil alleen maar gelukkig zijn. Denk je dat het zal lukken als ik nog dunner word? Help me, Rose, ik ben zo ongelukkig dat ik het liefst dood zou willen. Vertel me alsjeblieft wat ik moet doen.

Hallie had medelijden met de diepongelukkige tiener. Ze zou dit mailtje het eerst beantwoorden. Dat arme kind kon wel een beetje liefde gebruiken.

2

Het was de avond voor kerst, en Tasha Sykes kwam tot de ontdekking dat het niet zo'n slim idee was geweest om te gaan winkelen, terwijl ze over drie uur op het vliegveld moest zijn.

Maar ze had nu eenmaal wat lastminutedingetjes moeten kopen en ze had ook niet verwacht dat er zoveel mensen zouden zijn die net zo ongeorganiseerd waren als zij. In de winkels was het warm en druk, buiten kreeg ze steken in haar neus van de bijtende kou, en ondertussen werd ze gebombardeerd met sms'jes van vrienden die wilden weten waarom ze de avond daarvoor zo snel van het feest was vertrokken.

Tasha negeerde de sms'jes; haar vrienden wisten inmiddels wel hoe ze in elkaar stak. Ze leken het erger te vinden dan zijzelf dat ze nog steeds single was en probeerden haar continu aan mannen te koppelen voor wie ze niet de minste belangstelling kon opbrengen. Gisteren was weer zo'n avond geweest, een chic feestje in Hampstead vol stelletjes en één brave ziel die er voor haar naartoe was gelokt.

Arme man.

God, het was een regelrechte ramp geweest. En het punt was

dat hij echt aardig leek. Hij heette Tom, hij zag er redelijk goed uit en hij was accountant, wat best eens van pas kon komen. Verder was hij beleefd en onderhoudend geweest, hij had belangstelling voor haar getoond, en hij kleedde zich ook goed.

Ze had zich bijna – *bijna* – kunnen voorstellen dat ze een afspraakje met hem zou maken, ware het niet dat...

'Zijn wat?' fluisterde Jeannie in de keuken. 'Zijn oren? Wat is er in godsnaam mis met zijn oren?'

'Ze zijn harig.' Tasha vond het vreselijk om te zeggen, want ze wist precies hoe het overkwam.

Jeannie maakte een gebaar alsof ze wilde zeggen: nou en? 'Hij is een man. Dat soort dingen komen voor.'

'Ja, maar het is een beetje smerig. Ik vind het niet fijn om naar te kijken.'

'Dan kijk je er toch niet naar!'

'Ja, maar dan weet ik nog steeds dat ze er zijn.'

'En dat is het enige aan hem wat je niet bevalt?'

Hulpeloos haalde Tasha haar schouders op; waarschijnlijk was het niet het enige, maar meer kon ze op dit moment niet bedenken. 'Ik kan er toch niks aan doen dat ik dat vind?'

'Maar als je hem wat beter leert kennen, kun je toch zeggen dat hij ze moet scheren?' opperde Jeannie. 'Of je doet het zelf met Veet. Dan kun je hem eens lekker verwennen!'

'Weet je wel hoe weerzinwekkend dat klinkt?' Alleen bij de gedachte al werd ze onpasselijk.

'Ik had in het begin hetzelfde met Barry's teennagels, maar nu let ik er niet eens meer op!'

Het werd almaar erger. 'Ik moet sowieso vroeg naar bed,' zei Tasha. 'Ik ga er maar eens vandoor.'

'Weet je wat jouw probleem is, je bent gewoon te kieskeurig. We vinden allemaal leuke mannen voor je, en jij wilt ze niet eens een kans geven. Ze hebben altijd wel iets wat je niet bevalt.'

'Ik ben niet te kieskeurig. Ze moeten gewoon... goed zijn.'

'Je bedoelt volmaakt.' Jeannie wond er geen doekjes om. 'En dat is precies het probleem. Jij bent ook niet volmaakt. Niemand is volmaakt. Als je soms wacht op een man waar helemaal niets mis mee is... Nou, dan kun je het net zo goed meteen opgeven, want zo'n man bestaat niet.'

Wat ongetwijfeld waar was, maar Tasha kon er niks aan doen dat ze het zo voelde.

Bovendien, harige oren. Bah!

Tegen de middag was ze bijna klaar; ze had zo'n beetje alles op haar lijstje kunnen doorstrepen. Toen ze beladen als een pakezel Marks & Spencer uit liep, kwam ze bijna vast te zitten in de draaideur. Ze had het bloedheet en kreeg een nogal claustrofobisch gevoel in haar grote roze jas. En twee armen leken gewoon niet genoeg voor alles wat ze had gekocht. Ze kreeg overal pijn, en met al die tassen was ze zo breed geworden dat ze steeds tegen mensen op botste...

Goed, hier moest iets aan gedaan worden. De drie dingen die ze via internet had besteld en bij de winkel had afgehaald, waren veel kleiner dan de dozen waarin ze waren afgeleverd. Vastbesloten zette Tasha de berg aankopen op de grond en verwijderde al het overbodige verpakkingsmateriaal, zodat ze met minder tassen toe kon. Zo, dat was al veel beter. Opgetogen over haar organisatorisch vermogen propte ze de stukken karton en de lege plastic tassen in een afvalbak. Toen rolde ze even met haar pijnlijke schouders en pakte de overgebleven tassen op. Oké, nog steeds zwaar, maar veel makkelijker te dragen. En ze zou er waarschijnlijk ook geen kinderen meer mee tegen de grond maaien.

Zo, alles weer onder controle. Nu alleen nog een doos knalbonbons en de zilveren sjaal voor haar moeder, en dan was ze klaar.

Tevreden ging ze op weg naar de laatste winkel. Toen ze de winkeldeur opendeed, hoorde ze haar lievelingskerstliedje spelen, en een vlaag koele, heerlijk geurende lucht vulde haar longen. Ze hoorde een klein meisje zeggen: 'Mama, kijk eens naar die mevrouw in die roze jas. Mooi, hè?' Plotseling had ze weer vrede met de wereld. Een golf van blijdschap overspoelde haar. Vanmiddag zou ze het vliegtuig nemen naar haar moeder in Zuid-Frankrijk, waar ze samen de kerst zouden doorbrengen... Volmaakter kon toch niet?

Twintig minuten later was er van haar vreugde weinig meer over, en leken er ijskoude vingers om haar hart te liggen, terwijl ze met haar eigen vingers voor de derde keer haar handtas en zakken doorzocht.

'Hij moet hier ergens zijn. Dat moet gewoon, want in de vorige winkel had ik hem nog...'

In de rij achter haar nam de irritatie hoorbaar toe.

'Nou, dan zou ik maar even gaan kijken of hij daar soms nog ligt,' zei de opvallend onsympathieke kassajuffrouw.

'Maar ik weet zeker dat ik hem daar niet heb laten liggen, ik had hem in mijn hand...' Een mens kon onmogelijk nadenken wanneer MERRY CHRIIIIIIIISSSTMAAAAAS van Slade uit de luidsprekers bulderde en de paniek toesloeg.

De man achter haar in de rij zei luid: 'Sorry, maar mijn parkeertijd is bijna om. Kan ik nu afrekenen?'

'Ja.' Het meisje achter de kassa schoof Tasha's spullen opzij en pakte het mandje van de volgende klant aan.

O god, waar was haar creditcard? Wat had ze ermee gedaan? Met een misselijk gevoel doorzocht ze voor de zoveelste keer haar zakken. Drie dagen geleden was haar bankpasje in tweeën gebroken toen ze er het ijs mee van de voorruit had willen krabben, en het nieuwe pasje was er nog niet.

En nu was haar creditcard ook nog verdwenen. Een ramp, een regelrechte ramp!

'Als hij gestolen is, moet u hem laten blokkeren,' bracht een vrouw in de rij haar in herinnering.

Gestolen...

Tasha zag voor zich hoe iemand de kaart opraapte die ze uit haar zak had laten vallen. Daar konden ze enorm veel geld vanaf halen, zelfs in twintig minuten. Ze knikte. 'Maar ik weet niet welk nummer ik moet bellen om te melden dat hij is gestolen.'

'Dat weet ik ook niet,' zei de vrouw. 'Maar ik weet wel dat dat nummer achter op de creditcard staat,' voegde ze er nog behulpzaam aan toe.

Nadat Tasha haar tassen weer had verzameld, haastte ze zich de winkel uit. Toen ze in M&S met al haar tassen in de weer was geweest, was het niet gelukt om de creditcard weer netjes in haar overvolle portemonnee te steken. Ze zag het ineens allemaal weer voor zich; ze had hem zolang in een van de plastic tassen laten glijden. Haar hart sloeg over van optimisme toen ze bedacht dat ze de bewuste tas tijdens haar reorganisatie in een afvalbak had gepropt.

Hetgeen betekende, hoopte ze... dat haar creditcard in de afvalbak lag.

Buiten adem en hijgend stond ze even later naar de afvalbak te kijken, opgelucht dat hij nog niet was geleegd, maar enigszins geschrokken van de hoeveelheid troep die erin was gepropt nadat zij haar plastic tassen erin had gestopt. Het ergste was nog wel een schuimplastic verpakking van een half genuttigde döner kebab waarvan het vet op de spullen eronder droop.

En het zou ook een stuk eenvoudiger zijn geweest als het een open bak was geweest, maar nee, dit was zo'n vierkant, brievenbusachtig geval met spleten aan de zijkanten. Hoewel de spleten gelukkig wel iets breder waren dan die van een brievenbus.

Nou ja, niks aan te doen. Tasha zette haar vele tassen op de stoep, trok haar roze wollen jas uit en stroopte de mouwen van haar zwarte jurk op...

Bah, dit was echt heel smerig. Haar handen zaten meteen onder de chilisaus, en er plakten stukjes sla aan haar blote arm, en ze voelde ook gesmolten ijs over haar vingers lopen. Verder zag ze nog sigarettenpeuken, slap geworden patat en iets heel slijmerigs wat niet meer te identificeren was.

'Heb je honger? Je kunt wel een hamburger van ons krijgen, hoor, als het zo erg is!'

Heel fijn, dat kon ze er nog wel bij hebben. Een stelletje pubers met skateboards en steppen bleef om haar heen staan.

'Ik heb daarnet nog een ouwe dronkenlap in die bak zien kotsen,' riep een van de jongens.

'En hij heeft er ook in gepist,' viel een vriendje hem bij.

De jongens barstten allemaal in lachen uit.

Ach, dat zeiden ze vast alleen maar om haar op te fokken. Zonder aandacht aan de jongens te schenken, ging Tasha op haar hurken zitten en leunde tegen de ijskoude gietijzeren afvalbak om er nog dieper in te kunnen wroeten. De jongens stonden nog steeds te grinniken, en er bleven ook andere mensen naar haar staan kijken, terwijl ze tastend haar weg zocht in het donker, op zoek naar een eenzame creditcard in een verfrommelde plastic tas...

'Zou je je hand daar even uit kunnen halen?' blafte een vrouw met een scherp gezicht haar toe. In haar hand had ze een koffiebeker.

'Ik zoek iets.'

'Dat kan zijn, maar ik moet iets weggooien en ik heb haast.'

'Sorry, maar...'

Te laat; de vrouw had de kartonnen beker al in de bak gegooid.

Terwijl Tasha de lauwe cappuccino over haar arm voelde lopen, mompelde ze binnensmonds: 'En u ook een prettige kerst.'

'En er zal ook wel hondenpoep in zitten.' De jongens lagen inmiddels in een deuk en probeerden elkaar te overtroeven met steeds smeriger opmerkingen. Een van hen reed op zijn skateboard rondjes om de bak heen, en het geluid van de wieltjes die dreigend vlak langs haar voeten zoefden, maakte het er niet beter op.

'Oké, jongens, zo kan het wel weer. Wegwezen.'

Het was een beheerste stem, die duidelijk toebehoorde aan iemand die totaal niet onder de indruk was van een stelletje jongens in hoodies en die zonder enige moeite de touwtjes in handen nam. Omdat de man die had gesproken achter Tasha stond, kon ze zijn gezicht niet zien, maar hoe dan ook was ze blij dat hij er was.

3

'Zo, ga je me nog vertellen wat er hier aan de hand is?' zei de mannenstem nadat de jongens met tegenzin waren weg geskatet.

'Ik heb nog niet ontbeten, dus ik dacht, ik kijk even of er wat patat in de afvalbak zit.' Toen Tasha haar arm uit de bak had gehaald en zich had omgedraaid, kwam ze tot de ontdekking dat de autoritaire stem niet toebehoorde aan een politieman. Haar redder in de nood was ongeveer even oud als zij, tussen de vijfentwintig en dertig, en hij zag er eigenlijk behoorlijk goed uit, op een nonchalante, sportieve manier.

En hij moest grinniken om haar spottende opmerking.

'Nou, dan heb je geluk.' Hij wees hulpvaardig naar haar arm. 'Er zit een frietje op je elleboog.'

O, lekker dan. Tasha wapperde wat met haar arm om het eraf te schudden.

Zijn grijns werd breder. ‘Weet je waar jij nu op lijkt?’

‘Waarschijnlijk op een veearts die op het punt staat zijn arm in de kont van een koe te steken.’

‘Dat wilde ik net zeggen. Trouwens, we hebben naar je zitten kijken vanuit het café aan de overkant, en toen hebben we een weddenschap afgesloten op wat je aan het doen was.’

‘En me zitten uitlachen natuurlijk.’

Hij keek haar gekwetst aan. ‘Echt niet. Nou ja, een klein beetje misschien. Maar dat waren voornamelijk de anderen. Niet ik.’

‘Nou, ik ben blij dat ik jullie heb kunnen vermaken. Al mijn kerstdromen komen uit.’

‘Hé, ik kwam alleen maar kijken of je soms hulp nodig had, hoor.’

Ze keek hem aan. ‘Als je soms aanbiedt om zelf even met een hand in die bak te grabbelen om te zien of je mijn creditcard kunt vinden, dan zou dat heel fijn zijn.’ Pas nu ze goed naar hem keek, zag ze dat hij bijzonder opvallende ogen had: helder lichtgroen, met een wat donkerder randje om de irissen. En hij had ook ongelooflijk volle wimpers, als van een meisje.

‘Pas op, ik heb niet letterlijk gezegd dat ik je een hándje zou helpen.’ Met een grijns pakte hij een opgevouwen zwarte vuilniszak uit zijn jaszak en schudde hem uit. ‘Maar ik wil deze wel voor je ophouden zodat je de bak erin kunt legen. Anders blijf je daar misschien wel eeuwig in rond zitten wroeten.’

Dat klonk logisch. Het was zelfs een heel goed idee. Ze gingen aan de slag. ‘Heb je trouwens altijd een vuilniszak bij je, voor noodgevallen?’ vroeg ze.

‘Altijd.’ Hij ving haar blik. ‘Oké, ik heb er eentje aan de serveerster van het café gevraagd.’

‘En toen ben je als Superman komen aanvliegen om me te redden.’

‘Zoiets. Dank je,’ voegde hij er droogjes aan toen ze de kebabverpakking zo wild uit de bak trok dat zijn pols onder de chilisaus kwam te zitten.

‘Sorry,’ zei ze, hoewel ze het niet echt meende.

‘Maar weet je zeker dat je creditcard erin ligt?’

'Ik hoop het.' Het zweet stond Tasha in de nek. Ze trok wat natte troep uit de bak, waarbij ze nog meer saus op de voorkant van haar jurk kreeg.

'Is het niet makkelijker om die kaart te blokkeren en een nieuwe aan te vragen?'

'Ja, maar ik heb hem nu nodig. Ik rij zo meteen direct door naar Luton Airport.'

Superman trok een wenkbrauw op. 'Je vliegt op kerstavond? Vakantie?'

'Ik ga een weekje naar mijn moeder in Saint-Tropez. En mijn gewone bankpas heb ik gebroken. Dat soort dingen gebeurt altijd op momenten dat je het niet kunt gebruiken.'

'Nee, Saint-Tropez zonder creditcard, dat gaat niet.' Hij knikte bemoedigend, omdat ze zich ineens niet meer verroerde. 'Zoek nou maar door.'

Maar Tasha concentreerde zich op waar haar vingers net langs waren gestreken. Ze raakte nog een keer het verkreukelde plastic aan waar iets hards in zat... O, laat het alsjeblieft de creditcard zijn...

Met ingehouden adem betastte ze de kleine rechthoek en trok hem omhoog.

'Yes!' Ze slaakte een triomfantelijke kreet toen ze de plastic tas door de spleet van de bak had getrokken, haar creditcard eruit haalde en... Nou ja, ze had hem wel kunnen kussen als...

'Fantastisch.' Superman grijnsde, terwijl Tasha de creditcard opgelucht tegen haar borst klemde alsof het een olympische medaille was. Superman deed de zak dicht die hij voor haar had opgehouden, maakte hem zo plat mogelijk en propte hem vervolgens met enige moeite door de spleet.

'Godzijdank!' Met een papieren zakdoekje probeerde ze de ergste viezigheid van haar hand te vegen.

'Gelukkig.' Na een korte aarzeling voegde hij eraan toe: 'Mag ik je iets vragen?'

O, zou hij haar telefoonnummer soms willen hebben?

Alsof ze zich dat totaal niet afvroeg, keek ze hem in opperste verbazing aan en zei: 'Ja, hoor. Wat wil je weten?'

Hij wees achter haar. 'Zie je die mensen in het café die dit allemaal hebben zitten bekijken? Zou je even naar ze willen zwaaien?'

'O!' Tasha draaide zich om en zag dat ze inderdaad publiek had. Om niet te laten merken dat ze teleurgesteld was dat hij niet naar haar nummer had gevraagd, wuifde ze stralend met haar creditcard naar het café. En ze vond het heel schattig dat er nog werd teruggezwaaid ook.

'Ken je die mensen?' Hun enthousiasme verbaasde haar namelijk nogal.

'Nee, ik was er nog nooit geweest. Ze zullen wel in een kerststemming zijn.' Hij haalde zijn schouders op. 'Of anders zijn ze misschien dronken.'

Tasha stopte de creditcard in haar portemonnee, maakte haar schoudertas goed dicht, schoof haar mouw naar beneden en trok haar jas weer aan.

'Als je soms even je handen wilt gaan wassen, dan pas ik zolang op je tassen.'

Ze keek op haar horloge, zich ineens weer bewust van de tijd. Bovendien, misschien dat hij er niet uitzag als iemand die er met haar kerstinkopen vandoor zou gaan, maar zeker weten deed je dat nooit. Onbetrouwbare mannen maakten meestal een erg betrouwbare indruk.

'Dat hoeft niet. Ik heb in mijn koffer zo'n pakje vochtige doekjes. En bovendien moet ik nu echt weg.'

Hij knikte. 'Je wilt je vlucht niet missen. Ik kan je anders wel even helpen alle spullen naar je auto te brengen...'

Ze klaarde helemaal op. 'O, dat is...' Voordat ze haar zin kon afmaken, ging zijn telefoontje en nam hij op.

'Hoi. Ja, geen probleem. Ik kom je wel ophalen. Over twintig minuten, oké?'

Ze was hem natuurlijk niet expres aan het afluisteren, ze kon er gewoon niks aan doen dat ze een vrouwenstem aan de andere kant van de lijn hoorde protesteren.

'Oké, vijf minuten. Wacht maar voor de winkel. Ik ben er zo.'

Nou, naar zijn hulp kon ze dus wel fluiten.

'Ik red me wel. Ga maar.' Tasha begon de bonte verzameling tassen bij elkaar te rapen, terwijl hij het telefoongesprek beëindigde. 'Nog bedankt. Je hebt vandaag een goede daad verricht, Superman.'

Hun ogen vonden elkaar, en een fractie van een seconde had ze het gevoel dat er iets magisch zou kunnen gebeuren. Er sprongen beslist vonken over. Ze hield haar adem in. Precies op dat moment landde er een sneeuwvlok op haar neus. Ze schrok er zo van dat de betovering meteen werd verbroken.

'Het begint te sneeuwen.' Ze keek omhoog naar de vlokken die uit de lichtgrijze lucht vielen. 'Maar nogmaals bedankt. Ik moet nu echt weg.' Met een knikje naar het mobieltje in zijn hand voegde ze eraan toe: 'En jij ook.'

'Dat is waar. Nou, veel plezier in Saint-Tropez.'

'Dank je, dat zal wel lukken.' Ze pakte de laatste tassen van de grond, nog steeds in de war van wat er bijna was gebeurd. 'Nou, tot ziens dan maar. Prettige kerst, Superman!'

Hij aarzelde. Dikke zachte sneeuwvlokken vielen op zijn donkere haar. Aan zijn ogen was niet te zien wat hij dacht. Toen begon zijn mobieltje weer ongeduldig te rinkelen. Hij stak zijn hand op ten afscheid. 'Ja. Tot ziens. En jij ook een prettige kerst.'

Op de vlucht naar Nice zat Tasha gevangen tussen een veel te dikke Fransman van middelbare leeftijd die zo te ruiken zijn mond met knoflook had gespoeld en een veel te magere jongere man die naar sigaretten stonk, tegen haar schouder in slaap viel en snurkte als een opgevoerde brommer.

Mocht ze ooit al gefantaseerd hebben over een trio met twee Fransmannen, dan voldeed deze opstelling daar bepaald niet aan.

Oké, redenen om niet meer aan die man uit het café te denken.

Ten eerste wist ze niet eens hoe hij heette. Hoe gek het ook leek, ergens had ze gehoopt dat hij zich wel aan haar zou voorstellen, zodat ze hem er niet naar hoefde te vragen. Maar dat had hij niet gedaan, dus dat was dat.

En hij had ook niet gevraagd hoe zij heette.

Hij had een veeleisende vriendin, een zeurpiet die altijd haar zin doordreef. Nou ja, dat wist ze natuurlijk niet honderd procent zeker, maar afgaande op wat ze had opgemaakt uit het telefoongesprek, zat dat er dik in.

Jemig, waarom hield die man, die ze maar tien minuten had meegemaakt, haar zo bezig? Ze wist helemaal niets van hem. Misschien had hij wel duizend irritante gewoontes waar ze tijdens hun korte ontmoeting niks van had kunnen merken.

Tasha slaakte een zucht. Ach, ze zou hem toch nooit meer zien, dus waar maakte ze zich eigenlijk druk om? Ze wist niet wie hij was, en hij wist ook helemaal niets van haar.

Dus deed het er niet toe dat hij haar echt heel leuk had geleken en geen enge harige oren had gehad. Er was even een vonk overgesprongen, meer niet. Hij had de kans gehad om haar om haar nummer te vragen, maar dat had hij niet gedaan.

Jammer voor hem dan.

Verdomme.

4

Nou, dit was nogal ongemakkelijk.

De laatste begrafenisgasten waren vertrokken, en Flo stond in de keuken de afwas te doen. Ze had haar hoge hakken uitgeschopt. In de huiskamer had de notaris het slechte nieuws net aan Elsa's kleinkinderen verteld, en zo te horen was dat niet erg goed gevallen.

'Wat?' Lena's schrille stem, waar ongeloof in doorklonk, was door de dichte deur te horen. 'Dat meen je niet!'

Flo spoelde een wijnglas om en zette het op het afdruiprek. Blijkbaar was het een enorme ramp om geen ruime flat in het chique Clifton, een buurt in Bristol, te erven.

Voorlopig niet dan.

'Maar dat is niet eerlijk!' bulderde Lena. 'Dat kan ze gewoon niet maken!'

Flo wisselde een blik met Jeremy, die languit op zijn vertrouwde plekje voor de radiator lag. 'Nou, bereid je maar voor. Zo te horen is er iemand ontzettend boos op je.'

Jeremy knipperde met zijn ogen en zwaaide loom zijn staart heen en weer. Hij was van het rustige soort dat het leven nam zoals het kwam.

De keukendeur werd opengegooid, en Lena Travis verscheen in de deuropening, lang en knokig in haar op maat gemaakte zwarte pakje. Ze leek net een woedende bidsprinkhaan.

'Jij hebt dit dus al die tijd al geweten.' Ze kneep haar kille blauwe ogen minachtend tot spleetjes. 'Waarschijnlijk was het sowieso jouw idee. Mijn god, van mensen zoals jij moet ik echt kotsen!'

Flo droogde haar handen af. 'Het was niet mijn idee.'

Gelukkig was ze eraan gewend om te worden toegeblaft door mensen die dachten het allemaal beter te weten, dus Lena's uitbarsting deed haar niets.

Nou ja, weinig.

'Je kunt maar beter even meekomen.' Lena gebaarde naar de huiskamer. 'En ik zeg je meteen dat ik het zal aanvechten.'

In de hoge huiskamer stond Mary, Elsa's vriendin, zich nog een kop koffie in te schenken bij het dressoir. Ze was een elegante, onberispelijke dame van achter in de zestig, die Elsa meer dan dertig jaar had gekend. Naast het schuifraam met uitzicht op Caledonia Place stond Elsa's kleinzoon Zander. Hoewel hij twee jaar jonger was dan zijn zus leek hij akelig veel op haar. Ze hadden allebei iets van een vampier met hun donkere haar, hun geprononceerde jukbeenderen, hun smalle blauwe ogen en hun opvallend donkere wenkbrauwen. Aangezien ze aan de overkant van het plein woonden, leek het nogal raar dat Flo hen nooit in levenden lijve had gezien, maar hun paden hadden elkaar nu eenmaal nooit gekruist.

De broer leek gelukkig wel wat kalmer en minder overspannen, hoewel ook hij zichtbaar niet al te blij was.

'Goed,' zei Mary, die ook Elsa's notaris was geweest en nu de executeur-testamentair van haar nalatenschap. 'Laat me nog even benadrukken dat Elsa de beslissing over dit huis zelf heeft genomen. Ze is er op geen enkele manier door wie dan ook toe gedwongen. Flo, wanneer heb je Elsa ook alweer leren kennen?'

'Twee jaar geleden. Iets meer dan twee jaar,' zei Flo. 'In oktober.'

'En Elsa heeft me vijf jaar geleden al verteld dat ze het op deze manier wilde. Daar was ze toen al heel duidelijk over.'

'Maar ze kent mijn grootmoeder pas twee jaar! En nu krijgt ze dit huis! Dat is toch niet eerlijk?'

'Sst.' Zander schudde geïrriteerd zijn hoofd. 'Schreeuw niet zo.'

'Ik schreeuw als ik dat wil,' viel Lena uit. 'Ik heb nog nooit zoiets belachelijks meegemaakt!'

Wat een aardig stel was het toch. Flo haalde een hand door haar haar, dat ze voor de begrafenis nog netjes had geföhnd, maar dat door de regen inmiddels weer was veranderd in een woeste bos krullen. 'Luister, ik krijg dit huis niet echt, want...'

'O nee?' onderbrak Lena haar. 'Nou, het lijkt er anders verdomd veel op.'

'Hou je mond.' Zander keek haar boos aan.

'Ik ga een advocaat in de arm nemen.'

'Doe dat vooral,' zei Mary. 'Maar ik kan je nu al vertellen dat dat niets uithaalt. Ik weet heus wel hoe ik een waterdicht testament moet opstellen.'

'Nou, dat maakt het niet minder belachelijk!' Lena pakte haar mobieltje uit haar tas. 'Godsamme, hoe kan ze me dit nou aandoen? Het is verdomme maar een kat.'

Flo besloot om niet meer naar haar te luisteren en ze dacht terug aan de eerste keer dat ze Elsa Travis had ontmoet, nadat ze had gereageerd op een advertentie die ze in het postkantoor had zien hangen.

'Het lastige van tweeëntachtig zijn, is dat ik alles weet, maar niet alles meer kan,' had Elsa uitgelegd. 'Ik ben niet... niet zo kwiek meer. Het komt erop neer dat ik iemand zoek die ik kan inschakelen als ik hulp nodig heb met het een of ander.'

'Zoiets als een goede buurvrouw,' had Flo geopperd.

'Precies. Je snapt het helemaal. En ik heb best aardige buren, hoor, maar ze hebben het gewoon altijd druk, zelfs als ze me zouden willen helpen, dan zouden ze daar toch geen tijd voor hebben.' Elsa deed er niet sentimenteel over. 'En ik wil ook niemand tot last worden. Dan betaal ik liever iemand die voor mij de boodschappen kan doen en wat andere klusjes.'

'Dat klinkt heel logisch.' Flo had meelevend geknikt.

'Natuurlijk is het logisch. Daarom doe ik het ook. Waar woon je?'

'In Barrow Street. Drie minuten fietsen.'

'Hoe oud ben je?'

'Dertig.'

'En je hebt de afgelopen vijf jaar in het bejaardenhuis gewerkt. Waarom?'

'Waarom niet? Ik vind het daar hartstikke leuk.'

‘Echt?’ Elsa trok een wenkbrauw op. ‘Waar komt de naam Flo vandaan?’

‘Een afkorting van Florence.’

‘Nogal een eigenaardige naam voor iemand van dertig.’

‘Nou, dan kent u mijn tweede naam niet.’

‘Wat is je tweede naam dan?’

‘Als u me de baan geeft, zal ik het u vertellen,’ zei Flo.

Elsa keek haar even aan en begon toen te lachen. ‘Nou, vertel op. Je bent aangenomen. Vertel.’

Met een uitgestreken gezicht zei Flo: ‘Elsa.’

‘Allemachtig.’

‘Ja, erg, hè? Mijn moeder was tweehonderd toen ze me kreeg.’

‘Het is een wonder dat je niet van huis bent weggelopen.’

Dat was hun eerste kennismaking geweest, en zo was het verdergegaan. Elsa had zo haar luimen; ze kon heetgebakerd en ongeduldig zijn, maar er had zich een vanzelfsprekende verstandhouding tussen hen ontwikkeld waarin humor een grote rol speelde. Twee keer per dag, voor en na haar dienst in het bejaardenhuis, kwam Flo langs om te kijken hoe het met haar ging, bracht de gevraagde boodschappen mee, hielp haar met het een of ander in huis, ging voor haar naar de apotheek en zoog de haren van de almaar verharende Jeremy op.

Jeremy was Elsa’s grote liefde en ook de reden waarom ze er niet over peinsde om naar een bejaardenhuis te verhuizen.

‘Maar er zijn heel veel tehuizen waar je huisdieren mag houden,’ had Flo uitgeroepen toen het onderwerp voor het eerst ter sprake was gekomen.

‘Dat kan zijn.’ Elsa had haar neus opgehaald. ‘Maar Jeremy zou het helemaal niks vinden.’

Ze pasten perfect bij elkaar, Elsa en Jeremy. Ze waren allebei prikkelbaar en eenkennig. Jeremy mengde zich niet onder soortgenoten, en Elsa vond andere oude mensen vreselijk saai. Ze hadden genoeg aan elkaar, dank u beleefd.

Gelukkig had Flo Jeremy meteen gemogen. Ze vond zijn minachtende houding tegenover de wereld wel grappig, en Jeremy op zijn beurt tolereerde haar. Net. Tot die keer dat hij op een winderige, regenachtige avond de deur uit ging en niet meer terugkwam. Flo werkte er toen een jaar. Omdat Jeremy nogal een gewoontekat was, wisten ze dat er iets moest zijn gebeurd. Na zeven uur zoeken vond Flo hem klaaglijk miauwend onder een heg op Sion Hill.

Jeremy was aangereden door een auto en voor dood achtergelaten. De dierenarts constateerde botbreuken en ernstige inwendige verwondingen. Als ze hem een paar uur later hadden gevonden, zou hij het niet hebben overleefd. Hoewel de dierenarts waarschuwde dat het nog steeds kantje boord was, droeg de geschrokken Elsa hem op alles uit de kast te halen om Jeremy te redden. Geld speelde geen rol. Jeremy mocht gewoon niet doodgaan.

En hij had het dus overleefd. Dat had tijd en aandacht gekost, en er was een bedrag mee gemoeid dat sommige mensen nog niet eens in een jaar verdienden. En in die periode had Elsa ook gezien met hoeveel toewijding Flo haar geliefde huisdier had verzorgd.

Met de haar typerende botheid had ze het onderwerp op een dag aangesneden. 'Ik heb een voorstel voor je. Als ik eerder doodga dan Jeremy, wil jij dan voor hem zorgen?'

'Maar natuurlijk.' Flo, die het een eer vond dat Elsa haar de zorg voor Jeremy toevertrouwde, had eraan toegevoegd: 'Maar ik moet het wel even aan mijn huisbaas vragen. Ik weet dat we geen honden mogen hebben, maar katten zal hij vast wel...'

'Allemachtig, ben je wel goed bij je hoofd?' vroeg Elsa vol afschuw. 'Jeremy zou echt niet in een naargeestig, vochtig souterrain willen wonen, hoor. Ik bedoelde dat jij bij hem zou intrekken. Hier.'

'Hier? O! Hoelang dan?'

'Zolang hij leeft natuurlijk. Dit is zijn thuis. Hij is hier gelukkig.'

'Oké. Dus dan zou ik Jeremy's... onderhuurder zijn?'

'Precies. En dit is vast leuker voor jou dan waar je nu woont. En je hoeft natuurlijk geen huur te betalen. Wat denk je ervan?'

Nou, dat het enorme Georgian appartement aan Caledonia Place leuker was dan haar vochtige kamer in Barrow Street, was wel duidelijk.

'En Jeremy is pas negen,' wees Elsa haar erop. 'Als ik morgen dood neerval, kun je hier misschien nog wel tien jaar wonen. Dat lijkt mij een goede deal.'

Flo dacht over het aanbod na. Het klonk inderdaad erg goed.

'Ik bied het je alleen maar aan omdat ik weet dat je goed voor hem zult zorgen,' vervolgde Elsa. 'Misschien dat je niet zoveel van hem houdt als ik, maar beter dan jij kan hij niet krijgen als ik er niet meer ben.'

'Oké, ik doe het.' Flo knikte glimlachend. Als ze alleen al dacht aan hoeveel huur ze daarmee zou uitsparen!

'Na Jeremy's dood gaat het appartement naar mijn kleinkinderen, en dan zul je er vanzelfsprekend uit moeten.'

'Vanzelfsprekend.' Flo moest lachen toen ze zich even voorstelde dat ze zich dan aan een radiator zou vastketenen en weigeren te vertrekken.

'Heel fijn. Dat is dan geregeld.' Tevreden liet Elsa erop volgen: 'Ik zal Mary bellen, zodat ze het in het testament kan zetten.'

Wat ze had gedaan.

Flo richtte haar aandacht weer op het hier en nu; Lena stond te bellen met een of andere arme advocaat die haar niet vertelde wat ze wilde horen. Opnieuw woedend viel ze tegen hem uit: 'O Marcus, wat ben je toch ook een blaaskaak, geen wonder dat Arabella bij je weg is.' Daarna verbrak ze abrupt de verbinding.

'Ik neem aan dat dat wil zeggen dat Marcus het met me eens is,' merkte Mary droogjes op.

'Marcus is gewoon een slapjanus.' Lena was nog steeds verontwaardigd. 'Wat me vooral dwarszit, is dat Elsa ons niets over dit belachelijke plan van haar heeft verteld. Ik bedoel, allemachtig zeg, waarom heeft ze het ons niet gewoon gezegd?'

'Nou, vanwege dit dus. Moet je jezelf eens tekeer horen gaan,' zei haar broer.

'God, wat een klotedag is dit. Ik heb er genoeg van.' Lena pakte haar dure zwarte handtas. 'Kom, het heeft geen zin om hier nog te blijven. We gaan.'

Flo keek hen na uit het raam terwijl ze over de stoep naar hun eigen appartement aan de andere kant van de Mall Gardens liepen.

Toen ze uit het zicht waren verdwenen, zei Mary: 'Nou, dat ging erg goed. Laat het me weten als ze het je lastig gaan maken.'

'Dat zal ik doen. Hopelijk kalmeert ze een beetje.' Jeremy was de huiskamer in komen lopen; hij wreef zich tegen Flo's been aan, en ze tilde hem op. 'Arme jongen, je mist Elsa, hè?'

Jeremy knipperde hooghartig met zijn ogen en wendde zijn kop af.

'Ik moet ook maar eens gaan,' zei Mary. 'Red je je wel?'

'Ja, dat komt wel goed.' Flo aaide de fluwelige kop van de kat. 'Maar misschien moet ik voor de zekerheid maar een kogelvrij vest voor hem kopen.'

5

Om acht uur die avond werd er aangebeld.

'Hoi, ik ben het, Zander.'

'O.' Flo wachtte, met haar vinger op de intercom.

'Mag ik boven komen?'

'Dat ligt eraan. Ga je tegen me schreeuwen?'

'Nee. God, nee. Echt niet.'

'Goed dan.' Ze drukte op de zoemer, deed de voordeur alvast open en keek toe hoe Zander Travis de trap op kwam lopen. Hij had zijn begrafeniskleren verwisseld voor een spijkerbroek en een lichtgrijs overhemd, zodat hij wat minder op een vampier leek. Maar zijn hooghartige jukbeenderen en knalblauwe ogen waren nog steeds behoorlijk ontregelend.

'Dus. Hallo. Het leek me wel een goed idee om je even mijn verontschuldigingen aan te bieden.'

Met een scheef hoofd keek ze hem aan. 'Dat leek je wel een goed idee?'

Zander lachte even, zich bewust van zijn slechte woordkeus. 'Dat wilde ik. Dus bij dezen. Het spijt me. En dat geldt ook voor mijn zus.'

'Echt?'

Er viel een veelzeggende stilte. 'Als ze eenmaal gekalmeerd is. Het kwam nogal als een schok. Het is lastig uit te leggen hoe mijn zus in elkaar steekt als je haar niet kent.'

'O, ik geloof dat ik daar nu wel ongeveer een idee van heb,' zei Flo.

'Ja. Nou. Lena is een beetje... overgevoelig.' Hij haalde zijn schouders op. 'En toen Elsa stierf, was ze natuurlijk nogal overstuur...'

'Mm,' mompelde Flo op nietszeggende toon.

'Ze was er eigenlijk van uitgegaan dat zij het appartement zou krijgen.'

'Samen met jou.'

Hij knikte. 'Ja. Maar ik heb zelf al een appartement, aan de overkant. Zij niet.'

'Jij leek het anders ook niet erg leuk te vinden toen Mary vertelde wat er in het testament stond.'

'Ja, maar dat heeft meer te maken met het feit dat mijn zus nu al een jaar bij mij woont.' Hij haalde zijn handen door zijn haar. 'En ik kan je wel vertellen dat dat niet gemakkelijk is. Ik had me erop verheugd dat ze weg zou gaan, zodat ik mijn huis weer voor mezelf had.'

'Ze is toch een volwassen vrouw?' merkte Flo op. 'Je kunt toch gewoon tegen haar zeggen dat ze zelf iets moet zoeken?'

'Dat zou je denken, hè? Maar zo eenvoudig is dat niet.'

'Nou, dat spijt me voor je, maar ik kan daar weinig aan veranderen.'

'Jij hebt zeker ook geen zin in een onderhuurder, hè?' vroeg hij. Er klonk iets van humor door in zijn stem.

'Gek genoeg sla je de spijker op zijn kop.'

'Nou ja, mocht je van gedachten veranderen, laat het me dan weten.' Hij keek om zich heen. 'Waar is Jeremy trouwens?'

'Hij ligt in de slaapkamer naar *Eastenders* te kijken. Echt waar,' liet ze erop volgen toen ze zag dat hij glimlachte. 'Als hij de begintune hoort, heeft hij nergens anders meer oog of oor voor.'

'Meen je niet. Mag ik even?' Hij gebaarde naar de slaapkamer.

'Ga je gang.'

Ze volgde hem door de gang naar Elsa's slaapkamer. Hij duwde de deur open en bleef zonder iets te zeggen staan kijken naar Jeremy, die languit op het kingsizebed lag. Jeremy wierp hun even een blik toe, knipperde traag met zijn ogen en richtte zijn aandacht vervolgens weer op de tv, waarop net een luide woordenwisseling te zien was.

'Wat een herrie,' zei Zander.

'Als hij dat nou leuk vindt.'

'Tja, Jeremy krijgt altijd zijn zin. Maar hoe gaat het eigenlijk met zijn gezondheid?'

'Prima. Heel goed.'

'Oké.' Hij klonk niet al te blij.

'Sorry, was dat niet het antwoord dat je wilde horen?'

'Hoor eens, ik ben echt geen monster. Ik hou best wel van katten. Als Elsa Jeremy aan mij had nagelaten, dan zou ik hem met plezier in huis hebben genomen.' Hij haalde zijn schouders op. 'Het zou het er in elk geval een stuk gemakkelijker op hebben gemaakt.'

Hou best wel van katten. Nou, dat zei haar genoeg.

'Misschien. Maar ze heeft Jeremy niet aan jou nagelaten.' Flo trok de deur weer dicht, zodat Jeremy in alle rust het programma af kon kijken.

'En daar bof jij mee.' Hij sprak op neutrale toon, maar de blik die hij haar schonk leek griezelig veel op die van Jeremy.

Ze kreeg er een... een raar gevoel bij. Hij sprak als zo'n gladjanus uit een film, zo'n personage waarvan je niet wist of je hem nu wel of niet kon vertrouwen.

'Ja, daar bof ik mee,' zei ze. 'En ik zal ook heel erg goed voor hem zorgen.'

Hoe charmanter hij lachte, hoe minder ze hem vertrouwde.

Terwijl hij zich omdraaide om te gaan, zei hij nog: 'O, dat geloof ik graag.'

In Carranford werd het leukste en grootste nieuwjaarsfeest in de White Hart gehouden. Er was een band, een stand-upcomedian, een wedstrijd wie het mooist gekleed was en een disco. De feesttent achter de kroeg trilde van de harde muziek, en de dansvloer werd bevolkt door een bonte verzameling honden en drukke kinderen van alle leeftijden.

Hallies rolstoel werd ook in het rond gezwaaid, maar Hallie zat er zelf niet in. Ze zat op een bank cider te drinken en chips te eten, terwijl ze keek naar Bea, die rondjes draaide met haar nichtje.

'Je bent een heel slechte chauffeur,' zei ze tegen Bea toen ze vlak bij haar waren. ‘Ze zouden je van de vloer moeten halen.’

‘En jij zou dat drankje van je beter kunnen verstoppen,’ zei Bea. ‘Er kijkt een dokter naar je.’

‘O, verdomme, echt? Wie?’ Hallie kon er niks aan doen; ze was achtentwintig en als een kind zo bang voor dokter West. Het was gewoon een pavlovreactie. Dokter Jennifer West, die ergens in de veertig was, had iets van een strenge schooljuf; ze onderwierp patiënten altijd aan een kruisverhoor en deelde links en rechts standjes uit; zelfs volwassen mannen sidderden voor haar.

‘Maak je geen zorgen.’ Bea moest grijnzen om haar gezicht. ‘Het is Luke maar.’

Godzijdank. Hallie ontspande zich weer en zag ervan af om haar drankje in de potplant achter haar te gieten. Dat de adrenaline desondanks door haar lijf bleef razen, had een heel andere reden. Niet dat ze het ooit aan iemand zou vertellen, maar ze was al maanden een klein beetje verliefd op dokter Luke Hilton. Het was een zinloze verliefdheid die nooit ergens toe zou leiden en dus volkomen onschuldig. Luke was gewoon heel aardig, en ze klaarde altijd weer op als ze hem zag.

Bovendien zou hij nooit een saaie nieuwjaarspreek afsteken over het gevaar van uitdroging wegens alcoholgebruik.

Toen Hallie Luke in de menigte zag, zwaaide ze even naar hem, waarna hij zigzaggend over de dansvloer naar haar toe kwam lopen. Hij droeg een wit-groen gestreept overhemd, een donkere broek en een zwart leren jack. Zijn blonde haar was in een doktersachtig model geknipt, en in zijn hand hield hij een alcoholvrij biertje, hetgeen waarschijnlijk betekende dat hij dienst had.

‘Hoi. Je bent dus toch gekomen.’

‘Ja.’ Ze glimlachte; hij had zulke mooie ogen, grijs en warm en vriendelijk. ‘Ik wist niet of ik er al aan toe was, maar ik dacht: ik kan het altijd proberen.’ Ze liet hem haar glas zien. ‘Trouwens, dit is pas mijn eerste drankje.’

Hij haalde zijn schouders op. ‘Ik zeg niks.’

‘Fijn. En ik heb mijn rolstoel ook bij me. Misschien dat ik om negen uur even naar huis ga om wat te rusten en dan later weer terugkom. Als ik dan nog wakker ben. Dat klinkt wel heel wild, hè?’

‘Er is niets mis met het een beetje rustig aan doen.’ Hij knikte naar de zak in haar linkerhand. ‘Krijg ik nog wat chips van je of niet?’

Net toen ze de zak voor hem ophield, ging zijn mobieltje.

‘Ja... ja...’ Hij luisterde even naar de stem aan de andere kant van de lijn en zei toen: ‘Geen probleem. Ik ben al onderweg.’

‘Egoïsten zijn het, die patiënten van je,’ zei Hallie, toen hij zijn bier neerzette. ‘Een beetje ziek zijn en je avond verpesten. Hopelijk duurt het niet al te lang.’

‘Dat weet je nooit. Hoe dan ook, ik ga.’ Hij pakte snel nog wat chips voor onderweg. ‘En mocht ik niet op tijd terug zijn, dan wens ik je alvast een gelukkig nieuwjaar.’

‘Dank je.’ Zou het dat echt worden? Wie zou het zeggen? Met een glimlach zei ze: ‘Jij ook.’

6

Oké, dit beloofde echt een bijzondere oudejaarsavond te worden. En niet op een positieve manier.

Rory McAndrew was van nature ongeduldig. Hij haatte het om in de rij te moeten staan, voor wat dan ook. Hij haatte het om te moeten wachten. Dat was allemaal zo zinloos, zo’n tijdverspilling; waarom wachten als je ook iets interessants of grappigs of nuttigs kon doen?

Vanavond had hij echter een reden om te wachten. Misschien was de handeling op zich dan ontzettend saai, hij hoopte dat het resultaat de moeite waard zou blijken te zijn.

En hij was ook niet van plan het op te geven nu hij er al veertien uur aan had besteed. Hoewel de mengeling van verveling en opwinding hem niet in de kouwe kleren was gaan zitten.

Maar als dit zijn enige kans was om haar ooit weer te zien, dan moest dat maar.

Hij trommelde met zijn vingers tegen zijn kartonnen koffiebeker, keek voor de zoveelste keer naar het aankomstbord en zag dat de vertraagde vlucht uit Nice eindelijk zou gaan landen. Die vlucht was zijn beste kans, hij had al zijn hoop erop gevestigd, hoewel de kans bestond dat ze noodgedwongen een indirecte vlucht had genomen.

Het idee dat ze via een ander vliegveld zou terugreizen, weigerde hij echter toe te laten. Net zoals het feit dat ze weliswaar een week had gezegd, maar misschien wel zes dagen of zo had bedoeld... of acht...

Goed, geen koffie meer, hij wilde niet het risico lopen dat hij net even weg was wanneer zij hier de deur door kwam en dan meteen doorliep naar het parkeerterrein.

Een van de vrouwen die bij de krantenkiosk werkte, kwam langslopen en zei: ‘Sta je hier nou nog steeds? Leuke oudejaarsavond heb je, zeg!’

Rory lachte naar haar; hij had in de loop van de dag van alles bij haar gekocht: blikjes cola, pakjes kauwgum, zakken snoep. Bovendien had ze gelijk. Hij kon alleen maar hopen dat geen van de andere mannen die in de aankomsthal rondhingen op hetzelfde meisje als hij stonden te wachten.

Toen een halfuur later de deuren openschoven, en Rory haar zag, was het alsof hij een stomp in zijn maag kreeg. Hij was blij dat zijn maffe plan had gewerkt en opgelucht dat het ondraaglijke wachten er nu eindelijk op zat. Hij had dus toch niet op de verkeerde dag op het verkeerde vliegveld gestaan.

Ze was er.

En het mooiste was nog wel dat er niemand was die zijn armen om haar heen sloeg en riep: ‘Welkom thuis, schat. De kinderen en ik hebben je zo gemist!’

Rory keek toe hoe ze op zo’n tien meter afstand van hem bleef staan om een das en handschoenen uit haar koffer te pakken. Die zou ze nodig hebben; het was ijskoud buiten.

Ach, maar moest je haar nu eens zien. Hij wist nu al dat hij er nooit genoeg van zou krijgen om naar haar gezicht te kijken. Ze droeg een zwarte baret, een zwarte trui, een zwarte maillot en een zwierige paarse rok, zo’n geval dat een kunstschaatsster kon dragen. En zwarte suède laarsjes met lage hakken. Ze zag er fantastisch uit. En zo te zien voelde ze zich er ook lekker in. En nu had ze haar handschoenen aangetrokken en stond ze op het punt om door te lopen...

Oké, actie. Hij liep op precies hetzelfde moment als zij naar de uitgang, als twee pijlen die bij de draaideur samen zouden komen. Toen hij vlak achter haar liep, schopte hij tegen een wieltje van haar koffer en zei heel overtuigend: 'O, sorry... Hé, hallo!'

Ze draaide zich om. Haar mond viel open toen ze hem herkende. 'Nou ja, zeg! Hoi!'

'Niet te geloven. Wat toevallig!' Rory schudde ongelovig zijn hoofd. 'Ben je soms net terug van je vakantie in... Waar was het ook alweer? Parijs?'

Wat was hij toch cool, dacht hij tevreden.

'Saint-Tropez.' Ze glimlachte, net zo verbaasd als hij dat ze elkaar hier tegen het lijf waren gelopen. 'Wat maf! En wat doe jij hier?'

'Ik heb net een vriend weggebracht. Hij vliegt naar Frankfurt.'

'Wat aardig van je! Vooral omdat het oudejaarsavond is.'

'Ach ja.' Rory haalde bescheiden zijn schouders op. 'Ik ben nu eenmaal erg aardig en attent.'

'Ja, dat had ik al gemerkt. Altijd even behulpzaam.'

'Hoe gaat het met die creditcard van je? Heb je er goed op gepast?' Ze waren inmiddels rechts van de draaideur gaan staan om niemand voor de voeten te lopen.

'Ik heb er heel goed op gepast.' Haar blauwe ogen glinsterden. 'Geen afvalbakken meer.'

'Heel goed. En hoe was je kerst?'

'Leuk. En die van jou?'

Hij vond dat het allemaal bijzonder goed ging. Als hij iets vroeg, vroeg zij meteen ook iets om het gesprek gaande te houden. Dat gaf hoop. 'Ja, fantastisch. Trouwens, ik heb me de vorige keer niet voorgesteld. Ik ben Rory. Rory McAndrew.'

'En ik ben Natasha. Tasha. Tash.' Ze haalde nonchalant haar schouders op. 'Je mag kiezen.'

'Ik vind ze allemaal even mooi.' Alleen de klank van haar stem al was betoverend.

'Goh, dat we elkaar zomaar weer tegen het lijf lopen. Niet te geloven.'

'Ja, gek, hè? Misschien moest het zo zijn.' Hij wist niet meer hoe vaak hij dat zinnetje in zijn hoofd had geoefend. 'Luister, heb je...'

'O, wat fijn voor je, ze is er eindelijk!' De babbelzieke vrouw van de kiosk dook ineens voor hen op; inmiddels had ze een dikke jas aangetrokken en hield ze een handtas in haar hand. Stralend vervolgde ze tegen Natasha: 'Toen ik vanochtend aan mijn dienst begon, stond hij hier al. En hij is de hele dag gebleven. Dat moet haast wel echte liefde zijn!'

Met een vrolijke zwaai verdween de vrouw door de draaideur.

Rory schaamde zich dood en wist niet waar hij kijken moest. In elk geval niet naar Natasha, hoewel hij voelde dat ze wel naar hem keek.

'De hele dag? Echt waar?'

Hij knikte. *O god.*

'Ben je net zoiets als Tom Hanks in die ene film, *Terminal*? Woon je op het vliegveld?'

Hij dwong zichzelf haar in de ogen te kijken. Hij zag dat ze probeerde niet te lachen.

'Dat stomme mens. Oké, ik zal het uitleggen. Ik ben geen stalker en ik ben ook geen mafkees of zo. Ik heet Rory McAndrew, ik woon in Hampstead en ik ben investeringsadviseur. Ik ben helemaal normaal, echt.' Nu hij moest improviseren, kwam het er allemaal een stuk minder soepel uit, merkte hij. 'Ik heb nog nooit zoiets gedaan, maar na vorige week... Na dat met jou en die afvalbak... Nou ja, ik moest daarna steeds aan je denken. En ik kon mezelf wel voor de kop slaan dat ik je niet om je nummer had gevraagd. Ik wist niet hoe ik je ooit weer zou kunnen zien en... en ik had het gevoel alsof ik de grootste fout van mijn leven had gemaakt.'

'Wauw,' zei Tasha.

'Maar je had verteld dat je een week wegging, dus ik dacht: als ik nou naar het vliegveld ga, dan zie ik haar misschien wel weer. Het was niet ideaal natuurlijk, maar beter dan niets.' Hij haalde zijn schouders op. 'Dus besloot ik het erop te wagen.'

'Nou, het heeft gewerkt. Daar ben ik dan.' Grijnzend liet ze erop volgen: 'Sorry dat ik zo laat ben.'

'Geeft niks. Heb je een vriend?' Met ingehouden adem wachtte hij haar antwoord af; dit was het andere mogelijke struikelblok. Want ze had het dan wel niet over een vriendje gehad, maar dat wilde nog niet zeggen dat ze er geen had.

‘Eh, dat weet ik niet zeker,’ zei ze. ‘Zou kunnen.’
‘O.’ O.
Fuck.
‘En jij?’
Hij schudde zijn hoofd. ‘Nee, niemand.’
‘Door wie werd je vorige week dan gebeld? Een vrouw die wilde dat je haar kwam ophalen?’
‘O, dat was mijn tante. Tante Mel. Ze heeft in november haar been gebroken, en ik moet haar continu overal naartoe brengen. Ze is nogal bazig.’
‘Oké. Dus je wilt mijn nummer hebben?’
‘Ja.’ Maar hoe zat dat dan met dat mogelijke vriendje?
‘Wil je soms een date met me?’
Hij knikte. ‘Ja.’ Was dit een geintje of zo?
‘Te gek,’ zei ze. ‘Wat dacht je van nu meteen?’
‘Wat? Je bedoelt... vanavond?’
‘Ja, vanavond is nu. Maar alleen als je dat wilt natuurlijk.’
‘Natuurlijk wil ik dat.’ Hij moest het vragen. ‘Maar hoe zit dat dan met dat vriendje dat je misschien wel of niet hebt?’
Ze streek een lok achter haar oor, glimlachte en keek hem recht aan. ‘Nou, misschien is het wat voorbarig, maar eigenlijk hoopte ik dat jij dat vriendje zou kunnen worden.’
Rory moest de zin opnieuw afspelen in zijn hoofd om zeker te weten dat hij haar goed had begrepen. Hoewel hij meestal niet traag van begrip was, vroeg hij toch: ‘Meen je dat?’
Haar lach werd nog breder. ‘Je kunt dan wel heel cool doen en zeggen dat het toeval is dat we elkaar hier tegenkomen, maar die vrouw van daarnet heeft je verraden. Dus heb ik besloten om zelf ook geen spelletjes te spelen. Alles wat je zei over wat je vorige week voelde... Je weet wel, dat je jezelf wel voor de kop kon slaan dat je me niet om mijn nummer had gevraagd, en dat je je afvroeg of je me ooit nog zou terugzien...’
‘Ja?’ Rory had het gevoel alsof hij al vijf cijfers goed had in de loterij en nu wachtte op het laatste balletje dat zou vallen.
Tasha ging vlak voor hem staan en legde haar hand zacht op zijn borst. Haar blauwe ogen glansden. ‘Dat had ik ook.’ Ze knikte om haar woorden kracht bij te zetten. ‘Helemaal precies hetzelfde.’

7

Om twaalf minuten voor twaalf werd er aangebeld. Boven drukte Hallie op de intercom en zei: 'Ja?'

'Ik zag dat er nog licht brandde.' Het was Lukes stem, vriendelijk en ontspannen. 'Ga je niet terug naar de kroeg?'

'Nee, ik had geen zin meer. Te veel gedoe.'

'Ik kan je er wel naartoe rijden als je wilt.'

'Dat is heel aardig van je, maar het hoeft echt niet.' Ze glimlachte, want zijn aanbod ontroerde haar. 'Ik zit wel lekker hier.'

Na een korte aarzeling vroeg hij: 'Heb je soms behoefte aan gezelschap?'

'Nou, als je Leonardo DiCaprio zou kunnen sturen, graag.'

'Ik...'

'Grapje,' zei Hallie. 'Ik druk op de zoemer. Kom boven.'

Ze zat meer op bed dan dat ze erin lag en ze had ook nog steeds haar rode jurk aan. Toen Luke in de deuropening van de slaapkamer verscheen, vroeg ze: 'Hoe ging het met de patiënt?'

'Die redt het wel.'

Ze wist dat hij er verder niets over zou zeggen, daar was hij veel te discreet voor. 'Ga zitten. Draai die stoel maar om. We hebben hier het mooiste uitzicht op het vuurwerk.' Ze wees naar de hoge ramen.

'Te gek.'

'En ik heb ook nog wat om mee te proosten.' Ze hield een ongeopend miniflesje Moët op dat was bezet met Swarovski-kristallen. 'Van Bea gekregen voor kerst! Mooi, hè? Hebben we allebei een slok!'

Buiten verzamelden zich al mensen voor de White Hart, klaar voor het vuurwerk dat dadelijk op de lage stenen brug over de rivier zou worden afgestoken.

Hallie keek Luke schuin aan. 'Heb je nog goede voornemens voor het nieuwe jaar?'

'Ach, de gebruikelijke. Mijn werk goed doen, proberen wat levens te redden.' Hij haalde zijn schouders op. 'Proberen niet te veel mensen te laten sterven.'

Ze grinnikte. 'De meeste mensen durven tegen mij geen grapjes over de dood te maken. Ik vind het heel irritant dat ze zichzelf de hele tijd censureren.'

'En jij, heb jij nog goede voornemens?' vroeg hij.

'Nou, ik heb er serieus over nagedacht en ik denk dat ik echt mensen moet gaan vermoorden. Zolang ze zich tenminste als orgaandonor hebben laten registreren. Anders zou het weinig zin hebben.'

Hij knikte instemmend. 'En ze moeten een goede match zijn.'

'Vanzelfsprekend.'

'Maar je moet er wel voor zorgen dat ze je niet oppakken. Massamoordenaars komen meestal niet boven aan de transplantatielijst te staan.'

'Ach, ik ben zo onhandig dat ik vast allerlei sporen achterlaat. En dan hebben ze me zo. Dus toch maar niet. Te veel moeite. Maar even serieus, ik heb me voorgenomen om de komende twaalf maanden te overleven, zodat ik het vuurwerk volgend jaar weer kan zien.' Ze wierp een blik op Luke. 'Denk je dat dat me zal lukken?'

Hij schrok niet van haar vraag. 'Ach, niemand weet hoelang hij nog te leven heeft. We hopen alleen maar dat het zo lang mogelijk mag duren.'

'Wanneer was de laatste keer dat je iemand het leven hebt gered?'

Hij dacht even na. 'Echt voor de dood weggehaald, bedoel je? Een paar jaar geleden. Symptomen herkennen en ervoor zorgen dat een patiënt de juiste behandeling krijgt... Nou ja, dat komt natuurlijk vaker voor.'

'Hoe voelt dat? Om te weten dat je iemand het leven hebt gered?'

'Als ik heel heerlijk ben: fantastisch.'

'Dat moet echt een wonder zijn. Ik zou dat gevoel ook wel eens willen hebben.' Ze pakte een zak drop uit het laatje van het nachtkastje. 'Als je nou een dropje neemt, en als dat nou in je keel blijft steken, dan kan ik de Heimlich-greep doen, zodat het je mond uit schiet. Zullen we dat proberen?'

'Zodat je mij het leven kunt redden?'

'Precies!'

'Maar hoe kan ik weten of het niet een snood plannetje van je is om mij te vermoorden zodat je mijn organen kunt krijgen?'

'Goh, wat ben jij achterdochtig, zeg. O, het is bijna twaalf uur. Wil je het raam een stukje opendoen, dan horen we ook nog wat...'

Voor de kroeg stonden inmiddels een paar honderd mensen. Op tv was Trafalgar Square afgeladen vol met feestvierders. Toen het aftellen begon, zwol het geluid aan.

Acht.

'O nee!' Hallie worstelde met de ijzerdraad om de kurk van het champagneflesje. 'Ik krijg hem er niet af...'

Zeven.

'Laat mij maar.' Luke nam het flesje van haar over.

Zes.

'Je draait hem de verkeerde kant op!'

Vijf.

'De folie wil niet scheuren, ik snap niet hoe... Ah, ik heb het al!'

Vier.

'Het is maar goed dat je geen chirurg bent. O god, glazen...'

Drie.

'De kurk wil er niet uit!'

Twee.

'Laat mij maar!' Ze griste het flesje uit zijn handen en draaide uit alle macht aan de kurk.

Eén.

Plop deed de kurk, terwijl het nieuwe jaar begon, en het gejuich buiten nog verder aanzwol. Hallie slaakte een kreet van vreugde toen de champagne als een fontein uit de fles spoot en de kurk, via het plafond, op het bed landde. Op tv stond iedereen te schreeuwen en te lachen en te kussen. Door het open raam konden ze horen dat de inwoners van Carranford op dezelfde manier aan het feesten waren. Omdat je natuurlijk niet je eigen dokter in je slaapkamer kon gaan zitten kussen – zelfs niet als je een beetje verliefd op hem was – schonk ze de resterende champagne in twee glazen en zei: 'Proost. Gelukkig nieuwjaar!'

'Gelukkig nieuwjaar.' Hij tikte even met zijn glas tegen het hare, terwijl op tv en beneden hen het geknal van het vuurwerk vergezeld ging van een enthousiast gezongen 'Auld Lang Syne'.

'Dat het het beste jaar ooit moge worden.' Toen Hallie nog een keer met hem proostte, streek haar hand per ongeluk langs zijn vingers.

'Zo is dat,' zei hij.

'Dat vuurwerk daar mag dan wel groter zijn, maar ik vind dat van ons mooier.' Ze wees naar de spectaculaire vuurwerkshow op de tv.

Buiten klonk oh en ah, terwijl de vuurpijlen de duisternis in schoten, hoog boven de bomen uit, en de inktzwarte hemel boven Gloucestershire verlichtten. Kronkelige witte slangen vermengden zich met bruisende rode en gele Romeinse kaarsen, machinegeweerachtige uitbarstingen van groen licht retteketetten het donker in, en boven hen ontplofte – boem – een prachtige blauw met oranje chrysant. De toeschouwers begonnen nog harder te juichen en te klappen.

Op tv ging de show nog een tijdje door, maar vuurwerk was duur, en in Carranford zat het er weer op.

'Ja, die van ons was het mooist,' zei Luke.

'Natuurlijk.' Hallie nam nog een slokje champagne. 'Nou, bedankt dat je me gezelschap hebt gehouden.'

Hij glimlachte. 'Graag gedaan. Waar is je moeder eigenlijk?'

'Vrienden van haar in Tetbury geven een feest. Ik heb tegen haar gezegd dat ik naar de kroeg zou gaan, anders zou ze thuis zijn gebleven.'

'Heb je geen last van de rook? Zal ik het raam weer dichtdoen?'

Ze schudde haar hoofd. 'Ik hou van die kruitgeur. Dat geeft me het gevoel dat ik weer jong ben.'

'Je bent ook nog jong,' zei hij.

'Ik weet het. Ik gedraag me alleen maar als een oud mens. Moet je ons hier zien zitten. Net een stelletje bejaarden.' Alleen zou ze nooit echt een bejaarde worden, dacht ze. Ze zou nooit rimpels krijgen of een onderkin of snorharen. Ha, dat was dan toch mooi meegenomen.

'Maak je nou maar niet druk.' Hij keek haar aan en wist blijkbaar wat ze dacht. Op wat zachtere toon vervolgde hij: 'Niet op de zaken vooruitlopen.'

Hoe zou het zijn om hem te kussen? Hoe zou zijn mond aanvoelen? Ze had zich dat al vaker afgevraagd, maar de drang om het uit te proberen werd steeds sterker.

Niet dat ze het ooit te weten zou komen. Natuurlijk niet. Dit was pure fantasie, en geen sprake van dat ze er iets mee zou doen. Terwijl de drank haar een beetje naar het hoofd steeg, hield ze zichzelf voor dat Luke haar dokter was en als zodanig verboden terrein.

Nee, het zou nooit gebeuren. Voordat hij naar Carranford was gekomen, had ze opgescheept gezeten met Jennifer West. En die wilde ze beslist niet terug als huisarts. Bovendien was haar verliefdheid geheim, en ze had een heel goede reden om dat zo te houden: het kwam erop neer dat ze nou niet echt wat je noemde een goede vangst was. Waarom zou iemand als Luke belangstelling voor haar hebben?

Want eerlijk was eerlijk, als je een vrouw van achtentwintig was met beroerde longen die bijna hun uiterste houdbaarheidsdatum hadden bereikt... Nou ja, dan stond het andere geslacht niet echt te trappelen van ongeduld om je aan de haak te slaan.

'Waar denk je aan?' vroeg Luke.

Alsof ik jou dat ga vertellen.

'Ik vroeg me af hoe ik eruit zou zien als ik drieëntachtig was. Ik hoop echt dat ik dan niet van die slobberige oude panty's en lelijke pantoffels draag.'

'Dat hoop ik ook. Vooral die panty's niet.' Terwijl hij dat zei, hoorden ze buiten voetstappen. Meteen daarna werd er aangebeld: *DINGDINGDINGDINGDINGGG...*

Hallie drukte op de intercom. 'Hallo?'

'Gelukkig nieuwjaar! Wij zijn het! Slaap je al?'

Ontroerd zei Hallie: 'Ja, eigenlijk wel, maar een paar idioten hebben me net wakker gebeld.'

'Laat ons erin! Laat ons erin!'

'Zouden oude mensen zich zo voelen als hun lawaaiige kleinkinderen langskomen?' vroeg Luke droog.

Op de trap klonken geluiden alsof er een hele kudde koeien naar boven rende.

'Dit is nog erger. Lawaaiige kleinkinderen hebben meestal niet zoveel alcohol gedronken.'

'Halloooo!' De deur vloog open, en er kwamen zes mensen de

kamer in stormen. Bea, wankelend op haar hoge hakken, spreidde haar armen. 'Je zei dat je zou terugkomen naar het feest, maar dat heb je niet gedaan! Dus dachten we: we brengen het feest wel naar haar! Gelukkig nieuwjaar!'

Nadat Hallie iedereen had gezoend, zei ze: 'In de koelkast beneden staat nog wel wijn. Pak die maar als je zin hebt. De glazen staan in het kastje naast de gootsteen.'

'Waarom is Luke hier? Voel je je niet goed?'

'Ik voel me prima. Hij is hier gewoon voor de gezelligheid. We hebben samen naar het vuurwerk gekeken.'

'En ik kan maar beter weer gaan.' Luke stond op. 'Ik heb nog steeds dienst. Het lijkt me verstandiger om even een paar uurtjes proberen te slapen.'

'Oké, dag. Dank je wel.' Ze wuifde even naar hem, terwijl de vlinders stiekem door haar buik fladderden. 'Tot gauw.'

'O, je hebt hem opengemaakt!' Bea had het flesje champagne gespot. 'Hij is leeg! Jullie hebben alles opgedronken!'

Beduusd vroeg Hallie: 'Was het dan niet om op te drinken?'

'Hij was echt heel duur,' jammerde Bea. 'Je had hem voor een speciale gelegenheid moeten bewaren!'

'Sorry.' Hallie was dol op Bea, al was ze soms een beetje onnadenkend. *Want hoeveel speciale gelegenheden zouden er nog voor haar komen, dacht ze.*

'Goed, ik vergeef het je. Maar de volgende keer niet weer doen, hè?' Toen Luke zich langs haar heen probeerde te wurmen, hield ze hem tegen. 'Niet zo snel, dokter Hilton. Volgens mij ben je iets belangrijks vergeten.'

'Wat dan?' Luke keek haar verbaasd aan.

'Dit!' Ze sloeg haar armen om zijn nek en kuste hem vol op de mond.

De vlinders in Hallies buik maakten plaats voor een scherpe steek.

'Zo!' Stralend en wankelend liet Bea hem weer los. 'Gelukkig nieuwjaar. Sorry, maar dat moest even. Ik kon het gewoon niet laten!'

8

'Moet je zien.' Rory liet Tasha het sms'je lezen dat hij net had gekregen. *Man, waar blijf je nou? Je mist een te gek feest. Je moet komen! Nu!*

'Van wie is dat?'

'Van mijn beste vriend, Joe. Wacht even.'

Tasha keek naar hem terwijl hij het sms'je beantwoordde. Het was vijf uur 's ochtends, en ze had nog steeds nauwelijks verwerkt wat er de afgelopen zeven uur was gebeurd. Ze had een saaie oudejaarsavond verwacht, maar het was de mooiste, betoverendste avond van haar leven geworden. Het leek wel een droom.

Als het maar geen droom was. Dat zou zo wreed zijn.

Ze kneep voor de zekerheid even in haar linkerpols. *Au.* Mooi zo.

Rory was klaar met zijn sms'je en hield zijn mobieltje schuin, zodat ze zijn berichtje ook kon lezen: *Ik mis helemaal niks. Ik ben met een fantastisch meisje. Dit is het, dit is de vrouw met wie ik de rest van mijn leven wil doorbrengen. Wil jij mijn getuige zijn?*

Tasha's huid tintelde toen ze het las. Goed, dat van die getuige was een grapje... en misschien was die derde zin ook wel een grapje, maar dat maakte niet uit. Het was voldoende dat hij haar fantastisch vond.

Hardop zei ze: 'Hij schrikt zich vast dood.'

'Dat denk ik ook.' Rory drukte op Versturen.

'Arme Joe.'

'Maar ik meende het.' Hij keek haar aan. 'Voor het geval dat je je dat afvroeg.'

'Mannen zeggen dat soort dingen niet.'

'Ik weet het.' Hij kreeg lachrimpeltjes om zijn ogen. 'Ik heb ook nog nooit zoiets gedaan. En ik snap niet waarom ik het niet doodeng vind.'

Zijn toestel bliepte, en samen lazen ze het sms'je van Joe: *Shit! Ben je soms straalbezopen? Moet ik je komen redden?*

Rory stuurde een berichtje terug: *Heb helemaal niks gedronken. Hoef beslist niet gered te worden.*

Nog geen twintig seconden later werd hij gebeld.

'Daar gaan we.' Rory zette zijn mobieltje op de luidspreker, zodat ze kon meeluisteren. 'Zet je maar schrap.'

'O man, wat is er met jou?' Joe moest zo te horen zijn stem verheffen om boven het feestgedruis op de achtergrond uit te komen.

'Nou, wat ik zei. Het is gebeurd. Ik heb haar gevonden.'

'Haar waar gevonden? En wie is ze verdomme? Je gaat toch niet beweren dat het iemand is die je vanavond hebt leren kennen, hè? Ben je al met haar naar bed geweest?'

Oké, dit was lichtelijk gênant.

'Nee, nog niet,' zei Rory.

'Ha! Dus je weet niet eens zeker of ze wel echt een vrouw is?'

Rory mimede *sorry* tegen Tasha, die hem een geruststellend knikje gaf. 'Ik ben een vrouw,' zei ze heel zacht.

'Nou, dat weet ik bijna zeker. Joe, luister, het is dat meisje waar ik je vorige week over vertelde. Ik heb haar teruggevonden.'

Er viel een lange stilte. Het enige wat ze hoorden, was de muziek en het gelach op de achtergrond. Toen zei Joe: 'Je bedoelt dat afvalbakmeisje?'

Tasha keek Rory aan. Afvalbakmeisje? Nou, dat klonk bijzonder glamoureus...

'Ja.' Rory wierp haar een verontschuldigende blik toe. 'Ze heet Tasha.'

'En je hebt haar teruggevonden. Hoe dat?'

'Ik ben net zolang op het vliegveld gebleven tot ze terug was. Ik hoefde niet eens zo lang te wachten,' zei hij. 'Maar veertien uur.'

'Je hebt veertien uur op het vliegveld rondgehangen? Je bent knettergek.'

'Nee, het is het beste wat ik ooit heb gedaan.'

'Maar je mist nog steeds een hartstikke leuk feest. Is ze nu bij je?'

'Ja.'

'Geef me haar even.'

Rory gaf Tasha zijn mobieltje.

'Hoi, Joe,' zei Tasha. 'Je spreekt met het afvalbakmeisje.'

Hij lachte. 'Ha, afvalbakmeisje. Wat heb je verdomme met mijn maat gedaan?'

'Geen idee. Het is me nogal een avond.'

'En je weet zeker dat je geen kerel bent?'

'Dat weet ik helemaal zeker.'

'Nog andere geheimen die je me misschien wilt toevertrouwen? Ik beloof je dat ik ze niet verder zal vertellen.'

'Echt niet?'

'Zeker weten.'

'Oké. Ik heb wel een geheim,' zei ze.

'Zes kinderen? Enge echtgenoot? Drugsprobleem?'

'Nee.'

'Nou, zeg het dan,' zei Joe.

'Volgens mij heb ik mijn grote liefde gevonden.' Terwijl ze het zei, keek ze Rory aan, en ze zag dat hij een brede grijns op zijn gezicht kreeg.

'Jezus, jullie zijn allebei even hopeloos.' Met gespeelde afkeer zei Joe: 'Nou, dan zal ik jullie niet langer lastigvallen. Gelukkig nieuwjaar, afvalbakmeisje!'

Tasha grinnikte. 'Dank je wel, Joe. Jij ook.'

9

'Dit is eng,' zei Tasha. 'Ik ben zo zenuwachtig.'

'Ik weet het. Ik ook.' Rory hield onder de tafel haar hand vast. 'Gek, vroeger maakte dit soort dingen me nooit uit.' Hij nam nog een slok. 'Vooral omdat het me niet interesseerde.'

De deur van de kroeg ging open. Tasha kneep Rory's vingers bijna fijn. 'Het is zover. Daar is Carmel.'

Het voelde als een kruising tussen een fait accompli en een belangrijk sollicitatiegesprek. Verliefd worden op Rory was het makkelijke gedeelte geweest; nu moesten ze elkaars beste vrienden leren kennen en hopen dat dat allemaal goed ging. Iedereen wist dat het een ramp was als je beste vrienden het niet met je nieuwe partner konden vinden. Het kwam voor dat ze elkaar niet mochten. En het kwam ook voor dat ze elkaar regelrecht haatten.

Het had een goed idee geleken om alles in één keer af te handelen. Het was woensdagavond, acht uur, op 3 januari, en Rory had Joe gevraagd om naar de Frog and Shovel in Hampstead te komen. Tasha had hetzelfde aan Carmel gevraagd. Het was alles of niets; óf het ging goed, óf de messen zouden worden geslepen.

Tasha stond op en zwaaide naar Carmel, die al naar hen toe kwam lopen. De deur ging weer open, en Rory zei: 'Nou, dat mag wel in de krant. Joe is op tijd.'

Carmel was lang; ze had smalle heupen en een gordijn van witblond haar dat op haar rug viel. Ze had dikke, zwarte mascara op, lichtroze lippenstift en droeg een onpraktische crèmekleurige jas over haar spijkerbroek en zwarte trui. Tasha en zij waren al sinds hun schooltijd bevriend, en ze hadden in de loop der jaren alle vriendjes van elkaar leren kennen, met wisselend succes.

Tasha hoopte dat vanavond alles goed zou gaan. Hoewel ze zo snel geen reden kon bedenken waarom Carmel Rory niet zou mogen, wist je maar nooit; Carmel had al eens een vriendje van haar afgewezen omdat de manier waarop hij langs zijn kin streek haar niet beviel. Maar dat was Colin geweest, die achteraf ook een klootzak bleek te zijn. En eerlijk is eerlijk, Tasha had ook een keer een vriendje van Carmel verafschuwd omdat hij van die rare flapschoenen aanhad.

Dus het was eigenlijk geen wonder dat ze bloednerveus was.

Iedereen ging zitten, en er volgde een rondje voorstellen. 'Hallo, afvalbakmeisje!' Daarna werd er drank besteld en was het tijd om elkaar beter te leren kennen.

Joe deed de aftrap. 'Jij moet wel heel sportief zijn,' zei hij tegen Tasha. 'Wat doe je precies? Snowboarden? Paragliden? Marathons?'

Carmel proestte het uit. 'Ja, marathon bankliggen, zul je bedoelen. Marathon tv-kijken, onder het genot van een zak chips en...'

'Zo kan-ie wel weer,' onderbrak Tasha haar snel.

'Ha.' Carmels ogen glansden ondeugend. 'Ik probeer me jou gewoon als een sportief figuur voor te stellen.'

Joe keek oprecht verbaasd. 'Nee, serieus. Je zult toch wel iets doen?'

Tasha haalde haar schouders op. 'Ik doe van alles. Alleen niet... dat soort dingen.' Zou hij haar nu stom vinden?

'Zwem je?'

'Ik kan wel zwemmen, maar ik lig liever in de zon. Soms ga ik dan wel het water in om af te koelen, maar je zult me geen baantjes zien trekken.'

'Wist je dat?' vroeg Joe aan Rory.

'Ja, dat heeft ze me verteld.'

'En?'

'Maakt mij niet uit,' antwoordde Rory schouderophalend.

'Oké, even voor alle duidelijkheid. Jij bent een adrenalinejunkie.' Joe tikte zijn vriend op zijn onderarm. 'Altijd in beweging. En nou ben je stapelgek op dit meisje hier dat niet van bewegen houdt.' Hij keek Tasha verontschuldigend aan. 'Je bent vast heel aardig, maar je bent totaal niet sportief en je doet geen van de dingen die Rory graag doet.' Met een weifelende blik in zijn ogen nam hij een slok bier.

Carmel kwam voor Tasha op. 'Je doet verdomme net alsof het allemaal haar schuld is. Is jouw vriendje geïnteresseerd in literaire festivals en het oude Egypte? Waarschijnlijk niet, maar is hij daardoor een slechter mens? Ze zijn gewoon anders. Tegenpolen trekken elkaar aan. Dus we moeten er maar gewoon het beste van zien te maken,' liet ze er met samengeknepen ogen op volgen.

Oei, oorlogsdreiging.

'Waarom doe je nou zo?' Joe schoot meteen in de verdediging. 'Jij bent zelf begonnen met die grap over dat marathon tv-kijken van haar.'

'Tasha is mijn beste vriendin.' Carmel keek hem hoofdschuddend aan. 'Ík mag grapjes over haar maken. En jij mag dat pas als je haar heel lang kent. Oké?'

Ze namen elkaar even boos op.

Toen vroeg Joe: 'Hoelang precies?'

'Nog minstens een jaar.'

Hij schudde zijn hoofd. 'Zo lang kan ik niet wachten. Die twee daar gaan zo snel dat ze tegen die tijd misschien al wel getrouwd zijn en twee kinderen hebben.'

Tasha kreeg bijna geen adem. *Stel je voor...*

'Ik wil alleen maar zeggen dat je een beetje aardig voor mijn vriendin moet zijn, meer niet.' Carmel straalde nog steeds iets strijdlustigs uit. 'Anders krijg je met mij te maken.'

'Oké.' Joe gaf zich gewonnen en stak zijn handen op. 'Het spijt me, oké? God, je bent gewoon eng.' Zijn ogen schitterden echter toen hij dat zei. Zich weer tot Tasha wendend, voegde hij eraan toe: 'Afvalbakmeisje, mijn oprechte verontschuldigingen.'

'En je mag haar ook geen afvalbakmeisje meer noemen.'

'Dat begon ik nou net leuk te vinden,' zei Tasha.

'Voor mij zul je altijd het afvalbakmeisje blijven,' verklaarde Joe op ernstige toon.

'Hoe moet ik dit allemaal opvatten?' vroeg Rory. 'Gaat het nou goed of slecht?'

'Ze willen dat wij elkaar aardig vinden,' zei Joe tegen Carmel. 'Dat is heel belangrijk voor ze.'

'Je hebt gelijk.' Carmel knikte. 'Laten we maar aardig voor elkaar zijn, al is het maar voor die twee daar.'

'Kusje?'

Hoewel hij een grapje maakte, boog Carmel zich over de tafel heen, nam zijn gezicht tussen haar handen en drukte een kus op zijn mond.

'Jemig,' zei Joe toen ze hem losliet en weer ging zitten. 'Nou, dat heeft de seksuele spanning wel weggenomen.'

Carmel grijnsde. 'Er is helemaal geen seksuele spanning. Ik val niet op jou, en jij valt niet op mij. Maar ik vind je wel leuk. Volgens mij kunnen we best vrienden worden, toch?'

Tasha moest een lachje verbijten toen Joe, nog steeds ondersteboven van de kus, zijn brede vingers door zijn roodachtige bos haar haalde. 'Ik denk dat ons dat wel gaat lukken. Maar eh... die wimpers van jou, zijn die echt?'

'Natuurlijk niet, stomkop. Zelfs een aap zou nog zien dat ze nep waren.'

'Ben je altijd zo onbeleefd?'

'Zelf noem ik het verfrissend openhartig,' zei Carmel.

'Nou, dat ben je in elk geval.' Joe klonk met zijn glas tegen het hare. 'Proost, mevrouw openhartig.'

'Proost. Trouwens, denk je dat ik jouw vriend Rory aardig ga vinden?'

'Ik zou niet weten waarom niet. Hij is oké.'

'Ja, maar denk je dat hij het hart van mijn vriendin zal breken?'

'Pardon?' Tasha schraapte haar keel. 'Wij zitten hier ook nog, hoor. Binnen... hoe noem je dat? Binnen gehoorsafstand.'

Joe en Carmel negeerden haar totaal. 'Wil je het echt weten?' vroeg Joe. 'Nou, hij heeft aardig wat vriendinnen gehad, maar zoals hij over deze hier praat... Nee, dat is andere koek. Ik heb hem nog nooit zo meegemaakt.'

'Als hij haar ooit verdriet doet, krijgt hij het met mij aan de stok,' zei Carmel bits.

Rory mompelde in Tasha's oor: 'Ik was niet van plan je ooit verdriet te doen, hoor.' Zijn warme adem streelde haar huid.

'Dat is maar goed ook, want Carmel heeft de zwarte band in karate.' Zijn nabijheid deed Tasha over haar hele lichaam tintelen.

Joe had het laatste blijkbaar gehoord, want hij keek Carmel vol respect aan. 'Echt waar? Wauw.'

'Ik kan nogal vervelend uit de hoek komen,' zei Carmel. 'Dus dan moet je je wel kunnen verdedigen.'

'Ha.' Hij was zichtbaar onder de indruk. 'Ik heb het idee dat je nog zou winnen ook.'

'Zeker weten.' Carmel sloeg haar lange benen over elkaar en keek hem geamuseerd aan. 'Ik win altijd.'

Deed ze expres zo dubbelzinnig? Waarschijnlijk wel. Tasha zag dat Joe, die nogal was overvallen door Carmels opmerking, zich hetzelfde afvroeg. Na een paar seconden richtte hij zich opnieuw tot haar en vroeg: 'En hoe zit het met jou, afvalbakmeisje? Ben je ook een vechtkunstartiest?'

'Ik ben make-upartiest. Als iemand mij iets probeert aan te doen, steek ik hem zo met een mascaraborsteltje in zijn oog.'

Twintig minuten later gingen Rory en Joe in de rij voor de bar staan om nog wat te drinken te halen.

'Ze hebben het vast over ons,' zei Tasha toen ze alleen waren.

'Nou en? Wij gaan het ook over hen hebben.'

Tasha barstte van nieuwsgierigheid. 'Nou, hoe luidt het vonnis?'

'Ik vind hem leuk! Hij is fantastisch.' Carmels ogen straalden. 'Ik vind hem echt heel leuk.'

'Ik wist het, ik wist het. Ik ben zo blij!' *Oef.* Opgelucht liet Tasha erop volgen: 'Gelukkig. En hoe vind je Joe?'

'O.' Carmel keek verbouwereerd. 'Ik dacht dat we het over Joe hadden.'

'Nee, idioot! Ik wil weten wat je van Rory vindt!'

Carmel haalde haar schouders op. 'Nou, die vind ik ook aardig. Echt leuk. Hij ziet er goed uit, hij is grappig, ik snap best waarom je hem zo...'

'Maar...' onderbrak Tasha haar met een akelig voorgevoel. 'Ik voel gewoon dat er een maar aan zit te komen. Zeg het nou maar gewoon.'

'Ach, toe, je weet best wat ik wil zeggen. En kijk me niet zo aan... O nee, alsjeblieft niet die bambi-ogen. Joe zei het toch ook?' Carmel ging wat zachter praten. 'Ik weet dat jullie hartstikke gek op elkaar zijn en dat het allemaal heel nieuw en opwindend is, maar jullie zijn totaal verschillend. Die gevaarlijke sporten van hem... Ik bedoel, dat zie ik jou allemaal nog niet doen.'

'Is dat belangrijk dan? Je zei toch dat tegenpolen elkaar juist aantrekken?' Haar gevoel van paniek zwol aan. 'Mensen hoeven toch niet precies hetzelfde te zijn om goed bij elkaar te passen... Mensen die dezelfde kleren dragen en als een soort eeneiige tweeling eindigen, worden toch altijd uitgelachen...'

'Dat weet ik, en ik snap best dat je op hem valt. Maar ik maak me gewoon een beetje zorgen, omdat jullie echt totaal verschillend zijn... O god, sorry, let maar niet op mij.' Carmel wapperde verontschuldigend met haar handen. 'Hij is fantastisch, en ik vind hem echt aardig. Ik weet zeker dat jullie er wel uit zullen komen. En ik heb ook geen irritante gewoontes kunnen ontdekken, zoals steeds eng over zijn kin strijken of lachen als een kameel die de hik heeft.'

De kamelenlach was van Harry geweest, een effectenmakelaar met wie Tasha vorig jaar een paar weken iets had gehad; hij had die lach in het begin heel slim weten te verbergen, maar toen ze er eenmaal weet van had, was dat einde verhaal geweest.

'En hij heeft ook niet van die rare flapschoenen aan,' deed Tasha een duit in het zakje om te laten merken dat ze zich niet beledigd voelde door Carmels botheid. 'Luister, ik weet dat we totaal anders zijn, maar het komt wel goed. Misschien ga ik gevaarlijke sporten nog wel leuk vinden zelfs.'

'Wat?' Carmel viel bijna met stoel en al achterover.

'Ik bedoel om naar te kijken. Niet om het te doen. Dat lijkt me duidelijk. Maar jij vindt Joe dus ook aardig. Dat is fijn.'

'Ja, ik vind hem echt aardig.'

'Als vriend? Of meer dan dat?'

'Gewoon als vriend.'

'Zeker weten? Maar je hebt hem gekust.'

'Dat was voor de grap. Hij is mijn type niet.'

'Nou, volgens mij zou hij dus best eens jouw type kúnnen zijn.'

Carmel haalde haar schouders op. 'Laten we maar niet op de zaken vooruitlopen. Mocht ik van gedachten veranderen... Nou ja, dan kan er in de tussentijd wel van alles gebeurd zijn...'

Ze kenden elkaar al vijftien jaar. Tasha trok een wenkbrauw op. 'Je bedoelt dat het tegen die tijd wel eens uit zou kunnen zijn tussen Rory en mij? Dat denk je toch?'

'Misschien.' Aan Carmels lachje was te zien dat ze geen spijt van haar woorden had.

'Maar we gaan dus niet uit elkaar.' Hoewel Tasha niet verwachtte dat Carmel haar zou geloven, wist ze dat het waar was. 'Echt niet.' Ze knikte naar haar beste vriendin. 'Dat gaat niet gebeuren.'

Bij de drukke bar stonden Joe en Rory nog steeds op hun beurt te wachten. 'Hoelang denk je dat jullie het gaan volhouden, jij en dat afvalbakmeisje?' vroeg Joe.

Rory keek hem medelijdend aan. 'Geloof me nou maar. Dit is voor altijd.'

'Begrijp me niet verkeerd, ik vind haar echt aardig. Maar ze is jouw type niet. Totaal niet sportief.'

'Dat maakt me helemaal niks uit.'

'Man, je hebt het echt zwaar te pakken, hè?'

'Ja.' Rory knikte blij. 'Wat vind je van haar vriendin?'

'Carmel? Die heeft een oogje op me.'

'En betekent dat dat je met haar naar bed gaat?'

'Misschien wel, misschien niet. We zien wel hoe het loopt.' Na een korte stilte zei Joe: 'Als jij het goedvindt tenminste.'

'Moet jij weten.' Schouderophalend vervolgde Rory: 'Maar ik zou wel oppassen als ik jou was, vergeet niet dat ze de zwarte band heeft.'

Toen ze rond twaalven de kroeg verlieten, gingen ze op weg naar de hoofdstraat om een taxi aan te houden. Rory en Tasha liepen voorop.

Joe trok Carmel naar zich toe. Zijn adem was zichtbaar in de koude lucht. 'Heb je zin om nog wat bij mij te komen drinken?'

Carmel bleef staan. 'Je bedoelt seks?'

'Oké dan.' Hij glimlachte. 'Vooruit dan maar, als je dat zo graag wilt.'

'Luister.' Geduldig wees Carmel naar Rory en Tasha voor hen. 'Moet je die twee zien. Zo romantisch. En kijk nou eens naar ons. Niks romantisch aan. En dat zal ook nooit gebeuren ook, dat weet ik wel.'

'O,' zei hij teleurgesteld. Om er ineens hoopvol op te laten volgen: 'Of speel je nu soms een spelletje met me?'

'Nee.'

'Nou, dat is dan heel teleurstellend.'

'Dat snap ik. Maar je overleeft het wel. Wij blijven gewoon vrienden en proberen het leven van die twee daar wat makkelijker te maken.'

'Die houden het echt niet lang vol. Dat snap jij toch ook wel?'

'Natuurlijk snap ik dat,' zei ze. 'Maar we doen gewoon mee. Dat heet aardig zijn. Net als wanneer kinderen helemaal opgewonden raken over de Kerstman. Dan ga je het niet voor ze verpesten.'

Joe knikte. 'Je hebt gelijk.'

'Ik heb altijd gelijk.'

Aan het einde van de straat was het Rory en Tasha gelukt om een taxi aan te houden. Ze riepen tegen hen dat ze moesten opschieten als ze wilden meerijden.

'Ik moet de andere kant uit,' zei Joe. Hij gaf Carmel plechtig een hand. 'Is dit vriendschappelijk genoeg voor je?'

Carmel glimlachte. 'Perfect. Tot ziens.'

Toen ze bij de taxi aankwam, riep Joe haar nog na. 'Carmel!'

Ze draaide zich om. 'Ja?'

'Hij is wel oké, hè?'

'Wie?'

'De Kerstman.'

Hij was echt gestoord. Carmel glimlachte. Toen riep ze terug: 'Ja, hoor. Hij is te gek.'

10

In de zeven jaar dat Flo als bejaardenverzorgster werkte in Nairn House, dat uitkeek op de Clifton Downs, waren de gewoontes van de bewoners nogal veranderd.

Vroeger lazen ze kranten en boeken, deden ze samen ingewikkelde spelletjes of speelden ze kaart, of ze keken tv en luisterden naar de radio.

Maar toen was de moderne technologie hun leven binnen gekomen, gevolgd door de installatie van supersnelle wifi, en inmiddels had meer dan vijftig procent van de bewoners een eigen tablet.

En dan niet het soort tablet dat je met een glas water moest doorslikken.

Flo vond het altijd weer grappig om te zien dat mensen van tegen de negentig hun angst voor het onbekende overwonnen en zich vol overgave op de elektronische wereld van het internet stortten.

Margot, een van haar favoriete bewoonsters, zat op dit moment via Skype te bellen met een gepensioneerde Italiaanse archeoloog, terwijl ze tegelijkertijd online een cryptogram oploste en met een geschiedenisleraar uit Zagreb twitterde over de verschillen tussen Bombay Sapphire-gin en Tanqueray London Dry.

Hadden ze Elsa maar zover weten te krijgen om in een van de appartementen op de benedenverdieping te gaan wonen... Flo wist zeker dat zij en Margot het prima met elkaar hadden kunnen vinden.

'Zeven horizontaal. Verhelderende palm die toch in de war is. Vier letters.' Margot keek Flo even aan. 'Heb jij soms een idee?'

'O god, je weet dat ik heel slecht ben in cryptogrammen.' Flo was bezig het water te verversen van de kristallen vaas met witte rozen. 'Iets met licht?'

'Iek weet de antwoord.' De Italiaanse archeoloog met zijn verrukkelijke accent schoot te hulp via Skype. 'Ies lamp.'

'Ach ja! Dank je, Paolo. Goed, twaalf verticaal dan. Drie letters. Windstoot die op krediet leeft.'

Hoe deden mensen dat? Flo ontbrak het totaal aan cryptische genen.

‘Die ies makkelijk,’ zei Paolo vanuit zijn villa in Florence. ‘Pof!’

En het was niet eens zijn moedertaal.

‘Je bent niet slecht voor een buitenlander!’ Grinnikend tikte Margot het woord in, waarna ze haar Twittergesprek met Erik in Zagreb hervatte. *Door jou moet ik er ineens aan denken dat ik een keer een paar martini’s heb gedronken met David Niven, in Hotel du Cap. Wat een charmante man. #dat waren nog eens tijden*

In de twintig minuten daarna maakte Flo het appartement schoon, deed de afwas en maakte het bed op met de nieuwe lakens die Margot online bij Liberty had besteld. Ze hoorde dat Margot het cryptogram afsloot, een einde maakte aan haar gesprek met Paolo en zich afmeldde bij Twitter.

‘Hij klinkt erg aardig.’

‘Paolo? Ja, hè? Zo leuk om mee te praten. Helaas niet om aan te zien. Lijkt een beetje op een ouwe brulkikker. Daarom skype ik ook zonder beeld met hem.’ Margot trok een niet al te verontschuldigend gezicht. ‘Maar ach, niemand is volmaakt. Ik ben tegenwoordig ook niet meer echt wat je noemt een plaatje.’

Margot droeg haar zilvergrijze haar in een knotje; hoewel ze zware oogleden had, keek ze helder uit haar ogen, en ze had een elegante, gebogen neus en een smalle, intelligente mond. Ze droeg wijde gewaden en had een barokke smaak op het gebied van sieraden.

‘Nou, ik hoop dat ik er nog zo uitzie als ik negentig ben,’ zei Flo gemeend.

‘Ach, wat een schat ben je ook. Soms vergeet ik gewoon hoe oud ik ben en dan schrik ik vreselijk als ik mezelf onverwacht in de spiegel zie.’

‘Nou ja, dat heb ik nu al. Heb je echt martini’s gedronken met David Niven?’

‘O ja! In de tijd dat mijn leven nog één groot avontuur was. Kijk, ik heb wat foto’s uit die tijd op mijn iPad...’

Op de foto’s was Margot te zien toen ze ergens in de dertig was, met de lange benen en de glamour van een filmster. Terwijl ze de foto’s zaten te bekijken, kondigde een *ping* aan dat ze een nieuwe mail had gekregen.

‘O heerlijk, die vinden we altijd leuk. Moet je horen.’ Verlekkerd begon Margot de mail hardop voor te lezen:

> Beste Rose,
> Oké, drie dingen over mij. Ik ben zesentwintig, ga over zes weken trouwen en mijn moeder probeert alles te verknallen.
>
> Je zou de jurk eens moeten zien die ze voor zichzelf heeft gekocht... Rose, ze is de moeder van de bruid, maar ze maakt er gewoon een klucht van. Ik ben maanden bezig geweest met alles tot in detail voor te bereiden, en ons kleurenpalet is ivoor, lila en zachtblauw. Ik heb tegen mijn moeder gezegd dat ze iets moest uitkiezen wat bij die kleuren paste. Ik heb ook met nadruk gezegd dat het elegant moest zijn, passend bij de gelegenheid. En nu is ze thuisgekomen met een korte oranje jurk en schoenen die er ontzettend goedkoop uitzien. Het is echt een ramp. Ze heeft altijd een rare smaak gehad, en ik heb haar wel duizend keer verteld dat ze me voor schut zet. Toen ik zei dat ze die jurk niet mocht dragen, begon ze te huilen. Rose, kan ik mijn gênante moeder verbieden om op mijn bruiloft te komen? Want als ze komt, zal ze mijn hele dag verpesten, en ook nog eens alle foto’s! En zeg alsjeblieft niet dat ik aan mijn vader moet vragen om met haar te praten – hij is voor mijn geboorte al bij haar weggelopen, en daarna heeft ze nooit meer een vriend gehad.
>
> Overspannen uit Southampton

‘Lees verder,’ zei Flo. ‘Wat heeft ze geantwoord?’ Sinds Margot zich had geabonneerd op www.driedingenoverjou.com was het een ritueel geworden om samen de problemen te lezen en de antwoorden te bespreken.

‘Ik hoop dat ze haar de huid vol scheldt,’ zei Margot vol verachting. ‘Oké, daar gaan we.’

> Beste Overspannen,
> Het valt me op dat je weinig aandacht hebt besteed aan de drie dingen over jezelf. Gelukkig kan ik uit de rest van je

brief redelijk goed opmaken hoe je in elkaar steekt.

Och arme jij, hoe durft je moeder op goedkope schoenen naar je bruiloft te komen? Ik zou bijna denken dat ze haar hele leven heeft kromgelegen om iemand anders alles te kunnen geven wat haar hartje begeert!

Je moeder mag haar handen dichtknijpen met zo'n liefdevolle en attente dochter. Hoe denkt je verloofde eigenlijk over de situatie? Als hij ook vindt dat jullie je moeder moeten verbieden om naar de bruiloft te komen omdat haar jurk de verkeerde kleur heeft, dan passen jullie erg goed bij elkaar.

Als het je moeder was geweest die me had geschreven, zou ik haar hebben aangeraden om een fluorrandje aan de zoom van die oranje jurk te naaien en haar goedkope schoenen uit te schoppen als ze op tafel gaat dansen. Per slot van rekening heeft ze wel iets te vieren nu ze erin is geslaagd om haar egoïstische, ondankbare dochter aan iemand anders over te doen.

Nee, echt, je moet je moeder je verontschuldigingen aanbieden, tegen haar zeggen dat je van haar houdt en haar voor de bruiloft laten aantrekken wat ze wil. En daarna zou je haar misschien ook nog kunnen bedanken, omdat ze je de afgelopen twintig en nog wat jaar in haar eentje heeft grootgebracht.

'Goed antwoord,' zei Flo.

'Fantastisch antwoord.' Margot knikte tevreden. Ze was nogal een kenner op het gebied van vragenrubrieken; ze was geabonneerd op een stuk of vijf ervan, maar deze vond ze het leukst. 'Rose slaat altijd de spijker op de kop.'

'Ik wou dat we wisten hoe ze eruitzag. In mijn fantasie is ze heel zacht en knuffelig en ergens in de zestig, met roze wangen en een lief gezicht.'

'Maar niet bang om eerlijk te zijn. Als de kleinkinderen stout zijn, geeft ze hun gewoon straf. Ze zou wel eens Iers kunnen zijn.' Margot dacht even over die mogelijkheid na. 'Of misschien komt ze uit Cornwall.'

'Of misschien is het wel een beer van een vrachtwagenchauffeur die zichzelf Rose noemt.' Flo keek op haar horloge; over vijf minuten zat haar dienst erop. 'Ik ga zo, Margot. Kan ik nog snel even iets voor je doen?'

'Nee, dank je, schat. O ja, toch, mijn tabasco is bijna op. Zou je de volgende keer dat je naar de supermarkt gaat, een paar flesjes voor me willen meenemen?'

'Natuurlijk. Maar ik ben hier pas weer op zondag. Heb je genoeg tot dan?' Margot was zo verslaafd aan tabasco dat ze de flesjes overal in haar handtas mee naartoe zeulde en als de dood was dat ze zonder zou komen te zitten.

'Ja, dat red ik wel. Ach, wat ben je toch ook een lieverd.' Margot keek haar glimlachend aan boven de rand van haar zilveren leesbrilletje. 'Doe er maar drie. Dan kan ik weer even vooruit.'

11

'Ta-daaaa!' Bea kwam de huiskamer in stormen, waar Hallie haar teennagels knalrood zat te lakken. 'Raad eens wat ik voor mijn dertigste verjaardag ga doen?'

Hallie ging rechtop zitten. 'Dat heb je al verteld. Je geeft een feest in de White Hart.'

'Dat wás mijn plan. Maar nu heb ik een nieuw plan. Ik ga naar Parijs.'

'Echt waar? Wauw, te gek. En ook heel toepasselijk,' zei Hallie. 'Want ik heb gehoord dat de mannen in Frankrijk de voorkeur aan oudere vrouwen geven.'

'Ha ha.' Bea tikte speels tegen het plastic slangetje dat tussen de canule in Hallies neus en de zuurstoftank kronkelde. 'Je weet dat ik altijd de stekker eruit kan trekken. Maar hoe dan ook, raad eens wie ik meeneem?'

'Toch niet weer Bradley Cooper? Die arme jongen, heeft hij al niet genoeg geleden?'

'Deze keer geen jongens, alleen meisjes. Sarah gaat mee.' Bea begon af te tellen op haar vingers. 'En Jen. En Poppy en Carla. En ik natuurlijk.'

'Het wordt vast hartstikke leuk.'

Bea ging door met aftellen. 'En jij.'

'O Bea, je weet toch dat dat niet gaat,' zei Hallie.

'Best wel.'

Hoe moest ze dat nou uitleggen? 'Ik vind het echt aardig dat je aan me denkt, maar het... het kan gewoon niet.'

'Tuurlijk wel. Ik heb het aan Luke gevraagd. En ook aan je moeder. Er is geen enkele reden waarom je niet mee zou kunnen.'

'Maar het is zo... ingewikkeld.'

'Maar niet onmogelijk. Mensen met taaislijmziekte kunnen best naar het buitenland reizen; dat gebeurt heel vaak. Dat weet je best.'

Hallie leunde achterover, met haar blote benen uitgestrekt voor zich. Ze probeerde haar tenen van elkaar te houden om de glanzende nagellak niet te beschadigen. 'Ja, dat weet ik, en het is ook heel aardig dat je me meevraagt, maar ik heb geen zin om alles voor de anderen te verpesten. Met mij erbij zijn jullie minder vrij, en dan voel ik me weer schuldig en...'

'Ho. Stop. Bekijk het eens van mijn kant.' Bea schudde haar hoofd. 'Jij bent mijn beste vriendin, en als jij er niet bij bent, verpest je mijn verjaardag juist. Dat meen ik,' vervolgde ze toen Hallie wilde protesteren. 'Het is jouw schuld als ik dan een rotverjaardag heb.'

Ze meende het nog ook, zag Hallie. 'Weet je het zeker?'

'Natuurlijk weet ik het zeker. Je moet er gewoon bij zijn. Ik wil geen dertig worden zonder jou erbij.'

Hallie huilde niet gauw, maar nu kreeg ze toch tranen in haar ogen. 'Oké dan. Als je het echt zeker weet, dan ga ik mee naar Parijs,' zei ze ontroerd.

'Ik weet het echt heel erg zeker. Kom hier, jij.' Bea omhelsde haar voorzichtig, want ze wilde het slangetje niet lostrekken en ook geen hoestbui veroorzaken.

'En de anderen vinden het ook niet erg? Dat weet je zeker?'

'Helemaal zeker. Jij bent de musthave van het seizoen.'

'Ik moet een reiskostenverzekering afsluiten.' Wat waarschijnlijk ontzettend duur zou zijn.

'Daar heb je speciale maatschappijen voor. Dat is geen probleem.'

Nou, dat klopte niet helemaal. Bea kon er dan wel luchtig over doen, Hallie wist wat erbij kwam kijken om te reizen met een rolstoel, een zuurstoftank, een nevelapparaat en nog zo wat dingen die voor haar van levensbelang waren. Maar als Bea haar er per se bij wilde hebben... Nou, dan zou ze haar best doen.

'Oké, laten we het gewoon doen.' Parijs! Wat fantastisch! 'Weet je al welk hotel je neemt?'

'Ik heb brochures. Ik heb chocolade.' Bea haalde alles uit haar glittertas. 'En nu mag jij me helpen een hotel uit te zoeken,' zei ze met glanzende ogen. 'Zullen we dat dan maar meteen doen?'

Het was al tussen de middag, en Tasha had nog steeds niets van Rory gehoord. Voor de vijftigste keer pakte ze haar mobieltje om te kijken of ze geen berichtje had gemist.

Nee, nog steeds niets. Omdat ze het niet meer uithield, stuurde ze zelf maar een sms'je: *Laat me even weten dat je nog leeft. Xxx*

'Wat kijk jij bezorgd.' Moira, een tv-kok die werd opgemaakt voor een fotoshoot, keek in de spiegel naar haar. 'Is er wat?'

'Mijn vriend. Hij had allang wat van zich moeten laten horen.' Ze hoorde zelf hoe neurotisch ze klonk. 'Hij is onderweg naar Edinburgh.'

'Ach, misschien heeft hij geen bereik.' Moira, die in de veertig was, was een gezellige, aardige, praatgrage vrouw. 'Is hij met het vliegtuig?'

Tasha schudde haar hoofd. 'Nee. Op zijn Harley-Davidson.'

'Wat? O god!' Met een geschrokken gezicht zei Moira: 'Geen wonder dat je je zo druk maakt. Zo'n eind op een motor? En motoren zijn vreselijk gevaarlijk. De zoon van mijn buren heeft vorig jaar een verschrikkelijk ongeluk gehad. Hij was van zijn motor gevallen, en het scheelde maar een haartje of hij was dood geweest. Allebei zijn benen moesten worden geamputeerd.'

'Jezus.' Soms was Moira iets té praatgraag. Tasha rilde van afschuw.

'En een tante van een vriend van me is met haar motor tegen een muur gereden en daarna heeft ze altijd last gehouden van haar arm!'

'Oké...'

'En Alan, die ik van de golfclub kende, is met zijn motor onder een bus gekomen. Op slag dood. O, sorry.' Moira sloeg een hand voor haar mond. Blijkbaar besefte ze nu pas dat haar opmerkingen niet erg tactvol waren. 'Maar ik weet zeker dat je vriend oké is,' voegde ze er snel aan toe.

De shoot, voor een vrouwenblad, duurde oneindig lang. Het werd één uur en toen twee uur, en Tasha had nog steeds niets van Rory gehoord. Ze had buikpijn van angst. Hoewel ze gewoon gezichten bleef opmaken alsof er niets aan de hand was, verschenen voor haar geestesoog de verschrikkelijkste beelden van een ongeluk op de grote weg... allerlei motoronderdelen die over drie rijstroken verspreid lagen... blauwe zwaailichten... ambulancebroeders die somber hun hoofd schudden...

'Tash! Glimt mijn voorhoofd? Kun je er wat poeder op doen?'

Moira weer. Tasha liep naar haar toe om haar voorhoofd te poederen.

'Nog wat van je vriend gehoord?'

'Nee.'

'Ach, ik weet zeker dat er niks aan de hand is!' Moira klopte haar op haar arm. Blijkbaar wilde ze haar fout van daarnet goedmaken. 'Ik zou me maar geen zorgen maken als ik jou was.'

'Wat is er dan?' De fotograaf zette een ander achterscherm op. 'Ligt hij in het ziekenhuis?'

'Hopelijk niet, zeg!' Moira schudde verwoed haar hoofd. 'Echt niet! Hij is vanochtend op zijn motor naar Edinburgh vertrokken, en die arme Tasha heeft nog steeds niks van hem gehoord. Ze is doodsbang dat hij een ongeluk heeft gehad.'

Alleen maar omdat jij me dat zo ongeveer zelf hebt aangepraat. Tasha moest zich beheersen om Moira geen tik op haar hoofd te geven met haar poederkwast.

'Ach, geen paniek, er is vast niks.' De fotograaf pakte zijn camera en knipoogde naar Tasha. 'Als hij het te druk heeft om je te bellen, dan is dat waarschijnlijk omdat hij met een andere vrouw in bed ligt.'

'Nou, dat is een hele geruststelling,' zei ze droog, zich verbazend over zijn weinig subtiele opmerking. Gelukkig was ze niet jaloers aangelegd.

Hij grijnsde. 'Of met een andere man.'

Wat, dat moest ze hem nageven, best een leuke grap was.

Om vijf uur was het lachen haar echter vergaan. Dit was echt idioot. De afgelopen uren had haar hart net zoveel slagen gemaakt als anders in een week. Ervan overtuigd dat Rory dood was, zocht ze het nummer van de tandartspraktijk van Joe op en belde hem. Toen ze de assistente kreeg, eiste ze meteen te worden doorverbonden.

'Heb jij wat van Rory gehoord? Hij zei dat hij zou bellen, maar dat heeft hij niet gedaan. En ik weet dat het belachelijk is, maar ik denk steeds dat hij misschien een ongeluk heeft gehad.'

'Ik bel hem wel even.' Ze kon horen dat Joe zijn mobieltje pakte en wat intoetste. 'Nee,' zei hij een paar seconden later. 'Ik krijg zijn voicemail. Misschien is zijn batterij leeg.'

'Vind je me neurotisch?'

'Eerlijk gezegd wel een beetje,' zei hij. Maar op een aardige toon.

'Ik maak me zorgen.' Tasha haalde diep adem; was ze echt de enige die het raar vond? 'Ik maak me echt zorgen. Stel je voor dat hij ergens op de intensive care ligt?'

'Maar ziekenhuizen bellen dan toch altijd de familie?' zei Joe.

'Maar ik ben geen familie! Mij zouden ze dus niet bellen!'

'Rustig maar. Nee, ze zouden zijn familie bellen en die zouden mij weer bellen. Maar dat is niet gebeurd. Volgens mij is je paniek nergens voor nodig.'

'Maar wat als hij buiten bewustzijn in het ziekenhuis ligt en zijn mobieltje is uit zijn zak gevlogen toen hij door een grote vrachtwagen werd geraakt?'

Het was even stil aan de andere kant van de lijn, terwijl Joe die mogelijkheid overwoog. Toen zei hij: 'Ach, ik weet zeker dat hij je belt zodra hij kan.'

'Lach je me soms uit?'

'Een klein beetje maar.'

Nou ja, dat kon ze hem eigenlijk niet echt kwalijk nemen.

'Normaal ben ik niet zo, hoor.'

'Als jij het zegt.' Het klonk alsof hij glimlachte. 'Maar mag ik nu ophangen? Er ligt hier nog een patiënt met de boor half uit zijn mond.'

Oeps. 'Sorry,' zei ze. 'Dag.'

Een uur later werd er bij haar aangebeld. Terwijl ze naar de deur liep, zag ze voor zich hoe Joe op de stoep stond, met een ernstig gezicht en in het gezelschap van twee agenten die haar het slechte nieuws kwamen vertellen. Een van de agenten had het restant van Rory's vernielde mobieltje in zijn hand...

Ze haalde diep adem en deed de deur open.

'Hoi!' Rory droeg zijn leren motorpak en hield zijn helm onder zijn arm. Hij grijnsde van oor tot oor. 'Wat een prachtige rit was dat. Echt prachtig! Geef me een kus.' Terwijl hij een stap naar voren deed om haar te omhelzen, vroeg hij: 'En hoe was jouw dag?'

Tasha had het punt bereikt waarop ze gewoon had gehoopt dat er echt een ongeluk was gebeurd – een kleintje dan – want dan zou hij tenminste een geldig excuus hebben voor de ellende die hij haar had bezorgd. Maar nu ze wist dat hij leefde, was ze het liefst tegen hem gaan schreeuwen.

Nou ja, niet echt schreeuwen. Maar hem wel duidelijk maken wat hij haar had aangedaan.

'Waar is je mobieltje?'

'O, zo stom... Dat was ik vergeten mee te nemen. Ik ben nog niet thuis geweest... Het ligt nog in mijn flat, op bed. Hoezo, heb je geprobeerd me te bellen?'

Tasha wist dat hij de waarheid sprak. Hij had echt geen flauw idee wat hij haar had aangedaan.

'Ja, ik had je gebeld.' Ongeveer driehonderdvijftig keer. 'Je zei dat je me zou bellen.'

'Dat weet ik, maar dat ging dus niet.' Hij haalde zijn schouders op. Echt geen flauw idee had hij.

'Ik maakte me zorgen.' Tasha dwong zichzelf kalm te blijven. 'Ik heb doodsangsten uitgestaan. Motorrijden is hartstikke gevaarlijk.'

Ze stonden inmiddels in de gang, en Rory leek nog steeds verbaasd. 'Hoor eens, ik heb nog nooit een ongeluk met de motor gehad. Je hoeft je over mij geen zorgen te maken.'

'O nee? Maar mag ik me dan wel zorgen maken over al die andere idioten op de weg die je zomaar omver zouden kunnen rijden? Dat zag ik de hele dag voor me,' flapte ze eruit. 'En sorry als dit maf klinkt, maar ik heb je nog maar net gevonden.' Haar stem brak terwijl ze het probeerde uit te leggen. 'En ik ben zo bang dat er iets gebeurt waardoor ik je weer kwijtraak.'

'O god. Het spijt me.' Rory sloeg zijn armen om haar heen. 'Mij overkomt niks, dat beloof ik je.'

Hij vond haar vast rijp voor het gesticht. Misschien wilde hij wel niks meer met haar te maken hebben. 'Mij spijt het ook. Ik kan er niks aan doen. Ik haat het dat ik zo ben.' Ze hield hem stevig vast en ademde de geuren van leer en motorolie en warme huid in. 'Ik maak me te veel zorgen en heb te veel fantasie.' Ze vertelde maar niet dat ze zich zelfs zijn begrafenis al had voorgesteld; als hij dat hoorde, zou hij het echt meteen uitmaken.

Maar toen ze ineens aan vroeger dacht, moest ze het hem allemaal wel uitleggen. Hulpeloos zei ze: 'Ik heb je toch verteld dat mijn ouders uit elkaar zijn gegaan toen ik zes was? Nou, het punt is dat mijn moeder niet wist hoe ze me moest vertellen dat hij was vertrokken, dus toen zei ze dat hij in het buitenland werkte. En ik bleef maar op hem wachten, maar hij kwam natuurlijk niet... Ik ben maandenlang ziek van angst geweest. Ik vroeg me af of ik soms iets verkeerd had gedaan en ik vroeg me ook af of hij misschien dood was...' Uit schaamte maakte ze haar zin niet af. 'Maar hij leefde natuurlijk nog gewoon. Hij had het zo druk met verliefd zijn op zijn nieuwe vriendin dat hij geen tijd meer had voor zijn oude gezin.'

'Wat een klootzak. Jezus. Luister naar me. Ik ben een egoïst en ik heb niet goed nagedacht. Het is gewoon niet bij me opgekomen dat jij je wel eens zorgen kon maken.' Hij keek haar diep in de ogen. 'Het zal niet weer gebeuren, dat beloof ik je. Ik zal je nummer uit mijn hoofd leren, zodat ik je altijd kan bellen. En ik zal je steeds laten weten waar ik ben, zodat je niet meer zo overstuur hoeft te raken.'

'Dank je.' Ze kuste hem. 'Vind je me nu nog wel leuk? Eerlijk zeggen, hoor.'

'Wil je het echt weten?' Zijn glimlach was terug. 'Ja, als je het goed aanpakt, maak je nog steeds kans.'

'Dat is fijn om te horen. Blijf je vannacht slapen?'

'Graag zelfs.' Hij streelde haar wang. 'Maar ik moet eerst naar huis. Douchen en omkleden. Ik ben over een uurtje terug, oké?'

Hij vertrok. Vijfentwintig minuten later ging Tasha's telefoon.

'Met mij. Ik heb me net gedoucht. Ik ben me nu aan het aankleden.'

'Mooi zo.'

'Ik trek net een schoon overhemd aan.'

'Heel goed.'

'Ik ben om tien over negen bij je.' Korte stilte. 'Misschien om twaalf over. Maar zeker niet later dan kwart over.'

'Spot er maar mee,' zei ze. 'Ik weet dat ik een hopeloos geval ben.'

'Joe had een berichtje ingesproken. Hij zei dat je je zorgen om me maakte.'

'Ja, ik heb hem gebeld. Ik was wanhopig.'

Rory klonk geamuseerd. 'Ik had ook nog zesenveertig gemiste oproepen.'

Zoveel? Tasha kreeg een knalrood hoofd; hier moest ze echt aan werken. 'Ach, gewoon een of andere gek, denk ik. Negeren die handel.'

'Ik kom met de auto naar je toe. Zal ik je even bellen als ik halverwege ben?'

'Kom nou maar gewoon hierheen en hou op met dat geplaag,' zei ze. 'Anders word je morgen misschien wel wakker met geëpileerde wenkbrauwen.'

12

Een dakloze man van middelbare leeftijd zat gelaten op de koude stoep, met voor zich een hoed waarin wat muntjes lagen. Het schemerde al toen Flo op zaterdagmiddag langs hem heen liep, maar zijn warrige grijze haar en zijn gebogen schouders werden beschenen door het licht van de straatlantaarn en door dat uit de kroeg achter hem. Flo bleef staan, zocht in haar jaszakken en gaf hem toen een muntstuk van een pond.

'Dank u.' De man knikte dankbaar.

Ze hoopte maar dat hij het niet aan bier of drugs zou uitgeven.

Precies op dat moment steeg een enorm gejuich op uit de kroeg.

De ramen trilden ervan. Binnen volgden rugbyfans een belangrijke wedstrijd op een groot scherm.

'Is het niet frustrerend om het alleen maar te horen en er niet naar te kunnen kijken?'

De man schudde zijn hoofd. 'Ik ben geen rugbyfan. Maar als zij blij zijn met hoe het gaat is dat hopelijk ook goed voor mij.'

Ze knikte; ze begreep dat de herrie te verdragen was als dat betekende dat de mensen vrolijk en aangeschoten naar buiten kwamen en wat extra geld in de hoed gooiden. Nadat ze de man gedag had gezegd, liep ze door. Achter zich hoorde ze nog meer gejoel uit de kroeg opklinken. Zo te horen was iedereen voor het winnende team.

In de supermarkt gooide ze flesjes tabasco voor Margot in haar mandje, soep en een zak toffees en wat blikjes tonijn van het merk dat Jeremy het lekkerst vond. Verder pakte ze nog een baguette, camembert, rode druiven en een pak honingijs. Voor zichzelf, niet voor Jeremy. Ze was van plan er een lui avondje thuis van te maken, gezellig samen met Jeremy en een stapel dvd's.

Nadat ze bij de kassa had afgerekend, liep ze terug naar huis. Voor de kroeg zag ze een groepje mannen staan, waarschijnlijk om hun nicotinebehoefte te bevredigen.

Toen ze dichterbij kwam, herkende ze het soort: kakkleren, kakstemmen. Clifton was het Chelsea van Bristol; het stikte er van de rijkeluistypes die het leuk vonden om HARDER en zelfverzekerder te praten dan normale mensen. En sommigen van hen vonden het dan weer leuk om naar rugbywedstrijden te kijken, met hun kragen omhoog en dure truien aan waar hun overhemd onderuit flodderde, terwijl ze daarbij een enorme hoeveelheid alcohol achteroversloegen, bij voorkeur bier afgewisseld met champagne. Flo, die al een aantal jaren in de buurt woonde, kende het slag maar al te goed.

Hopelijk kon de dakloze de vruchten plukken van hun vrolijkheid.

Vlak bij de kroeg gekomen hoorde Flo een paar van de kakstemmen roepen: 'Doe dan... doe dan... doe dan!' Wat werd gevolgd door een andere stem die uitriep: 'Jezus christus, wacht even, iemand heeft verdomme net mijn biertje uit mijn hand gestoten. Wie heeft er zin om het op te likken?'

'Toe, Giles, pak je portefeuille nou maar en doe het. En een beetje snel graag, het is hier fucking koud.'

'Zeg dat wel, fucking koud! Kom op, Giles!'

Flo moest bij zichzelf lachen. Ze waren zo bekakt dat hun 'Giles' bijna klonk als 'Chaaaarles'. Maar hij maakte in elk geval zijn portefeuille open. Wauw, en moest je eens zien wat hij eruit pakte. Geen briefje van twintig of zo, nee, ze stond inmiddels zo dichtbij dat ze in het licht van de straatlantaarn kon zien dat het een vijftigje was. Je kon zeggen wat je wilde van die kakkers, maar als ze hadden gedronken, konden ze ongelooflijk vrijgevig zijn.

'Kom op, Henry, aan jou de eer, kerel!'

Een van zijn vrienden rommelde in de zakken van zijn spijkerbroek – een Armani natuurlijk. Giles wapperde met het briefje van vijftig voor de dakloze die op de grond zat. Flo nam haar tas in haar andere hand en zag dat Armani-Henry iets kleins aan Giles gaf. Ze voelde iets van ontroering; dit soort mannen kwam vaak over als totale zuipschuiten, maar ze hadden het hart wel op de juiste plaats.

Alleen... was het geen geld dat Henry had bijgedragen. Ze hoorde een klikje en zag een klein vlammetje. De andere mannen lachten en spoorden Giles aan die het bankbiljet naar het vlammetje bracht.

Wat?

'Doe dan! Doe dan! Doe dan!'

Flo deed een stap naar voren om het beter te kunnen zien. Hallucineerde ze soms? Het was alsof je naar iemand keek van wie je dacht dat hij iemand anders wilde redden die van een klif dreigde te vallen, maar dat hij die ander dan ineens een duw gaf.

Binnen een paar seconden stond het briefje van vijftig in lichterlaaie. Giles wapperde ermee voor het gezicht van de dakloze, brullend van het lachen. 'Dat zou jij ook wel willen, hè, kerel, dat je geld had om in rook op te kunnen laten gaan! Ha ha ha!'

'Waarom doet hij dat?' vroeg Flo aan een van de anderen.

'Gewoon voor de gein.' De man haalde grinnikend zijn schouders op. 'De regels van de drankclub. Als iemand je uitdaagt om iets te doen, dan doe je het.'

Flo was woest. Het ergste was nog wel de gelaten blik van de dakloze man. Het was één tegen zes, dus wat kon hij doen? Zelf wist ze ook maar al te goed dat het geen zin zou hebben er iets van te zeggen. Als ze tegen Giles begon te schreeuwen, zou hij haar gewoon uitlachen.

Razendsnel overwoog ze haar mogelijkheden. Toen pakte ze het blik soep uit haar tas en trok het dekseltje eraf. 'Hé, Giles!' riep ze, terwijl ze naar hem toe liep.

Hij draaide zich verbaasd om om te kijken wie hem had geroepen.

En daar vloog de inhoud van het blik Heinz-tomatensoep – *PETS* – al met een grote oranje boog door de lucht, om met een bevredigend gespetter op Giles te belanden. Hij zat van top tot teen onder.

'Ho!' Zijn vrienden, die gevaar roken, deinsden naar achteren.

Flo, die nog nooit zoiets had gedaan, bereidde zich op het ergste voor.

'Wat de fuck...' Giles staarde haar aan. Hij leek net iemand uit een stripverhaal, met al die soep die van zijn gezicht en overhemd droop. 'Verdomme, waar was dat voor nodig?'

'Sorry.' Ze wees naar het smeulende bankbiljet in zijn hand. 'Ik dacht dat je in brand stond. Ik wilde de vlammen doven.'

'Bullshit!' Hij spuugde het woord eruit. 'Daar trap ik heus niet in.'

'Oké dan.' Nog steeds trillend van razernij schudde Flo haar haren naar achteren en zei: 'Ik heb het gedaan omdat ik mijn ogen niet kon geloven. Je bent gewoon een walgelijke man. Hoe kun je nou zoiets gemeens doen?'

'Luister.' Met strakke kaken kwam hij voor haar staan. 'Het is mijn geld, en ik mag ermee doen wat ik wil. Ben je in staat om dat te begrijpen?'

'Wettelijk gezien heb je gelijk. Moreel gezien ben je een varken.'

'O jezus, moet je horen wat je zegt. Speel je soms voor moeder Teresa in je vrije tijd?' Hij torende dreigend boven haar uit; hij stonk naar bier en spuwde bijna van woede. 'Of ben je zo iemand die mensen op straat lastigvalt met een of ander socialistisch blaadje? Ik word kotsmisselijk van jullie soort.'

'Goh, komt dat even goed uit, ik kots van jullie soort,' diende ze hem van repliek. Hoewel ze zich afvroeg waar ze in godsnaam mee bezig was.

'Fuck, man, moet je mijn overhemd eens zien. Het is een Dolce & Gabbana, verdomme. Heeft me vierhonderd pond gekost.'

Het was gewoon een wit overhemd. Flo giechelde een beetje hysterisch.

Woedend veegde hij met zijn vieze hand over haar lichtblauwe sweatshirt, dat nu ook onder de tomatensoep zat.

'Nou, mijn shirt is een echte Primark. Heeft me vijf pond vijftig gekost.' Ze kon het niet laten om er nog aan toe te voegen: 'Dus ik win.'

'Kutcommunist,' viel Giles uit. 'En denk maar niet dat je van mij kunt winnen. Ik bel de politie.'

O, dat werd al minder grappig. Hoewel ze er niets van liet merken, vroeg ze zich toch angstig af of hij haar inderdaad kon laten oppakken. Dat zou niet zo mooi staan op haar cv.

'Laat nou maar, Giles.' Gelukkig schudde een van zijn vrienden zijn hoofd. 'Dat is waarschijnlijk niet zo'n goed idee, kerel. Dat gedoe kunnen we missen als kiespijn.'

Giles veegde de soep uit zijn gezicht. 'Rot op, allemaal. Ik ben weg.' Hij stormde naar de taxistandplaats aan het einde van de straat.

Oef.

'En als jullie ook maar een beetje fatsoen in jullie donder hebben, dan weten jullie wat je te doen staat.' Flo, die zich weer heel moedig voelde, pakte haar portemonnee en gaf de dakloze man een briefje van tien.

Beschaamd volgden een paar van de mannen haar voorbeeld, waarna ze afdropen naar de volgende kroeg.

'Klootzakken,' mompelde ze.

'Dank je. Sorry dat ik je niet heb geholpen.' De dakloze man schudde verontschuldigend zijn hoofd. 'Dan hadden ze... nou ja...'

'Ik weet het. Het geeft niet.' Ze begreep best dat hij het zich niet kon veroorloven om bij een ruzie betrokken te raken. 'Ik vond het gewoon erg dat ze zo onbeschoft waren.'

'Hier. Dat hoef je me niet te geven.' Hij stak haar het briefje van tien weer toe. 'Het is genoeg dat je de anderen zover hebt gekregen om me wat te geven.'

Ze merkte dat hij het meende, en stiekem wel een beetje opgelucht pakte ze het bankbiljet weer van hem aan. 'Goed, maar...'

'Mijn god, jij bent het!'

Toen ze zich geschrokken omdraaide om te kijken wie dat had gezegd, kwam ze oog in oog te staan met de vampierbroer.

Oké, zo moest ze hem niet meer noemen. Hij heette Zander Travis.

'O, hoi.'

'Wat was dat allemaal?' Hij gebaarde in de richting van de taxistandplaats, waar Giles een taxichauffeur zover probeerde te krijgen dat hij hem in zijn besmeurde staat meenam.

Had ze zin om het uit te leggen? Nee. Dus schudde ze haar hoofd. 'Ach, niks belangrijks.'

'Zeker weten?' Hij keek haar fronsend aan. 'Het zag er niet zo uit. Is dat soms je vriend?'

Nu kreeg ze ineens veel zin om alles uit te leggen. Bah, stel je voor. 'Echt niet,' zei ze rillend van afschuw.

De man die op de stoep zat, bemoeide zich ermee. 'Ze hielp mij. Hij verbrandde vlak onder mijn neus een briefje van vijftig. Voor de lol.'

'En heeft hij toen iets over je heen gesmeerd?' Zander staarde ongelovig naar de vlekken op haar sweatshirt. 'Dat heet mishandeling.'

God, die Travissen met hun voorliefde voor gerechtelijke stappen. Hadden ze soms allemaal een advocaat onder een voorkeurstoets zitten?

'Het lijkt me beter om de politie er buiten te laten,' zei ze. 'Want ik heb een blik soep over hem heen gegooid.'

Zanders gezicht was echt om te filmen. Ze wees naar het glanzende spoor van oranje druppels op de stoep. 'Heinz-tomatensoep.'

Haar slachtoffers verdienden het beste van het beste.

Een vage glimlach verzachtte het hoekige gezicht van Zander. 'Nou ja, beter dan bloed. Ken je hem?'

Ze schudde haar hoofd. 'Ik had hem nog nooit eerder gezien.' In haar te dunne jas begon ze te rillen in de ijzige wind. 'En ik hoop hem ook nooit meer te zien.' Ze keek naar de taxistandplaats. Giles was nergens te bekennen. Had hij toch een taxi gevonden of hield hij zich ergens in een donker hoekje op?

'Ben je op weg naar huis?' Zander, die haar blik had gevolgd, dacht blijkbaar hetzelfde. 'Kom, dan loop ik wel even met je mee.'

13

Een paar minuten later waren ze al op Caledonia Place. Omdat het pas halfzes was, vond Flo het niet raar om hem te vragen of hij zin had om even een kop koffie bij haar te komen drinken.

En Zander bleek het ook heel gewoon te vinden om daar meteen ja op te zeggen.

Nu, een paar koppen koffie en een pak koekjes later, was het negen uur. Flo kon het nauwelijks geloven. Ze hadden aan één stuk door zitten praten over van alles en nog wat, en het rustige avondje voor twee dat ze voor zichzelf en Jeremy in gedachten had gehad, was veranderd in een vrolijke ménage à trois.

Niet zo'n soort ménage natuurlijk. Maar de vanzelfsprekendheid waarmee ze met elkaar omgingen, verraste haar toch. Ze voelden zich compleet op hun gemak bij elkaar. Zander zat op de bank en Jeremy lag languit aan zijn voeten op het vloerkleed, wat in Jeremy's geval veelzeggend was.

Ze was wat meer over Zander te weten gekomen en hij over haar. Ze hadden allebei hun ouders verloren toen ze in de twintig waren. Zander had na de dood van zijn ouders zijn zus onder zijn hoede genomen, die weliswaar twee jaar ouder was dan hij, maar niet zo goed in staat bleek om voor zichzelf te zorgen. Lena, zo begreep Flo inmiddels, was een lastige mix van bazig en behoeftig, van hulpeloos en eigenwijs.

'Vroeger wilde ik ook altijd een zus,' zei ze. 'Maar misschien is het achteraf gezien toch niet zo erg om enig kind te zijn.'

'Dat is puur geluk hebben.' Hij brak het laatste koekje doormidden. 'Hadden je ouders niet gewild dat je een universitaire studie zou doen?'

'Jawel.'

'Waarom heb je dat dan niet gedaan?'

'Dat heb ik wel gedaan.'
'O?' Hij keek verbaasd. 'Wat heb je dan gestudeerd?'
'Frans.'
'Je hebt Frans gestudeerd, maar je werkt als bejaardenhulp?' Hij klonk echt stomverbaasd.
'Ik heb een tijdje in Normandië gewoond, waar ik voor een farmaceutisch bedrijf werkte, maar toen werd mijn moeder ziek. Ik heb mijn baan opgezegd en ben teruggekomen om voor haar te zorgen. En na haar dood was het lastig om weer werk in Frankrijk te vinden. Dus toen ben ik als uitzendkracht in Nairn House gaan werken, gewoon voor het geld, maar ik ontdekte dat ik het erg leuk vond. En nu, zeven jaar later, werk ik daar nog steeds.'
'Maar het betaalt toch heel slecht?'
'Betaalt jouw werk slecht?' Ze wist dat hij voor een internationaal onroerendgoedverhuurbedrijf werkte.
'Nee, natuurlijk niet.'
'En hou je van je werk? Geniet je van iedere seconde?'
'Nou, nee...'
'Zie je wel?' zei ze. 'Daar heb je het al. Ik wel, dus ik win.'
Zander knikte. Hij erkende zijn nederlaag. 'Oké, dat is ook weer waar.'
Op dat moment rekte Jeremy zich uit, sprong op de bank en installeerde zich op de schoot van hun bezoek.
'Dat heb ik nog nooit meegemaakt,' zei Zander. 'Wat een eer!'
'Zeg dat wel. Het staat bijna gelijk aan een Oscar winnen.'
Om kwart over tien vertrok hij om een halfuur later weer op de stoep te staan met afhaaleten van de Chinees in Regent Street. Flo voelde haar hart een keer overslaan toen ze op de zoemer drukte om hem binnen te laten. En hij had nog wijn meegenomen ook. Was het verbeelding of was hij echt stukken aardiger dan ze had gedacht?
Of deed hij soms alleen maar alsof hij aardig was? Misschien wilde hij haar wel dronken voeren en haar dan subtiel overhalen om een papier te tekenen waarmee ze de voogdij over Jeremy aan hem overdroeg.
Gebakken rijst. Garnalen. Szechuan-garnalen. Tom yam. Gebakken mie. Rundvlees met cashewnoten in een gelebonensaus. En kroepoek.

Flo trok haar wenkbrauwen op. ‘Weet je zeker dat je genoeg hebt?’

‘Sorry.’ Hij haalde zijn schouders op. ‘Ik wist niet waar jij zin in had. Dus heb ik van alles wat genomen. Jij mag eerst kiezen.’

‘Maar ik vind alles lekker. Mag ik overal een beetje van nemen?’

Hij knikte. ‘Ga je gang.’

Ze schepten het eten uit de bakjes over op borden.

‘Vorig jaar had ik iets met een meisje dat alleen maar kip lustte,’ vertelde hij. ‘Dat at ze iedere dag. In alle restaurants waar we naartoe gingen.’

‘Verveelde haar dat nooit dan? Ik ben juist heel gulzig,’ zei Flo. ‘Ik hou van zoveel soorten eten. Ik zou in paniek raken bij het idee dat ik zou moeten kiezen. Maar die inktvis is trouwens verrukkelijk.’

‘Mooi zo.’ Hij keek haar glimlachend aan, hetgeen hopelijk betekende dat hij haar geen veelvraat vond.

‘Hoelang heb je iets met haar gehad?’

‘Vier maanden ongeveer. Misschien vijf.’

‘En waarom is het uitgegaan? Kwam dat door die kip?’

‘Meer door mijn zus. Lena mocht haar niet. En zij mocht Lena trouwens ook niet. En na een tijdje leek het gewoon makkelijker om het uit te maken.’

‘Mag ik iets zeggen? Je moet je niet door je zus laten voorschrijven met wie je omgaat. Ze heeft daar niks mee te maken.’

‘Dat weet ik wel. Maar het was niet alleen Lena. Het was ook die kip.’ Na een korte stilte voegde hij eraan toe: ‘En het feit dat ze zichzelf vrijwel helemaal vegetariër noemde.’

‘Ha, zo eentje hadden we er ook in het bejaardenhuis. Steeds maar zeggen dat hij vegetariër was, maar wel iedere zondagochtend stiekem naar een café om daar een broodje bacon te eten.’

‘Precies. Nou ja, je snapt het wel, het was geen ramp om het uit te maken. Geen liefdesverdriet. Dat was vorig jaar dus.’ Hij schonk wat sojasaus over zijn mie. ‘En jij? Heb jij een vriend?’

Dacht hij nou echt dat ze op zaterdagavond met hem thuis Chinees zou zitten eten als ze een vriend had? Oké, dit was dan wel geen date, maar toch.

‘Nee.’ Ze nam een slok wijn. Hij was heerlijk, een ijskoude sauvignon blanc uit Nieuw-Zeeland.

'Waarom is het bij jou uitgegaan met je laatste vriend?'

'Gaan we nu zielige verhalen uitwisselen?'

'Wel zo eerlijk.' Zander spietste een garnaal aan zijn vork en bracht hem naar zijn mond. 'Of is jouw verhaal soms echt zielig?'

Ze grijnsde. 'Nee, hoor. Gewoon de gebruikelijke redenen om het uit te maken.'

'Ging hij vreemd?'

'Niet die reden.'

'Je maakt me nou echt nieuwsgierig. Wil je het me vertellen of liever niet?'

Ze vroeg zich even af of ze niet beter snel een ander verhaal kon verzinnen, een verhaal waarmee ze een man niet meteen de stuipen op het lijf joeg. Ze zou kunnen zeggen dat ze uit elkaar waren gegroeid, dat ze elkaar minder leuk waren gaan vinden, dat de magie was verdwenen en bla bla bla...

Ach wat. Ze kon net zo goed de waarheid vertellen.

'Hij heette Marcus. Hij was net zo oud als ik. We zijn twee jaren samen geweest en alles ging fantastisch... Nou ja, dat dacht ik tenminste.' Eerst nog maar een slok wijn. 'Maar toen waren we een keertje uit met vrienden en kregen we het over van alles en nog wat en iemand vroeg toen aan me of ik kinderen wilde. Dus toen zei ik: ja, ooit wel. En toen stopte Marcus met praten en keek me aan... Nou ja, en dat was dat. Hij verklaarde dat hij echt nooit kinderen wilde. En ik zei dat ik ze wel wilde, maar voorlopig nog niet. En toen zei een van de andere jongens voor de grap: "Pas maar op, vrouwen van in de dertig zijn net tijdbommen, die eitjes blijven niet eeuwig goed." En toen moest iedereen lachen.'

Flo zweeg even toen ze eraan dacht hoe Marcus daarna op haar had gereageerd.

'Hoe dan ook, hij zei dat hij me niet vertrouwde, dat hij bang was dat ik zou proberen toch zwanger te worden. En toen wist ik dat het voorbij was. Natuurlijk zou ik dat nooit op zo'n achterbakse manier hebben gedaan. Maar als hij zo over me dacht, dan stelde onze relatie niet veel voor.'

'En dat was dat,' zei Zander.

'Ja. Na twee gelukkige jaren was het binnen twee minuten over en uit. De volgende dag hebben we het uitgemaakt.'

‘Wauw.’ Toen hij zag dat haar glas leeg was, schonk hij haar bij.

‘Tja. Raar hoe snel dingen kunnen veranderen.’

‘Was je er niet kapot van?’

‘Gek genoeg niet. Wel een beetje geschokt in het begin. Maar het was eigenlijk net alsof ik een knop had omgedraaid.’ Ze haalde haar schouders op. ‘Ik wist meteen dat het definitief was.’

‘Weet je hoe het nu met hem gaat?’

‘O ja, hij heeft nou iets met een meisje van drieëntwintig. En het is heel gemeen van me, maar soms hoop ik gewoon dat zij per ongeluk zwanger van hem raakt.’

Hij lachte. ‘Dat is in elk geval eerlijk.’

‘Ik ben altijd eerlijk. Anders zou ik je de reden waarom we het hebben uitgemaakt niet hebben verteld.’

‘En dat was een jaar geleden?’

‘Iets meer. Ik was toen eenendertig. En nu ben ik al tweeëndertig!’ Ze keek hem lachend aan. ‘Kun je nagaan hoe weinig eitjes ik nog heb.’

‘Tweeëndertig is helemaal niet oud.’

‘Nee, maar mannen denken wel dat je op die leeftijd wanhopig bent. Gek, hè, dat ik nog steeds single ben?’

Hij schepte de laatste rijst op. ‘Je bent niet wanhopig.’

‘Dat weet ik. Maar dat weten zij niet.’

Zanders telefoon ging. Hij pakte hem uit zijn overhemdzakje. Toen hij zag wie er belde, verstrakte hij.

‘Wie is het?’ Niet dat het haar aanging, maar ze was nu eenmaal nieuwsgierig van aard.

‘Lena. Ik laat hem gewoon overgaan. Als het belangrijk is, spreekt ze wel een berichtje in.’

Het bellen hield op. Zander legde de telefoon op tafel, heel voorzichtig, alsof het een kleine granaat was.

Vijf minuten later schrokken ze allebei op toen de telefoon weer ging.

‘Ik zou maar gewoon opnemen,’ zei Flo. Zelf nam ze altijd op.

‘Hoi, wat is er?’ Zander luisterde naar de vervormde stem aan de andere kant van de lijn. Na een tijdje zei hij: ‘Oké, rustig. Ik ben al onderweg. Ik ben er over tien minuten.’ Er volgde weer iets onverstaanbaars. Toen zei hij: ‘Ik zit te eten. Bij iemand die ik ken.' Stilte. 'Dat doet er niet toe. Ik ga nu weg.'

Hij beëindigde het gesprek en keek Flo aan. 'Ze heeft zichzelf buitengesloten. Vergeten haar sleutel mee te nemen. Alweer.'

'Het is ijskoud buiten. Je moet echt gaan.'

'Maar ze vergeet haar sleutel altijd.' Terwijl hij opstond, wierp hij een blik op de etensresten.

'Gelukkig waren we bijna klaar met eten.' De bakjes waren zo goed als leeg, en er zat nog maar een heel klein beetje wijn in de fles.

Hij keek op zijn horloge. 'Tenzij... nou ja, het is pas kwart over elf. Ik kan natuurlijk ook nog even terugkomen nadat ik haar heb binnengelaten.'

'Pas maar op wat je zegt. Ik ben wel een vrouw van tweeëndertig die wanhopig graag een kind wil.' Flo had meteen spijt van haar woorden. O god, hoe kwam ze erbij?

Alleen wist ze donders goed hoe ze erbij kwam. Ze hoefde alleen maar naar de bijna lege fles op tafel te kijken.

'O sorry, wat erg,' zei ze gauw. 'Het was als grapje bedoeld, niet om je de stuipen op het lijf te jagen. Het flapte er gewoon uit.' Ja, alsof haar hoofd tot barstens toe vol zat met wellustige gedachten over hem.

'Geeft niet.' Zander haalde een hand door zijn haar. Hij zag er nogal geschrokken uit. 'Dus eh... Zal ik mijn zus binnenlaten en dan terugkomen of zullen we het hier maar bij laten?'

Oké, dit was nu officieel gênant. De arme man vond haar ongetwijfeld erg eng nu.

'Het is beter als je gewoon gaat. Ik bedoel, het is al elf uur geweest, en ik moet morgen om zes uur weer op...' Nou, zo kwam ze nog sulliger over dan de bewoners van Nairn House.

'Oké, goed. Dat is logisch. Prima. Dan ga ik maar.' Hij pakte zijn jasje en trok het aan.

Beneden bij de voordeur gaf hij Flo een beleefd kusje op haar wang, waardoor haar gezicht begon te tintelen en haar hart oversloeg. En haar hart was al zo van slag door haar stomme opmerking van daarnet.

En daar kwam nog bij dat hij zulke ongelooflijk blauwe ogen had.

'Dank je. Ik vond het erg leuk,' zei hij.

Ze was zich superbewust van zijn linkerhand, die licht op haar schouder rustte. Blozend zei ze: 'Ja, vond ik ook.'

Toen ze de deur opendeed om hem uit te laten, blies er ijskoude lucht naar binnen. Rillend zei ze: 'Nou, tot ziens dan maar.'

Zander stak zijn hand even op. 'Tot ziens.'

Flo deed de deur dicht, rende de trap op en ging in de huiskamer voor het raam staan. Hij liep met grote passen het plein over. Ze raakte de wang aan die hij had gekust en herinnerde zich het gevoel dat...

Oeps, hij had zich omgedraaid en stond naar haar raam te kijken. Omdat ze niet zo snel wist of ze zou weglopen of onder de vensterbank zou duiken, deed ze allebei tegelijk en eindigde het ermee dat ze achterover op het tapijt viel.

Ze leek net zo'n onhandige tor die op zijn rug lag.

Jeremy staarde haar vanaf de bank alleen maar aan; het deed hem allemaal zo weinig dat hij zelfs niet met zijn staart zwaaide. Flo grinnikte toen ze bedacht wat voor indruk ze op hem moest maken; gelukkig was er geen mens in de buurt die getuige was van haar schande. Toen ze op haar knieën ging zitten, zag ze een paar rijstkorreltjes op het tapijt liggen. Ze pakte ze op en ging staan.

Er werd aangebeld. Wat? Wat was dat? Met een bonzend hart liep ze naar de intercom, drukte erop en vroeg: 'Wie is daar?'

'Ik ben het. Ik ben iets vergeten.'

Wat kon hij nu zijn vergeten? Ze deed open en hoorde meteen daarna Zanders voetstappen op de trap.

En toen stond hij voor haar. Ze keek hem aan en voelde de kou die zijn lichaam verspreidde, terwijl ze tegelijkertijd de geur van zijn huid opsnoof.

Hij trok haar tegen zich aan en kuste haar op haar mond. O wauw, dit was te gek... De koele, stevige aanraking van zijn lippen en de warmte van zijn tong hadden een betoverende uitwerking op haar, en toen hij ook nog eens zijn hand op haar achterhoofd legde, voelde ze zijn hart tegen haar borsten kloppen...

Na een tijdje maakte hij zich weer van haar los. Zijn duim streelde haar wang. 'Ik durfde dat net niet te doen. Pas toen ik me omdraaide en jou achter het raam zag staan, wist ik genoeg moed te verzamelen om terug te komen.'

Als je naar hem keek, zou je nooit verwachten dat hij zo weinig zelfvertrouwen had. Mensen met gebeeldhouwde jukbeenderen en perfecte wenkbrauwen hoorden gewoon niet verlegen te zijn.

'Ik ben blij dat je dat hebt gedaan.' *O mijn god, moet je mij horen; wat een lellebel!*

'Maar nu moet ik echt gaan.' Hij gaf haar nog een korte kus. 'Anders vriest mijn zus nog dood op de stoep. Wat is dat?'

'Wat is wat?' Ze probeerde te zien waar hij naar stond te kijken, maar zijn hand lag nog steeds op haar achterhoofd.

'Blijf staan, er zit iets in je haar... Ik heb het al...'

Ze keken allebei naar wat hij had gevonden: twee rijstkorrels en een sliertje mie.

Van het tapijt. God, het zou minder gênant zijn geweest als ze luizen had gehad. Luizen hadden tenminste een reden om in haar haar te zitten.

'Hoe komt dat nou in je haar?' Zander was oprecht verbaasd.

'Geen idee. Vlak voor je aanbelde, heb ik Jeremy even opgetild. Misschien dat hij stiekem van mijn bord heeft gesnaaid en nog wat in zijn snorharen had zitten.' Met een strenge blik op Jeremy vervolgde ze: 'Je mag geen rijst meer in mijn haar smeren, hoor. Dat is heel goor.'

Jeremy spitste zijn oren. Hoewel Flo wist dat het slap was om hem de schuld te geven, was ze ervan overtuigd dat hij het niet erg vond om haar zondebok te zijn.

'Ik ga.' Zander liet de rijst en de mie in een van de lege bakjes vallen. 'En nu echt.'

'Oké.'

Hij glimlachte. 'Wat een avond. Maar luister, morgen moet ik voor zaken naar Toronto en daar blijf ik een paar weken. Maar zodra ik terug ben, bel ik je.'

Wat had ze daarstraks ook alweer gezegd? Iets over hoe snel dingen konden veranderen? Nou, wie had ooit kunnen voorspellen dat deze avond zo zou verlopen? En het mooiste was nog wel dat ze wist dat hij het meende toen hij zei dat hij zou bellen.

Met een rozig gevoel zei ze: 'Mooi.'

14

Beste Rose,
Drie dingen over mij: ik ben dol op mijn man. Ik kan mijn schoonmoeder niet uitstaan. Een bikini staat mij niet.

Het komt erop neer dat mijn schoonmoeder liever een mooiere schoondochter had gehad, iemand die meer op haar leek. Voor kerst heb ik van haar een waardebon voor plastische chirurgie gekregen, en ze zei erbij dat ik, als ik eenmaal liposuctie had gehad, ook nog een bon zou krijgen om iets aan mijn neus te laten doen. (Laat niemand zeggen dat ze niet gul is!)

Ik ben tevreden met mijn uiterlijk, maar heb schoon genoeg van haar opmerkingen. Ieder jaar betalen mijn schoonouders onze vliegtickets naar Barbados zodat we onze vakantie samen met hen in hun vakantiehuis daar kunnen doorbrengen. Ik ben vrij sportief en hou ervan om actief bezig te zijn, maar ze verwachten van ons dat we de hele tijd samen met hen bij het zwembad liggen. Overdag zonnebaden, 's avonds eten en drinken... dat is het wel zo'n beetje. Ik zou liever niet meer gaan, maar mijn man zegt dat ze zich dan gekwetst voelen en dat wil hij hun niet aandoen. Bovendien hebben we zelf geen geld om op vakantie te gaan.

Help me alsjeblieft. Ik weet gewoon niet wat ik moet doen.

Liefs, Laura

Beste Laura,
Och, ik heb gewoon medelijden met jullie allemaal. Voor je schoonmoeder is het vast ook niet leuk om opgescheept te zitten met een logee die zich overduidelijk doodverveelt. Misschien nodigt ze jullie wel alleen maar uit beleefdheid uit en zou ze stiekem opgelucht zijn als jullie niet meer kwamen.

Natuurlijk is haar cadeau verschrikkelijk, maar

misschien steekt er niets boosaardigs achter. Misschien wil ze je wel echt helpen. Ja, ik gun je schoonmoeder het voordeel van de twijfel. Niet iedereen vindt dezelfde dingen belangrijk in het leven.

Dit is mijn voorstel: zeg tegen je schoonouders dat je maar twee weken vrij kunt krijgen en dat je besloten hebt om in die tijd die plastische chirurgie te ondergaan. Ruil dan die waardebon in voor geld en ga lekker op vakantie met je man. Zeg tegen je schoonmoeder dat je de liposuctie hebt gehad, wacht een paar weken, en laat haar dan trots je nieuwe lichaam zien. Zeg tegen haar dat je er ontzettend blij mee bent. Als ze zegt dat ze geen verschil ziet... Nou ja, dat is dan haar probleem. (Als ze zegt dat ze geen littekens ziet, vertel haar dan dat dat komt omdat je zo'n geniale chirurg had.)

Geniet van je vakantie!

Liefs, Rose

De rij voor de incheckbalie was belachelijk lang; hij kronkelde als een slang en bestond uit honderden reizigers in verschillende stadia van ongeduld.

Rory, die zich al had ingecheckt voor zijn korte vlucht naar Zürich waar hij twee dagen voor zaken moest zijn, stond op zijn collega's te wachten. Hij keek naar een klein kind dat een hap van een broodje ei nam, een vies gezicht trok en het broodje in zijn rugzakje van Thomas de stoomlocomotief propte.

Een groep mannen die een vrijgezellenweekend hadden en het liefst meteen waren doorgelopen naar de bar in de vertrekhal, klaagde op hoge toon over de lange rij. Pubers die probeerden te doen alsof ze niet met hun ouders op reis gingen, hadden oordopjes in en gingen helemaal op in hun muziek. Een ietwat te opzichtig verliefd stel, waarschijnlijk op huwelijksreis, verdreef de tijd door elkaar innig vast te houden. Wat niet eens zo erg zou zijn geweest als ze elkaar niet hadden staan kussen. Met veel kabaal.

Een beetje als een paar kamelen.

Nou ja, iedereen moest doen waar hij zin in had.

Het stel maakte zich even van elkaar los; de vrouw keek dromerig in de ogen van de man en fluisterde: 'Ik hou van je, poepie van me...'

Rory moest bijna kotsen. *O god, als die man maar niet ook...*

De man wreef even met zijn neus over die van de vrouw. 'Ik ook van jou, poepie.'

Gadverdamme, hij had het ook gezegd. En niemand in de rij was het zelfs maar opgevallen.

Maar ineens zag Rory dat hij toch niet de enige was die het had gehoord. Aan het einde van de rij stond een groep vrouwen van achter in de twintig, van wie er eentje in een rolstoel zat. Ze had kort, golvend donkerrood haar en plastic slangetjes in haar neus die haar van zuurstof voorzagen. Onder haar sproetjes was ze lijkbleek, en ze had wallen onder haar grote donkere ogen, maar hij zag dat ze het stel ook bezig had gezien en haar best moest doen om niet in lachen uit te barsten. Hun blikken kruisten elkaar, en ze glimlachten allebei in het besef dat zij de enigen waren die het hadden gehoord.

De vrouw zag er zo ziek, zo mager en verzwakt uit dat Rory zich afvroeg of ze wel kon reizen. Maar dat zou vast wel, anders zou ze hier niet in de rij staan. En ondanks haar ziekte had ze blijkbaar nog steeds gevoel voor humor. Toen het stel voor hen in de rij elkaar weer luidruchtig begon te kussen, fluisterde de vrouw discreet *poepie* en stak haar vingers in haar keel.

Ja, jij ook poepie, fluisterde Rory zacht, en ze begon te lachen.

Een van de medewerkers van de luchthaven kwam met een klembord naar de vrouw toe lopen. 'Hallo, u hoeft niet in de rij te staan, hoor! Ik kan u verder helpen, dan krijgt u voorrang.'

'Echt? O, fantastisch.' De vriendin van de vrouw duwde de rolstoel meteen langs de rij naar voren, tot grote ergernis van de mensen die al halverwege waren.

'Hé, ze mag dan wel in een rolstoel zitten, maar wij staan hier al een halfuur, hoor...'

De vrouw in de rolstoel kuchte en zei met een klein lachje: 'Ja, oneerlijk, hè? Ik ben gewoon een enorme bofkont.'

Wat een stel imbecielen, dacht Rory. Terwijl de vrouw verder werd gereden, bleven de mensen jammeren, en toen ze zich heel even uit haar rolstoel hees omdat het zuurstofslangetje in de knoop was geraakt met de riem van haar tas, steeg de verontwaardiging in de rij tot grote hoogte, omdat de vrouw blijkbaar niet helemaal verlamd was.

'Ik hoop maar dat ze niet op onze vlucht zit,' zei een van de boze wachtenden. 'Ik zag laatst in zo'n ziekenhuisprogramma iemand die er precies zo uitzag en die had aids.'

Jezus.

'Kijk, en nou wordt ze ook nog naar de lift gereden. Waarschijnlijk doet ze alleen maar alsof, om een voorkeursbehandeling te krijgen.'

Rory verbaasde zich over het gebrek aan inlevingsvermogen van het stelletje debielen. Hij wist natuurlijk niet wat de vrouw had, maar het was duidelijk dat ze erg ziek was. Vreselijk om zo ziek te zijn en dan ook nog te maken te krijgen met de onwetendheid van zulke mensen.

Mocht hij haar straks nog zien, dan zou hij misschien even een praatje met haar aanknopen.

Maar daar had je Den en Ehjaz al...

De anderen waren allemaal door het dolle heen omdat ze straks naar Parijs vlogen, waar ze de dertigste verjaardag van Bea zouden vieren. Hallie had er ook naar uitgekeken; toen ze eenmaal de beslissing had genomen om mee te gaan, had ze er steeds meer zin in gekregen. Ze hadden kamers gereserveerd in een hotel in Montmartre, en Hallie had zo lang naar de foto's ervan op hun website zitten kijken dat het was alsof ze het hotel al heel goed kende. En iedereen had tips gegeven over goede restaurants en leuke plekken. Morgen zouden ze een boottocht maken over de Seine op een *bateau mouche*...

Alles leek zo soepeltjes te verlopen. Ze had zich de afgelopen week zelfs heel goed gevoeld. Nou ja, een klein beetje beter dan anders.

Tot vanochtend. Bij het wakker worden had ze meteen gemerkt dat het slechter ging, dat ze de eerste voortekenen had van alweer een infectie. Of haar immuunsysteem sterk genoeg was om ook deze infectie weer te verslaan, was een tweede...

Ze wilde echter zo graag mee naar Parijs dat ze de symptomen – zoals misselijk wakker worden – gewoon had genegeerd.

Maar dat was inmiddels vijf uur geleden, en het zag er niet

naar uit dat de symptomen zich lieten verdrijven. In plaats van ertegen te vechten leek haar toch al verzwakte lichaam zich er gewoon aan over te geven. Ze voelde zich rillerig en slapjes, haar ogen deden pijn, en in haar borstkas kwam dat beklemmende gevoel opzetten dat ze maar al te goed kende.

Eenmaal alleen in een wc-hokje pakte ze haar thermometer en hield hem onder haar tong. Ze wist al dat ze koorts had. Ze gokte op 38,5.

Oké, laten we eens even kijken...

Verdomme, 39,2.

Ze pakte haar mobieltje, belde de praktijk en vroeg aan Mary van de receptie of ze Luke even kon spreken.

Blijkbaar wist hij wat er vandaag voor haar op het programma stond, want nog geen twintig seconden later hoorde ze zijn stem al.

'Hallie, zeg het eens.'

'Ik ben op het vliegveld en ik voel me behoorlijk beroerd. Ik heb net mijn temperatuur opgenomen, 39,2.'

Na een korte stilte zei hij: 'Nou, je zou kunnen vragen of ze je even naar de eerste hulp daar kunnen brengen, maar je weet natuurlijk al wat ze zullen zeggen.'

'Ja.' Het had geen zin om te gaan jammeren en het waarom ik?-refreintje af te draaien. Ze was niet in staat om te reizen, en zelfs al zou ze Parijs halen, dan zou ze toch te ziek zijn om ervan te kunnen genieten.

'Ik vind het rot voor je,' zei hij meelevend.

'Ja, ik ook.' Wat zonde van alle voorpret. Ze had zich gewoon voor niets verheugd op iets wat niet meer ging gebeuren.

'Heb je het de anderen al verteld?'

'Nee.' Ze kuchte. 'En mijn moeder ook niet. O god, nou gooi ik haar plannen ook allemaal in de war.' Omdat haar moeder een paar dagen niet voor haar hoefde te zorgen, had ze een weekendje Edinburgh geboekt. Wat natuurlijk zonder enig probleem geannuleerd kon worden, maar het droeg wel bij aan Hallies schuldgevoel. Die arme moeder van haar had al zo weinig tijd voor zichzelf.

Luke, die dat ook wist, zei: 'Bel Fay nog maar niet. Laten we iets anders proberen te regelen. Misschien dat ik je kan helpen.'

'O, dat is lief. Ik ga het nu aan de anderen vertellen.'

Ze verliet het invalidentoilet en begaf zich naar de champagnebar in de vertrekhal, waar Bea en de anderen het feest al waren begonnen.

'Daar is ze! Wat ben je lang weggebleven, zeg! Hier, je hebt nog wat in te halen.' Bea hield een glas bubbels voor haar op.

'Ik vind het heel erg, maar ik heb een infectie.' Hallies stem brak; ze haatte het om altijd degene te zijn die roet in het eten gooide. 'Jullie zullen je zonder mij moeten vermaken. Ik kan niet vliegen.'

Nou ja, door die idioot dure reisverzekering hoefde ze er in elk geval niet financieel ook nog eens onder te lijden. Behalve dan dat ze idioot veel geld kwijt was aan een taxi terug naar Carranford. Nadat ze bij de eerste hulp op het vliegveld was geweest, waar haar was meegedeeld dat ze inderdaad niet kon reizen, had Hallie de benodigde formulieren ingevuld, en was ze door personeel van de luchthaven naar het kantoor van het taxibedrijf gebracht. Terwijl ze daar op een taxi wachtte, ging haar telefoon. Ze nam op en zette een vrolijke vakantiestem op. 'Ha, mam! Hoe gaat-ie?'

'Ik vroeg me gewoon af hoe het met je ging, lieverd. Even horen of je niks was vergeten. Hoewel er natuurlijk niks meer aan te doen is als dat wel zo is!'

Hallie kreeg bijna tranen in haar ogen. Haar moeder had altijd zoveel zorgen om haar gehad. Wat natuurlijk logisch was voor een ouder, maar omdat ze maar met z'n tweetjes waren, Fay en Hallie Kingsley samen tegen de wereld, was alles waarschijnlijk veel intenser.

Luke had gelijk. Haar moeder moest gewoon naar Edinburgh. Als er iemand was die een uitstapje had verdiend, was zij het wel.

'Ik heb alles wat ik nodig heb. We hebben net allemaal een glas champagne gedronken.' Nou ja, ze had zichzelf gedwongen een paar slokjes te nemen. 'En ze hebben net onze vlucht omgeroepen, dus we moeten zo aan boord. En ik mag als eerste!' Vrolijk liet ze erop volgen: 'Omdat ik extra speciaal ben!'

'Natuurlijk ben je dat. Nou, lieverd, veel plezier.'

'Dat zal wel lukken. Hoe laat vertrek je eigenlijk naar Edinburgh?'

‘Pas om zes uur. Pete kan niet eerder weg.’

Zes uur? Shit. Hallie keek naar de klok aan de muur. Smoesjes verzinnen was helemaal niet leuk als je je rillerig en koortsig voelde en het pas twee uur was. Maar haar moeder had zich zo verheugd op dit weekendje met Pete, haar vriend, dat wilde ze echt niet bederven.

Ze zei: ‘O, ik moet gaan. Ze roepen mijn naam om. Tot zondagavond dan maar. Veel plezier!’

15

Niks aan de hand, hield Luke zichzelf voor. Helemaal niks aan de hand. Hij hoefde zich echt niet schuldig te voelen. Hij deed niks verkeerd. Hallie was een vriendin. En op dit moment was ze een vriendin in nood, en het enige wat hij deed was haar een helpende hand bieden.

Dat ze daarbij ook nog zijn patiënte was, deed niet ter zake.

Om drie uur verliet hij de praktijk en reed terug naar zijn cottage aan de rand van het dorp, die hij huurde sinds hij in Carranford was komen wonen. Hallie had hem per sms meegedeeld dat ze er over twintig minuten zou zijn. Lichtelijk in paniek probeerde hij zijn huis door haar ogen te bekijken. Omdat hij geen bezoek had verwacht, zou hij snel de boel nog even aan kant moeten maken. Hij deed de voordeur open, keek een beetje verwilderd om zich heen en liep toen door naar de keuken. Oké, aan de slag.

Een kwartier lang was hij als een gek aan het werk. Hij stopte spullen terug in de kast en zette de ramen open om de geur van zijn fish-and-chips van gisteravond te verdrijven. Omdat hij Hallies longen niet wilde irriteren, kon hij niet met een luchtverfrisser spuiten. In plaats daarvan spoot hij wat aftershave op de gordijnen. Hij stapelde alle tijdschriften op en legde ze uit het zicht, zette koffiemokken en wat borden in de gootsteen en viste in de huiskamer kussens die hij nooit gebruikte achter de bank vandaan en legde ze zogenaamd nonchalant op de bank. Omdat hij geen tijd had om nog te stofzuigen, raapte hij wat kruimels van het tapijt en nam snel hier en daar wat stof af. Zijn gympen en sportkleren propte hij in zijn sporttas, die hij in de bijkeuken zette. Een lege chipszak van gisteravond verdween in de afvalbak. God, wat een gedoe om alles op te moeten ruimen voor onverwachte gasten.

Hij was net klaar, toen hij buiten een auto op het grind hoorde. Hij keek uit het raam – o, lekker dan, er zat een lange sliert vogelpoep op – en zag de taxi tot stilstand komen.

Hallie was er.

Hij ging naar buiten om haar te begroeten. Ze zag er witjes, koortsig en vermoeid uit.

'Heel fijn dat ik mocht komen. Sorry dat ik zo lastig ben. Het lijkt zo net alsof ik helemaal geen vrienden heb naar wie ik toe kan.' Ze hoestte in een zakdoekje en perste er een zwak lachje uit.

'Ach, geen enkel probleem. Ik ben blij dat ik je kan helpen.' Hij tilde haar rolstoel, de dozen met medische apparaten en haar koffer uit de auto. 'En je hebt wel vrienden. Alleen zitten die de komende drie dagen in Parijs.'

'En toen heb jij jezelf aangeboden. Echt te gek. Maar zodra mijn moeder weg is, ga ik naar mijn eigen huis.'

'Dat hoeft echt niet. Je mag gerust blijven.'

'Dat weet ik. Maar ik wil niemand tot last zijn.' Ze haalde haar schouders op en hoestte nog een keer. 'Anders is jouw weekend ook nog bedorven.'

Luke schudde zijn hoofd. 'Laten we eerst maar eens naar binnen gaan. Je bent ziek. Over de rest hebben we het straks wel.'

Hij droeg alles naar binnen, deed de ramen dicht, liet Hallie plaatsnemen op de met kussens bezaaide bank en sloot de zuurstoftank aan. Ze diende zichzelf haar volgende dosis medicijnen intraveneus toe via de katheter in haar borstkas.

'Waar heb je zin in? Koffie? Thee? Of wil je iets eten?'

'Nee, laat maar. Ik ben kapot. De hele tijd moeten doen alsof het wel gaat is... Nou ja, dat is behoorlijk vermoeiend,' zei ze met een klein lachje. 'En trouwens, ik weet niet wat je aan het koken bent, maar zo te ruiken is het klaar.'

'Wat? O god...' Om de geur van fish-and-chips te verdoezelen had hij de oven hoog gezet en er een boterham in gelegd. Een makelaar had hem namelijk ooit verteld dat dat voor de huiselijke zelfgebakkenbroodgeur zorgde waar je potentiële kopers mee kon verleiden.

In de keuken kwam hij tot de ontdekking dat de boterham compleet was verkoold. Wat een rund was hij ook. Snel zette hij de ramen weer open en wapperde druk met een theedoek om de rookwolken naar buiten te verdrijven.

Tegen de tijd dat hij de keuken had gelucht, thee had gezet, de cake van de plaatselijke kruidenier van zijn verpakking had ontdaan – hij kon nu eenmaal niet alles – en de kamer weer in liep, was Hallie diep in slaap.

Met het dienblad in zijn handen bleef hij even in de deuropening staan. Ze lag op haar zij op de verschoten rode bank. Ze ademde niet diep maar wel regelmatig in door de slangetjes in haar neus. Op die manier kreeg ze een paar liter zuurstof per minuut binnen. En mocht ze willen, dan kon ze ook nog de draagbare non-invasieve beademingsventilator aanzetten die hij op de tafel naast haar had gezet.

Voorlopig zou hij haar echter gewoon laten slapen. Dan kon ze een beetje bijkomen.

Ze zag er mooi uit zoals ze daar lag; haar wang rustte op haar hand, en haar andere arm hing over de rand van de bank. Haar donkere wimpers bedekten de wallen onder haar ogen, en in het licht van de schemerlamp achter haar kwamen haar tere gelaatstrekken goed uit. Ze droeg een donkerblauwe top en rok, een donkerblauwe panty en een donkerpaars wijd vest. Ze had haar laarzen uitgetrokken. Zou ze geen koude voeten hebben? Haar bloedsomloop was niet zo goed...

En kijk mij hier nou eens staan, ik lijk wel een dienstmeisje... Luke wierp een blik op het dienblad in zijn handen en liep ermee terug naar de keuken. Hij besloot de administratie te gaan doen in zijn werkkamer en dan over een uurtje weer bij Hallie te gaan kijken.

Om negen uur was ze nog steeds diep in slaap. Luke was regelmatig bij haar gaan kijken en had ondertussen zijn administratie gedaan, gekookt en op de kleine tv in de keuken naar een verbijsterende documentaire over extreme plastische chirurgie in Beverly Hills gekeken. God, sommige mensen waren echt niet goed snik. De pijn die ze geheel vrijwillig ondergingen... Er was een vrouw bij die zich voor de zevende keer liet opereren aan haar ietwat asymmetrische tenen.

De kip was klaar, net als de jus, en de groentes werden warm gehouden in de oven. Hij ging nog een keer in de kamer kijken en zag dat Hallie met haar ogen knipperde toen hij de deur opende die een beetje piepte.

Het was toch niet verkeerd van hem om haar hier te laten logeren?

Toch voelde hij zich schuldig, want hoewel hij nooit zou toegeven aan zijn gevoelens voor haar, waren ze er wel. En als ze niet zijn patiënte was geweest, als ze gewoon twee vrienden waren die in hetzelfde dorp woonden en van elkaars gezelschap genoten... Nou ja, dan had hij haar op een gegeven moment natuurlijk wel moeten vertellen wat hij voor haar voelde.

Bij het idee alleen al kreeg hij een steek in zijn buik. Of Hallie zijn gevoelens nu wel of niet zou beantwoorden, was een tweede, maar aangezien hij het haar toch nooit zou vertellen, deed het er niet toe.

Hij was huisarts en Hallie Kingsley was zijn patiënte. Op één keer na, toen ze naar zijn collega Jennifer was gegaan voor een gynaecologisch probleempje, was ze altijd bij hem onder behandeling geweest sinds zijn komst naar Carranford. Bovendien wist hij van haar moeder dat Hallie opgelucht was dat ze niets meer met de vinnige Jennifer te maken had. Zijn collega was dan wel een prima arts, maar ze ging niet al te fijnzinnig met haar patiënten om.

Hoe dan ook, dat was de situatie en die zou niet veranderen. Luke zuchtte. Hij had geleerd zijn emoties onder controle te houden, omdat hem dat het beste leek voor alle betrokkenen. Hallie zou nooit weten hoeveel ze...

'Hoe laat is het?' Hallie keek verward om zich heen.

'Negen uur.'

'Wauw. Wat was ik moe, zeg.' Ze rolde met haar schouders en kwam overeind. 'Sorry.'

'Hoezo sorry? Je had die slaap blijkbaar nodig. Hoe voel je je nu?'

'Al wat beter.' Ze glimlachte. 'En ik heb honger.'

'Heel goed, want ik heb gekookt.'

'Dat ruik ik. En mijn superspeurneus vertelt me dat het gebraden kip is.'

Hij haalde bescheiden zijn schouders op. 'Mijn specialiteit.'

'O ja?' vroeg ze met een onschuldige blik. 'Ik dacht dat dat verbrand brood was.'

Wauw, Luke bleek echt te kunnen koken. Om elf uur had Hallie al bijna haar tweede bord leeg.

'Die gebakken aardappels zijn fantastisch,' zei ze verbaasd. 'En dat is een compliment, want ik ben een kenner. Echt, ze zijn bijna net zo lekker als die van mij.'

'Dank je.' Lachend schepte hij de laatste aardappel op haar bord. 'Neem deze ook maar, misschien is die nog lekkerder.'

'O god, dat is mijn moeder weer,' zei Hallie toen haar mobieltje bliepte. Ze had haar voicemail aangezet, omdat ze bang was dat haar moeder anders aan de beltoon zou horen dat ze niet in Frankrijk was, maar ze kon de telefoontjes niet eeuwig blijven negeren. 'Ik moet haar even terugbellen.'

Voordat ze belde, schraapte ze nog een keer haar keel om niet ziek te klinken.

'Hè hè!' riep haar moeder uit. 'Waarom heb je niet eerder opgenomen? Ik begon me al zorgen te maken!'

'Mam, niks aan de hand. We zaten in een bistro. En nu zijn we weer in het hotel.'

Fay had echter jaren ervaring in zich zorgen maken om haar dochter en kende haar stem door en door. 'Zeker weten? Je klinkt een beetje alsof je last hebt van je longen.'

'Ik voel me prima. Maar wel moe. Daarom lig ik ook al in bed.' Om de aandacht af te leiden van haar longen, zei Hallie: 'Maar het is een fantastisch hotel, en mijn kamer is ook heel leuk.'

Nou ja, op de website had hij er tenminste leuk uitgezien.

'O, ik zou hem zo graag willen zien! Weet je wat, laten we gaan skypen! Dan kun je me alles laten zien!'

O nee, hè?

'Dat zou leuk zijn, maar dat gaat niet. Bea heeft het al geprobeerd, maar het bereik is niet zo goed.'

'Ach, wat jammer. Maar je kunt me toch een paar foto's sturen? Maak even een foto, dan kun je me die meteen mailen.'

'Eh...' Shit, shit. Hallie zette de telefoon op de luidspreker zodat Luke kon horen wat er aan de hand was.

'We kunnen ondertussen gewoon doorpraten. Toe dan, maak even een foto van je kamer voor me!'

16

'Oké, wacht even.' Hallie dacht snel na, keek om zich heen en zag een plek waar ze wel een foto zou kunnen maken. Ze hield haar mobieltje op naar het gedeelte van Lukes huiskamer met de lekkere bank, de salontafel ervoor en het raam rechts ervan waarvan het gordijn dicht was. Aan de muur hingen een paar ingelijste schilderijen. Oeps, en er lag een medisch tijdschrift op de plank naast het raam. Met een gebaar gaf ze Luke te kennen dat hij het weg moest halen, maakte toen de foto en mailde hem naar haar moeder. 'Zo, ik heb hem verstuurd. Hoe is het in Edinburgh?'

'Heerlijk. Een beetje regenachtig, maar erg mooi. Je krijgt trouwens de groeten van Pete. We vermaken ons prima en... Wauw, daar is de foto al. Dat is snel. En je zei nog wel dat je slecht bereik had. O jee, ik dacht dat je zei dat je zo'n mooie kamer had...'

'Mama! Het is ook een mooie kamer.' Shit, het had ook zo zijn nadelen dat je je mobieltje op de luidspreker kon zetten.

'Sorry, zo bedoelde ik het niet. Ik dacht alleen dat het een heel modern hotel was. Met wat meer glitter en glamour.'

'Ja, dat is ook zo, maar ik zit in de dependance vanwege mijn rolstoel. En de kamer is echt leuk,' zei ze met nadruk. 'Heel knus en gezellig. Ik vind dit soort kamers veel leuker.'

'Nou ja, als jij er tevreden over bent...' Op weifelende toon liet haar moeder er nog op volgen: 'Maar hij ziet er niet echt Frans uit. Heb je een goed bed?'

'Natuurlijk heb ik een goed bed.'

'Ik bedoel, is het wel schoon?'

'Mama...' Hallie moest hoesten.

'O schat, je hebt echt last van je longen, hè? Maak een foto van jezelf en stuur hem me even. Is het zo'n echt Frans bed? Met van dat houtsnijwerk bij het hoofdeinde? Die vind ik zo mooi!'

Gelukkig kende Luke haar moeder en wist hij dat ze zich altijd zorgen om haar maakte. Hij wees al naar de trap en tilde de zuurstoftank op. Hallie knikte en stond op. Verbonden door het plastic slangetje liepen ze samen de trap op.

Lukes slaapkamer was klein, maar redelijk netjes. Het dekbed op het tweepersoonsbed was donkerrood, en de kussens waren blauw-wit gestreept. Luke zette de tank op de grond naast het bed, trok het dekbed weg en hielp Hallie in bed. En terwijl hij de kussens opschudde en Hallie zich installeerde, babbelde haar moeder er lustig op los over Edinburgh en Princes Street.

Hallie maakte een foto van zichzelf in Lukes bed. Ze zou er bijna van gaan blozen...

'Deze komt niet zo snel door,' zei haar moeder. 'O, daar is-ie al.' Er viel even een stilte terwijl ze de foto bestudeerde. 'Hm. Nou ja, als jij het daar leuk vindt. Wel raar, gestreepte kussenslopen in een hotel.'

Pff, die moeder van haar leek Miss Marple wel. 'Ik vind raar leuk,' zei Hallie op ferme toon. 'En samen is het rood-wit-blauw, net als de Franse vlag.'

'Waar zijn de anderen?'

'Beneden, in de bar. Ik wilde vroeg naar bed, anders ben ik morgen niks waard. Morgen ben ik waarschijnlijk de enige zonder kater.'

'Niet te veel hooi op je vork nemen, hè? Welterusten, lieverd. Ik bel morgen wel weer om te horen hoe het gaat. Dus je moet je mobieltje niet uitschakelen, hoor.'

Nadat het gesprek was beëindigd, droeg Luke de zuurstoftank weer naar beneden. Hallie installeerde zich opnieuw op de bank en zei: 'Sorry, ik weet dat ze stomme dingen zegt. Maar ja, het blijft mijn moeder.'

'Dat geeft niks.'

'Ik ben verdorie achtentwintig, maar soms zou je denken dat ik zes was.'

'Ze zal zich altijd zorgen om je blijven maken.'

'Omdat ze niet weet hoelang ze dat nog kan doen.' Terwijl ze dat zei, kwam er een sms'je binnen op haar telefoon. Ze keek naar het schermpje.

'Weer je moeder?'
'Nee, Nick.'
'Je ex?' Luke kende de naam van haar ex-vriend; ze hadden het wel eens over hem gehad. 'Waar zit hij nu?'
'In Melbourne. Hij werkt op een jacht. En hij zwemt met dolfijnen en snorkelt met zeehonden. Hij heeft de tijd van zijn leven.'
Nick had ook een foto meegestuurd, van zichzelf en zijn vrienden op het jacht. Hun gezichten straalden een en al vrolijkheid uit, hun lichamen waren soepel en gebruind, en ze proostten met hun flesjes bier naar de camera, terwijl achter hen op de ribbels van de glinsterende blauwe zee de reflectie van de ondergaande zon te zien was.
Hallie liet de foto aan Luke zien. 'Zijn foto is wel echt, in tegenstelling tot de onze.'
'Hoe vind je dat?'
Na een korte stilte zei ze droog: 'Het is aardig dat hij contact houdt. Maar soms... Nou ja, soms word ik er liever niet aan herinnerd.'
Luke ging naar de keuken om koffie te zetten, en Hallie wierp nog een blik op de foto van Nick op haar toestel. Hoe zeiden ze dat ook alweer: treur niet om wat geweest is, maar wees blij dat je het hebt meegemaakt?
Nou ja, zoiets dan.
En natuurlijk probeerde ze dat ook, maar soms viel het haar allemaal zo zwaar dat het moeilijk was om positief te blijven.
Nick had geschreven: *Hoi! Hoe gaat-ie? Nog geen kangoeroe gevangen vandaag – weet niet wat ik fout heb gedaan! Misschien een andere dobber nodig? Xxx*
Hallie tikte: *Ben blij dat je je vermaakt. Hier alles goed. En je moet chocoladekoekjes aan je vishaakje doen – daar zijn kangoeroes gek op. Xxx*
Nadat ze op zijn luchtige berichtje had gereageerd, waarbij ze net zoveel kusjes had gegeven als hij, wiste ze het bericht en de foto meteen.
Luke, die de kamer weer in kwam, zag het haar nog net doen. 'Wat is er met jullie gebeurd? Of mag ik daar niet naar vragen?'
'Natuurlijk mag je daar naar vragen. Wil je het hele verhaal horen?' Ze wachtte tot hij ook zat met zijn koffie. 'Nick was mijn

eerste echte vriend. Hun gezin kwam... god, dat moet nu acht jaar geleden zijn... in Carranford wonen. Ik was twintig, Nick negentien. We zagen elkaar op een avond in de kroeg, en toen was het meteen... wauw. Lust op het eerste gezicht.' Hallie glimlachte toen ze aan die lange, warme zomer dacht; ze hoefde Luke niet uit te leggen dat haar longen toen nog lang niet zo slecht waren geweest als nu. Fysiek had ze veel minder beperkingen gehad, en de vonk was meteen overgesprongen tussen haar en Nick. 'Hij was zo zorgeloos en altijd zo enthousiast. We werden verliefd. Eigenlijk hadden we heel weinig gemeen, maar daar zaten we totaal niet mee.' Ze zweeg even. 'Maar Nicks ouders zaten er wel mee. En mijn moeder ook. Zijn ouders hadden iets beters in gedachten voor hun volmaakte zoon dan een meisje met slechte longen, en mijn moeder was bang dat hij me verdriet zou doen. Ze wilde me beschermen. Maar ja, ik was twintig, dus ik luisterde echt niet naar haar. Nick en ik beschouwden onszelf als Romeo en Julia. Juist omdat iedereen onze relatie afkeurde, waren wij vastbesloten er iets van te maken. Nicks moeder was doodsbang dat ik zwanger zou raken en dat hij dan aan me vast zou zitten. Ze snapte niet waarom hij verkering met iemand met taaislijmziekte wilde, terwijl hij de keus had uit zoveel andere, normale meisjes.'

Luke kwam niet met gemeenplaatsen aanzetten. Hij vroeg alleen maar: 'En hoelang heeft jullie relatie geduurd?'

'Twee jaar. Toen was het nieuwtje eraf, denk ik. Nick studeerde in Bath en leidde een gewoon studentenleven. Hij was sportief, hij wilde reizen... Ik denk dat in die tijd langzaam tot hem door begon te dringen dat ik nooit beter zou worden. Na zijn afstuderen kreeg hij van zijn ouders geld om een jaar te gaan reizen. En dat was dat. Hij wilde graag reizen, en ik kon hem moeilijk tegenhouden. En toen hebben we het uitgemaakt. Een paar weken na zijn vertrek hebben zijn ouders hun huis te koop gezet en zijn naar Manchester vertrokken.'

Luke floot zacht. 'Om er helemaal zeker van te zijn dat jullie niet weer iets met elkaar zouden beginnen wanneer hij thuiskwam?'

'Tja, wie zal het zeggen? Maar iedereen in Carranford had natuurlijk ontzettend medelijden met me.' Haar ogen glansden ondeugend. 'En we vonden het allemaal te gek dat ze twintigduizend pond verlies leden op de verkoop van hun huis.'

'En hoe voelde jij je?'

'Toen Nick eenmaal weg was, bedoel je? Nou, ik reageerde er niet zo goed op. Ik heb mezelf een tijdje behoorlijk voor schut gezet. Veel gedronken, veel gehuild, ik ben zelfs met een vriend van Nick naar bed geweest, gewoon om hem te straffen. Maar dat werkte natuurlijk niet, en ik voelde me nog steeds klote.' Terwijl ze haar koffiekopje pakte, vervolgde ze: 'Dus toen heb ik me voorgenomen om niet meer aan een relatie te beginnen. Ik vond het zo'n gedoe. Het leek me beter om single te blijven.'

Luke fronste. 'Denk je er nog steeds zo over?'

'Zo moeilijk is het niet. Ik ben niet echt de vangst van het jaar.' Ze schudde afwijzend haar hoofd; het was tijd om het ergens anders over te hebben. 'Maar genoeg over mij. Nu is het jouw beurt. Waarom ben jij nog niet getrouwd?'

Hij keek haar geamuseerd aan. 'Ik heb het druk met mijn werk.'

'Hebben jij en Christina het daarom uitgemaakt?' *Wauw, moet je mij nou horen, deze vraag wilde ik al maanden aan hem stellen.* Maar hier in Lukes cottage, op dit late tijdstip, leek het ineens te kunnen. Toch voegde ze er snel aan toe: 'Maar als je niet wilt, hoef je me dat niet te vertellen, hoor. Ik vroeg het gewoon uit nieuwsgierigheid.'

Want ze zag dat hij een beetje gegeneerd leek. O god, stel je voor dat ze een of andere gênante seksuele reden hadden gehad om het uit te maken?

'Ach, het is geen geheim. We kregen een relatie omdat we elkaar aardig vonden, en omdat iedereen zei dat we zo goed bij elkaar pasten. En het was ook allemaal heel vanzelfsprekend, we hadden nooit ruzie, het ging allemaal goed.' Hij haalde zijn schouders op. 'Maar een relatie moet meer zijn dan alleen maar goed, toch? Het was geen... Nou ja, je snapt me wel, geen vurige liefde. Wij waren beslist geen Romeo en Julia.'

'Het was gewoon niet genoeg,' zei Hallie.

'Zoiets, ja. En dan had je nog de slangen.'

'Wat?'

'Precies.' Hij moest lachen om haar gezicht. 'Ze hield slangen als huisdier. Een tijgerpython, een koningspython en twee korenslangen. De logeerkamer stond vol terraria. En Christina was echt dol op ze. Waarschijnlijk hield ze meer van haar slangen dan van mij,' zei hij spottend. 'Het kwam erop neer dat ik me bij haar maar moeilijk kon ontspannen. Ik ben niet bang voor slangen, maar ik vind ze ook niet echt leuk. Ik heb nooit gesnapt wat mensen er zo mooi aan vinden.'

'Een reden te meer om uit elkaar te gaan.'

'Laten we het erop houden dat het er niet aan meehielp. Toen we elkaar een jaar kenden, stelde ze voor om samen te gaan wonen. Mijn eerste gedachte was: *nee*. Nou ja, om precies te zijn: *o god, nee, niet met die stomme slangen*. Maar als ik echt van haar had gehouden, had ik die slangen natuurlijk op de koop toe genomen. En op dat moment snapten we allebei dat het niks zou worden. Ze woont nog steeds in Cheltenham. Met Audrey en Daniel en Artemis en Trevor.'

'Zo heten die slangen?'

'Ja.'

'Jemig. Dat wisten we niet,' zei ze een beetje verbaasd. 'Zo zie je maar weer, je weet nooit wat er achter een huisdeur verborgen gaat.'

'Nou, in Christina's geval is de kans groot dat ze achter haar huisdeur dode muizen en ratten aan haar slangen staat te voeren. Ook niet echt een prettige aanblik. Je ziet er trouwens moe uit,' zei hij. 'Tijd voor je medicijnen. Bovendien heb ik besloten dat ik je niet naar huis laat gaan. Je blijft hier.'

Ze knikte. Hij had gelijk. Het virus had haar echt geveld. Hoewel ze vanmiddag uren had geslapen, was ze kapot. En ze moest zichzelf medicijnen toedienen en de non-invasieve beademing gebruiken, anders zou ze te veel koolstofdioxide binnenkrijgen en dan had ze morgen barstende koppijn. *O, de geneugten van ziek zijn.*

'Ik vind het alleen wel rot dat ik je niet kan helpen met de afwas. Als je alles nou gewoon in de gootsteen zet, dan doe ik het morgenochtend wel.'

'Geen sprake van. Zorg jij nou maar dat je weer beter wordt. Ik zal je nu verder met rust laten. De badkamer is daar. En verder is hier alles wat je nodig hebt. En je hebt je mobieltje,' zei hij. 'Als er iets is, moet je me roepen. Lukt dat niet, dan kun je me bellen.'

Hij pakte zijn eigen toestel, stond op en liep naar de keuken.

Van achteren zag hij er niet gek uit; in zijn spijkerbroek was goed te zien dat hij een lekker kontje had.

'Heel erg bedankt voor alles,' zei ze.

In de deuropening draaide hij zich nog even om. 'Hou eens op met me steeds te bedanken. Dat is nergens voor nodig. En mag ik nog iets zeggen?'

'Ga je gang.'

'Niet alle mannen zijn zoals Nick. Ze lopen heus niet allemaal weg. Er zijn zat mensen met taaislijmziekte die een normale, goede relatie hebben.'

Wat was hij toch aardig en meelevend. Haar hart maakte stiekem een sprongetje; stel je voor dat Luke niet haar huisarts was en dat hij haar net zo leuk vond als zij hem. Ze wist dat hij een van de goede mannen was, van het betrouwbare soort. Een man die je nooit verdriet zou doen en ervandoor zou gaan.

Maar ja, hoeveel mannen kon je nou echt vertrouwen? Zelfs als je gezond was? Niet veel. Als je daarbij optelde dat ze een beperkende ziekte had, dan was de kans dat ze iemand zou vinden zo goed als nihil. Ze vond het totaal geen aantrekkelijk vooruitzicht om weer verliefd te worden en dan nog een keer in de steek te worden gelaten. Misschien kon je de gedachte aan een paar maanden liefdesverdriet alleen maar aan als je het idee had dat je nog wel zestig jaar of zo te leven had.

Maar als je misschien nog maar een paar maanden had... Nee, dan kon ze zo'n ervaring missen als kiespijn.

Want wie wilde er nu de rest van zijn leven ongelukkig zijn? En dat was in haar geval wel waar het op neerkwam.

Terwijl ze naar Luke keek, stond ze zichzelf een klein fantasietje toe. Wat zou hij doen als ze hem zou vragen naar haar toe te komen en als ze dan haar armen om zijn nek sloeg en zijn gezicht naar beneden trok om hem te kussen? Wat zou hij zeggen als ze fluisterde: 'Wil je me de trap op dragen? Zullen we met elkaar naar bed gaan? Als ik beloof om het niet verder te vertellen, kan dat dan? Gewoon voor één nacht?'

Oké, even normaal. Einde fantasie.

Bovendien, stel dat hij verschrikt achteruit zou deinzen en zou zeggen: 'Ik neem aan dat dat een grapje is?'

God, als je in je fantasie al werd afgewezen, dan was je toch echt diep gezonken.

Hallie knikte. 'Ik weet best dat er mensen met taaislijmziekte zijn die een relatie hebben. Let maar niet op me. Zo zie ik het nou eenmaal. Ik ben gewoon een sukkel.'

Hij keek haar recht in de ogen. 'Als je iets niet bent, is het een sukkel.' Toen pakte hij de deurklink beet. 'Slaap lekker.'

Terwijl Luke in de keuken de stapel afwas wegwerkte, hoorde hij Hallie in de huiskamer rommelen. Hij wist dat ze zich opmaakte voor de nacht: zichzelf medicijnen toedienen, de draagbare zuurstofventilator opstellen en dan op de bank gaan liggen. Gelukkig was zijn oude bank groot genoeg om lekker op te kunnen liggen; natuurlijk had hij haar zijn slaapkamer kunnen geven, maar omdat de badkamer beneden was, leek het logischer om haar op de bank te laten slapen.

Dit was een van de mooiste én frustrerendste avonden van zijn leven geweest. Hij had nota bene tegen haar gezegd dat ze de liefde niet zomaar moest afschrijven en haar ook nog aangemoedigd om iemand te zoeken die haar gelukkig kon maken.

Iemand anders dus. Niet hij. Hoewel zijn maag zich samenkneep bij de gedachte van Hallie met een andere man.

Hij pakte het wijnglas waar ze uit had gedronken en goot het laatste restje in de gootsteen. Mocht ze inderdaad iemand vinden, dan zou hij gewoon moeten doen alsof hij blij voor haar was...

God, ik ben waarschijnlijk een masochist.

17

Wanneer je tot de ontdekking komt dat iemand die je aardig vindt jouw lievelingsfilm nog nooit heeft gezien, zit er maar één ding op: je dwingt hem om er samen met jou naar te kijken.

'Meen je niet! Heb je *The Shawshank Redemption* nog nooit gezien? Maar dat is een klassieker!'

‘Een man krijgt levenslang voor een moord die hij niet heeft gepleegd.’ Luke haalde zijn schouders op. ‘Dat vond ik denk ik niet zo vrolijk klinken.’

‘Maar hij is zo mooi. Tim Robbins is echt briljant. En Morgan Freeman ook. Ga zitten.’ Hallie wees naar de andere kant van de bank. ‘Ik heb hem net gedownload. Echt, je zult hem fantastisch vinden.’

Bovendien kende ze geen betere manier om de zaterdagavond door te brengen. Ze voelde zich al wat beter vandaag, nog een beetje slapjes, maar wel uitgerust en lang niet zo beroerd en koortsig als gisteren. Ze had haar moeder een sms’je gestuurd om te melden dat ze heerlijk over de Champs-Élysées werd rondgereden in haar rolstoel. In werkelijkheid had Luke tussen de middag pannenkoeken gebakken, en zouden ze voor het avondeten een pizza bestellen bij het nieuwe Italiaanse restaurant in Stow-on-the-Wold.

Buiten was het donker en ijskoud. Binnen was het warm en knus. Luke had de open haard aangestoken, en het rook in huis nog steeds vaag naar de citroen die hij bij het pannenkoeken bakken had gebruikt. Terwijl ze samen naar de film keken, hield Hallie heimelijk Luke in de gaten. Het was zo leuk om iemand iets te kunnen laten zien waarvan je wist dat hij het mooi zou vinden.

En het kon gewoon niet anders of hij vond hem mooi; hij was zelf net zo volmaakt als de film. Het zou raar zijn als hij er niet door geraakt zou worden.

‘Kun je me even een tissue aangeven?’ fluisterde ze toen Andy Dufresne in z’n eentje in de kamer van de gevangenisdirecteur stond en naar de binnenplaats keek.

Luke pakte een tissue uit de doos op de salontafel. ‘Gaat het?’

Ach, de schat. Hij dacht dat ze moest hoesten.

‘Ja, hoor.’ Ze zette zich schrap. Bij deze scène moest ze altijd huilen. Ze was benieuwd of hij dezelfde uitwerking op Luke had.

Andy Dufresne had de plaat gevonden en haalde hem uit zijn stoffige hoes. Hij legde hem voorzichtig op de platenspeler, en de eerste prachtige noten van het briefduet uit *Le Nozze di Figaro* van Mozart klonken. Daarna sloot hij de platenspeler aan op de intercom die in de hele gevangenis te horen was en ging zitten, met zijn handen achter zijn hoofd, in de ban van de schoonheid van de aria, net als al zijn medegevangenen, die hun oren niet konden geloven.

En toen de bewaker woedend op de deur bonkte en schreeuwde dat hij hem uit moest zetten, draaide Andy het geluid harder. Een paar magische minuten lang was hij geen gevangene meer...

Terwijl Hallie zogenaamd in haar ogen wreef, wierp ze een steelse blik op Luke. Hij ademde hortend, zoals mensen doen wanneer ze hun gevoelens niet onder controle hebben. Zijn kaken stonden strak, en ook zijn ogen glansden... O ja, het raakte hem ook.

Ze kon het niet laten, ze stootte hem zacht aan en fluisterde: 'Gaat het?'

'Ja, hoor.' Hij hield zijn blik strak op de tv gericht. 'Doet me helemaal niks.'

Ze grinnikte. 'Maak je maar niet druk, dit is pas het begin.'

TTTTTRRRINNGGGGG.

Ze vielen bijna van de bank van het onverwachte, schrille geluid.

'Zal ik me verstoppen?' Hallie keek Luke vragend aan. Ze deden dan wel niets verkeerds, maar eigenlijk hoorde ze in Parijs te zitten.

'Ik ga wel even kijken wie het is. Het is oké, ik zal niemand binnenlaten.' Hij stond op en liep de kamer uit.

Hallie pakte de afstandsbediening, drukte op Pauze en luisterde. Hopelijk was hij snel weer terug, dan konden ze de film afkijken. Tot nu toe genoot hij ervan, dus ze was benieuwd hoe hij zou reageren op dat stukje aan het einde wanneer...

'O! Hallo.'

Ze kon horen dat Luke schrok.

Stel je voor dat het Christina was!

Toen hoorde ze de bezoeker zeggen: 'Hallo Luke, kan ik even binnenkomen?' Van schrik liet ze de afstandsbediening uit haar hand vallen, die eerst met veel kabaal op de glazen salontafel en toen op het tapijt viel.

'Je kunt me er net zo goed in laten,' vervolgde de bezoeker. 'Want ik weet dat ze hier is.'

Hallie hoorde ze door de gang lopen. Luke en haar moeder.

Dit is echt heel raar...

'Kijk eens wie we daar hebben.' Haar moeder leek het allemaal niet zo grappig te vinden. 'Wat is hier aan de hand?'

'Niks, ik...'

'Je hebt tegen me gelogen! Dat vind ik echt ongelooflijk! Hallie, luister, dit is een ernstige zaak. Luke is je behandelend arts, en als jullie een relatie hebben, kunnen ze hem royeren!'

'Mam, hou op!' God, wat was dit gênant; Hallie voelde dat ze knalrood werd. Het was al erg om er valselijk van beschuldigd te worden een relatie met iemand te hebben, maar het was nog erger als de persoon in kwestie erbij stond.

En het was nog erger als je ook nog eens stiekem verliefd was op de persoon in kwestie en eigenlijk heel graag een relatie met hem zou willen hebben.

'Fay, je vergist je,' zei Luke kalm. 'Ik heb niks met je dochter.'

Fay keek hem strak aan. 'Wat doet ze hier dan? Waarom zou ze tegen me zeggen dat ze naar Parijs ging... Waarom zou ze doen alsof ze daar was?'

'Omdat ik jouw weekend niet wilde bederven,' flapte Hallie eruit. 'Omdat ik wist dat je meteen terug zou komen als je zou horen dat ik niet naar Frankrijk was. Mam, kijk me niet zo aan, het is echt zo. Op het vliegveld voelde ik me ineens te beroerd om te kunnen reizen, en ik kon verder bij niemand terecht, omdat al mijn vriendinnen naar Parijs gingen. Dus heb ik Luke gebeld, en hij zei dat ik bij hem kon komen... En ja, ik had ook naar huis kunnen gaan, maar eerlijk gezegd is het wel eens lekker om ergens anders te zijn.' Ze gebaarde om zich heen in de gezellige, door het haardvuur verlichte huiskamer. 'Maar echt, we hebben niets met elkaar, en het feit alleen al dat je dat denkt, is behoorlijk gênant.'

'O.' De woede van haar moeder verdween als sneeuw voor de zon. 'Dus echt niet?'

'Echt niet,' zeiden Hallie en Luke als uit één mond.

Fay beet op haar lip. 'O. Nou, dan kan ik jullie maar beter meteen vertellen dat ik niet de enige ben die dat denkt.'

'Wat?' Hallie schoot rechtovereind.

'Kijk me niet zo aan. Het komt door die foto's die je me hebt gestuurd.'

'Hoezo? Wat heb je daarmee gedaan?'

'Nou ja, Marilyn belde me vanochtend, en ik zei tegen haar dat we het heerlijk hadden in Edinburgh, maar dat ik het idee had dat die lui van dat hotel in Parijs een stelletje afzetters waren door je in een kamer te stoppen die veel minder mooi was dan die van de anderen. Dus toen wilde Marilyn de foto's zien. En meteen toen ze ze zag, zei ze dat dat geen hotelkamer in Parijs was waar je zat, maar de cottage van Luke Hilton.'

O god, dat haar moeder nu uitgerekend de foto's aan Marilyn had gestuurd, die vóór Luke in deze cottage had gewoond. Dat zou je nou altijd zien. En Marilyn, die boven het café woonde sinds ze dat bestierde, was weliswaar een fantastisch mens, maar ook een enorme roddeltante.

Op ferme toon zei Hallie: 'Je zult haar moeten vertellen hoe het zit en haar vragen om het verder tegen niemand te zeggen. Je weet hoe ze hier zijn. Dat zou niet eerlijk zijn tegenover Luke.'

'Goed, dat zal ik doen.' Fay knikte, hoewel ze nog niet erg overtuigd leek. 'Maar het punt is, ik zei dat ik de foto's aan Marilyn had laten zien... Nou ja, ik had ze eigenlijk op Facebook gezet.'

Hallie sloot haar ogen even. 'Dat meen je niet. Je zei dat je niet wist hoe je foto's op Facebook moest zetten!'

'Dat was ook zo, maar Marilyn heeft het me vorige week uitgelegd. Het is heel gemakkelijk. Als ik dat had geweten!'

'Dus iedereen heeft ze gezien,' zei Hallie.

'Nou, ja. Daarom wisten we ook dat je in Lukes bed lag. Lynette herkende de kussenslopen en het dekbedovertrek meteen.'

'Niet te geloven.' Hallie draaide zich om naar Luke. 'Hoe weet zij hoe jouw beddengoed eruitziet?'

Want Hallie wilde niet flauw doen, maar Lynette was in de vijftig en had een permanentje, en Hallie had echt nooit verwacht dat ze Lukes type zou zijn.

'Lynette doet mijn was.' Luke zuchtte. 'Ze wast en strijkt voor me. Eens per week.'

'Als ze niet op Facebook zit, bedoel je,' zei Hallie. Echt, wat moesten vrouwen als haar moeder en Lynette in vredesnaam op Facebook? Snapten ze niet dat ze daar veel te oud voor waren?

'Dat kon ik toch niet weten,' verdedigde Fay zichzelf. 'Ik dacht dat je in Parijs was!'

'Je moet de foto's wissen,' zei Hallie.

'Oké, dat zal ik doen.'

Hallie kon aan haar moeders gezicht zien wat ze dacht. Dus zei ze het zelf maar: 'Maar daar is het eigenlijk al te laat voor. Iedereen heeft ze al gezien.'

'Bijna wel,' zei Fay. 'Maar we zeggen gewoon hoe het zit. Het komt wel goed.'

'Ja, vast.'

'Nou ja, in elk geval hebben jullie geen relatie,' zei Fay opgewekt. 'Dat is heel fijn!'

Ja, maar het was ook nog steeds gênant. 'Mam, wil je er nu eindelijk eens over ophouden?' zei Hallie.

'Oké. Hoe dan ook, laten we je spullen pakken, dan kunnen we gaan.'

'Wat? Nu? Maar we zaten net naar een film te kijken. *Shawshank*!'

'O, die. Die heb je al wel duizend keer gezien.' Weer ouderwets bazig rammelde Fay met haar autosleutels. 'Ik ben weer terug, dus als je niet wilt dat het hele dorp op zijn kop gaat staan, moet je met me mee naar huis. Luke, het was erg aardig van je om voor haar te zorgen, maar we redden ons verder wel. En dan heb jij ook nog wat aan je weekend. O, trouwens, weet je wie Marilyn laatst nog zag, in Cheltenham? Christina!'

'O?' Luke probeerde belangstellend en beleefd te klinken.

'Ja, bij de kapper. Marilyn zei dat ze er fantastisch uitziet. En ze is ook nog steeds single,' ging Fay verder, terwijl ze spullen in Hallies koffer stopte. 'Jullie zouden het echt weer met elkaar moeten proberen. We waren allemaal dol op haar!'

En dat was dat. Nog geen tien minuten later was alles in haar moeders auto geladen en reden ze naar huis. Geen *Shawshank* meer, geen gezellig knapperend haardvuur meer, geen afhaalpizza, geen leuke gesprekken...

Oké, dat was misschien niet zo aardig van haar. Ze had nog steeds haar moeder, die haar eigen uitstapje had afgebroken om haar te redden uit de klauwen van de gewetenloze en achterbakse dorpsdokter.

Hoewel ze zeker wist dat ze een leuke avond zou hebben met haar moeder, had ze zich verheugd op nog een dagje bij Luke.

Maar dat ging dus mooi niet door.

Hallie friemelde wat met haar vingers. Ze was ook maar een mens; in een leven dat heel weinig hoogtepunten kende en heel veel beperkingen, was deze verandering van plannen nogal teleurstellend, meer niet.

18

'Hallo, spreek ik met Tasha? Je spreekt met Joe, een vriend van Rory. Ik bel je alleen maar even om je te laten weten dat alles goed met hem gaat.'

'Hallo Joe, je hebt geluk dat dit mijn lievelingssjaal is, anders zou ik je er misschien nog mee wurgen,' reageerde Tasha geduldig.

Joe begon hard te lachen in zijn mobieltje. Ze zaten met z'n vieren in de auto en reden over de M4 naar Bristol. Rory zat achter het stuur, met Joe ernaast; Tasha zat pal achter Joe, en naast haar zat Carmel met haar ogen te rollen. Toch kon ze een lach niet onderdrukken, want hoewel Joe haar soms op de zenuwen werkte met zijn eeuwige grapjes, kon hij soms behoorlijk komisch zijn.

'Grrr.' Joe greep naar zijn keel alsof ze haar sjaal echt om zijn hals had geslagen en strak aantrok.

'Bristol twintig kilometer.' Tasha wees naar het bord dat langsflitste. 'We zijn er bijna.'

'Mooi,' zei Carmel. 'Dan hebben we nog net genoeg tijd om Joe's klimtouw bijna helemaal door te snijden.'

Sommige mensen hadden een vreemd idee van wat leuk was. Het was een ijzige dag, begin februari, maar Rory en Joe hadden het in hun hoofd gehaald om in de Avon Gorge te gaan klimmen en dan te abseilen.

Stelletje idioten.

Tasha probeerde zich er niet al te veel zorgen om te maken. Nou ja, ieder zijn meug. Ze was vastbesloten het deze keer manmoedig te verdragen. In elk geval zou ze het niet hoeven zien.

Terwijl de mannen de kou trotseerden, zouden zij en Carmel een dagje Bristol doen. Shoppen in Clifton en lekker lunchen.

In het centrum van Clifton stopte Rory even om hen uit te laten stappen. Joe en hij zouden doorrijden naar de parkeerplaats van Portway, waar ze de andere klimmers zouden treffen. Terwijl Rory uitstapte, ging Tasha's mobieltje. Alweer een onbekend nummer.

'Hallo?'

'Hoi, met Joe. Ik wilde je even laten weten dat Rory net is uitgestapt. Au!' voegde hij eraan toe toen Carmel hem speels een oorvijg gaf.

'Nou, veel plezier.' Tasha gaf Rory een kus. 'Tot later.' Met een veelbetekenende blik op Joe liet ze erop volgen: 'En geen geintjes meer, hè? Anders kan ik echt niet genieten.'

'Oké.' Joe knikte, want hij mocht dan een grapjas zijn, hij begreep best hoe ze in elkaar stak.

'Maak je daar maar niet druk over. Ik zorg er wel voor dat hij je niet meer belt. We bellen zodra we klaar zijn.' Rory gaf haar nog een kus. 'En jullie ook veel plezier.'

Joe blies Carmel een plagerig kusje toe. 'Niet vergeten, in het Town House in Whiteladies Road kun je heel goed eten. Je zult er geen spijt van krijgen als je daarheen gaat.'

Carmel haalde haar schouders op. 'We zien wel. Misschien vinden we iets anders wat ons leuker lijkt.'

Joe grijnsde. 'O, wat heerlijk toch als je me tegenspreekt.'

'En jullie veel plezier met jullie geklauter. Geen uitglijers maken, hè, want dat doe je in het dagelijkse leven al genoeg.'

'Jullie altijd.' Tasha keek Carmel hoofdschuddend aan, terwijl de auto uit het zicht verdween. Carmel en Joe vlogen elkaar continu in de haren, maar Carmel bleef volhouden dat ze zich totaal niet tot hem aangetrokken voelde.

'Ja, erg, hè? Maar we gaan niet naar dat restaurant, hoor. Want dan denkt hij nog dat hij heeft gewonnen.'

Twee uur later waren ze de hangbrug over gelopen, heen en terug, hadden ze Clifton en de parken verkend en liepen ze terug via Blackboy Hill en Whiteladies Road, waar ze langs restaurant Town House kwamen.

Het menu dat buiten hing, zag er fantastisch uit. En de etensgeur die naar buiten kwam, was heel verleidelijk. Het was één uur en het was er afgeladen vol.

'Ziet er goed uit,' zei Tasha. Haar maag knorde instemmend.

'Het stikt hier van de restaurants.' Carmel wees naar een zaak aan de overkant van de straat. 'Misschien is dat wel veel beter.'

'Zo te zien zit het hier vol. Zal ik anders even gaan vragen of ze een tafeltje voor ons hebben?' stelde Tasha voor. Toen ze zag dat Carmel aarzelde, vervolgde ze: 'We kunnen altijd tegen Joe zeggen dat we ergens anders hebben gegeten.'

Eigenlijk knettergek. Het leek wel alsof ze weer zeventien waren.

Ze hadden nog een tafeltje voor twee. Er stonden kalfsoesters op het menu – Tasha's lievelingsgerecht – en er hing een levendige sfeer. Ze bestelden een fles wijn.

'Proost.' Tasha klonk met Carmel. 'Ik weet wel waar ik liever ben, hier, of buiten in de kou hangend aan een rotswand.'

Carmel grijnsde. 'Wij winnen.'

Anderhalf uur later vroegen ze de ober om de rekening.

Toen Tasha haar creditcard pakte, zei hij: 'Dat hoeft niet. De rekening is al betaald.'

'Hè? Door wie dan?' Carmel keek om zich heen, op zoek naar een geheime bewonderaar.

'Ik geloof dat hij een vriend van u is. Hij heet Joseph James.'

'Meent u niet! Waar is hij dan?'

'Hij heeft daarstraks gebeld, beschreven hoe jullie eruitzagen, en hij vroeg ons om hem terug te bellen als jullie kwamen. Dat hebben we gedaan, en hij was blij te horen dat jullie er waren. Hij heeft ons toen ook het nummer van zijn creditcard gegeven om de rekening te voldoen.'

'O god. Wat vreselijk irritant,' riep Carmel uit.

Tasha begreep niets van Carmels gejammer. 'Hij heeft ons op een lunch getrakteerd. Wat is daar zo erg aan?'

'Maar dan denkt hij dat we hier zijn gaan eten omdat hij ons dat heeft aangeraden! God, ik zie zijn zelfvoldane kop nu al voor me.'

'Ik zie het probleem niet,' zei Tasha. 'Zo hebben we nog meer geld om te gaan shoppen.'

Ze namen een taxi terug naar het centrum van Clifton, klaar

om de winkels te bestormen. Terwijl Carmel in Princess Victoria Street de taxichauffeur betaalde, werd Tasha's aandacht getrokken door een meisje met een bos kastanjerode krullen, dat langsliep met een rode reismand met blijkbaar een kat erin, want het boze gemiauw was duidelijk te horen. Het meisje, gekleed in spijkerbroek en roze jas, bleef staan, bracht de reismand op ooghoogte en zei streng: 'Jeremy, dit wordt gewoon gênant. Hou op.'

'Ze vinden het niet fijn om in zo'n ding te zitten.' Tasha, spraakzaam geworden door de wijn bij de lunch, voegde er nog aan toe: 'De kat van mijn moeder was precies zo. Hij heeft een keertje de hele weg van Londen naar Manchester in de auto zitten jammeren.'

Het meisje lachte. 'Precies Jeremy. Hij haat het. Hè, lieverd?'

Jeremy siste moordlustig naar hen, met zijn mopsneusje tegen de plastic tralies gedrukt. Zijn groene ogen straalden een en al haat uit.

'Kom, hoe eerder we bij de dierenarts zijn, hoe beter. Dan kun je je woede op hem afreageren.' Het meisje liet de mand weer zakken en zei geamuseerd: 'Fijn hè, om een kat te hebben?'

Aan alles was echter te merken dat ze dol op haar kat was.

'Succes ermee,' zei Tasha.

'Dank je, dat heb ik wel nodig.' Ze liep verder met de jammerende Jeremy.

Carmel, die de taxichauffeur had betaald, keek inmiddels verrukt naar de prachtig verlichte etalage naast hen. 'Zo, laat het shoppen maar beginnen. O god, moet je die mooie fluwelen sjaal eens zien...'

Het telefoontje kwam veertig minuten later. Tasha stond een donkerblauwe jurk te passen, terwijl Carmel met al hun spullen voor het pashokje op haar wachtte. Toen Tasha haar mobieltje hoorde overgaan, riep ze: 'Wil jij voor me opnemen? Is het Rory?' Ze was in gevecht met de rits in de zijnaad van de jurk en wou dat ze drie handen had.

'Onbekend nummer,' zei Carmel. 'Zal ik toch maar opnemen?'

'Ja, maar als het Joe is, meteen weer ophangen. Hij had beloofd om dat niet meer te doen.' Als het inderdaad Joe was, dan zou ze hem...

'En als hij belt om ons uit te lachen, omdat we toch zijn raad hebben opgevolgd, dan zeg ik gewoon dat we drie flessen champagne op zijn rekening hebben gedronken.' Carmel drukte op Beantwoorden en zei: 'Hallo?'

Twee seconden later vroeg ze: 'Wat is dit nou weer?'

Tasha deed het deurtje van het pashokje open. 'Is het Joe?'

'Ik weet het niet. Ik weet niet wie het is.' Van haar stuk gebracht zette Carmel het toestel op luidspreker zodat ze allebei konden horen wat er gebeurde. Tasha's eerste gedachte was dat de geluiden die ze hoorde, leken op die van de kat van daarstraks, maar dan de menselijke variant ervan.

'Misschien kinderen,' opperde Carmel.

Zou kunnen. Tasha pakte de telefoon. 'Hallo, wie is daar? Wat gebeurt er?'

Ze hoorden nog steeds gedempt geschreeuw, vermengd met onregelmatige kras- en schuifgeluiden. Toen schreeuwde iemand: 'Godverdomme, haal me naar beneden! Is alles oké met hem?'

Tasha bevroor, want dat was onmiskenbaar Joe's stem. En hij klonk paniekerig. O god, wat was er gebeurd? Had hij het over Rory? Was er iets...

'Hou hem vast, hou hem vast, hij mag niet schommelen... Bel een ambulance...'

'Hallo? Hallo!' Carmel had de telefoon uit Tasha's hand gegrist en schreeuwde er zonder enig succes in; in alle commotie aan de andere kant van de lijn gingen hun stemmen verloren.

Tasha, die nog steeds in de opening van het pashokje stond, luisterde misselijk en doodsbang naar het geschreeuw en het geschraap en de paniek. In haar verbeelding zag ze al voor zich hoe Rory bewusteloos aan een touw bungelde, terwijl er bloed uit zijn hoofd stroomde, op de rotsen onder hem. Het was duidelijk dat er iets helemaal mis was gegaan. Misschien was hij wel dood. O god, dat kon ze echt niet aan...

19

De pijn was martelend, bijna onverdraaglijk. Rory deed zijn best kalm te blijven. Het ene moment was alles nog prima gegaan; ze beklommen de kloof, en alles verliep volgens plan. Maar toen was een van de klimmers boven hem uitgegleden, waardoor er een stukje rots was losgeraakt. De klimmer had geschreeuwd. Rory wist dat er, als hij niet had opgekeken, niets aan de hand zou zijn geweest; de steen zou op zijn helm terecht zijn gekomen. Maar omdat hij omhoog had gekeken, had de steen zijn jukbeen geraakt, en was hijzelf ook uitgegleden. Dankzij de klimtouwen was hij niet helemaal naar beneden gevallen, maar hij was wel tegen de rotswand geslagen die ze net hadden beklommen.

Terwijl hij versuft aan zijn touw hing, voelde hij de pijn door zijn lichaam trekken, en hij wist meteen wat er aan de hand was. Hij had dit al een keer eerder gehad, op school, na een harde tackle bij rugby. En dit mocht dan pijn doen, hij wist uit ervaring dat het nog niks was vergeleken bij de remedie ertegen.

Iedereen was aan het schreeuwen en gaf aanwijzingen, terwijl de reddingsploeg om hem heen in actie kwam. Een paar minuten later al had Rory vaste grond onder de voeten en werd hij onderzocht door een arts. De ambulance kon elk moment komen, werd hem verzekerd. Achter de arts zag Rory Joe staan, die tegen een van de andere klimmers zei: 'Fuck, niet te geloven.'

De andere klimmer, die duidelijk geschrokken was, zei: 'Moet je zijn gezicht zien!'

Het enige wat Rory wist, was dat hij bloedde, maar hij wist niet hoe erg. O god, wat was er met zijn gezicht gebeurd?

De arts die over hem heen gebogen zat, stelde hem gerust. 'Het lijkt erger dan het is. Je bloedt alleen als een rund. Heb je wel eens eerder je schouder uit de kom gehad?'

'Toen ik achttien was. Bij rugby.' Hij zoog de lucht op uit het zuurstofmasker voor zijn gezicht.

'Ik ga proberen hem weer recht te zetten. Oké?'

Rory haalde nog een keer diep adem, knikte en zette zich schrap. 'Doe maar.' Hij wist dat hij zou sterven van de pijn, maar hoe eerder hij het achter de rug had hoe beter.

'Goed, daar gaan we dan. Kiezen op elkaar.'

Rory betrad een geheel nieuwe dimensie van pijn. Hij schreeuwde het uit, zich nauwelijks bewust van zijn omgeving. Het was alsof al zijn zenuwen op knappen stonden. Heel diep weggestopt in zijn geest zat nog de gedachte dat hij blij was dat Tasha dit niet hoefde mee te maken, dat ze hem niet hoefde te horen kermen als een dier in de val.

'Zo, klaar,' zei de arts.

Als bij toverslag was ook de pijn over. De schouder zat weer in zijn kom en alles was weer bij het oude. Nou ja, hij voelde natuurlijk nog wel wat. Maar hij leefde nog.

'Fuck.' Joe haalde opgelucht adem.

'Zeg dat wel.' Nu alles voorbij was, voelde Rory zich ineens slap worden. Het geluid van de sirene van een ambulance zwol aan, en hij sloot zijn ogen.

Twintig minuten later had het ambulancepersoneel hem onderzocht. Ze hielpen hem in de ambulance. 'We moeten Tasha en Carmel laten weten dat we ze wat later oppikken. Wil jij Tash even bellen?'

'Oké.' Joe pakte zijn mobieltje uit de achterzak van zijn spijkerbroek.

'Maak haar niet aan het schrikken. Als ze opneemt, zeg dan niet meteen dat ik een ongeluk heb gehad. Zeg dat alles in orde is, maar dat ik voor controle even naar het ziekenhuis moest.'

'Zal ik doen.' Joe stond fronsend naar zijn toestel te kijken, zo te zien nogal verbaasd. Toen er een zwak geluid uit opklonk, schrok hij even en bracht het toen voorzichtig naar zijn oor. 'Hallo? Wie is daar?'

Hij werd begroet door zacht, blikkerig gekrijs.

'Wat? Maar ik heb je helemaal niet gebeld! Hoelang sta je al mee te luisteren? Nou, daar kan ik niks aan doen, dat heeft mijn telefoon gedaan. Rustig nou maar, godsamme. Natuurlijk is alles in orde. Geef me Tasha even.' Hij keek Rory aan en zei: 'Jezus, dat mens maakt me echt gek. Alsof ik het expres heb gedaan.'

'Je wilt me toch niet vertellen dat ze alles hebben gehoord?' Rory kromp ineen bij de gedachte alleen al.

'Ja.' Nu de grootste schrik achter de rug was, kon Joe weer lachen. 'Ook dat gegil van jou dus, watje.'

Tegen de tijd dat ze thuiskwamen, was het al middernacht. Het was een van de zenuwslopendste dagen van Tasha's leven geweest. Joe had hen teruggereden naar Londen, waar hij eerst Carmel had afgezet en daarna Rory en haar.

In haar badkamer bestudeerde Rory zijn gezicht in de spiegel.

'Doet het pijn?' Tasha, die naast hem stond, nam de schade op. Zijn gezicht zag er nog erger uit dan een paar uur geleden. De hele zijkant was opgezwollen als een ballon en zat onder de blauwe plekken. Zijn linkeroog zat dicht, en de hechtingen in de snee op zijn jukbeen zagen er strak en stekelig uit. De kraag van zijn overhemd zat aan die kant onder het geronnen bloed. Rory droeg een mitella om zijn schouder op zijn plaats te houden.

'Nee.' Hij schudde zijn hoofd.

'Je liegt.' Dacht hij nou echt dat ze gek was?

'Oké, een klein beetje dan. Maar vergeleken met toen ze mijn schouder weer in de kom duwden, is dit niks.'

Ze keek hem aan. 'Nou, in elk geval ga je nooit meer klimmen. Dat is al wat.'

'Dat weet ik niet, hoor.' Hij keek haar aan in de spiegel. 'Waarschijnlijk wel. Tot dat ongeluk was het hartstikke gaaf.'

'Dat meen je niet.' Tasha wist niet of ze moest lachen of huilen. Ze was zo ontdaan geweest van het paniekerige geschreeuw dat ze door de telefoon had gehoord, dat haar benen het hadden begeven.

'Het was gewoon een ongelukje. Geen enkele reden waarom dat nog een keer zou gebeuren,' zei hij op geruststellende toon, terwijl hij zijn goede arm om haar middel legde. 'Je bent gewoon van streek omdat Joe's mobieltje per ongeluk jouw nummer belde.'

De ironie van de situatie ontging haar niet. De vorige keer was ze boos op Rory geweest omdat hij niets van zich had laten horen. En nu was ze boos omdat ze te veel had gehoord.

Hoe dan ook, door haar levendige fantasie zou ze zich continu zorgen om hem maken.

'Voor hetzelfde geld had je dood kunnen zijn,' zei ze met nadruk.

'Hé, we waren gewoon iets leuks aan het doen! Als je bang bent dat je iets kan overkomen, kun je beter de hele dag in bed blijven liggen. Dat is veiliger.' Hij haalde zijn schouders op. 'Maar dat noem ik geen leven.'

'Je bent gewoon een adrenalinejunk.'

Hij knikte. 'Dat klopt.'

'En je zult al die... al die dingen nooit opgeven.'

'Nee.' Hij keek haar onderzoekend aan. 'Denk je dat je dat aankunt?'

Er ging een schok door haar heen. Want dit was waar het om draaide. Het kwam erop neer dat ze twee opties had. Óf ze maakte het uit met Rory zodat ze zich geen zorgen meer zou hoeven maken, óf ze bleef bij hem en accepteerde alles wat daarbij hoorde.

'Ik maak het echt niet uit, hoor,' zei ze. Ze zag de opluchting op de onbeschadigde kant van zijn gezicht. 'Want dat kan ik niet.'

'Gelukkig. Godzijdank.'

'Zou het niet ironisch zijn als ik door al die stress een hartaanval of een hersenbloeding zou krijgen?'

Hij kuste haar. 'Dat zou heel ironisch zijn, maar dat gaat niet gebeuren.'

'Beter van niet.' Terwijl ze zichzelf dwong om zich te ontspannen, gaf ze hem lachend een kus op de mond. 'Want ik kan je wel vertellen dat ik dan ontzettend kwaad zou zijn!'

20

'We vonden het allemaal heel spannend toen je ons over die nieuwe vlam van je vertelde, maar dat is nu al vier weken geleden.' Bridget leunde in het restaurant over de tafel heen en keek Flo met een opgetrokken wenkbrauw aan. 'Dus waarom heb je hem al die tijd niet gezien?'

'Weet je wat ik denk?' zei Annie. 'Ik denk dat hij helemaal niet bestaat. Flo heeft hem gewoon verzonnen.'

Flo was eraan gewend dat ze als single vaak door haar collega's werd geplaagd. Bridget had een man, vijf kinderen en heel veel kleinkinderen. Annie, die gescheiden was, had de tijd van haar leven met internetdaten, en Mavis was onlangs voor de derde keer getrouwd. Ze waren met z'n vieren naar het restaurant in Redland gegaan om Bridgets zestigste verjaardag te vieren.

Toen Bridget al haar collega's in Nairn House had uitgenodigd, hadden de jongeren onder hen zich meteen verontschuldigd, omdat ze hun kostbare vrijdagavond liever met leeftijdgenoten doorbrachten in cafés en clubs. Flo, die eigenlijk al een uitnodiging op zak had voor een feest in Bath, had medelijden met Bridget gekregen toen ze merkte hoeveel er nee zeiden.

Dus daarom zat ze vanavond hier. Met drie vrouwen die allemaal oud genoeg waren om haar moeder te zijn.

Goed, het was dan misschien geen wild feest, ze vermaakte zich prima. En het eten was ook erg lekker.

'Hij moest naar Toronto voor zaken,' legde ze geduldig uit. 'Hij dacht dat het maar voor een paar weken zou zijn, maar het duurt allemaal langer dan verwacht.' Dit was al de zoveelste keer dat ze hun dat vertelde, maar haar collega's wisten gewoon van geen ophouden.

'Hij heeft daar natuurlijk een andere vriendin opgescharreld,' verkondigde Annie opgewekt. 'Ik denk dat dat het is.'

'Misschien. Bovendien ben ik niet echt zijn vriendin,' zei Flo. 'We hebben gewoon één leuke avond gehad. Ik vond hem aardig. En dat leek wederzijds. Maar meer is het niet.'

Een klein stemmetje fluisterde in haar hoofd: *Nog niet, hopelijk...*

'Ben je met hem naar bed geweest?' vroeg Bridget met haar gebruikelijke directheid. Ze stak een waarschuwende vinger op. 'Nooit op de eerste afspraak met een man naar bed gaan. Dan kun je het daarna schudden.'

'Ik ben niet met hem naar bed geweest! En het was geen afspraakje.' *Echt, die vrouwen...*

'Hebben jullie wel gekust?'

'Dat gaat jullie niks aan.' Flo voelde dat ze bloosde.

'Dus wel,' zei Mavis giechelend. 'Tongzoenen?'

'Mavis!'

'Ah, moet je haar nou zien, knalrood. Schattig, hè?'

Het was te verwachten geweest dat ze dat allemaal erg grappig vonden.

Annie, altijd even optimistisch, zei: 'Misschien is hij twee weken geleden al wel teruggekomen uit Toronto, maar heeft hij je dat gewoon niet verteld.'

'Dat zal het zijn.' Flo glimlachte. Zander had haar gisteren een sms'je gestuurd waarin hij vertelde dat hij woensdag zou thuiskomen, en ze hadden al afgesproken om elkaar dan te zien. Hoewel ze hun dat natuurlijk niet aan hun neus ging hangen, want dan zou er, hen kennende, een spervuur van intieme vragen komen.

'Ik ben vergeten hoe hij heet.' Bridget fronste. 'Wat was het nou? Een of andere kaknaam...'

'Percival. Quentin. Boris! O, ik ben gek op kaknamen. Echt waar,' zei Mavis verlekkerd. 'Peregrine! Tarquin!'

'Zander!' Annie was het niet vergeten. Triomfantelijk vervolgde ze op bekakte toon: 'O Zaaaander, waarom heb je je in Toronto verstopt? Je moest eens weten hoelang Flo al naar een vriendje verlangt! Ze wil je zo graag!'

Annie kon heel goed imiteren, en met haar stemmetjes maakte ze iedereen altijd aan het lachen. Bridget verslikte zich in haar wijn, en Mavis zat haar net op haar rug te kloppen, toen de deur van het restaurant openging en er nog twee gasten en een vlaag koude lucht binnenkwamen.

Flo stopte ineens met lachen toen ze zag wie er binnen was gekomen.

O god. Lena.

'Wat is er?' Annie volgde haar geschrokken blik. 'Naar wie zit je te kijken? Je gaat me toch niet vertellen dat dat Zaaander is.'

'Sst.' Flo keek haar collega's angstig aan. 'Niks zeggen, maar dat is zijn zus.'

Alsof ze naar een tenniswedstrijd zaten te kijken, draaiden drie hoofden zich tegelijkertijd om om Lena te bekijken, die haar zwarte jas uittrok en aan de ober overhandigde. Ze droeg een strakke smaragdgroene jurk en zwarte suède schoenen met hoge hakken; met haar perfect opgemaakte gezicht en haar haar in een knotje zag ze er oogverblindend uit.

'Wauw,' fluisterde Annie, die blijkbaar hetzelfde dacht. 'Ziet Zander er ook zo uit?'

'Nou ja, hij draagt geen hoge hakken en make-up, maar verder wel ja.'

Onwillekeurig kreeg ze een trots gevoel toen ze zag dat de drie vrouwen diep onder de indruk waren.

'Maar wacht eens, is dat de gekkin die Jeremy wil vermoorden?' vroeg Mavis.

'Ja.' Flo hield een vinger voor haar lippen, omdat de ober Lena en de man met wie ze was net naar hun tafel bracht. 'Sst.'

Maar toen ze zag wie Lena bij zich had, liet ze van schrik bijna haar vork vallen.

Wat?

Onmogelijk.

Maar het was hem echt. En wat toevallig dat ze net grapjes hadden zitten maken over Zanders kaknaam.

Want met wie kwam Lena hier eten? Met niemand minder dan tomatensoep-Giles. En ja hoor, ze kregen ook nog de tafel naast de hunne.

Flo wachtte met ingehouden adem af.

Pas nadat Lena was gaan zitten, keek ze om zich heen. Haar mond viel open. 'Jezus, wat doe jij hier?'

Wat dacht ze dat ze zou zeggen? *O, we houden hier altijd onze aerobicsles...*

'Gewoon, uit eten met mijn vriendinnen,' antwoordde Flo.

Lena's koele blauwe blik nam alles op, van Bridgets zelfgebreide oranje vest tot Annies gerimpelde decolleté en Mavis' wat al te enthousiast aangebrachte glimmende paarse oogschaduw.

'O. Aha.' Ze wendde zich tot Giles en zei zacht, maar niet zacht genoeg: 'Ik dacht dat het een geriatrisch vrijgezellenavondje was of zo.'

Annie trok ongelovig haar wenkbrauwen op. Flo schudde haar hoofd om haar te verstaan te geven dat ruziemaken in hun lievelingsrestaurant misschien niet zo'n slim idee was. Gelukkig had ze haar vriendinnen al over Lena verteld, en waren ze er door hun werk zeer handig in geworden om op een humoristische en elegante manier met onbeleefdheid om te gaan.

'Ik snap helemaal wat je bedoelt,' fluisterde Mavis. 'Echt een schatje.'

'Dat is die vrouw over wie ik je vertelde,' legde Lena aan Giles uit. 'Die voor die klotekat zorgt.'

'O.' Flo zag dat Giles haar onderzoekend opnam. 'Weet je, ik heb het gevoel dat ik haar ergens van ken. Ik weet zeker dat ik haar al eens eerder heb gezien.'

Oeps, dit kon wel eens interessant worden. Flo richtte haar aandacht op het eten op haar bord. Zelf was ze die avond nuchter geweest, dus het kostte haar geen enkele moeite om Chaaarles te herkennen. Maar hij had toen gedronken, waardoor zijn herinneringen waarschijnlijk een beetje vertroebeld waren.

En hoe vervelend Lena ook was, zelfs zij zou schrikken als ze wist wat een afschuwelijke rotkerel haar tafelheer eigenlijk was.

'We beginnen met een fles Saint-Émilion,' zei Giles tegen de ober. 'En ik neem ook een biertje. En een beetje snel graag.'

'*Alsjeblieft*,' voegde Mavis er zacht aan toe, zich verbazend over zijn slechte manieren.

'Jij daar.' Giles knipte met zijn vingers, en Flo begreep dat hij dat deed om haar aandacht te trekken. 'Het zit me behoorlijk dwars. Werk je soms in een café in Clifton?'

'Ik? Nee,' Flo schudde haar hoofd.

'Zit je in de bankenbusiness?'

'Natuurlijk niet,' zei Lena met een mengeling van geamuseerdheid en minachting. 'Dat had ik je toch al verteld? Ze veegt in een verzorgingshuis de reet van oude mensen af. Bah.' Ze rilde van afschuw. 'Ik snap niet hoe mensen dat kunnen. Ik word gewoon misselijk als ik er alleen maar aan denk.'

Annie, die naast Flo zat, zei: 'Dan is het maar goed dat we niet allemaal zo gevoelig als jij zijn, hè? Want er zullen altijd mensen zijn van wie de reet moet worden afgeveegd.' Met een zonnige lach naar Lena en Giles liet ze erop volgen: 'Die van jullie ooit misschien ook wel.'

Lena vertrok haar gezicht bij dat afschuwelijke vooruitzicht. Giles zei: 'Helemaal waar. En we zijn blij dat er mensen als jullie zijn die dat soort werk willen doen.'

'Zo is het maar net.' Annie knikte vriendelijk, hoewel er iets scherps in haar stem was geslopen. 'En weet je wat nog het fijnste is? Dat onze werkgevers ons daarvoor zelfs het minimumloon willen betalen!'

'Mesdames? Monsieur? Alles goed ier?' De maître d' wie de uitwisseling tussen de twee tafels niet was ontgaan, kwam aanlopen.

'Bof, ça va,' antwoordde Flo beleefd. *'Ils manquent un peu du charme et des manières mais vous inquiétez pas, nous pouvons le surmonter. Il est simplement ignorant et condescendant; pourtant nous nous habituons aux personnes comme ça. Aussi nous avons presque fini notre dîner, vingt minutes de plus et nous allons partir.'*

Het kwam erop neer dat ze had gezegd dat er niks aan de hand was, dat ze wel om wisten te gaan met onaardige, ongemanierde mensen en dat ze sowieso over twintig minuten weggingen. En ze hoopte dat ze het snel genoeg had gezegd om te voorkomen dat Lena en Giles het begrepen.

'Ah, oui. Merci, madame, merci beaucoup. En wat die ongemanierdheid betreft ben ik het helemaal met u eens.' Hij glimlachte, knikte even naar Flo en liep weg. De laatste zin had hij natuurlijk niet in het Engels gezegd; hij had nog steeds Frans gesproken.

En de blik op de gezichten van Lena en Giles was onbetaalbaar.

'Ben je soms Frans?' Lena staarde Flo ongelovig aan.

'Nee.'

'Hoe komt het dan dat je het zo goed spreekt?'

'Op school geleerd. En later nog wat beter op de universiteit.'

Lena zag eruit alsof ze een egel had ingeslikt. 'En wat zei je dan tegen die man?'

'Ach, gewoon. Dat alles in orde was, en dat we een erg leuke avond hadden. Het eten is hier erg goed. Een fantastische kok...'

Giles staarde haar nog steeds aan. Blijkbaar kon hij het niet hebben dat hij niet wist waar hij haar van kende.

Flo richtte haar aandacht weer op Bridget, Annie en Mavis, toen de ober kwam aanlopen met de menukaarten voor Lena en Giles.

Met een half oor hoorde ze hem tegen hen zeggen: 'Ik kan u de mosselen aanbevelen, die zijn excellent vandaag, u kunt kiezen uit gekookt in witte wijn en room of in een marinarasaus. En de soep van de dag is bloemkool met geroosterde amandelen.'

'Bah.' Lena vertrok haar mond van afschuw. 'Walgelijk. Ik haat bloemkool. Die stank alleen al.'

Wat een aangename gasten toch. Het restaurant bofte maar met zulke klanten.

Ineens zag Flo de uitdrukking op Giles' pafferige gezicht veranderen; hij fronste nadenkend. Blijkbaar had iets wat de ober had gezegd zijn geheugen het laatste zetje gegeven.

'Soep...' Hij hief zijn hoofd terwijl hij het zei.

'O Chaaaarles, neem nou niet die soep. Van de geur alleen al moet ik overgeven!'

Hij was er bijna. Flo zette zich schrap. Toen keek Giles haar recht in de ogen, een beetje als een stier.

'Jij was dat,' zei hij langzaam. 'Toch? Die die soep naar me gooide.'

'Wat?' Lena legde de menukaart neer. 'Waar heb je het in godsnaam over?'

'Ja.' Flo knikte. 'Dat was ik.'

'Oké, ik weet niet wat hier aan de hand is. Wanneer heeft ze soep naar je gegooid? Was dat in een ander restaurant?' Lena keek Flo woedend aan met een blik alsof ze wilde zeggen: heb het lef niet om ook nog in een restaurant te werken!

'Niet in een restaurant. Op straat,' zei Giles. 'Ik kende haar helemaal niet. Maar ze draaide ineens helemaal door en begon me voor alles en nog wat uit te maken. En toen trok ze het deksel van een blik soep en gooide alles over me heen. Tomatensoep. Mijn overhemd van Dolce & Gabbana helemaal naar de filistijnen. Vijfhonderd ballen, weg.'

Flo trok haar wenkbrauwen op. 'Vorige keer was het nog vierhonderd.'

'Dat meen je niet!' Lena beefde van verontwaardiging. 'Dat deed ze zomaar, midden op straat? Wanneer was dat? Ik mag toch hopen dat je de politie hebt gebeld en dat ze haar hebben opgepakt.' Hoofdschuddend wendde ze zich weer tot Flo: 'Ben je wel goed bij je hoofd? Mijn god, en dat woont in onze flat. Zo oneerlijk! Als mijn grootmoeder dat had geweten, had ze je daar nooit laten wonen!'

Gelukkig was het niet het soort restaurant waar iedereen plotseling stilvalt; de andere gasten praatten en aten gewoon door. Daarom kon Flo ook kalmpjes zeggen: 'Het was een paar weken geleden, en ik deed het heus niet "zomaar". Voor het café zat een dakloze man, en jouw vriend hier vond het grappig om vlak onder zijn neus een biljet van vijftig pond in de fik te steken.'

Zo, ze had het gezegd. Lena moest weten met wat voor verschrikkelijke man ze uit eten was. Bovendien verdiende Giles het dat iedereen dat nu wist. En ja, hoor. Lena kreeg ogen op steeltjes...

'Hahahaha, verdomd geinig.' Giles proestte het uit en zei tegen Lena: 'Die doet het altijd weer goed. Die ouwe grappen zijn toch het best. Echt verdomd geinig...'

Nou, hij schaamde zich niet bepaald. Maar Lena zou zich inmiddels toch wel voor hem schamen?

Alleen leek het daar niet erg op. De korte opflakkering van ontzetting – een aanwijzing voor het feit dat ze misschien toch een hart had – was alweer verdwenen, en Lena zat Giles vol aanbidding, met een glimlach om haar lippen, aan te kijken. Toen hij weer in lachen uitbarstte, zei ze vrolijk: 'Ja, die ken ik. Peregrine Hamilton-Carr heeft dat een keer gedaan na het Blue Moon Ball... Hilarisch gewoon!'

'Ja, hè?' Giles keek haar stralend aan. 'Pure comedy!'

Flo schudde haar hoofd; Lena was blijkbaar een van die meisjes die overal ja en amen op zeiden; van het soort dat nooit eens kritiek leverde op hun vriendje, maar hem altijd naar de mond praatte.

'O mijn god, wat een lul,' zei Annie.

'En zij doet alsof hij net een olympische medaille heeft gewonnen,' zei Bridget.

Mavis snoof verachtelijk. 'Een medaille voor lulligheid.'

'Ik bedacht ineens iets.' Annie greep Flo's arm beet. 'Als jij en Zander gaan trouwen, dan wordt...'

'Wat?' Met een ruk draaide Lena zich naar hen om. 'Wat zei je daar? Hoe weet je dat ik een broer heb, en waarom zou hij in vredesnaam met dat daar trouwen?'

Oeps. Flo verstijfde. Dit was dus niet de bedoeling. Hoe kon ze zich hieruit praten?

Ze had echter Annie onderschat, die heel snel kon zijn wanneer het erop aankwam.

'Pardon? Waar heb je het over? Ik zou niet weten of je een broer had of niet.' Vol verbazing schudde ze haar hoofd. 'Ik had het erover dat het zo fantastisch zou zijn als Flo met mijn zoon trouwde.'

‘Je zoon.’ Annies geblondeerde haar, haar uitbundige kledingsmaak en paarse nagellak waren Lena niet ontgaan. En omdat ze ook haar kakelende lach had gehoord en haar platte accent, was ze op zijn zachtst gezegd nogal sceptisch. ‘Je wilt toch niet beweren dat je zoon Zander heet?’

‘Alleen mijn oudste,’ zei Annie. ‘De andere twee heten Tristram en Tarquin.’ Ze keek naar haar decolleté en veegde wat broodkruimels weg. Toen wendde ze zich weer tot Lena. ‘Je kunt ze moeilijk allemaal Zander noemen, hè? Dat zou stom zijn.’

‘O mijn god, wat een sukkel, die vent! En zij is een koe!’ Schaterlachend liepen ze het restaurant uit. Toen Bridget weer op adem was gekomen, zei ze: ‘Zag je hoe ze keek toen Annie die namen oplepelde? Ik dacht dat ik in mijn broek zou pissen.’

‘Wat denk je, geloofde ze me?’ Annie, wier zonen luisterden naar de namen Lee, Dennis en Jason, deed Lena’s stem na. ‘Maar hoe kunnen jouw zonen in hemelsnaam zo heten terwijl jij zo gewoontjes bent?’

‘Ze weet nu echt niet meer wat ze moet denken. Vooral niet nadat je had gezegd dat je echte vader een graaf was. Je was behoorlijk overtuigend. Zelfs ik trapte er bijna in.’

‘Mijn moeder is dienstmeisje geweest op Kilburton Castle,’ zei Annie lachend. ‘Ze zei altijd dat ik de dochter van de graaf was. Ze deed dan alsof het een grapje was, maar haar kennende zou het best nog eens waar kunnen zijn ook.’

‘Je zou eigenlijk een kroon moeten dragen,’ zei Bridget, terwijl ze op weg gingen naar de taxistandplaats op Park Street.

‘Ja, terwijl ik iemands reet afveeg.’ Annie schudde haar hoofd bij de herinnering aan Lena’s afkeer. ‘Jezus, Flo, ik hoop dat die Zander van jou aardiger is dan zijn zus.’

‘Dat is hij ook.’ Flo knikte. ‘Stukken aardiger.’

‘Nou, dan staat je heel wat te wachten als je echt iets met hem krijgt. Hoe moet dat? Die zus ziet jou helemaal niet zitten.’

‘Ach, het is nog veel te vroeg om me daar nu al druk over te maken,’ zei Flo, terwijl ze even vlinders in haar buik kreeg bij de gedachte aan Zander. Luchtig voegde ze eraan toe: ‘En zoals je zelf al zei, misschien heeft hij wel iemand anders gevonden in Canada.’

'Ja ja, maar toch. Die vrouw is niet mis.'

'Ach.' Flo grinnikte, terwijl ze zich voorstelde dat zij en Zander gingen trouwen en Lena, gekleed als bruidsmeisje, hen in de gaten hield, met een kwaadaardige glans in haar ogen en een pistool achter haar rug.

'Nou, ik wens je veel succes ermee. Maar ik benijd je niet,' zei Annie. 'Ze zal het je niet makkelijk maken. Wat een heks.'

21

Beste Rose,

Ik hou van tuinieren. Ik ben verlegen bij mensen die ik niet ken. En ooit wil ik iedereen verbazen door iets onverwachts en groots te doen, zodat ik eindelijk trots op mezelf kan zijn.

Mijn man was mijn grote liefde, tot hij me drie jaar geleden plotseling verliet voor een andere vrouw. Ik was er kapot van en dacht dat ik er nooit overheen zou komen, maar ik heb het min of meer toch achter me kunnen laten. Ik zou graag een nieuwe man leren kennen, maar dat zie ik niet zo gauw gebeuren, want wie wil mij nou? Ik ben niet echt een goede vangst. Dus mijn leven is nogal saai, maar dat is niet erg, want ik ben er inmiddels aan gewend om alleen te zijn.

Het punt is dat ik hem gisteren in de stad toevallig tegen het lijf liep, en toen zijn we samen koffie gaan drinken. Hij is niet gelukkig met zijn vriendin en hij zegt dat hij me mist. Hij wil vrijdagavond naar me toe komen. Alleen voor de seks eigenlijk. Ik weet het, niet erg romantisch, hè? Ik moet gewoon zeggen dat hij de pot op kan. Ik hou niet meer van hem, dat weet ik best, maar ik mis het wel om intiem te zijn met een man, en op de een of andere manier lijkt het een genoegdoening voor drie jaar geleden, toen hij me ineens in de steek liet.

Rose, ik ben geneigd om het te doen, maar ik ben zo bang dat ik me daarna weer ongelukkig voel. Hij heeft al laten doorschemeren dat het iets regelmatigs kan worden (zijn vriendin denkt dat hij elke vrijdag gaat darten, maar dat is niet zo).

Help me alsjeblieft. Wat moet ik doen?

Julia

Beste Julia,

Zo te horen ben je een sterke vrouw. En je ex komt op me over als een zwakke man. Hij heeft je zelfvertrouwen ondermijnd, en het heeft even geduurd voordat je jezelf weer hebt hervonden.

Ik weet zeker dat de meeste mensen je zouden aanraden om gewoon nee tegen hem te zeggen, omdat je beter bent dan hij en hij het niet verdient om de kans te krijgen je nog een keer te kwetsen. En seks verdient hij al helemaal niet.

Dat kan allemaal wel zo zijn, maar ik vind eigenlijk dat jij die seks wel verdient. Je verdient het om er op deze manier een punt achter te zetten. Als je met jezelf kunt afspreken dat het slechts eenmalig is, dan denk ik echt dat je nog een keertje met hem naar bed moet gaan. En na afloop kun je hem dan vertellen dat het voorgoed voorbij is. Gebruik hem zoals hij jou heeft gebruikt. Dat is een mooie manier van wraak nemen, en het zal je zelfvertrouwen goed doen. Je weet dat hij een vent van niks is en dat je beter verdient. Dus sla die laatste nagel in de doodkist van jullie relatie. Madonna zou het ook doen. O, en denk eraan om wel een condoom te gebruiken.

Doe het onverwachte en verras jezelf. Maak je van hem los.

En ga dan triomfantelijk verder met je nieuwe leven!

Liefs,

Rose xxx

'Helemaal goed. Ik ben het er volledig mee eens,' verklaarde Margot, nadat ze het stuk had gelezen. 'Wat een engerd. Neem wraak en zet er een punt achter!' Haar donkere ogen schitterden.

'Mooier kan niet.'

'Ik hoop dat we nog een keer te horen krijgen hoe het is gegaan.' Flo gaf de planten op Margots vensterbank water; soms schreven mensen Rose later nog een keer om te vertellen hoe het nu met hen ging.

'En het liefst voordat ik doodga graag.' Margot keek Flo met een schuin hoofd aan, als een vogeltje. 'Ben je naar de kapper geweest?'

'Alleen maar knippen.'

'Geen kleur?'

'Nou ja, een kleurspoeling. Herfstbladeren, heet het.' Tevreden schudde ze met haar krullen. 'Vind je het mooi?'

'Heel erg mooi. En je hebt je wenkbrauwen ook laten kleuren.'

'Dat was het idee van de kapster.'

'Mooi. Ik neem aan dat het voor een speciale gelegenheid is?'

'Wie weet.' Flo glimlachte en zette de gieter neer.

'Dus die vriend van je is eindelijk terug uit Toronto?'

Mijn vriend...

'Hij is vanochtend geland. Vanavond zie ik hem.'

'Denk je dat hij zijn wenkbrauwen ook heeft laten verven om indruk op je te maken?' vroeg Margot.

'Die van hem zijn al zwart.' Enthousiast voegde Flo eraan toe: 'Echt, je zou ze eens moeten zien. Hij heeft prachtige wenkbrauwen.'

'Ach, je gloeit helemaal. Wat schattig. Maar vergeet niet dat jij ook heel leuk bent. Hij heeft geluk met jou.'

'Hoi,' zei Zander toen Flo opendeed.

'Hoi.' Stond ze soms als een idioot te stralen? Maar het was ook zo fijn om hem weer te zien.

'Ik ben er weer.'

'Ik zie het.'

Hij knikte bewonderend. 'Je ziet er fantastisch uit.'

'Dank je. Ik heb mijn wenkbrauwen laten verven, en daar moet ik nog steeds aan wennen. Iedere keer als ik mezelf in de spiegel zie, schrik ik even.' O, nou begon ze nog te ratelen ook. Tijd om te stoppen, voordat ze er ook nog uit flapte dat ze haar benen had laten waxen.

‘Ik vind je wenkbrauwen mooi.’ Hij glimlachte. ‘Ik vind jou mooi. Ik heb je gemist.’

Er trok een rilling door haar heen, terwijl ze de geur van zijn lichaam, zijn aftershave en zijn leren jasje opsnoof. En toen kuste hij haar, en was alles goed...

Nou ja, bijna alles.

Toen ze zich een minuut later van hem losmaakte, legde ze haar handen op zijn schouders. ‘Sorry, maar ik moet het weten. Heb je Lena al gesproken?’

‘Ja. Ze heeft me verteld wat er vorige week is gebeurd. Was het erg vervelend?’

‘Laat ik het zo zeggen: ze is niet bepaald blij met me. Is Giles haar nieuwe vriend?’

Gelaten zei Zander: ‘Lijkt erop.’

‘Hij is echt heel erg.’

‘Tja, maar dat is typisch mijn zus. Zet een hele rij potentiële vriendjes voor haar neer, en ze zal altijd de vervelendste van het stel uitkiezen. Daar valt ze op.’

‘Heeft ze zich nog buitengesloten toen jij weg was?’

‘Een paar keer. Ik heb sleutels bij alle buren achtergelaten. Maar kunnen we nu even ophouden over mijn zus? Ik heb me zo verheugd op vanavond. Laten we het niet bederven.’

Toen de klok twaalf uur sloeg, lagen ze verstrengeld in Flo’s bed. Was het te snel gegaan? Waarschijnlijk wel, maar zo voelde het niet. Het was een van de betoverendste avonden van haar leven geweest.

‘Waar denk je aan?’ vroeg hij.

‘Ik lag te denken dat ik zo blij ben dat ik mijn benen heb laten waxen.’

Hij lachte. ‘De meeste meisjes zouden dat nooit zeggen.’

‘Ik weet het. Daarom ben ik ook nog steeds single.’

Lachend trok hij haar nog dichter tegen zich aan en kuste haar op haar neus. ‘En dat zouden ze ook niet zeggen.’

Op dat moment hoorden ze dwingend gekrab aan de deur, gevolgd door gemiauw.

‘Het is Jeremy’s bedtijd,’ zei ze. ‘Hij blijft doorgaan tot we hem erin laten.’

Ze keek Zander na, die opstond en naar de deur liep. *Lekker lijf.*

Jeremy beende langs hem heen, sprong op het voeteneinde en ging liggen, met zijn kop naar Flo. Hij stak zijn afkeuring niet onder stoelen of banken.

'Zo te zien zit onze tijd erop,' merkte Zander op, terwijl hij weer in bed stapte.

Jeremy knipperde met zijn ogen en zwaaide met zijn staart.

'Het lijkt verdorie wel of we een chaperonne hebben die erop toeziet dat we geen stoute dingen doen.'

'Hij heeft zijn hele leven bij mijn grootmoeder gewoond. Hij weet niet wat stoute dingen zijn.'

Onder het dekbed gaf Flo de kat een speels duwtje met haar voet. 'Kom op, Jeremy, niet zo chagrijnig.'

Jeremy bleef haar met een strakke, onheilspellende blik aankijken. Het was wel duidelijk dat hij niet van plan was het haar te vergeven.

'We verzinnen er wel wat op,' zei Zander.

'Misschien moeten we maar naar de logeerkamer verhuizen.'

'Nou, we kunnen in elk geval niet naar mijn flat. Als ik moet kiezen tussen een afkeurende Jeremy of een afkeurende Lena, dan weet ik wel wie ik liever heb.'

'Ga je haar vertellen dat we...' O help, wat zei ze nu weer? Was er wel een *we*? Misschien zag ze hem wel nooit meer, nu hij haar eenmaal moeiteloos het bed in had gekregen.

'Kijk niet zo. Ik ga nergens heen.' Zander, die blijkbaar zag wat ze dacht, bracht haar hand naar zijn mond en drukte er een kus op. 'Dit is pas het begin. We weten allebei hoe Lena is. Als ze het ontdekt, zal ze het ons niet makkelijk maken. Dus voorlopig hou ik het liever geheim. Ik denk dat dat voor iedereen veel rustiger is.'

Ze knikte en zei vol vuur: 'Dat denk ik ook.'

Maar in haar borstkas spoot het geluk omhoog als een fontein. *Kijk, dit zijn Zander en ik, we zijn een stelletje... we zijn een we!*

22

Als je al moe werd van een boterham smeren, dan wist je dat je er beroerd aan toe was.

Hoewel Hallie dat natuurlijk al wist. Ze was vorige week weer voor controle in het ziekenhuis geweest, waar ze helemaal was doorgemeten. Bloed, longinhoud; er waren foto's gemaakt, de canules waren gecheckt... En het resultaat was dat ze op alle fronten slechter scoorde.

Ach, dat was geen verrassing geweest. Als je taaislijmziekte had, wist je dat je niet op een ochtend wakker werd en dan op wonderbaarlijke wijze genezen zou zijn.

Toch stemden de uitslagen niet vrolijk. Haar uithoudingsvermogen was afgenomen. Haar saturatie was negentig procent. De extra fysiotherapie die ze kreeg, had minder geholpen dan anders. De binnenkant van haar longen voelde stekelig en pijnlijk aan, en door de sluipende, deprimerende onvermijdelijkheid van alles werd ze van tijd tot tijd overspoeld door golven van verdriet.

Niet jammeren, hield ze zichzelf voor. *Richt je op de goede dingen van het leven, zelfs al lijken er daar niet veel meer van over te zijn.*

Gelukkig gold een boterham met bacon wel als een van die goede dingen. Nadat ze zich had losgekoppeld van de zuurstoftank in de keuken, liep ze met haar bord naar de kamer, waar ze zich aansloot op de zuurstoftank die daar stond, en ging op de bank zitten om de rest van *Starter for 10* af te kijken.

Door de warmte van de gebakken bacon was de boter gesmolten, zodat het witte brood precies de juiste klefheid had gekregen. O ja, dat zag er erg lekker uit. Net toen ze de eerste, hemelse hap wilde nemen, werd er aangebeld.

Nee, hè? Hielden ze haar soms met een verrekijker in de gaten om expres op een heel verkeerd moment te kunnen aanbellen?

Gewoon negeren en lekker je boterham opeten.

Hallie wist echter dat alles al verpest was; ze zou niet van haar boterham kunnen genieten met in haar achterhoofd het idee dat er elk moment weer kon worden aangebeld.

O, en misschien was het de postbode wel met haar nieuwe enkellaarsjes die ze bij ASOS had besteld.

Ze legde de boterham neer, koppelde het slangetje weer los en stond langzaam op.

De bel ging nog een keer.

Het kon maar beter de postbode zijn met haar laarzen, want anders...

Het was de postbode niet.

Het was iemand die nog bruiner was dan haar enkellaarzen.

Het was Nick.

Hij spreidde grijnzend zijn armen en lachte naar haar met zijn schitterend witte tanden, die scherp afstaken tegen zijn idioot gebruinde huid. Met een overdreven Australisch accent vroeg hij: 'Ha, alles kits? Je kijkt als een kangoeroe die probeert te koorddansen.'

'Niet te geloven.' Hallie was stomverbaasd.

Hij omhelsde haar en vroeg in normaal Engels: 'Hoe gaat het met je? Verbaasd zeker?'

'Een klein beetje maar. En je kunt maar beter uitkijken, want ik ben wel invalide, hoor. Zo'n schok kan zomaar mijn dood worden.'

'Sorry, maar ik wilde je verrassen. O Hal...' Nadat hij haar naar binnen had geduwd, uit de kou, streelde hij haar wang. 'Wat fijn om je weer te zien.'

'Tja, ik ben er nog. Net. Kom verder, ik moet naar mijn zuurstof.' Ze ging hem voor de huiskamer in en sloot zichzelf weer aan. 'Maar wat doe jij hier?'

Het was zes jaar geleden dat ze het hadden uitgemaakt, en twee jaar geleden dat ze hem voor het laatst had gezien.

'Even een bliksembezoek aan mijn ouders. Mijn vader is aan zijn galblaas geopereerd, en mijn moeder wilde graag dat ik voor een paar dagen overkwam. Maar omdat ik op Birmingham ben gevlogen, leek het me wel leuk om eerst even bij jou langs te gaan voordat ik doorreis naar Manchester.'

'Dit ligt helemaal niet op de route.' Hij zou weer via Birmingham naar zijn ouders moeten.

'Ach, ik heb een snelle auto gehuurd. En als je eenmaal een tijdje in Australië hebt gewoond, raak je wel gewend aan lange afstanden. Ritjes korter dan zes uur stellen daar helemaal niks voor... Jezus, wat is dat daar buiten?'

Hij wees naar het raam. Tegen de tijd dat tot Hallie doordrong dat ze in de oudste truc ter wereld was gestonken, had hij haar boterham al in zijn hand.

'Niet te geloven dat je daarin trapte.' Hij schudde zijn hoofd.

'Ik snap het zelf ook niet.' Vroeger hadden ze altijd zulke geintjes met elkaar uitgehaald. 'Te weinig oefening gehad.'

'Hier.' Hij gaf haar de boterham terug. 'Eerlijk gezegd snap ik niet dat je hebt opengedaan als je net van plan was om te gaan eten.'

'Dat had ik ook bijna niet gedaan. Maar het geeft niet, je mag wel een hapje. Aangezien je helemaal uit Australië komt.'

Hij schudde zijn hoofd. 'Jij mag de eerste hap. Het is jouw boterham.'

'Dat wilde ik horen.' Ze beet met smaak in haar boterham, terwijl hij glimlachend toekeek. En de bacon was dan misschien niet meer zo warm, de boterham was nog steeds verrukkelijk.

Toen Nick aan de beurt was om een hap te nemen, ging ze zitten. Ze keek naar hem. Hij was nog net zo mager als vroeger, en zijn blonde haar zat ook nog even warrig. Hoewel hij net vanaf de andere kant van de wereld was komen aanvliegen, zou je dat niet zeggen; in zijn witte T-shirt, zachtgrijze trui en versleten oude spijkerbroek zag hij er nog precies zo uit als vroeger. Alleen rook hij anders.

Zich bewust van haar blik vroeg hij: 'Wat?'

'Je gebruikt een andere aftershave.'

'Dit?' Hij rook aan zijn pols en trok een vies gezicht. 'Die heb ik in de taxfree geprobeerd. Ik ruik naar een verkoper van tweedehandsauto's. En de geur lijkt ook steeds sterker te worden.'

'Zo werkt dat. Hoe viezer je het vindt, hoe sterker de geur.' Ze glimlachte. 'Maar je ziet er nog precies hetzelfde uit.'

'Jij ook.' Toen hij de boterham ophad, zette hij het bord neer en kneep even in haar hand.

'Dank je,' zei ze ontroerd. 'Maar we weten allebei dat dat niet zo is.'

'Oké, misschien niet, maar als ik naar je kijk, dan zie ik gewoon... jou.' Hij raakte haar neus even aan. 'Ik zie je sproetjes, de vorm van je wangen, je wimpers die in je ooghoeken altijd iets krullen, de beweging van je mond als je lacht... Dat soort dingen verandert nooit. En je hebt nog steeds de mooiste ogen die ik ooit heb gezien.'

'Als dit je manier is om te zeggen dat je nog wel een boterham lust, dan zul je hem zelf moeten maken,' zei ze.

'Daarom zei ik het niet.' Hij gaf haar een knipoog. 'Maar nu je het er toch over hebt...'

Hallie ging in de keuken aan de tafel zitten, terwijl Nick twee mokken thee voor hen maakte en de rest van de bacon bakte. Hij vertelde haar verhalen over zijn avonturen in Australië. Zij vertelde hem minder spannende verhalen over haar leven in Carranford. Nick belde zijn ouders om te zeggen dat hij rond negenen bij hen zou zijn.

Om halfdrie zei Hallie: 'Het is tijd voor mijn medicijnen.'

'Geen probleem.' Hij snuffelde weer aan zijn pols en de mouw van zijn trui. 'Zou ik misschien even mogen douchen? Zodat ik me een beetje kan opfrissen en die verschrikkelijke stank van me af kan boenen?'

'Ga je gang. Je weet waar de badkamer is,' zei ze.

Nick liep naar de auto om zijn toilettas en wat schone kleren uit zijn koffer te pakken en verdween naar boven, terwijl Hallie haar medicijnen klaarlegde. Ze kwam ook tot de ontdekking dat het, als je je eenmaal iets in je hoofd had gehaald, vrijwel onmogelijk was om nog ergens anders aan te denken.

Het was net zoiets als steeds hetzelfde refreintje in je hoofd hebben.

Oké, gewoon niet meer aan denken.

Maar dat gaat juist niet!

Ze wist dat het deels te maken had met de laatste brief op haar website en met haar antwoord daarop. De arme, afgewezen Julia, in de steek gelaten door haar man en nu op zoek naar een manier om het verleden af te sluiten.

En op zoek naar seks.

En wraak.

Maar voornamelijk naar een manier om het verleden af te sluiten.

En seks.

Hoewel Hallie gewoon doorging met haar medicijnen, bleef het idee door haar hoofd spoken. Wie kon zeggen hoelang ze nog te leven had? Niet erg lang meer, mocht er op korte termijn geen geschikte donor worden gevonden.

Het afgelopen jaar was er maar één man geweest met wie ze naar bed zou hebben gewild, maar dat was nu net de man met wie ze geen relatie kon hebben. Eigenlijk had ze haar seksleven al afgeschreven.

Droevig, maar er viel weinig aan te doen.

Behalve, behalve...

Boven hoorde ze het water in de douche nog steeds lopen. En er stond een naakte man onder die waterstraal, met zijn lichaam onder het schuim.

En het mooiste was nog wel dat het een lichaam was dat ze kende, een lichaam dat haar vertrouwd was en dat toebehoorde aan een goede vriend die op zijn beurt vertrouwd was met haar lichaam.

23

Het duurde een uur voordat Hallie voldoende moed had verzameld om het te zeggen. Uiteindelijk flapte ze het er gewoon uit.

'Ik wil je iets vragen. Je mag gerust nee zeggen. Ik zal me heus niet beledigd voelen.'

'Zeg het maar,' zei hij meteen. 'Wat is er? Heb je soms geld nodig?'

'Nee, het is wat persoonlijker. Het heeft met mij te maken... Met mijn situatie...' zei ze met een hulpeloos gebaar.

Nick pakte haar hand beet en keek haar in de ogen. 'Zeg het maar. En doe niet zo nerveus.' Hij ging wat zachter praten. 'Heeft het soms met je begrafenis te maken? Wil je dat ik dan iets ga zeggen? Want dat is prima, natuurlijk doe ik...'

'Ho, stop, dat is niet wat ik je wilde vragen. Sst.' Ze legde een hand op zijn mond toen hij nog een idee wilde opperen. 'Onderbreek me niet steeds. Luister gewoon even. Jij gaat om zes uur weg. Mijn moeder is op haar werk en zal niet voor halfzeven terug zijn. We zijn alleen thuis. Er is niemand anders aan wie ik het kan vragen, maar er is één ding dat ik vreselijk mis. Herinner je je nog hoe we samen in bed lagen, naakt, tegen elkaar aan... Maak je geen zorgen, ik heb het niet over seks, ik heb het gewoon over dat andere, want dat zou zo fijn zijn, weet je... Dan zou ik me weer even normaal voelen... Maar als je niet wilt, dan hoeft het niet. Ik begrijp het wel.'

Halverwege haar geratel had ze tranen in haar ogen gekregen. Hallie, die vrijwel nooit huilde, veegde ze gauw weg. Ze wist dat het tranen van schaamte waren. Daarom had ze haar verzoek om seks ook veranderd in gewoon samen in bed liggen. Om seks smeken bleek echt een brug te ver. Arme Nick, hij zat natuurlijk uit alle macht een manier te bedenken om hier onderuit te komen.

Maar toen zag ze dat hij ook tranen in zijn ogen had. En voordat ze goed en wel besefte wat er gebeurde, was hij al opgestaan. Hij maakte haar zuurstoftank los en tilde haar op. 'Je hebt altijd zulke goede ideeën,' zei hij alleen maar. 'Kom. Ik wil het ook heel graag.'

Boven legde hij haar op het bed neer en trok de gordijnen dicht. Hallie sloot zichzelf aan op de zuurstoftank in de slaapkamer en begon zich langzaam uit te kleden tot ze alleen nog haar slipje aanhad. Nick hielp haar in bed en trok toen zijn kleren uit. Alleen zijn onderbroek van Calvin Klein hield hij aan.

Toen ging hij naast haar liggen, trok het dekbed over hen heen en sloeg zijn armen om haar heen, voorzichtig, om de plastic slangetjes niet door de war te maken.

Hallie had het gevoel alsof ze in brand stond; haar hele lichaam was ineens hypergevoelig. Het was onbeschrijflijk lekker om zijn warme huid tegen de hare te voelen. Ja, dit was het wat ze al zolang had gemist. Gewoon lichamelijk contact, iets wat de meeste mensen vanzelfsprekend vonden, maar wat op de een of andere manier volmaakter was dan wat dan ook.

Ze liet haar vingertoppen over zijn rug glijden, over zijn schouders, zijn armen, en voelde dat hij hetzelfde bij haar deed. Een omhelzing die almaar voortduurde, de geur van een schone huid, de warmte die zijn lichaam uitstraalde, als een zon die haar verwarmde...

Nicks mond streek langs haar oor toen hij fluisterend vroeg:

‘Is dit wat je in gedachten had?’

‘Ja, dit is precies wat ik in gedachten had. Dank je wel.’

‘Hallie, je hoeft me toch niet te bedanken. Maar er is wel iets wat ik je moet vertellen.’

Als gehypnotiseerd streelde ze nog steeds zijn borstkas. ‘Zeg het maar.’

‘Ik weet niet of je van plan was verder te gaan, maar ik moet je wel vertellen dat ik een vriendin heb.’

Ze knipperde met haar ogen. ‘O. Oké. Dat had je me niet verteld.’ En zelf had ze er stom genoeg ook niet naar gevraagd.

‘Ik weet het, maar ik wilde niet... Nou ja, ik wilde niet zo te koop lopen met mijn fantastische leven, terwijl dat van jou verre van fantastisch is. Ze heet Emma, en we hebben sinds een paar maanden wat. Ze is heel leuk. Nou ja, wat ik eigenlijk wil zeggen, is dat ik sinds ik haar ken nooit meer iets met een andere vrouw heb gehad, want ik wil haar geen verdriet doen, maar als jij wilt dat we verdergaan... Nou ja, dan doe ik dat wel.’

‘Echt? Dat zou je voor mij willen doen?’

Hij zuchtte. ‘O Hallie. Het is niet zo dat ik er zelf niet van zou genieten, maar de keus is aan jou.’

Glimlachend streelde ze zijn wang, geroerd door zijn aanbod en zijn eerlijkheid. ‘Dank je, maar zo is het prima. En het zou niet goed voelen nu jij Emma hebt.’

Tot haar verbazing was dat echt zo. Ergens in haar achterhoofd had ze zich afgevraagd of ze, als ze met Nick seks had, niet het gevoel zou hebben dat ze Luke verried.

Het was raar om dat te denken, maar zij kon er ook niks aan doen dat haar hersens zo werkten.

‘Weet je, Emma is zo lief dat ze het misschien nog zou begrijpen ook,’ zei Nick. ‘Ik heb haar over je verteld. Ze weet ook dat ik bij je langs zou gaan.’

‘Nou, volgens mij kun je dat gewoon niet van iemand vragen. Maar maak je niet druk, dit is genoeg.’ Volgens haar zou Emma het waarschijnlijk zelfs niet leuk vinden dat ze samen naakt in bed lagen.

‘Oké, dan blijven we nog even zo liggen. Leg je hoofd maar op mijn schouder,’ zei hij. ‘Ontspan je maar. Weet je nog dat we vroeger altijd zo in slaap vielen?’

Ze knikte glimlachend. Nu ze wist dat er verder niets zou gebeuren, voelde ze zich al een stuk relaxter. Dit was lekker, dit was wat ze had gemist, het genot van puur lichamelijk contact. Ze deed haar ogen dicht en knikte nog een keer, en terwijl hij zacht haar schouders en haar nek streelde, voelde ze dat ze in slaap viel...

Luke belde bij Hallie aan. Het was vijf uur. Buiten was het al donker, en binnen leek alles stil. Hij zag geen beweging. Was ze soms weg? Misschien moest hij het boek maar gewoon door de brievenbus duwen...

Boven, in Hallies slaapkamer, werden de gordijnen opengetrokken, en in het zwakke licht zag hij de omtrek van iemand die... Nou ja, die niet Hallie was. Tot zijn schrik zag hij dat het een man was. En dat die man erg weinig kleren aanhad. Oké, dit was wel het laatste wat hij had verwacht.

De man gebaarde dat hij naar beneden zou komen. Luke hoorde voetstappen op de trap, en toen ging de deur open. De man had in elk geval het fatsoen gehad om een T-shirt en een spijkerbroek aan te trekken. Zijn haar zat in de war – zo te zien was hij net wakker geworden – en zijn gezicht kwam hem vaag bekend voor.

'Hoi.' De man, die op blote voeten liep, keek hem vragend aan.

Luke slikte. 'Hallo. Is Hallie thuis?'

'Ze ligt boven te slapen. Zal ik haar wakker maken?'

Na een korte aarzeling schudde Luke zijn hoofd. 'Nee, dat hoeft niet. Ik kwam alleen een boek terugbrengen.' Hij hield de pocket met de lichtblauwe omslag op. 'Dat had ik vorige week van haar geleend.'

'Oké. Nou, geen probleem. Geef maar. Ik zal zorgen dat ze het krijgt.'

'Fijn. Zeg maar dat ik het heel goed vond. Heel informatief.'

De man nam het boek van hem aan en bekeek de omslag, waarop een zandloper was afgebeeld. De titel luidde: *Smile Through It: A year on the transplant list.*

'Mag ik je iets vragen?' zei Luke. 'Ben jij soms Nick?'

'Ja.'

'Nick uit Australië?'

'Ik ben terug.' Nick vroeg zich zichtbaar af of hij Luke ook moest kennen. 'Kennen we elkaar?'

Luke schudde zijn hoofd. 'Nee, maar Hallie heeft me een keer een foto van je laten zien. Ik ben dokter Hilton, haar huisarts.'

'O, nou snap ik het. Hallie heeft me over je verteld.' Grijnzend vervolgde Nick: 'Jij bent de aardige dokter. Niet de bazige enge.'

'Dat mag ik hopen,' zei Luke.

'Dus het is een goed boek?' Nick bekeek de omslag nog een keer. Het boek was geschreven door een jonge taaislijmziektepatiënt die op een dubbele longtransplantatie wachtte. 'Heeft het een happy ending?'

'Ja.' Luke knikte.

Op de achterkant stond ook dat er per jaar duizend mensen sterven in afwachting van een transplantatie. En dat de schrijver van het boek – Oli Lewington – pas drieëntwintig was toen hij zijn nieuwe longen had gekregen. Hallie was nu achtentwintig.

'Het gaat slechter met haar, hè?' zei Nick.

Luke aarzelde even. Toen zei hij: 'Ja, zo gaat dat.' Ze keken elkaar aan. 'Dat weet je toch?'

Natuurlijk wist hij dat; ze wisten het allebei. Na een korte stilte vroeg Nick: 'Hoe groot is de kans dat Hallie een transplantatie krijgt?'

Luke schudde zijn hoofd. 'Dat valt met geen mogelijkheid te zeggen. Het kan ineens gebeuren. Hoe meer mensen zich aanmelden als donor, hoe groter de kans.' Hij trok een wenkbrauw op. 'Heb jij je laten registreren?'

Nick keek hem een beetje ongelovig aan. 'Ik ken Hallie al jaren. Natuurlijk heb ik me als donor laten registreren. En ik zeg ook altijd tegen iedereen dat ze dat moeten doen.'

'Mooi zo. Goed, dan ga ik maar weer. Leuk je eindelijk eens gezien te hebben.' Dat was natuurlijk helemaal niet zo, maar soms moest je dat soort dingen nou eenmaal zeggen. 'Hoelang blijf je hier?' vroeg hij. Met ingehouden adem wachtte hij het antwoord af.

'Dit is gewoon een bliksembezoekje. Ik rij straks door naar mijn ouders. Het leek me wel leuk om onderweg even bij Hallie langs te gaan.'

Zichzelf voorhoudend dat hij geen enkele reden had om jaloers te zijn, knikte Luke. 'Nou, tot ziens dan maar.'

Maar bij zichzelf dacht hij: *Gewoon een bliksembezoekje. Mooi zo.*

Het was heel aardig van Nick om langs te komen, maar hoe nam je afscheid van iemand die je misschien nooit meer zou zien?

Nou, gewoon. Zoals je dat zou doen als die gedachte niet net bij je op was gekomen.

Toneelspelen heette dat.

Hallie omhelsde Nick nog een laatste keer in de huiskamer. Ze snoof de geur van zijn huid op en kuste hem op beide wangen. En ook op de mond, gewoon een dikke smakkerd, geen romantische kus.

'Nou, dag dan maar. Leuk dat je bent geweest.' Ze maakte zich van hem los om hem nog een keer in de ogen te kunnen kijken zonder dat ze scheel werd. 'En bedankt voor alles. Dat had je echt niet hoeven doen.'

'Ik had het niet willen missen.' Hij glimlachte. 'Pas goed op jezelf, hè?'

'Ik hoop dat het wat wordt tussen Emma en jou. Zo te horen is ze erg aardig.'

'Dat is ze zeker.'

'Maar het lijkt me toch beter dat je haar niet vertelt dat je vanmiddag zo goed als naakt bij me in bed hebt gelegen. Dat lijkt me voor iedereen beter.'

'Wat je wilt.' Hij streelde haar wang. 'Maar ik zal het nooit vergeten.'

'Ik ook niet. Oké, je ouders zitten op je te wachten, en je hebt nog een lange rit voor de boeg.' Ze deed een stap naar achteren, kuste haar vingertoppen en legde ze even op zijn warme mond. Ze weigerde eraan te denken dat dit misschien wel de laatste keer was dat ze dat zou doen. 'Ga nou maar.'

24

‘Nou, geef maar toe,’ zei Rory. ‘Je geloofde me niet echt.’

Tasha grinnikte. ‘Natuurlijk geloofde ik je niet.’

‘Je zou meer vertrouwen in je vriend moeten hebben. Wat ik beloof, doe ik.’

‘Maar je moet toegeven dat het lastig was vertrouwen in je te blijven houden toen Joe steeds weer over hanggliden begon.’

‘Nou ja, dat is Joe. Wat hij zegt, moet je natuurlijk nooit geloven.’

Tasha prikte hem speels met het takje dat ze in haar hand had. ‘Tenzij je het ergste voor het laatst bewaart.’

Ze wist echter best dat dat niet zo was. Het was zondagmiddag, de eerste week van maart, en ze hadden een heerlijk weekend gehad. Helemaal door Rory bedacht. Zelf had ze verwacht het weekend gewoon in Londen te blijven, maar op vrijdagmiddag had hij gezegd dat ze haar weekendtas moest inpakken. En daarna had hij haar meegenomen naar dit prachtige landhuis bij Bath dat nu een hotel was. Vanuit hun kamer hadden ze een fantastisch uitzicht over het park en de beboste heuvels erachter. En ze hadden in een echt hemelbed geslapen.

Volkomen verrast had Tasha in de kamer om zich heen gekeken. ‘Waarom heb je dit gedaan?’

‘Omdat je het verdient,’ had hij schouderophalend gezegd. ‘Het is nu jouw beurt.’

‘Echt? O god...’ Oké, als mannen dit soort dingen begonnen te zeggen, zou je zomaar echt heel veel van ze kunnen gaan houden.

‘Geen speleologie, geen rugby, geen wildwaterzwemmen, geen waterskiën, geen motoren. Dit is jouw weekend. Gewoon relaxen. We doen waar jij zin in hebt.’

Ze had hem onderzoekend aangekeken. Zijn gezicht was nog maar net geheeld van de valpartij in de Avon Gorge. ‘Maar ga jij je dan niet vreselijk vervelen?’

‘Nee, want ik ben toch bij jou?’ Hij sloeg zijn armen om haar heen en wiegde haar. ‘Als jij gelukkig bent, ben ik het ook.’

‘Echt waar?’

‘Hou eens op met je eeuwig zorgen te maken. Het wordt een te gek weekend. Met fantastische seks. Hoop ik.'

'O ja. Fantastische seks, fantastisch eten en heel veel lol.'

'Nou, zie je wel. Klinkt behoorlijk volmaakt.'

Stiekem was ze toch een beetje bang geweest dat hij zich zou vervelen, maar haar angst was ongegrond gebleken. Ze hadden een heel leuk weekend gehad, ze hadden veel gelachen en voelden zich steeds vertrouwder met elkaar. De band die ze met hem had, leek zich bijna met het uur te versterken en verdiepen, en dat was iets wat ze nog nooit had meegemaakt. Ook op het eten in het restaurant was niets aan te merken geweest. En het mooiste was nog wel dat de regenstormen en lage temperaturen van de afgelopen weken hadden plaatsgemaakt voor het begin van de lente. De zon stond stralend aan een onbewolkte blauwe hemel, het voelde bijna warm aan, en de valleien om hen heen waren bedekt met kleurige tapijten van zacht deinende krokusjes, sneeuwklokjes en narcissen.

Gisteren hadden ze de hele middag gewandeld. Onderweg waren ze door pittoreske dorpjes gekomen en hadden ze vriendelijke mensen ontmoet die hun hond uitlieten. Vandaag maakten ze een wandeling door het bos ten zuiden van het hotel. Hoewel ze nooit zo van wandelen had gehouden, tenzij het om shoppen ging, had ze besloten het erop te wagen, en tot haar eigen verbazing genoot ze er echt van. Het was helemaal niet saai; er waren duizenden dingen om naar te kijken en te luisteren. De vogels zongen en duikelden door de lucht, op de buitenste takken van de bomen lag al een groen waas, er bleek een enorme verscheidenheid aan boombast en bladeren te bestaan, en ze zagen ook nog een vossenpaar dat hen vanaf de rand van een veld aankeek.

Er waren ook kleinere beestjes: torren die tussen de dode bladeren scharrelden, een muis die vóór hen het pad over rende, en een hele spinnenfamilie op een grote gevlekte boomstam.

'Hè nee!' Toen Rory merkte dat een van de spinnen op zijn schoen was gevallen, deinsde hij naar achteren en probeerde hem eraf te schudden. De spin bleef echter waar hij was. 'O god.'

'Hou je voet stil.' Terwijl Tasha haar best deed om hem niet uit te lachen, knielde ze neer tussen de bladeren en nam de spin voorzichtig tussen haar handen. 'Zo, ik heb hem al.'

'Gedver.' Rory rilde toen ze de spin behoedzaam tussen zijn soortgenoten terugzette op de stam. 'Hoe kun je?'

‘Ik vind spinnen leuk. Moet je die prachtige pootjes eens zien. Zo mooi.’

‘Jij bent mooi.’ Hij trok haar tegen zich aan voor een kus. ‘En ook maf. Jij bent zo’n beetje voor alles bang, maar spinnen vind je leuk?’

‘Je bedoelt dat ik bang ben voor bergbeklimmen en bungeejumpen en wildwatersport?’ Ze schudde haar hoofd; begreep hij het echt niet? ‘Daar ben ik niet bang voor. Ik heb gewoon geen zin in die dingen.’

‘Omdat je bang bent.’

‘Nee, omdat ik er nul komma nul belangstelling voor heb. Het gaat me er niet om dat je gewond kunt raken, ik vind het gewoon allemaal te veel moeite. Ik vind het niet leuk om in koud water te moeten of ongemakkelijke kleren te dragen. Maar echt, ik ben er niet bang voor.’

Hij veegde een lok haar uit haar ogen en kuste het puntje van haar neus. ‘Ik hou van je.’

Haar hele lichaam tintelde van geluk toen hij dat zei. ‘Ik hou ook van jou. Al ben je dan bang voor spinnen.’

Hij keek haar lachend aan. ‘O, maar ik ben er niet bang voor. Ik heb er alleen geen belangstelling voor.’

Ze wandelden verder, een klein beetje verdwaald, maar niet al te rampzalig, genietend van hun laatste zonnige middag in de buitenlucht.

Tasha was de eerste die het hoorde. Een zwakke vrouwenstem riep: ‘Blackie... Blackie...’

‘Wat is er?’ vroeg Rory, toen ze bleef stilstaan.

‘Luister.’ Ze wees de heuvel af. ‘Het komt daarvandaan.’

Ze wachtten even tot ze de stem weer hoorden. Het klonk als een oudere vrouw die haar hond of kat zocht. ‘Blackie? Blackie! Waar ben je nou?’

‘Ach, dat arme mens,’ zei Rory.

‘Daarom hou ik nou van je,’ zei Tasha, terwijl ze automatisch in de richting van het geluid liepen. ‘Je bent een aardige man. Je wilt mensen altijd helpen.’

‘Zo te horen is ze behoorlijk van streek. Dus ik denk dat iedereen dat wel zou doen.’

‘Maar wat als Blackie een enorme spin is?’

'Dan ga ik er natuurlijk als een speer vandoor. En dan mag jij het opknappen.'

Ze grinnikte. 'Mijn held.'

Ze liepen heuvelafwaarts over een overwoekerd pad tot ze bij een smalle, bochtige weg kwamen. Zo'n honderd meter verderop stond op een open plek tussen de bomen een kleine cottage. In de voortuin zagen ze een oud vrouwtje staan, gekleed in een bloemetjesjurk, een wijd, kort vest en groene rubberlaarzen. Met haar verweerde handen als een kommetje om haar mond bleef ze almaar roepen.

Toen ze vlak bij haar waren, schrok de vrouw. Blijkbaar had ze hun voetstappen niet gehoord.

'Hallo,' zei Rory. 'Wie bent u precies kwijt?'

'Wat?'

'Wie is Blackie?'

'O, mijn kat.' De vrouw liep zo te zien al tegen de negentig. 'Hij is vrijdag de deur uit gegaan, en daarna heb ik hem niet meer gezien. Ik maak me zorgen, hij is nog nooit zo lang weg geweest... Gisteren en vandaag heb ik in het bos gezocht. Och, mijn arme Blackie, wat kan er nou met hem gebeurd zijn? Het is zo erg...'

'Hoeveel katten heeft u?' vroeg Rory.

'Wat?'

Op wat luidere toon herhaalde Rory zijn vraag. 'Hoeveel katten heeft u precies?'

'Ik heb alleen Blackie. Hij is de enige.' Haar stem brak en haar kin begon te trillen, als bij een peuter. 'O Blackie toch...'

'Bent u soms een beetje doof?' vroeg Rory.

'Wat?'

'Of u EEN BEETJE DOOF bent?'

Ze wierp hem een boze blik toe. 'Natuurlijk ben ik niet doof. Wat een onbeleefde vraag.'

Tasha en Rory keken elkaar even aan; Tasha had het ook gehoord. Ergens heel dichtbij miauwde een kat. Zo te horen ergens boven hen. Luid en duidelijk zei Tasha tegen de vrouw: 'We horen een kat miauwen. Hoort u dat ook?'

'Wat? Jullie horen een kat? Waar?'

'Ergens daarboven.' Tasha en Rory wezen allebei naar de bomen. Toen Tasha naar de oude vrouw keek, zag ze dat ze een gehoorapparaatje in haar linkeroor had. 'Bent u soms vergeten uw gehoorapparaat aan te zetten?'

'Wat? O, nee, dat laat ik meestal uit, anders zijn de batterijen zo snel leeg. Maar dat maakt niet uit, ik heb het toch niet nodig. Ik ben niet doof.'

Het gemiauw hield aan, zwak en klaaglijk. Met haar hand boven haar ogen liet Tasha haar blik over de boomtakken glijden, op zoek naar Blackie.

'Ik zie hem,' zei Rory ineens. Hij wees naar een grote kastanjeboom rechts van het huis. 'Wat voor kleur heeft Blackie?' vroeg hij aan de oude vrouw.

'Hè?' Nadat de vrouw haar gehoorapparaat had aangezet, herhaalde Rory zijn vraag. 'O, het is een rode kater.'

'Waarom heeft u hem dan Blackie genoemd?'

Ze keek hem aan alsof hij gek was. 'Dat vind ik een mooie naam. Ik heb al mijn katten altijd Blackie genoemd.'

'Nou, daar zit hij.'

De vrouw volgde de richting van zijn vinger en sloeg haar handen in elkaar. 'O kijk, daar heb je hem! Zou hij daar de hele tijd hebben gezeten?'

'Ik denk het,' zei Rory.

'Och, die arme Blackie! Ik hoor hem nu ook!'

Tasha zag dat Rory zich moest inhouden om niet te zeggen dat ze, als ze haar gehoorapparaat twee dagen geleden al had aangezet, de kat toen ook al had kunnen horen miauwen. Maar goed, ze wisten nu waar hij was. God, en hij zat zo hoog, op een smalle tak, zwaaiend met zijn rode staart.

Tasha pakte haar mobieltje. 'Ik bel de brandweer, die halen hem er wel uit.'

'Geen bereik,' zei Rory, die al op zijn eigen toestel had gekeken. Hij liet haar zijn schermpje zien.

'Ik ook niet.' Nou ja, erg verbazingwekkend was dat niet; ze bevonden zich in een diepe vallei. 'Heeft u telefoon?' vroeg ze aan de vrouw.

'Nee, ik hou niet van telefoons.'

'Nou, dan zit er niks anders op. Wij gaan terug naar het hotel, en dan bellen we daar de brandweer wel,' zei Tasha. 'Als u me even uw adres geeft, dan kan ik dat aan ze doorgeven.'

'O, Blackie! Stel dat hij uit de boom valt voordat ze er zijn! Hij zit daar al twee dagen zonder eten en drinken!' De vrouw spreidde haar armen. 'Stel dat hij flauwvalt!'

'Hij redt zich wel,' stelde Tasha haar gerust. Naast haar stond Rory zijn jas uit te trekken en omhoog te kijken.

'Ik denk dat het me wel zal lukken.'

Had hij zijn verstand verloren? 'Waag het niet.'

'Waarom niet?' wilde de oude vrouw weten. 'Als hij denkt dat hij het kan, dan moet hij het maar proberen.'

Misschien was het toch niet zo'n goed idee geweest om te zeggen dat ze haar gehoorapparaat aan moest zetten.

'Ja, en als hij valt, dan valt hij misschien wel dood,' zei Tasha.

'Volgens mij gaat het wel.' Met zijn handen in zijn zij nam Rory de boom in ogenschouw, zichtbaar van plan het erop te wagen.

'Nee,' zei Tasha. 'Denk aan wat er de vorige keer is gebeurd.' Ze wendde zich tot de vrouw. 'Hij was aan het klimmen en toen viel hij en toen lag zijn schouder uit de kom. En zijn gezicht was helemaal kapot door de rotswand. Hij is er nog maar net van hersteld.'

Hoog boven hen, op een wiebelende tak, begon Blackie wanhopig te jammeren.

'Toen ik klein was, zat ik eeuwig in bomen,' vertelde Rory.

'Vooruit, jongen, doe je best,' zei de vrouw op strijdlustige toon. 'Ben je nou een stoere kerel of niet?'

Jemig, dit kon je echt geen lief oud dametje noemen. Je biedt je hulp aan, en dan gaat ze een beetje de baas over je spelen!

'Geen touwen, geen klimgordel,' bracht Tasha Rory in herinnering. 'Als je valt, dan val je echt.'

'Ik val niet.' Hij stroopte zijn mouwen op.

Ze deed nog een laatste poging, hoewel ze wist dat het een verloren zaak was. 'Zal ik anders naar het dichtstbijzijnde huis rennen en vragen of ik daar mag bellen?'

Rory was echter vastbesloten, zag ze. In feite kwam het erop neer dat het een uitdaging voor hem was.

Grijnzend keek hij haar aan. 'Maak je niet druk. Het komt wel goed.'

En toen zat hij al op de eerste tak; hij hees zich omhoog als een turner aan de ongelijke leggers. Tasha stond doodsangsten uit terwijl ze naar hem keek. Stel dat de takken heel glibberig waren. Ze had het nog niet gedacht, of hij verloor even zijn greep. Hij herstelde zich echter meteen.

God, wat een kwelling; ze kon het gewoon niet aanzien.

Naast haar schreeuwde het eerst o zo lieve oude dametje: 'Schiet eens een beetje op!'

Tasha werd misselijk. 'Als hij valt, breekt hij allebei zijn benen.'

'Nou, als hij Blackie maar niet laat vallen, dat is het belangrijkst. Anders breek ik eigenhandig zijn benen.'

Ze was net de grootmoeder van Roodkapje, die uiteindelijk een wolf bleek te zijn.

'Miauw,' mauwde Blackie, die vanaf zijn angstaanjagend hoge uitkijkpost alles in de gaten hield.

Rory zat al heel hoog in de boom, de takken werden almaar dunner. Tasha kromp ineen toen ze er eentje hoorde knakken. Rory had echter alweer een andere tak te pakken. Hoewel ze het liefst haar ogen zou sluiten, durfde ze dat niet, omdat ze bang was dat hij dan echt zou vallen.

Maar het ergste was nog wel dat ze nu met eigen ogen kon zien dat hij ervan genoot. Hoe groter het gevaar, hoe gelukkiger hij was.

En ja, dat was een aantrekkelijke eigenschap in een man, maar ook een doodenge.

Maar het ligt aan mij. Ik moet niet zo denken. Ik zal eraan moeten wennen.

Met een droge mond keek ze naar Rory, die nu op gelijke hoogte zat met de kat. De dunne takken bogen echter door onder zijn gewicht, en Blackie kroop bij hem weg. Hoewel Rory de kat zachtjes riep, werd hij straal genegeerd.

Stom rotbeest.

Eindelijk slaagde hij erin de kat met zijn linkerhand op te pakken. Blackie krijste verontwaardigd en sloeg met zijn klauwen. Met de kat tegen zijn borst geklemd, lukte het Rory op de een of andere manier naar een steviger tak te klimmen, waar hij met zijn rug tegen de stam even bleef zitten. Terwijl hij de kat geruststellend bleef toespreken, trok hij zijn trui uit, sloeg hem razendsnel om Blackie heen en bakerde hem als een baby in, zodat hij niet meer naar hem kon uithalen.

Met ingehouden adem keek Tasha toe, terwijl Rory het laatste stuk naar beneden klom, met de niet al te blije, ingepakte kat onder zijn arm. Toen hij op de onderste tak zat, overhandigde hij Blackie aan haar. Tasha op haar beurt gaf de kat aan zijn baasje.

De oude vrouw zei lichtelijk geïrriteerd: 'Dat met die trui had je niet moeten doen. Daar houdt mijn Blackie niet van.'

Geamuseerd sprong Rory op de grond. 'En ik hou er niet van om scherpe nagels in mijn gezicht te krijgen.'

'O Blackie, stoute jongen van me. Kom, dan krijg je binnen wat te drinken.' Nadat ze de kat had uitgepakt, duwde ze Rory de trui in zijn handen. 'Er zitten wel een paar gaten in, maar dat is je eigen schuld. Had je hem maar niet zo bang moeten maken. Tot ziens.'

Ze draaide zich om en liep door de tuin naar haar huis zonder nog iets te zeggen.

Beng. De voordeur werd met een klap achter haar dichtgeslagen.

'Er kan niet eens een bedankje af,' zei Tasha verontwaardigd. 'Nou, je zult wel blij zijn dat je je leven op het spel hebt gezet om haar te helpen.'

Precies zoals ze al had verwacht, lachte hij alleen maar. 'Ik heb mijn leven niet op het spel gezet. Ik ben alleen maar in een boom geklommen.'

'Ze is een ondankbaar oud wijf,' zei ze.

'Nee.' Hij schudde zijn hoofd. 'Ze is heus wel dankbaar. Ze is alleen vergeten dat te zeggen.'

Ze keek hem aan. 'Het maakt je echt niet uit, hè?'

'Natuurlijk maakt het me niet uit.'

Ze trok hem zo stevig tegen zich aan dat de inmiddels totaal vernielde trui fijn werd gedrukt tussen hun lichamen. 'En daarom hou ik van je. Ik ken echt niemand die zo aardig is als jij.'

'Ik hou ook van jou.' Zijn ogen hadden een warme blik.

'Echt,' zei ze, terwijl ze een takje uit zijn haar plukte. 'Als je niet bang was voor spinnen, zou je helemaal volmaakt zijn.'

Net toen ze elkaar wilden kussen, werd achter hen een raam opengegooid. 'Staan jullie daar nou nog? Dit is privéterrein. Wegwezen jullie!'

25

Was hun relatie soms spannender omdat ze geheim was? Was het zoiets als een buitenechtelijke verhouding hebben, maar dan zonder het echtelijke gedeelte?

Flo nam een slok koffie en keek heimelijk naar Zander, die het economische katern van *The Sunday Times* las. Ze vond het mooi zoals hij altijd een denkrimpeltje kreeg wanneer hij geconcentreerd zat te lezen, en zoals zijn steile donkere haar over zijn voorhoofd viel, en ook zoals hij, hoewel hij helemaal opging in wat hij las, toch nog met zijn duim de binnenkant van haar pols streelde, alsof hij haar op die manier zwijgend wilde laten weten dat hij haar heus niet was vergeten.

O, dit was het ware leven, een heerlijke, luie zondagochtend in het gezelschap van je nieuwe vriend, terwijl de lentezon door de ramen naar binnen scheen. Iets beters kon ze zich gewoon niet voorstellen. En jemig, Jeremy lag ook nog bij Zander op schoot, spinnend en totaal ontspannen... Dat mocht wel in de krant, zeg.

Dus kon het niet anders of dit vredige tafereel moest verstoord worden.

Er werd aangebeld. Flo schrok op uit haar gedachten, en Jeremy keek haar aan met een blik alsof hij wilde zeggen: wie het ook zijn, dood moeten ze.

'Verwacht je iemand?' vroeg Zander.

'Het is waarschijnlijk mijn andere vriendje.'

'Stuur hem dan maar weg. Vandaag is het mijn dag. Zal ik anders even met hem gaan praten, hem zeggen dat hij niet zo plakkerig moet doen?'

'Dat kan ik zelf wel.' Ze stond op, liep de kamer door en deed alsof ze de intercom indrukte. 'Hoi, Sebastian, sorry, maar mijn andere vriendje is er. Wat? Ja, ik weet best dat je rijker bent en er beter uitziet, maar je mag toch niet binnenkomen. Dus stap maar weer in je Lamborghini en laat ons verder met rust. Ik zie je morgen wel, oké?'

'Een Lamborghini?' Vol afschuw legde Zander het krantenkatern neer. 'Lamborghini's zijn waardeloos.'

'Ik weet het,' zei ze. 'Maar hij is blauw en past zo mooi bij zijn helikopter.' Ze drukte deze keer echt op de intercom en vroeg: 'Hallo?'

Tot haar schrik zei een maar al te bekende stem: 'Hallo Florence, ik ben het, Lena. Wil je me even binnenlaten?'

'Eh, nou... Ik ben nog niet aangekleed.'

'Geen probleem, ik wacht wel even. Trek snel wat aan en laat me er dan in. En trouwens, je had allang aangekleed moeten zijn, het is al bijna tussen de middag,' zei Lena opgewekt.

Flo liet de knop los en keek Zander aan, die alleen maar zijn schouders ophaalde en zei: 'Ik heb geen idee wat ze wil.'

'Ik ook niet, maar ze gaat niet weg. Dus wat doen we?'

Hij tilde Jeremy al van zijn schoot en stond op. 'Ik wacht wel in de slaapkamer. Probeer haar zo snel mogelijk te lozen.'

God, wat een toestand. Maar ja, ze hadden geen keus.

Flo wachtte tot Zander de slaapkamer in was verdwenen. Toen bracht ze zijn halflege theemok naar de keuken, spoelde hem om en drukte de zoemer in.

Nou ja, zodra Lena weg was, konden ze weer genieten van hun luie zondag.

'Hoi,' zei Flo toen Lena boven was. Ze droeg een strakke groene trui en een bijpassende strakke broek. Ze had wel iets weg van een elegante sprinkhaan. 'Is er iets?'

'Je bedoelt behalve het feit dat ik eigenlijk in deze flat zou moeten wonen? Maar verder gaat het prima. Hoe is het met de kat?'

'Met Jeremy? Goed.'

'Mag ik hem zien?'

'Waarom?'

'Waarom?' Lena's perfecte wenkbrauwen gingen omhoog. 'Omdat ik zeker wil weten dat alles goed met hem gaat. Ik had het gisteravond met mijn vriend over de situatie, en hij zei dat ik regelmatig naar hem moest gaan kijken. Want voor hetzelfde geld is de kat dood, en doe jij net alsof hij nog leeft, zodat je hier kunt blijven wonen.'

Flo durfde te wedden dat die 'vriend' Giles was. 'Maar dat zou ik echt nooit doen.'

'O nee?' Lena keek erbij alsof zij dat wel zou doen. 'Je doet anders wel een beetje zenuwachtig.'

Geen wonder. Flo stapte opzij en gebaarde naar de kamer. 'Ik ben helemaal niet zenuwachtig. En Jeremy is ook niet dood. Hij is daar.'

Jeremy zat nog steeds op de plek op de bank waar Zander hem had neergezet. Hij onderging gelaten Lena's scherpe blik en trok iets met zijn snorharen toen ze hem wilde aaien.

Lena, die het duidelijk een tegenvaller vond dat hij er zo goed uitzag, zei: 'Ik vind hem wel wat aan de magere kant.'

'Hij is altijd zo geweest. Zijn gewicht is nog precies hetzelfde als altijd. Hij is een paar weken geleden nog bij de dierenarts geweest,' vertelde Flo. 'Hij is kerngezond.'

'Nou ja, van nu af aan zal ik in elk geval om de paar weken naar hem komen kijken.'

'Geen probleem.' Flo haalde haar schouders op, hoewel ze wist dat het wel eens een levensgroot probleem kon worden.

'En als hij ziek wordt, moet je doen wat voor hem het beste is. Dus geen belachelijke behandelingen alleen maar om hem in leven te houden, zodat jij hier langer kunt blijven wonen. Als de kat lijdt, dan moet hij een spuitje krijgen. Anders zou het gewoon wreed zijn.'

Wat was ze toch begaan met de kat. Flo knikte. 'Dat weet ik, maak je maar geen zorgen. Bovendien is dat iets wat de dierenarts moet beslissen, niet ik.'

'God, maar die zijn nog veel erger. Die willen alleen maar dat je zo veel mogelijk geld uitgeeft... Die doen echt alles om zo'n beest in leven te houden. Ik heb een keer iets met een dierenarts gehad. Wat een sadist.'

Hoewel het heel verleidelijk was om te zeggen dat Lena zo te horen weinig geluk had in de liefde, wist Flo zich te beheersen. Omdat ze hoopte dat de inspectie erop zat, liep ze weer naar de deur. 'Goed, je hebt hem gezien, dus...'

'Niet zo snel. Ik ben nog niet klaar. Ik wil je nog iets vragen.' Lena stond met haar handen in de zij. 'Heb jij mijn broer de laatste tijd nog gezien?'

Shit.

'Nee.'

'Op de een of andere manier contact met hem gehad? Telefonisch misschien?'

Flo schudde haar hoofd. 'Nee. Hoezo?'

'Hij mag Giles niet, en dat is totaal onterecht. Hij zegt dat hij dingen over hem heeft gehoord, maar hij wil me niet vertellen wat voor dingen of van wie hij ze heeft gehoord.' Lena hield haar blik strak op Flo gericht. 'En ik heb het aan iedereen gevraagd die ik ken, maar ze zeggen allemaal dat ze er niets mee te maken hebben. Dus vroeg ik me af of die roddels soms van jou kwamen.'

Hoe kon zo'n leuke broer toch zo'n verschrikkelijke zus hebben?

'Nou, ik was het niet,' zei Flo. 'Dus je zult het aan nog wat meer mensen moeten vragen. Maar je hebt zelf gehoord wat hij met die zielige dakloze man heeft uitgehaald.' Ze moest proberen tot Lena door te dringen. 'Dat was toch niet aardig? Dan snap je toch wel dat je broer het niet prettig vindt als je met zo iemand omgaat?'

'O mijn god, jij weet ook van geen ophouden, hè? Dat was gewoon voor de lol. Het was een geintje! Giles is echt heel aardig, en ik mag hem graag. Hij is de leukste vriend die ik in jaren heb gehad, en ik wil gewoon gelukkig worden met hem. Dat is toch niet te veel gevraagd?'

Flo kreeg bijna medelijden met haar. 'Nou ja, als hij echt zo aardig is, dan zal je broer dat ook wel gaan inzien.'

'Maar hij mag van Zander niet eens bij me blijven slapen.' Lena slaakte een geïrriteerde zucht. 'Wat nogal onhandig is. En ook erg oneerlijk.'

'Nou ja, het is zijn flat. Dus ik denk dat hij dat recht wel heeft. Maar je kunt toch gewoon bij Giles slapen?' Flo wist dat Lena aan Zander had gevraagd of Giles niet een paar nachten per week in de flat kon slapen.

'Maar het is zo egoïstisch van hem. En nee, ik kan niet bij Giles slapen.'

'Waarom niet?'

'Omdat zijn vrouw dat niet zo leuk zou vinden.' Ze maakte een geërgerd gebaar. 'Nou blij? Nou weet je het. En nee, ik zit niet te stoken in een goed huwelijk; ze zijn al maanden uit elkaar.'

'Maar ze wonen nog steeds in één huis?'

'Nee! Maar ze woont recht tegenover zijn moeder, omdat het familiebezit is... Je weet wel, het hoort bij het landgoed. En Giles woont nu bij zijn moeder, en zij is volslagen onredelijk. Ik mag van haar niet bij hen komen, omdat zij wil dat hij weer teruggaat naar zijn vrouw. Maar die vrouw van hem is gewoon een hatelijke trut die daar echt niet weggaat, want ze leidt daar een luizenleventje met de kinderen, terwijl ze ondertussen haar man helemaal uitkleedt.'

Wauw, en dat was er allemaal zomaar uit gefloept. Een vrouw én kinderen.

'Goh,' zei Flo. 'Kan hij hier niet ergens een flat huren dan?' Per slot van rekening hadden ze het wel over een man die puur voor de lol een briefje van vijftig in de fik had gestoken. *Omdat het zo geinig was.*

'Nee, dat kan hij niet, want zij laat alles door hem betalen... en dan bedoel ik echt alles. De paardrijlessen voor zijn dochter, de gitaarlessen voor zijn zoon.' Lena spuugde het er bijna uit. 'Zelfs hun skivakantie! Niet te geloven toch? Geld geld geld... Ik zweer je, die vrouw doet dat expres, ze plukt hem helemaal kaal.' Wanhopig spreidde ze haar armen. 'Dus snap je nou hoe oneerlijk het allemaal is? Dat kreng woont in Giles' huis, jij woont hier in mijn flat... Mijn god, het is toch geen wonder dat ik totaal overspannen ben?'

De korte stilte die op deze tirade volgde, werd verbroken door een nies. En die kwam niet uit de huiskamer.

'Er is iemand op je slaapkamer,' zei Lena.

Flo knikte. 'Ja.'

'Verstop jij een man in je slaapkamer?'

'Ik zou het geen verstoppen noemen.'

'Dus je hebt een vriend.' Lena kneep haar blauwe ogen tot spleetjes. 'Als hij hier maar niet woont. Want dat is niet toegestaan.'

'Hij woont hier niet,' zei Flo. 'Echt niet.'

'Nou ja, hoe dan ook, ik ga weer. Geen wonder dat je niet was aangekleed toen ik aanbelde. Sommige mensen doen maar,' zei ze bits, terwijl ze de kamer uit liep. In de gang bleef ze nog even voor de keuken staan en draaide zich om naar Flo. 'Je hebt toch niet tegen me gelogen?'

Flo schudde haar hoofd. 'Nee, hoor.'

Met strakke kaken zei Lena: 'Hm.'

26

'Oef.' Flo deed de slaapkamerdeur open. 'Ik was even bang dat ze hier gewoon naar binnen zou banjeren.'

'Ik ook. Stom dat ik opeens moest niezen.' Zander schudde zijn hoofd. 'Ik zou een slechte spion zijn.'

Weer in de keuken begonnen ze bacon en tomaten te bakken. Flo vertelde hem wat zijn zus allemaal dwarszat en ook dat Giles vrouw en kinderen had.

'Het verbaast me niks. Wat een puinhoop. Bij Lena moet altijd alles op de moeilijke manier.'

Vijf minuten later ging zijn mobieltje. Toen hij op het schermpje keek, zuchtte hij. 'O god, wat nou weer?'

Ook zonder dat het toestel op luidspreker stond, kon Flo Lena's schrille stem horen. Ze klonk paniekerig.

'Zander! Zander! Ik kom net thuis, en de voordeur is ingeslagen! Er ligt overal glas en er is van alles weg...'

'Fuck.' Zander werd lijkbleek. 'Oké, blijf buiten wachten. Ik kom eraan. Twee minuutjes.'

Hij rende de trap af, trok de voordeur open en bleef als door een wesp gestoken staan. Flo, die boven aan de trap stond, hoorde hem voor de tweede keer 'Fuck' zeggen.

'Zeg dat wel,' zei Lena, die langs hem heen beende en zo woest de trap op liep dat het een wonder mocht heten dat haar stilettohakken niet dwars door het hout heen gingen.

Wat eigenlijk beter was geweest, want dan had ze geen kant op gekund.

Maar omdat dat niet gebeurde, moest Flo haar ijzige blik ondergaan toen ze eenmaal boven was.

God, wat kon Lena boos kijken.

Achter haar zei Zander: 'Dus ik neem aan dat er niet is ingebroken.'

'Natuurlijk niet. Dat was gelogen. Maar ik ben niet de enige hier die liegt.' Lena keek Flo nog steeds strak aan. 'Jemig, jij weet wel van wanten, hè? Volgens mij weet mijn broer niet half hoe geslepen je bent. Maar ik weet precies waar je mee bezig bent.'

'Lena, hou op. Flo heeft niks verkeerd gedaan.'

'O, geloof me nou maar, je hebt geen idee!' Terwijl ze naar Flo wees, vervolgde Lena triomfantelijk: 'En die ordinaire vriendin van je, in het restaurant? Ik durf te wedden dat zij ook zat te liegen. Alsof haar kinderen ooit zo zouden heten.'

Oké, dit dreigde allemaal erg gênant te worden.

Zander begon kwaad te worden. 'Waar heb je het over?'

'O, dat gedeelte heeft ze je dus niet verteld? Nou, je hebt een echte golddigger aan de haak geslagen. Het is allemaal al bekokstoofd. Ze gaat met je trouwen.'

Zander keek stomverbaasd, wat niet zo raar was. 'Wat?'

Flo kon wel door de grond zakken van schaamte. 'Dat was een grapje...'

'Nou, het klonk anders niet als een grapje. Het is wel duidelijk dat je het met je vriendinnen hebt besproken. Die ordinaire del zei: *Als jij en Zander gaan trouwen...* Alsof het allemaal al in kannen en kruiken was.'

Had Annie dat echt zo gezegd? Flo kon het zich niet herinneren, maar één ding wist ze wel: ze had een kop als een boei. En het enige wat ze kon doen, was weer zeggen: 'Dat was een grapje...'

'Ja, dat kun je wel steeds zeggen, maar ik was er zelf bij.' Zich tot haar broer wendend, vervolgde Lena: 'Echt, ze meenden het. En als je haar gelooft, ben je een stomkop. Ze heeft er alles voor over om deze flat in handen te krijgen.'

'Denk je nou echt dat ik voor een flat met iemand zou trouwen?' vroeg Flo geërgerd.

'Waarom niet? Waarschijnlijk kun je je geluk niet op dat hij erin is getrapt. De volgende stap zal wel zijn dat je zogenaamd per ongeluk zwanger bent. En tegen de tijd dat hij genoeg van je heeft, is het te laat, dan heb je de wet aan je kant. En dat was het dan, weg flat. Mijn broer denkt niet aan zulke dingen, maar ik wel, want ik ben slim en ik weet hoe vrouwen zijn.'

Vrouwen zoals de echtgenote van Giles waarschijnlijk.

'Oké, zo kan-ie wel weer,' zei Zander. 'Je kunt beter gaan.'

'Je bent ook zo goedgelovig,' zei Lena spottend. 'En zij is ook niet al te slim. Weten jullie eigenlijk wel hoe ik wist dat jij het was in haar slaapkamer?'

Toen Flo en Zander allebei niet reageerden, zei Lena opgetogen: 'Ha, jullie hebben geen flauw idee. Misschien moet ik het ook maar helemaal niet vertellen.'

Over frustrerend gesproken.

'Het interesseert me ook geen reet.' Zander draaide zich hoofdschuddend om.

'Man, je wilt het hartstikke graag weten.'

Voor Flo gold dat inderdaad, maar ze beet nog liever haar tong af dan ernaar te vragen.

'Ach, je wist het helemaal niet zeker,' zei Zander smalend. 'Het was gewoon een gok. Ga nou maar.'

Lena beende naar de voordeur. In de gang bleef ze nog even staan. 'Daar.' Ze wees door de halfopen keukendeur. 'De volgende keer kun je dat busje beter even verstoppen.' Daarna liep ze met een tevreden grijns de deur uit.

Toen ze weg was, deed Zander zijn handen achter zijn hoofd en sloot zijn ogen. Even later zei hij: 'Misschien dat je nu begint te snappen hoe mijn zus is.'

'Nou, dat wist ik eigenlijk al,' zei ze.

'En het zal alleen maar erger worden, dat kan ik je nu al voorspellen.'

'Maar ze had wel gelijk wat dat busje betreft.' In de keuken pakte Flo het met zwart bedrukte zilveren busje Lost Malawithee op, Zanders lievelingsthee; hij bestelde er online altijd een voorraadje van en had dit busje laatst mee naar haar huis genomen. 'Dit kan maar van één iemand zijn. Het is niet eens bij me opgekomen om het even te verstoppen. Het is allemaal mijn schuld.'

'Of de mijne, omdat ik alleen maar dit merk drink.'

Ze probeerde te glimlachen, want vorige week had ze hem nog geplaagd toen hij gewoon had geweigerd om haar theezakjes te gebruiken. Maar ze moesten het eerst nog even hebben over wat Lena had gezegd, hoe lastig ze dat ook vond.

'Luister, je moet me echt geloven. Wat Lena zei over wat ze in het restaurant heeft gehoord, dat klopt gewoon niet.'

Hoewel hij haar een beetje achterdochtig aankeek, zag ze dat hij haar wilde geloven.

'Dus die vriendin van je heeft dat niet gezegd?'

'Nou ja, wel ongeveer. Maar voor de grap. Ik ben echt niet van plan om zwanger te raken, jou te dwingen om met me te trouwen en dan weer van je te scheiden om de rest van mijn leven in deze flat te kunnen blijven wonen.'

'Oké. Nou, dat is een hele opluchting.' Hij knikte even en sloeg toen zijn arm om haar schouders. 'Niet echt een goed begin van de dag, hè? Zullen we het maar ergens anders over hebben?'

Maar hoewel de naam Lena de rest van de dag niet meer viel, merkte Flo dat Zander zich toch afvroeg of er geen kern van waarheid school in wat zijn zus hem had verteld.

Beste Rose,
Ik vind jouw antwoorden altijd erg goed. Hopelijk heb je op mijn probleem ook een goed antwoord.

Dit zijn mijn drie dingen:

1. Ik ben geboren en getogen in Wolverhampton.
2. Mijn hobby's zijn taarten bakken en tuinieren.
3. Misschien dat je nu denkt dat ik heel saai ben, maar ik heb als acrobate in een circus gewerkt. (Ik ben nu vijfenzestig en kan nog steeds koorddansen!)

Goed, dan nu mijn verhaal. Mijn man is tien jaar geleden overleden. We waren erg gelukkig samen, en ik had nooit verwacht iemand anders te leren kennen. Ik ben daar ook nooit naar op zoek geweest.

Toch is dat wonderbaarlijk genoeg anderhalf jaar geleden wel gebeurd, en het is heerlijk. Hij heet Bill, hij is achtenzestig, weduwnaar, en ik heb het gevoel alsof hij mijn soulmate is. We zijn graag bij elkaar en willen gaan samenwonen, misschien zelfs trouwen.

En dan komt nu het probleem: Bills zoon en dochter. Ik heb mijn best gedaan, maar ze vinden gewoon alles fout aan me. Zij hebben geld en ik niet. Ik woon in een huurhuis, en je kunt aan me horen dat ik uit Wolverhampton kom. Maar het allerergste is blijkbaar dat ik Tracey heet.

Bill is rijk en welbespraakt. Hij houdt van me, maar hij houdt ook van zijn kinderen. Wat ik ook doe, ze zullen altijd op me neerkijken. Ze zijn geschokt door zijn keus en ervan overtuigd dat ik op zijn geld uit ben. Dat is niet zo; ik wou dat ze gewoon blij voor ons konden zijn. Maar dat zal niet gebeuren, en al die problemen zijn niet goed voor Bills gezondheid. (Ik voeg eraan toe dat hij in zijn testament alles al aan hen heeft vermaakt, maar ze zijn ervan overtuigd dat ik zal proberen hem over te halen om zijn testament te veranderen zonder het hun te vertellen. Hoewel dat natuurlijk nooit in me op zou komen!)

Ik vind het vreselijk dat ik de oorzaak van deze toestand ben. Kan ik het niet beter uitmaken en Bill en zijn kinderen met rust laten? Als jij ook denkt dat dat beter is, Rose, dan doe ik dat.

Beste Tracey,
Je brief maakte me bijna aan het huilen. Uit alles blijkt dat je een aardige vrouw bent en dat Bill en jij het verdienen om samen gelukkig te zijn. Je moet één ding goed begrijpen: jij bent niet de oorzaak van deze toestand, dat zijn zijn kinderen. Hoe zouden zij het vinden als hij zou zeggen dat hij niet blij is met hun partners en hun zou vragen om een einde aan hun relatie te maken? Zouden ze dat doen, denk je? Natuurlijk niet.

Het ontroert me dat je het me toevertrouwt om over jouw toekomst te beslissen. Ga alsjeblieft niet bij hem weg. Geef de relatie die jullie onverwacht zoveel geluk heeft bezorgd, niet op. Ga samenwonen, ga desnoods trouwen als jullie dat willen. Als zijn kinderen weigeren om zich beschaafd op te stellen, zorg dan dat je ze niet meer hoeft te zien. Natuurlijk maken ze zich zorgen om hun vader, maar ze moeten leren dat dat in dit geval echt niet nodig is.

Ik vind dat je deze webpagina aan Bill moet laten lezen. En dan moet hij hem aan zijn kinderen laten lezen. Wanneer ze zien dat je je zoveel zorgen om hun vader maakt dat je bereid bent om de relatie te beëindigen, zullen ze hopelijk snappen hoeveel geluk hij heeft met zo'n aardige vrouw als jij.

Ik weet zeker dat iedereen die dit leest je alle geluk ter

wereld wenst. En laat ons alsjeblieft weten hoe het verdergaat. Daar zijn we allemaal benieuwd naar!

Hallie postte haar antwoord en klapte haar laptop dicht. Zo, klaar. Het was één uur, en Bea kon elk moment komen om haar mee te nemen naar het café. Vanavond zouden heel veel mensen Traceys brief al hebben gelezen en bemoedigende reacties hebben gestuurd; ze zou er even naar kijken zodra ze weer thuis was.

Als er al mensen waren die een beetje geluk verdienden, dan waren het Tracey en Bill wel.

27

Nu het april was, werd het in Carranford met de dag drukker met toeristen. Er zaten al veel mensen op het caféterras van de zon te genieten. Luke, die net zijn ochtendspreekuur achter de rug had, wilde gaan lunchen in de White Hart. Zijn maag knorde.

Hij zag Hallie en Bea aan een van de tafels zitten, diep in gesprek. Terwijl hij bleef staan, in de verwachting dat ze hem wel zouden zien en dan even naar hem zouden zwaaien, zag hij ineens de uitdrukking op Hallies gezicht. Hij schrok ervan. Ze had rode ogen en veegde met de mouw van haar lichtblauwe denim blouse haar tranen weg. Bea fluisterde haar iets in het oor, sloeg een arm om haar magere schouders en trok haar even tegen zich aan.

Ze hadden hem niet gezien. Luke liep door naar de bar. Wat was daar aan de hand? Had het misschien iets met Nick te maken? Hij had Hallie er verder niet naar gevraagd, maar dat Nick bij haar op bezoek was geweest – en halfnaakt voor haar slaapkamerraam had gestaan – was iets wat hij niet van zich af kon zetten. Hallie had hem over het bezoekje verteld, zonder al te veel in detail te treden. De details waren privé, iets tussen haar en de ex-vriend die jaren geleden haar hart had gebroken.

Had hij dat nu soms weer gedaan?

Of iemand anders?

Luke bestelde *cottage pie* en jus d'orange en liep weer met zijn drankje naar buiten. Ja, hij wilde weten waarom Hallie van streek was. Nee, hij was niet nieuwsgierig.

Er waren geen lege tafels, maar Hallie en Bea zaten aan een vierpersoonstafel. Deze keer zagen ze hem wel, en toen Bea zijn aarzeling bemerkte, riep ze: 'Kom maar bij ons zitten.'

Hij ging naast Bea en tegenover Hallie zitten. Ze huilde niet meer, maar haar ogen waren nog steeds een beetje rood.

'Alles in orde?' Meer zou hij niet vragen. Ze moest zelf weten of ze het hem wilde vertellen.

'Ja, hoor, met mij wel.' Hallie wist er een klein lachje uit te persen. Toen vervolgde ze, met een blik op haar mobieltje in haar linkerhand: 'Ik heb net nogal een naar bericht gekregen. Suze is gestorven.'

Suze. De naam kwam hem vaag bekend voor. Aarzelend vroeg Luke: 'Suze uit New York?'

'Ja.' Hallie knikte en liet hem de foto op haar schermpje zien, van een stralend meisje van in de twintig, met een dikke bos blonde krullen, dat voor de grap haar zuurstoftank als een baby in haar armen wiegde.

'Haar broer heeft me net gemaild. Het is vanochtend gebeurd. Geen transplantatie meer voor haar.'

'Wat erg.' Luke kon zich nauwelijks voorstellen hoe zoiets voor een medepatiënte moest zijn. Suze had een blog bijgehouden over haar leven in New York, en Hallie en zij waren al jaren bevriend, al hadden ze elkaar dan nooit ontmoet. Het internet bracht mensen uit de hele wereld samen die aan dezelfde ziekte leden. Ze steunden elkaar en hielpen elkaar door de goede en slechte tijden heen.

'Arme Suze.' Hallie veegde aan de condens op haar wijnglas. 'Ze bleef tot het einde toe hopen. We hadden het er altijd over dat we elkaar toch eens in het echt moesten zien. Óf ik zou naar New York gaan, óf zij zou hiernaartoe komen. Ze wilde heel graag prins Harry ontmoeten.' Hallie nam een slok wijn. 'En weet je, ze was zo grappig en slim dat hij haar vast hartstikke leuk zou hebben gevonden. Arme Harry, nou krijgt hij nooit meer de kans om haar te leren kennen.'

Wat kon hij zeggen? Luke probeerde het niet eens. Ze zaten een poosje zwijgend bij elkaar, terwijl om hen heen iedereen aan het praten en lachen was. Toen legde Hallie haar mobieltje op tafel en schoof de slangetjes achter haar oren goed. 'Nou ja, ik ga gewoon iedere dag nemen zoals hij komt, en probeer er maar het beste van te maken. Meer mijn best doen, me niet meer druk maken over wat er allemaal mis kan gaan. En meer dingen doen, een paar avonturen beleven, voordat het te laat is.'

'Wat voor avonturen?' wilde Bea weten. 'Zoiets als hanggliden, bedoel je?'

'Nee, niet dat. Gewoon... Ik weet het niet, meer de deur uit. Minder thuis zitten.' Op zoek naar inspiratie liet Hallie haar blik over de tafels om hen heen glijden. 'Ik zou naar Londen kunnen gaan, de toerist uithangen, alle bezienswaardigheden bekijken waar Suzy naartoe wilde. Ik zou naar het theater kunnen gaan... De mooiste plaatsen bij *Les Misérables*... In een helikopter over de Theems vliegen...'

'O god, dat is cool!' Bea zag het al helemaal voor zich. 'Dan ga ik met je mee!'

Een van de Amerikaanse toeristen, die in een vlaag van enthousiasme een plaatselijke krant had gekocht, bladerde hem samen met zijn vrouw door. 'Schat, hoe heet die plaats ook alweer waar Shakespeare woonde?'

'Stratford-upon-Avon. Thelma is daar vorig jaar nog geweest, ze zei dat het er heel schattig was. Dat is morgen, George, en dan vrijdag Bath.'

'Kijk, er is dit weekend een paardenshow.' George wees naar de volgende bladzijde. 'Waar ligt Denleigh precies? Misschien kunnen we daar ook naartoe.'

'O George, dat gaat niet! Zaterdag gaan we naar Schotland, zondag naar Ierland. We moeten ons wel aan ons schema houden. Voor je het weet is het weer maandag, en ik wil niks missen.'

Luke zag dat Hallie belangstellend luisterde. Denleigh was een klein dorpje, zo'n dertig kilometer van Carranford, waar ieder jaar de Denleigh International Horse Trials werden gehouden, een tweedaags crosscountryevenement dat deelnemers en bezoekers uit de hele wereld trok. In de loop van het weekend kwamen er tussen de honderd- en tweehonderdduizend mensen naar Denleigh Park. Ze kwamen niet alleen voor de wedstrijden zelf; ook de vele kramen waar van alles werd verkocht, van dure auto's tot rijlaarzen, en de tientallen eetstalletjes, de gigantische tv-schermen plus een kermis vormden een attractie op zich. Het was een populair dagje uit.

'Ik ben nog nooit naar Denleigh geweest,' zei Hallie.

'Nooit?' Luke was verbaasd. 'Ik ben er twee jaar geleden geweest. Echt fantastisch.'

'Ik wilde altijd nog een keertje gaan, maar óf het weer was slecht, óf ik voelde me niet zo goed.'

'Als het weer slecht is, wordt het net zoiets als een popfestival in de regen,' zei Bea met een vies gezicht. 'Allemaal mensen die door de modder glibberen.' Meteen klaarde ze weer op. 'Maar de weersvooruitzichten zijn goed voor komend weekend. Laten we gaan!'

'Dat zou ik hartstikke leuk vinden, maar dan moet het echt niet regenen,' zei Hallie weifelend. 'Maar jij moet me dan wel de hele tijd duwen, dat is toch niet leuk voor jou?'

'Ik zou best meewillen om een handje te helpen, maar Jennifer heeft een bruiloft in Dorset, dus ik heb weekenddienst,' zei Luke.

'Ach, geen probleem, we redden ons wel. Ik heb de spierkracht.' Bea balde trots haar biceps. 'De stoel kan ik wel aan, en als zij vervelend wordt, smijt ik haar gewoon in het meer. O... ik bedenk ineens iets.'

'Wat dan? Ik weet niet of ik nog wel zo'n zin heb als je zo doet.'

Maar Bea wees triomfantelijk naar de foto op Hallies telefoontje. 'Wie gaan er naar de Denleigh Horse Trials?'

'Nou, heel veel mensen,' zei Luke.

'De koninklijke familie! De prinsen! Stel dat we Harry daar tegen het lijf lopen!'

Luke kreeg medelijden met Hallie toen hij haar gezicht zag betrekken; het was niet de eerste keer dat ze iemand was verloren aan de ziekte die haar eigen lichaam ook verwoestte.

'Oké, de kans is natuurlijk niet zo groot,' gaf Bea toe. 'Maar je weet nooit.'

Hallie keek alweer wat opgewekter. 'Je hebt gelijk. Dat is waar.' Ze hief haar glas in een stille toost. 'Ik vind dat we voor Suze moeten gaan.'

‘Eindelijk,’ riep Margot uit toen Flo het appartement op de begane grond binnen kwam lopen. ‘Wat ben je laat.’

‘Sorry, ik was bij de manager, de zorgplannen bespreken. Wat wil je dat ik doe?’

‘Niks speciaals. Maar ik vroeg me af wat je op zaterdag doet. Moet je dan werken?’

Flo schudde haar hoofd en stroopte haar mouwen op om Margots keuken schoon te gaan maken. ‘Op zaterdag nooit. Hoezo?’

‘Zou je een oude dame een plezier willen doen?’ Margot keek haar stralend aan.

‘Ligt eraan. Wat is het?’

‘Nou, het gaat eigenlijk om mijn neef, Patrick. Je weet wel, van die winkel in Thornbury.’

‘O, die ja.’ Flo had Patrick een paar keer gezien toen hij bij zijn tante op bezoek was. Hij was achter in de dertig, innemend, opgewekt en niet echt onaantrekkelijk. Tenminste, als hij wat vaker zijn haar zou kammen en wat meer aan zijn conditie zou doen. Hij droeg het liefst oude geruite overhemden en corduroy broeken.

‘Nou, hij heeft komend weekend een kraam op de Denleigh Horse Trials. Dat is erg duur, maar het levert ook veel op... Hoe dan ook, het meisje dat hem zou helpen, is gisteravond van een tafel gevallen, en ze heeft haar voet gebroken. Het is Patrick nog niet gelukt om een vervanger te vinden, dus toen dacht ik aan jou. Maar als je al iets hebt, prima. Dan zoeken we gewoon nog even verder.’

Flo dacht er even over na. Zander moest zaterdag werken, en zelf had ze nog geen plannen. ‘Ik zou wel kunnen,’ zei ze. ‘Alleen weet ik niet hoe ik daar moet komen.’

‘O, dat is geen enkel probleem. Patrick kan je wel ophalen en je na afloop weer thuisbrengen. Hij woont in Failand, dus het is praktisch op de route. En je krijgt er tachtig pond voor.’

‘Oké, deal,’ zei Flo meteen.

‘Prachtig.’ Margot pakte haar telefoon en belde haar neef. ‘Lieverd? Geen paniek meer. Flo heeft ja gezegd. Ja, goed ben ik, hè?’ Glimlachend voegde ze eraan toe: ‘Ik geef je haar even, dan kunnen jullie het samen regelen.’

Toen Flo na een paar minuten het gesprek beëindigde, was alles geregeld. De dankbare Patrick zou haar zaterdag om halfzeven ophalen en haar een uur of twaalf later weer thuis afzetten. Het zou een lange, drukke dag worden, maar hopelijk ook een leuke.

'Ik verheug me er echt op,' zei Flo.

'Je zult je prima vermaken,' zei Margot. 'Patrick is heel aardig; klanten zijn altijd dol op hem. Maar er is nog één ding waar ik je voor moet waarschuwen.'

'Wat dan?'

Geamuseerd wees Margot naar Flo's hoofd. 'Je zult een hoed op moeten van hem.'

24

Voor het eerst sinds jaren was het mooi weer tijdens Denleigh, geen regen, dus geen modder. Op de parkeerplaats voor invaliden stapte Bea uit haar auto en pakte de rolstoel.

'Ik vind het zo fijn dat je dit voor me wilt doen.' Hallie trok wat knikken uit de zuurstofslangetjes en ging zitten. 'Geen paniek, je hoeft me geen heuvels op te duwen.'

'O, daar maak ik me helemaal geen zorgen om,' zei Bea. 'Als ik moe word, ruilen we gewoon. Ik in de stoel en jij erachter.'

Het was pas halftien. Om files te vermijden waren ze vroeg vertrokken. Natuurlijk hadden duizenden mensen hetzelfde idee gehad; overal op de velden om hen heen stonden al rijen auto's geparkeerd, en een gestage stroom bezoekers en hun honden begaven zich naar de hoofdingang.

'Ik zie prins Harry nog nergens,' zei Hallie.

Bea wees naar een kleine landingsbaan rechts van hen, met oranje windzakken, die zich uitstrekte tussen nog twee velden. Het stond er vol met helikopters en privévliegtuigjes. 'Ik durf te wedden dat hij ook met een vliegtuig komt.'

Het crosscountryevenement zou pas 's middags van start gaan. Over het parcours struinden van die typische paardenmensen in kleren in modderkleuren. Op het terrein zelf rook het al naar eten; de geuren van worst en gegrild vlees streden om voorrang met die van de Indiase en Mexicaanse keuken, vol pepers en knoflook. Om het meer, dat er als een zilverblauwe spiegel bij lag en waaromheen dubbele en driedubbele hindernissen waren opgebouwd, hadden zich al mensen geïnstalleerd, en zo te zien waren ze van plan daar de hele dag te blijven om niets van het spektakel te hoeven missen.

En wat het marktgedeelte betrof... Nou, dat was een enorme verzameling kramen. Sommige stonden los, andere waren in een soort grote circustenten opgezet. Je kon het zo gek niet bedenken of het werd er verkocht: *hot tubs*, wollen sokken, dure sieraden, nylon hondenriemen. Hallie en Bea trokken een uur lang langs de kraampjes en verbaasden zich over het aanbod van met diamantjes bezette schoenen, luxe zomerhuizen, zelfgemaakte karamel, levensgrote draadsculpturen van paarden, en potjes mosterd.

'Bah, mosterd.' Terwijl Hallie vol afschuw haar hoofd schudde, viel haar blik ineens op een vrolijk stalletje ertegenover. 'Laten we daar even gaan kijken.'

O ja, dat was al beter, veel meer haar soort kraam. Aan de voorkant hing een slinger met kleurige pompons. In de kraam zelf zag ze kunstposters, glas-in-loodlampen, parelmoeren kerstverlichting, fluwelen handschoenen, zijden sjaaltjes, opvallende sieraden en heel veel hoeden. De man die de kraam runde, droeg zelf een schitterende zwarte gleufhoed met een rood lintje eromheen. Hij wikkelde net twee kaarsen in zilverpapier en stopte ze daarna in een knalroze kartonnen tas met groene handvatten van touw.

'Het doet me gewoon pijn om ze te verkopen. Vreselijk dat ik ze nooit meer zal zien.' Hij overhandigde de tas aan de klant. 'Vaarwel, schatten van me, jullie gaan nu ergens anders wonen.'

De vrouw was nog niet weg of de assistente van de man, die een paarse hoed ophad, pakte met een triomfantelijk 'Ta-daa!' twee precies dezelfde kaarsen onder de tafel vandaan.

'Dat is een waar wonder!' De man applaudisseerde voor haar. 'Bijna zoiets als het brood en de vissen. Goedendag, dames, gaan jullie nu ook mijn hart breken en een paar erfstukken van me kopen?'

'Is hij altijd zo?' vroeg Hallie aan het meisje met de paarse hoed.

'Nou, het is de eerste keer dat ik met hem werk, maar ik weet bijna zeker dat het antwoord op je vraag ja is.'

'Ik vind die hoed van je echt heel mooi.'

Het meisje keek haar geamuseerd aan. 'Ook een ideetje van hem.'

'Hoezo?'

De man bemoeide zich ermee. 'Omdat we hoeden verkopen. Als klanten een leuke hoed zien, willen ze niet de enige zijn die een hoed draagt. Wil je er soms eentje passen? Dat kan. Tenminste, als je geen luizen hebt.'

Maar Hallies aandacht was al getrokken door de zijden sjaaltjes die aan de takken van een zilveren boompje waren geknoopt dat op een tafel midden in de kraam stond. 'O, moet je die zien. Prachtig!' Ze reed ernaartoe en liet haar vingers over de zachte gladde zijde glijden. De sjaal was donkerblauw, met felgroene, roze, donkerpaarse en gouden spatten erop. Onwillekeurig moest ze aan oudejaarsavond denken, toen ze samen met Luke vanuit haar slaapkamerraam naar het vuurwerk in Carranford had gekeken.

'Ik vind dat de mooiste,' zei het meisje.

'Ik ook.' Hallie vond het kleine prijskaartje en draaide het om, stiekem hopend dat het sjaaltje als door een wonder maar zesenhalve pond zou kosten.

Nou ja, dromen was niet verboden.

Natuurlijk kostte de sjaal geen zesenhalve pond. Hij kostte vijfentachtig pond. Wat krankzinnig duur was, zelfs voor een prachtige sjaal.

'Die kleuren staan je vast heel goed.' Bea kwam bij haar staan en keek ook even op het kaartje. 'Oei.'

'Erg, hè.' Het meisje met de paarse hoed leefde met Hallie mee. 'Ze worden met de hand beschilderd door een ontwerper in Cornwall, dus er zijn geen twee sjaaltjes hetzelfde.'

'Als het helpt, mag je hem wel voor zeventig hebben,' zei de man.

Dat was nog steeds veel te veel geld. Spijtig liet Hallie de sjaal los en richtte haar aandacht op de sieraden op tafel.

Het mobieltje van de man ging over. Hij viste het uit zijn zak. 'Margot! Bel je soms om te vragen of ik haar al heb ontslagen?

Nee, nee, Flo doet het prima. Ze houdt net een winkeldief in bedwang. Flo, laat die man los, je kent je eigen kracht niet!'

'Wat vind je van die ketting? Vind je hem mooi?' Terwijl Bea een kleurige kralenketting ophield, zei ze optimistisch: 'Kost maar achttien pond.'

Hallie haalde haar schouders op, want hoewel de ketting best mooi was, kon niets tegen de sjaal op.

'Kijk, je kunt hem ook als lasso gebruiken.' Bea zwiepte de ketting door de lucht. 'En als je dan prins Harry tegenkomt, kun je hem ermee vangen. Geen schijn van kans, die jongen.'

Hallie grinnikte. 'En daarna kan ik hem vastbinden met mijn zuurstofslangetjes.'

'Is hij hier vandaag?' vroeg Flo. 'Wat spannend!'

'Dat weten we eigenlijk niet, maar we houden het in de gaten. Het zou zo leuk zijn om hem een keertje te zien, al is het dan uit de verte.' Hallie reed achteruit, van de tafel weg. 'Oké, ik zal nog even over die ketting nadenken. Misschien dat we straks nog terugkomen.'

Ze wisten allebei dat dit de beleefde manier was om te zeggen: *Ik ben echt niet van plan om terug te komen, maar dit is mijn manier om hier fatsoenlijk weg te kunnen.*

'Geen probleem,' zei Flo, die woeste rode krullen had en een vriendelijk gezicht. 'Veel plezier nog verder. En succes met het opsporen van Harry. Als ik op het journaal hoor dat hij met behulp van een lasso is ontvoerd, dan weet ik wie het was.'

'Maar mondje dicht, hè?' Hallie zwaaide toen zij en Bea het kraampje verlieten. 'Dag!'

Om twee uur had Flo vier handbeschilderde sjaals verkocht. Het was stom; ze wist dat het meisje in de rolstoel niet zou terugkomen, maar toch hoopte ze dat niemand anders haar sjaal zou kopen.

Het werd steeds drukker bij de kramen. Duizenden bezoekers liepen af en aan, en de kassa's bleven rinkelen. Patrick was heel goed in zijn vak, hij maakte mensen aan het lachen en wist ze op een ontspannen manier over te halen hun portemonnee te trekken. Hij was onderhoudend gezelschap, charmant op een relaxte, niet-bedreigende manier, en hij kon ook om zichzelf lachen.

Onderweg in de auto had hij Flo verteld dat hij drie jaar geleden gescheiden was van zijn vrouw Dawn, maar dat ze nog steeds zo'n goede verstandhouding hadden dat hij ongeveer om de week voor het eten werd uitgenodigd, regelmatig ging golfen met haar nieuwe man en zelfs getuige was geweest op hun huwelijk.

'Ach, ze is gewoon een schat van een vrouw. Dat ons huwelijk op niks is uitgelopen, wil nog niet zeggen dat we geen vrienden meer kunnen zijn.'

'Wat leuk.' Flo vond het gewoon ontroerend. En het leek haar ook zo'n prettige manier van leven, stukken beter dan Lena's constante commentaar en jaloezie en lastige gedrag.

In de loop van de dag moest ze er steeds aan denken. Ze had een sms'je gekregen van Zander waarin hij vertelde dat Lena blijkbaar een enorme ruzie had gehad met hun ramenwasser, dat ze simpelweg geweigerd had hem te betalen, omdat ze tussen de middag wakker was geworden van zijn gepiep op het slaapkamerraam.

Het kwam erop neer dat het altijd zo zou blijven. Lena was Lena, en daarom zou Flo's relatie met Zander nooit echt gemakkelijk zijn.

Haar leven zou een stuk eenvoudiger en veel minder gestrest zijn als ze iets had met iemand zoals Patrick. Ze keek naar hem, terwijl hij zich bezighield met zo'n typische paardenmoeder en -dochter die overlegden welke prent ze zouden kopen, en stelde zich voor hoe het zou zijn als Patrick en zij een stelletje waren: gezellige etentjes met zijn ex, Margot die in het weekend bij hen zou komen logeren. Geen stress, geen zorgen, je niet voortdurend hoeven afvragen wanneer de volgende uitbarsting zou komen.

Patrick was heel aardig, zo'n man die altijd vrolijk is. Goed, hij was lang niet zo aantrekkelijk als Zander. Hij had waarschijnlijk geen sixpack en hij had ook geen scherpe jukbeenderen en blauwe filmsterrenogen, hij had een vriendelijk doorsneegezicht met een stompe neus. Maar hij was gewoon een erg leuke man...

Soms hadden rolstoelen zo hun voordelen. Een aardige organisator van het evenement, die Hallie en Bea zonder succes naar een plekje aan het water zag zoeken, maakte een touw los en bracht ze naar een afgezet gedeelte ernaast.

'Yes!' fluisterde Hallie, terwijl ze haar blik liet glijden over het nog maagdelijke gras, waar witte tafels en stoelen op stonden.

'O wauw.' Bea boog zich naar haar toe en zei zacht: 'We zitten in het vipgedeelte. Bij de rijkelui. Dit is onze kans...'

Er stond een witte tent, er waren comfortabele stoelen, mannen in linnen jasjes en rode broeken, slanke, blonde meisjes die champagne serveerden, en honden in alle soorten en maten, die slobberden uit zilveren schalen die in een nette rij naast de tent waren opgesteld.

'Als Harry dorst krijgt, komt hij vast hiernaartoe,' zei Hallie.

'Hopelijk hoeft hij dan niet uit een van die schalen te drinken... O mijn god,' gilde Bea in haar oor, terwijl ze wees naar een groepje glamoureuze meisjes en luidruchtige maar welbespraakte jongemannen. 'Die ene, die met zijn rug naar ons toe staat... Wit overhemd, rood haar... Is dat hem niet?'

'Nee.' Hallie schudde haar hoofd, haar hoop was meteen weer vervlogen. Toch pakte ze haar mobieltje en zette het alvast op Camera, voor het geval Harry zijn opwachting zou maken. Misschien was het debiel om een foto te maken, maar vergeleken met deze rijke mensen maakte ze toch al een hopeloos debiele indruk.

Ze hadden echter wel een fantastisch uitzicht op het parcours. Hallie maakte veel foto's van de paarden die aan de wedstrijden deelnamen. Om de paar minuten klonk er een schril fluitje, en vlak daarna denderde het volgende paard langs hen heen; de graspollen vlogen alle kanten uit, terwijl het paard om het meer draafde. Daarna stuurde de ruiter het paard naar een enorme hindernis gemaakt van hout en tonnen, waar het dier al zijn energie bundelde en zichzelf in de lucht wierp. En daarna moest het een steile helling af en dan over een tweede, lager obstakel, om vervolgens in het water te springen, door het ondiepe gedeelte van het meer te galopperen, er weer uit te springen en dan een derde hindernis aan de andere kant van het meer te nemen, terwijl het water opspatte en het publiek applaudisseerde... of collectief een kreun slaakte wanneer het allemaal niet zo soepeltjes verliep.

Ze hadden zo'n twintig minuten zitten kijken, toen Hallie ineens gesnuffel hoorde, en ze begreep dat een hond het rechterwiel van haar rolstoel aan een onderzoek onderwierp. Toen ze zich over de leuning heen boog, zag ze een bruin- witte terriër met heldere ogen naar haar kijken. Aan zijn pluizige oren zag ze dat het nog een puppy was.

'Hallo!' Ze kietelde het hondje onder zijn kin en begon te lachen toen hij meteen probeerde om in haar stoel te klauteren. Zijn verlengbare riem strekte zich tot ver achter hem uit. Toen Hallie zich omdraaide om te kijken wie er aan de andere kant van de riem vastzat, viel haar mond open.

Bea, wie dat niet was ontgaan, draaide zich ook om. Even waren ze allebei met stomheid geslagen.

Toen zei Bea met grote ogen: 'Nee, hè!'

29

'Hallie! En Bea – goh, dat jullie ook hier zijn! Hallie, hoe gaat het?'

Iemand die die vraag stelde wilde nooit echt de waarheid horen; het was geen uitnodiging om uitvoerig over je zuurstofsaturatiewaarden te gaan vertellen.

'Goed, hoor. Jij ziet er trouwens fantastisch uit. Van wie is die puppy?' Toen Hallie op haar knieën had geklopt, was het kleine hondje bij haar op schoot gesprongen. 'Wat een schatje, zeg.'

'Ja, hè,' zei Christina trots. 'Volmaakt gewoon. En schrik niet, maar hij is van mij!'

Christina, de ex-vriendin van Luke. Zo'n blondine die er altijd elegant uitzag zonder haar best te hoeven doen. Vandaag zag ze er wel bijzonder chic uit in haar zachtroze jurk met bijpassende jas en haar roze ballerina's waar haar slanke, bruine benen mooi in uitkwamen. Ze droeg haar glanzende haar los en had bijna geen make-up op. Maar wat echt het verschil maakte, was de blik in haar ogen toen ze naar het hondje keek; ze was zichtbaar verliefd.

'Maar ik dacht dat je helemaal niet van honden hield,' zei Bea.

'Dat dacht ik zelf ook!' In de White Hart, waar veel vaste klanten met honden kwamen, was Christina altijd met een grote boog om ze heen gelopen. Ze haalde vrolijk haar schouders op. 'Het blijkt dat ik alleen niet van de grote, enge honden van andere mensen hou. Ik heb hem van mijn moeder gekregen, in januari, voor mijn verjaardag. Ik vond het zo stom; ik zei meteen dat ik helemaal geen hond wilde! Maar ze vond dat ik het eerst maar eens een paar weken moest aanzien en dat ze hem, als ik hem dan nog steeds niet wilde, zelf wel zou nemen.' Christina keek vol aanbidding in de ogen van haar verjaardagscadeau. 'En dat was dat. Na één avond was ik al verkocht. Hij heet Daley, en ik kan me mijn leven niet eens meer voorstellen zonder hem. Hij is mijn kleine schatje, hè? O ja, dat ben jij, hè?' Nadat ze Daley kusjes toe had geblazen, voegde ze er opgewekt aan toe: 'Hij heeft me totaal veranderd. Mijn moeder is zo blij!'

Er kwam een ober aanlopen en ze bestelden wat te drinken. Christina pakte een stoel en kwam bij hen aan tafel zitten. Ze was mee met haar buren, die paardengek waren. Ze hadden een kaartje overgehad en wandelden nu over het parcours.

'Heb je de slangen ook nog?' vroeg Hallie.

'Nee.' Enigszins beschaamd schudde Christina haar hoofd. 'Het is een beetje een raar verhaal. Audrey – mijn tijgerpython – is vlak voor kerst doodgegaan. Ik wilde meteen een nieuwe kopen, maar mijn moeder werd toen echt kwaad. Ze zei dat ik geobsedeerd was door slangen en dat een mens zo niet kon leven. En in januari gaf ze me dus Daley. Dat heeft ze expres gedaan natuurlijk, maar ja, dat is mijn moeder.' Christina streelde de oren van de hond even. 'Bovendien had ze gelijk. Honden blijken stukken leuker dan slangen. En samen ging het niet – Daley stond altijd voor hun kamer te blaffen, en dat moet veel stress hebben gegeven – dus het einde van het liedje was dat ik ze aan een gezin heb overgedaan waarvan ik wist dat ze goed voor ze zouden zorgen.' Ze haalde haar schouders op. 'Dus nu ben ik geen gek slangenvrouwtje meer. Ik heb nou Daley.'

'En je moeder ook blij,' zei Bea opgewekt.

'Dat kun je wel zeggen. Ze begon bang te worden dat ik nooit meer aan de man zou raken.' Geamuseerd voegde ze eraan toe: 'Wat geen rare gedachte was, want na Luke heb ik geen relatie meer gehad.'

'Echt niet?' vroeg Bea belangstellend. 'En, maakt het uit dat je nu een hond hebt? Heb je nu wel een vriend?'

Het geroffel van hoeven kondigde de komst van de volgende deelnemer aan; iedereen stopte met praten en keek naar het grote grijze paard, dat de eerste hindernis nam, toen door het water galoppeerde, struikelde en zijn ruiter van zijn rug wierp, om vervolgens nonchalant op het droge te springen.

'Niks aan de hand,' zei Hallie toen de ruiter opstond, water uit zijn cap schudde en achter zijn paard aan ging.

'Maar om antwoord te geven op je vraag,' vervolgde Christina. 'Nee, geen geluk op mannengebied. Helaas. Hoewel ik denk dat ik wel weet waarom.'

In Hallies hoofd begonnen alarmbellen te rinkelen; ze kon aan Christina's gezicht zien wat er zou volgen.

'Waarom dan?' vroeg Bea.

Met een klein lachje haalde Christina haar schouders op. 'Hoe gaat het trouwens met Luke?'

Daar had je het al. 'Prima.' Hallie knikte. In dit geval had ze liever geen gelijk gehad.

'Dat is fijn om te horen. En heeft hij... Nou ja, heeft hij op dit moment een vriendin?'

'Nee.' Bea schudde haar hoofd. Toen slaakte ze ineens een gilletje. 'O, ik snap het al, je hebt geen vriend omdat je nog steeds gek bent op Luke!'

Met een spijtig trekje om haar mond leunde Christina iets naar achteren. 'Ja, ik moet toegeven dat dat het is. Maar dit blijft tussen ons, oké? Dat moeten jullie hem niet vertellen.'

Nee, dat moeten we niet, dat moeten we niet...

'Waarom niet? Ik meen het, hoor,' zei Bea. 'Jullie pasten heel goed bij elkaar. Dat zei iedereen.'

'Echt?' Christina fleurde helemaal op.

'O ja. We waren allemaal zo teleurgesteld toen het uitging. Jullie leken zo'n volmaakt paar.'

'Wat aardig dat je dat zegt! Ja, we waren ook gelukkig samen. Soms besef je dat pas achteraf.'

'En dat Luke ook niemand anders heeft, zal toch wel iets te betekenen hebben? Misschien denkt hij er precies hetzelfde over,' zei Bea. 'Weet je, we zouden natuurlijk tegen hem kunnen zeggen dat we jou vandaag hebben gezien en dat je er fantastisch uitziet, en dan subtiel wat dingetjes laten doorschemeren... Als hij je stiekem ook mist, is dat misschien net het zetje dat hij nodig heeft.'

'Dat lijkt me eigenlijk wel wat,' zei Christina nogal gretig. 'Vooral omdat hij al die tijd geen andere vriendinnen heeft gehad. Dat wist ik niet.'

'Nee, helemaal niemand,' zei Bea. 'Nou ja, behalve Hallie dan.'

Christina schoot overeind. Haar mond viel open. 'Wat?'

Fijn, dank je wel.

'Wist je dat niet? O ja, het hele dorp had het erover!' Bea grinnikte. 'Iedereen dacht dat Hallie een weekendje naar Parijs was, maar toen ontdekte haar moeder dat ze stiekem bij Luke thuis zat... En de foto's stonden op Facebook, dus echt iedereen wist het...'

'Echt?' Christina had haar wenkbrauwen zo hoog opgetrokken dat ze bijna in haar haar verdwenen. 'Is dat echt waar?'

'Ha, het was zo grappig!' Bea zette haar glas neer. 'Natuurlijk was het niet echt waar! Hallie was te ziek om naar Parijs te vliegen, en haar moeder zat in Edinburgh, en er was verder niemand die voor haar kon zorgen, dus Luke voelde zich min of meer verplicht om haar bij zich in huis te nemen. En toen stond ineens haar moeder bij hem op de stoep. Helemaal over de rooie. Het was net iets uit *EastEnders*. Tegen de tijd dat wij terugkwamen uit Parijs wist iedereen al hoe de vork in de steel zat, maar dat hele weekend hebben ze gedacht dat Hallie en Luke stiekem iets hadden samen!'

'Dat is echt grappig!' Christina legde haar hand op Hallies arm en lachte met Bea mee. 'Arm kind...'

Waarschijnlijk was het niet zo neerbuigend bedoeld als het eruit kwam, maar toch kreeg Hallie het gevoel alsof ze iemand was tot wie een man zich natuurlijk nooit aangetrokken zou kunnen voelen.

Ze wist er een glimlachje uit te persen en prutste wat aan de slangetjes achter haar oren. Toen keek ze op haar horloge. 'Hoe laat denk je dat we moeten vertrekken als we de files willen vermijden?'

'Als we hier maar voor vier uur weggaan, dan is er niks aan de hand.' Bea richtte zich weer tot Christina: 'Dat is dus afgesproken. We gaan ervoor zorgen dat jij en Luke weer bij elkaar komen. We gaan ervoor zorgen dat hij weet wat hij mist.'

'Oké dan. Maar wel een beetje subtiel aanpakken, hoor,' zei Christina smekend.

'Ik ben de subtiliteit zelve. Maak je niet druk, wij regelen het voor je. Wacht maar af.'

'Goed.' Christina's ogen schitterden. 'Ik verheug me er nu al op.'

'Als Luke en jij gaan trouwen, mag je ons bedanken door ons als bruidsmeisjes te nemen.'

Hallie kreeg pijn in haar kaken van het doen alsof ze lachte. Het was alsof Daley voelde dat ze wel wat troost kon gebruiken, want hij legde zijn pootjes tegen haar borst en probeerde haar gezicht te likken. De slangetjes zaten echter in de weg.

Christina hief haar glas en tikte ermee tegen dat van Bea. 'Afgesproken,' zei ze blij.

Terwijl ze het vipgedeelte verlieten, zei Bea: 'Ze is echt leuk, hè? Ik ben zo blij dat we haar zijn tegengekomen. Echt, soms gebeuren er dingen waarvan je denkt: dat is het lot, zo moest het zijn. Ik voel me net de goede fee! Zou het niet fantastisch zijn als Luke en Christina weer bij elkaar kwamen, en dat ze dat dan aan ons te danken hebben?'

'Ja.' Hallie was blij dat Bea achter haar liep en haar rolstoel over het oneffen terrein duwde. Op weg naar de parkeerplaats moesten ze weer langs de kraampjes, en ze zei: 'Vijf minuten meer of minder maken niet uit, toch? Ik wil nog even langs die kraam met die mooie sjaaltjes.'

Het meisje met de paarse hoed – Flo, zo heette ze – begroette hen enthousiast. 'Hoi! Ik had niet gedacht dat jullie nog terug zouden komen! Heb je toch besloten om die ketting maar te kopen?'

Nee. Ik heb geen man in mijn leven, ik ben voorbestemd om eeuwig een eenzame, ongelukkige oude vrijster te blijven, dus heb ik besloten dat ik mezelf op zijn minst op een idioot dure sjaal mag trakteren.

Nadat ze zichzelf naar de tafel had gereden met de zilveren boom erop waaraan de sjaals hingen, pakte ze háár sjaal eraf.

'Ik neem deze.'

'O, daar ben ik zo blij om. Hij past perfect bij je.' Flo leek oprecht ingenomen met haar keus.

'En we hadden je toch ook een korting beloofd?' De man van het kraampje nam de sjaal van Hallie over. 'Zestig pond was het toch?'

Hallie, die de bankbiljetten al zat uit te tellen, zei: 'Zeventig.'

'Nee, je vergist je. Het was echt zestig.' De man met de zwarte gleufhoed gaf haar een knipoog en sloeg het bedrag aan op de kassa.

'En, hebben jullie prins Harry nog gezien?' vroeg Flo.

'Nee,' antwoordde Hallie met een spijtig lachje. 'Het zou wel leuk zijn geweest, maar helaas.'

'Jammer voor hem dan,' zei Bea opgewekt. 'Maar we kwamen wel iemand tegen die we al een tijdje niet hadden gezien en dat was heel leuk.'

Hm, Hallie wist niet of dat wel zo leuk was. Niet dat ze dat tegen Bea kon zeggen.

'Alsjeblieft.' Flo gaf haar de sjaal, die was verpakt in zo'n mooie tas met een handvat van touw. 'Veel plezier ermee. En je moet hem niet bewaren voor speciale gelegenheden, hoor. Zo'n mooie sjaal moet gezien worden. Je zult je iedere keer dat je hem draagt fantastisch voelen.'

'Dank je.' Zonder te weten waarom raakte Hallie een beetje geëmotioneerd. Het meisje had gelijk, zo'n mooie sjaal verdiende het om vaak gedragen te worden. Misschien door iemand die vaker de deur uit kwam dan zij, maar daar ging het nu even niet om.

'Tot volgend jaar misschien,' zei de vrolijke man.

Wat waren mensen toch aardig. Geroerd door zijn vriendelijkheid glimlachte ze. 'Zeker weten,' zei ze.

Als ik er dan nog ben.

30

Het was zes uur, de wedstrijd zat erop, en de mensen gingen zoetjesaan naar huis. Er liep nog wel wat winkelend publiek tussen de kramen, op zoek naar leuke dingen, maar de meeste standhouders begonnen al in te pakken.

'Snel, ik heb een cadeautje nodig voor mijn buurvrouw.' De vrouw van middelbare leeftijd in een veel te strak, felroze fleecejack had duidelijk haast. 'Ik ben helemaal vergeten dat ze jarig is, maar ze zit op ons te wachten als we thuiskomen. Ik zoek iets van rond een tientje.'

'O...' Flo liet haar blik glijden over de uitgestalde spullen. 'Misschien zo'n fotolijstje van spiegelglas?'

'Te opzichtig.' De vrouw schudde haar hoofd. 'Ze houdt alleen van saaie dingen. Haar huis is nogal beige...'

'Nou, dan hebben we nog dit.' Flo hield een crèmekleurig notitieboekje op waarvan de bladzijden een zilveren randje hadden. 'Is dit beige genoeg?'

'Ik weet niet... dat zilver... Ah, ik zie het al, ik neem er zo eentje.' De vrouw had een stapeltje lichtgrijze theedoeken op een van de tafels zien liggen. 'Kun je er snel even eentje voor me inpakken? Een beetje leuk? Zodat het wat duurder lijkt?'

'Eh... Maar misschien kunt u hem beter eerst even bekijken. Er staat een tekst op,' zei Flo.

'Ja, maar ik heb haast.' De vrouw keek op haar horloge.

'Kijk toch maar even.' Flo vouwde een theedoek open en hield hem op. Met grote letters stond er: BEN JE EINDELIJK JARIG...

En daaronder, in kleinere letters: ... KRIJG JE ZO'N STOMME THEEDOEK.

'Ja, ja, prima, pak nou maar in. Alstublieft.'

Flo keek even naar Patrick, die zijn schouders ophaalde en knikte. Nadat Flo het bedrag had aangeslagen en het geld in ontvangst had genomen, pakte ze de theedoek in roze-geel papier in. Terwijl ze bezig was de ivoorkleurige lintjes met een schaar te krullen, hoorde ze een vriendelijke stem zeggen: 'Hé, Patrick! Hoe gaat het met jou?'

De vrouw in het roze fleecejack was inmiddels geïrriteerd aan het bellen. 'Hou op met dat geklaag, ik kom zo... Malcolm, als je me er eerder aan had herinnerd, zou ik nu niet halsoverkop iets hoeven kopen, dus hou je mond nou maar.'

Achter zich hoorde Flo Patrick opgewekt wat woorden wisselen met de man die hem had begroet. Flo bond de lintjes om het pakje en gaf het aan de vrouw, die er haastig mee wegliep, naar haar man, die blijkbaar op het parkeerterrein op haar zat te wachten.

Net toen Flo zich omdraaide, ging de man met wie Patrick had staan praten, er ook weer vandoor, samen met wat vrienden. Hij keek nog even over zijn schouder en stak grijnzend een hand op.

Even vroeg Flo zich af of ze soms het slachtoffer was van een ingewikkelde practical joke. Stonden er soms ergens verborgen camera's die haar verbijsterde reactie registreerden? Of was het zo'n televisieprogramma waarin ze dubbelgangers gebruikten om nietsvermoedende mensen op het verkeerde been te zetten?

Dat kon ze bijna niet geloven.

'Met wie stond je net te praten?' vroeg ze.

Patrick keek een heel klein beetje gegeneerd. 'Dat heb je toch gezien? Anders zou je het niet vragen.'

Omdat ze het toch helemaal zeker wilde weten, vroeg ze: 'Was dat prins Harry?'

'Nou... ja.' Het viel haar op dat hij bloosde.

'Ken je die dan?' Oké, dat was een stomme vraag. Ze verbeterde zichzelf: 'Ik bedoel, je kent hem dus.'

'Nou ja, we zijn niet elkaars beste vriend of zo,' protesteerde Patrick meteen. 'Het stelt niks voor. Ik had vroeger een café in de buurt van Tetbury, en daar kwamen regelmatig lui van Highgrove langs, want we zaten daar maar een paar kilometer vandaan. Dat is alles. Het is een goeie jongen. Vriendelijk en nuchter.'

'Wauw, zeg. O, dat meisje in die rolstoel,' riep ze uit. 'Hoorde je niet dat ze zei dat ze prins Harry zo graag wilde zien?'

'Jawel, maar toen was hij hier nog niet.'

'Maar je had haar toch kunnen zeggen dat je hem kende! Dat had ze vast hartstikke interessant gevonden!'

'O nee. Het idee alleen al.' Hij glimlachte. 'Dan zou ik wel een beetje een opschepper zijn, vind je niet? Maar zullen we eens gaan inpakken?'

Onderweg naar Bristol ging Patricks mobieltje. Hij keek even op het schermpje. 'O, het is Dawn, ze vraagt zich vast af waar ik ben. Kun jij even opnemen?'

Hoewel Flo het een beetje raar vond, deed ze wat hij vroeg. 'Hoi, Patrick zit achter het stuur. Over twintig minuten zijn we in Bristol. Hij zegt dat hij tegen negenen bij jou kan zijn.'

'O, dat is fantastisch. Ben jij Flo?' Dawn klonk aardig. 'Zeg eens, wat heeft hij aan? Wel iets fatsoenlijks?'

Na een korte aarzeling zei Flo: 'Ja, hoor.'

'Hij heeft zeker zijn grijze corduroy broek aan.'

'Nee, donkergroen corduroy.'

'Rood overhemd?'

'Rood overhemd,' beaamde Flo. Ze moest lachen om Patrick, die met zijn ogen rolde.

Zonder zijn ogen van de weg te nemen, mompelde hij: 'Ze vindt zichzelf een stijlgoeroe.'

'Ik haat dat rode overhemd. De manchetten zijn versleten. Oké, zeg maar tegen hem dat hij eerst langs huis moet gaan om een douche te nemen en dan zijn zwarte broek en het wit-groen gestreepte overhemd moet aantrekken dat ik voor hem heb gekocht. Ik heb een date voor hem geregeld, dus hij moet wel een beetje toonbaar zijn.'

'Oké, ik zal het doorgeven,' zei Flo.

'Fijn. O ja, en zeg dat hij ook een geurtje opdoet. Maar niet dat smerige spul dat hij met kerst van zijn zus heeft gekregen. Dank je, Flo. Hebben jullie het leuk gehad vandaag?'

'Ja, erg leuk.'

'Prima. O, en zeg tegen hem dat ze Jade heet en dat ze aerobics geeft en drieëndertig is en in Almondsbury woont. En ze is echt fantastisch, dus hopelijk wordt het wat. Al wordt het mijn dood, ik zal en moet een leuke vrouw voor hem vinden. Oké, dag!'

Flo gaf alles door aan Patrick, die gelaten zijn hoofd schudde. 'O mijn god, ze weet echt van geen ophouden.'

'Maar Jade klinkt best leuk.'

'Dat is ze ook vast wel. Maar... ik bedoel, aerobics.' Hij zuchtte. 'Dan eet ze waarschijnlijk ook heel gezond.'

Flo had vandaag kunnen zien wat Patrick op één dag allemaal naar binnen werkte: een biologische bizonburger, een worstenbroodje, een kipburrito en een plak citroencake. Wat waarschijnlijk ook meteen zijn buikje verklaarde.

Nou ja, buik.

'Maar misschien wordt het wel hartstikke gezellig.'

'Zou kunnen. Toch heeft het iets idioots dat je ex-vrouw dates voor je regelt.'

'Waarom doe je het niet zelf dan?'

‘Als het zo eenvoudig was...’ zei hij met een spijtig lachje. ‘Maar dat is het niet. Iedere keer als ik iemand leer kennen die ik leuk vind, blijkt dat ze al een relatie heeft.’

‘Echt iedere keer?’

‘O ja.’ Hij zette de radio ineens iets harder. ‘Dit vind ik mooi. Je vindt het toch niet erg om er even naar te luisteren?’

Ze vervolgden hun weg naar Bristol. Toen ze uiteindelijk in Clifton waren, draaide Patrick Caledonia Place op. ‘Mag ik je iets vragen?’ vroeg hij.

Flo knikte, in de veronderstelling dat het met Margot te maken had. ‘Natuurlijk.’

‘Heb jij op dit moment een vriend?’

Over een donderslag bij heldere hemel gesproken! Ze voelde zich enigszins overvallen. ‘O! Eh... Nou ja. Ja, ik heb een vriend.’

Heel eloquent.

‘Dat dacht ik al,’ zei hij droog. ‘Zie je nou wel, mijn record blijft staan.’

Hij zei dus eigenlijk dat hij haar leuk vond. Ze hadden ook een mooie dag gehad. Hij was prettig gezelschap, niet onaantrekkelijk, op een gezellige, niet-bedreigende manier. Hij had ook een schat van een tante en zo te horen een aardige ex. Even werd Flo jaloers op Jade, die hem vanavond voor het eerst zou ontmoeten. Ze wou bijna dat ze zelf single was, bevrijd van dat gedoe met Lena, en gewoon een normale, ongecompliceerde, onbekommerde relatie met iemand kon opbouwen...

Maar ja, dan had ze Zander niet. En dat was dus geen optie. Hoewel zijn zus een regelrechte ramp was, kon Flo zich haar leven niet meer zonder Zander voorstellen. En aangezien Zander en Lena een soort packagedeal waren, had ze het er maar mee te doen.

Ze was verliefd op Zander Travis. Zo simpel was het.

Patrick stopte voor haar flat. Glimlachend zei ze: ‘Dank je wel. En ik wil je één ding zeggen: als ik single was geweest, en je had me mee uit gevraagd, dan had ik meteen ja gezegd.’

‘Ik weet eerlijk gezegd niet of ik me nou beter voel.’ Er verschenen lachrimpeltjes om zijn ogen. ‘Nou ja, zo gaat het dus altijd. Maar bedankt dat je me vandaag hebt geholpen. Het was leuk om met je samen te werken.’

‘Dat vond ik ook.’ Terwijl ze uitstapte, voegde ze er nog aan toe: ‘En succes met je date van vanavond.’

Hij grijnsde. ‘Met een beetje pech laat ze me sit-ups doen.’

31

Het was zondag 28 april, en ze zaten met een gezelschap van tien personen in het River Restaurant van het Savoy. Het zonlicht dat op de Theems weerkaatste, viel door de ramen naar binnen. Op de rivier voeren boten op en neer, toeristen maakten foto’s van de beroemde skyline, en op de South Bank draaide het Millennium Wheel langzaam zijn rondjes tegen een onbewolkte blauwe lucht.

Binnen stond Joe op, tikte met zijn vork tegen zijn glas en schraapte zijn keel om ieders aandacht te trekken.

‘Dames en heren, of wat daarvoor moet doorgaan, we zijn hier vandaag bijeen om de verjaardag te vieren van mijn beste vriend Rory McAndrew, en ik voel de behoefte om een speech te houden.’

‘O god,’ fluisterde Tasha tegen Carmel, terwijl de rest van de tafel juichte. Joe maakte haar vandaag een beetje nerveus met zijn gedrag.

‘Maak je geen zorgen.’ Carmel was niet zo gauw van slag. ‘Ik zorg er wel voor dat hij niks gênants zegt.’

‘Joe?’ Tasha had toch het gevoel dat ze hem even moest waarschuwen. ‘Je gaat toch niet dat verhaal vertellen over Ruperts vrijgezellenfeestje in Amsterdam, hè?’ Het was niet zozeer een vraag als wel een waarschuwing. Ze wilde hem laten merken dat ze het meende.

‘O nee?’

‘Nee.’ Hoewel het een grappig verhaal was, vond ze het echt niet geschikt voor het Savoy.

‘Maakt niet uit, ik wilde ze toch al een ander verhaal vertellen.’ Joe grijnsde naar haar.

‘Oké. Mooi.’

Hij knipoogde. ‘Bovendien kennen ze dat verhaal al.’

Hij was echt onmogelijk. Tasha gaf het op. Het kwam er gewoon op neer dat ze Joe toch niet kon tegenhouden als hij een streek wilde uithalen; hij deed altijd precies waar hij zin in had.

'Goed, daar gaan we dan. Rory is mijn beste vriend, en we kennen elkaar nu al een aantal jaar. Hij is een fantastische kerel, altijd in voor geintjes en voor spannende dingen, en we hebben zo onze... avonturen gehad.' Met een opgetrokken wenkbrauw voegde hij eraan toe: 'En bij sommige van die avonturen kwamen misschien ook wel meisjes kijken.'

O god, waar zou hij nu weer mee aankomen?

'Maar toen, een paar maanden geleden, op de avond voor kerst, kwam hij een meisje tegen dat anders was dan de anderen. Ze heette... Verdomme, hoe heette ze nou ook alweer...' Hij deed net alsof hij diep nadacht, terwijl iedereen aan tafel begon te lachen. 'O ja, ik weet het alweer, ze heette Tasha, en sinds hij haar kent, is hij totaal veranderd. Zoals we allemaal weten, is hij op dit meisje verliefd geworden. En ik geef toe dat ik me daar in het begin een beetje zorgen om heb gemaakt. Want wat als mijn beste vriend geen tijd meer voor me zou hebben? Wat als Tasha niet wilde dat we nog met elkaar omgingen? Wat als ze zou proberen om me met haar beste vriendin op te zadelen en dat ik die niet kon uitstaan – au!'

'Sorry.' Carmel, die met haar vork in zijn hand had geprikt, glimlachte lief naar hem. 'Dat ging per ongeluk.'

'Maar gelukkig is geen van die dingen uitgekomen. Tasha is te gek, en ik hou van haar als van een zus, en Rory en zij passen perfect bij elkaar, zoals we allemaal weten. En Carmel heeft een oogje op mij, wat heel begrijpelijk is, maar ik hang nog even de coole jongen uit, omdat... Nou ja, omdat ik een behoorlijk coole jongen ben.'

Nog meer gelach, want als er iemand niet cool was, dan was het Joe.

'Hoe dan ook, Rory is vandaag zesentwintig geworden, en het leven blijft een fantastisch avontuur,' vervolgde hij. 'Dus laten we op hem proosten!' Met zijn glas in de lucht sprak hij ernstig: 'Gefeliciteerd! En moge het komende jaar nog beter worden dan het vorige.'

Iedereen aan tafel proostte met elkaar en riep als in koor: 'Beter dan het vorige.' Daarna zongen ze 'Happy Birthday', en ze eindigden met gejoel en applaus. Zelfs een paar van de andere gasten deden mee.

'Dank je wel,' zei Rory toen het weer stil was. 'Mooie speech. Ik zou je wel willen kussen, maar ik kus natuurlijk liever mijn vriendin.'

'Dat is niet eerlijk,' zei Joe. 'Het is zelfs seksistisch.'

Tasha kuste Rory op zijn mond – *mwah* – en zei toen: 'Dat is alleen maar omdat ik geen stoppels heb.'

'Ik noem het discriminatie van mannen die zich vanochtend zijn vergeten te scheren. Maar hoe dan ook...' Hij pakte een envelop uit zijn zak en gaf hem aan zijn vriend. 'Je verjaardagscadeau.'

Rory maakte de envelop open, keek erin en begon te lachen.

'Wat is het?' Carmel boog zich voor Joe langs.

'Ik ga parachutespringen. Wíj gaan parachutespringen,' verbeterde Rory zichzelf. Hij hield de vouchers voor iedereen op. 'Joe heeft er twee gekocht, want hij wil er niks van missen. Alsof ik zoiets ooit met iemand anders zou doen.' Hij sloeg zijn vriend op zijn schouder en zei: 'Joe, dat is echt fantastisch. Dank je wel. Dat heb ik altijd al een keer willen doen.'

'Fijn dat je er blij mee bent. En natuurlijk ga ik mee. Ik ga alleen niet parachutespringen.'

'Waarom niet?' vroeg Rory lachend. 'O god, je gaat me toch niet vertellen dat je zwanger bent?'

'Nee, hoor, dat is allemaal eten en bier.' Joe klopte trots op zijn buik en keek Tasha aan.

Ze wist meteen wat hij zou gaan zeggen.

'Nee,' ging Joe verder. 'Ik ga niet met Joe uit een vliegtuig springen. Ik vind dat Tasha dat moet doen.'

Zie je nou wel. Ze wist het. *Klootzak*.

'Echt niet,' zei ze.

'Maar misschien vind je het wel heel leuk,' zei Joe.

'Ik kan het niet leuk vinden, want ik doe het niet.'

'Toe zeg, je geeft jezelf niet eens de kans om het leuk te vinden. Ga er nou eens voor, ga eens een keer voor de adrenalinekick. Je hebt tegen Rory gezegd dat je niet bang bent om dingen te doen, maar dat je ze alleen maar niet wílt doen.'

'Dat is zo.' Tasha knikte, maar het zweet stond haar in de handen.

'Ik vind gewoon dat je het een keer moet proberen, misschien vind je het nog wel leuk ook. Dat zou best kunnen. En dan deel je een mooie ervaring met Rory. Dat is toch beter dan overal nee op zeggen?'

Joe was duidelijk een man met een missie. 'Je kunt me niet dwingen iets te doen wat ik niet wil,' zei ze.

'Dat klopt. Ik geef je alleen de kans om ons te verrassen. En jezelf. Oké, ik heb een idee. Doe het om geld in te zamelen voor iets wat je aan het hart gaat. Ik sponsor je.' Hij liet zijn blik over de andere gasten glijden. 'Iedereen zou je wel sponsoren, denk ik.'

Dubbele klootzak.

'Meid, als jij uit een vliegtuig springt, wil ík je zelfs wel sponsoren,' zei een grote Amerikaan met een baard aan de tafel naast de hunne. 'Vijfhonderd dollar, wat dacht je daarvan?'

De vrouw van de man viel hem bij. 'Je moet een weblog beginnen waarop iedereen online kan doneren. Kijk niet zo verschrikt, zo moeilijk is dat niet. Zo'n blog opzetten is hooguit een paar minuten werk.'

Alsof ze in haar broek scheet van angst bij het vooruitzicht een weblog te moeten beginnen. En nu begon iedereen om haar heen ook nog enthousiast te knikken en zich aan te bieden als sponsor... Maar alleen als ze het zelf wilde natuurlijk.

Een paar seconden later riep een van Rory's vrienden opgewekt: 'We hebben al drieduizend bij elkaar. Te gek.'

Dat was niet de gedachte die op dat moment door Tasha heen schoot.

Rory kneep in haar hand. 'Je kunt gewoon nee zeggen, hoor. Dat is ook goed,' fluisterde hij.

'Geef me even een paar minuten de tijd.' Tasha schoof haar stoel naar achteren en liep naar de dames-wc's. Daar legde ze haar bezwete handen op het koele marmer van de wasbak en bestudeerde zichzelf in de spiegel. Wat ze altijd had beweerd, namelijk dat gevaarlijke sporten haar gewoon niet interesseerden, klopte dus niet. Want als het erop aankwam, moest ze toegeven dat ze gewoon bang was. Ontzettend bang zelfs.

Nou? Wat ga je doen?

Nee zeggen, natuurlijk.

Echt?

Ja, want ik ben niet gek. Waarom zou ik vrijwillig uit een vliegtuig springen?

Oké. Dan zeg je gewoon nee.

Ze knikte vastbesloten naar haar spiegelbeeld. *Dank je. Dat zal ik doen.*

De deur ging open, en Carmel kwam binnen. 'Wat een rotzak is het ook. Gaat het?'

Tasha knikte. 'Ja.'

'Ik denk dat hij hoopte dat je het vast wel zou doen als hij over dat sponsoren zou beginnen. Maar het hoeft echt niet, hoor. Zeg hem maar dat hij de pot op kan.'

Tasha's mobieltje bliepte. Ze keek naar het sms'je dat Joe haar net had gestuurd. *Sorry, haat je me nu? Ik wilde je echt niet voor het blok zetten, maar het leek me gewoon een goed idee. Rory houdt van je. Ik vroeg me alleen af of hij dan niet nog meer van je zou gaan houden. Xx*

'Hm,' zei Carmel toen ze het ook had gelezen.

'Nou?'

'Wat nou?'

Tasha keek haar aan. 'Klopt het wat hij zegt?'

'Je moet hem gewoon negeren.'

'Ja, maar misschien heeft hij wel gelijk.'

'Ik weet het niet.'

'Daar geloof ik niks van.'

'Oké, misschien heeft hij wel een heel klein beetje gelijk. Maar dat betekent nog niet dat je naar hem moet luisteren.'

Tasha dacht aan haar tegenstander, met zijn brutale buitenkant, zijn harde stem en stoerejongensgedrag. Vorige week was hij bij Rory komen eten; toen ze de keuken in was gekomen, had hij, gezeten op zijn knieën, geprobeerd een pissebed te vangen zodat hij hem in veiligheid kon brengen.

Want dat was het met Joe James. Hij was niet altijd even subtiel, maar hij had een hart van goud.

En hij had ook een punt. Niet dat ze het eens was met zijn opmerking dat Rory meer van haar zou houden als ze ging parachutespringen. Maar misschien zou hij wel meer respect voor haar krijgen.

Iedereen misschien wel.

Ook zijzelf.

O fuck.

Tasha was zich bewust van alle blikken toen ze terugliep naar hun tafel. Carmel en zij gingen weer zitten. Tasha nam een slokje wijn. 'Wat is het hier stil. Is er wat?' vroeg ze opgewekt.

Niall, een andere vriend van Rory, vroeg nieuwsgierig: 'Nou?'

Hoewel het hart haar nog steeds in haar keel bonkte, schudde ze uiterlijk kalm haar haren naar achteren en zei: 'O, je bedoelt dat parachutespringen? Ik heb besloten om het te doen.'

Voor de tweede keer die avond steeg er gejuich op.

Joe grijnsde. 'Je bent echt te gek. En we zitten al op vierenhalfduizend pond.'

Rory omhelsde haar. 'Je hoeft het echt niet te doen, hoor.'

'Dat weet ik wel. Maar ik wil het,' zei ze.

Wat dus gewoon gelogen was.

32

Sinds Marilyn de White Hart had overgenomen, waren haar klanten min of meer verplicht om haar verjaardag met haar te vieren. Ook vandaag was er geen ontkomen aan. Toen Hallie op de ochtend van vrijdag 17 mei wakker werd, een beetje aan de late kant, zag ze vanuit haar slaapkamerraam dat de voorgevel van het café al uitbundig was versierd met vlaggen en vaantjes en reusachtige ballonnen. De hele dag door zouden er mensen in en uit lopen om hun vrolijke kroegbazin te feliciteren, en vanavond zou Marilyn, die nooit moe leek te worden, een groot feest geven om te vieren dat ze weliswaar vijfenvijftig was geworden, maar qua glamour nog steeds niet onderdeed voor de filmsterren uit Hollywood.

Nou ja, voor de wat ouderen onder hen dan.

Bea kwam tussen de middag even bij Hallie langs. 'Hoe gaat het vandaag? Voel je je al wat beter?'

'Ja, ik voel me wel beter, maar ik weet niet of dat aan me te zien is.' Gisteren was Hallie de hele dag doodmoe geweest. Ze was vroeg naar bed gegaan en had twaalf uur geslapen, wat wel enigszins had geholpen.

'Mooi. Dan kom ik na mijn werk naar je toe, en dan maken we ons samen klaar voor het feest. Hoe laat wil je gaan?'

Marilyns feest zou tot in de kleine uurtjes doorgaan, maar Hallie moest aan zichzelf denken. 'Ik had gedacht om negen uur, maar als je wilt kun jij wel eerder gaan.'

'Geen sprake van, we gaan samen. Maar ik denk dat we beter om acht uur kunnen gaan. Ik wil niks missen.'

'Heb je het nou over het feest of over de hapjes?' Iedereen had het er nog steeds over dat Bea een keer behoorlijk van slag was geweest toen bleek dat de *Scotch eggs* al op waren toen zij arriveerde.

'Hoe kun je dat nou vragen?' zei Bea verontwaardigd. 'Over allebei natuurlijk!'

'Kom, dan gaan we, anders komen we te laat.'

Moest je horen wie dat zei. Bea was nog nooit ergens op tijd gekomen.

'Nog twee minuutjes,' zei Hallie. Het was pas tien voor acht.

'Eentje.' Bea stak nadrukkelijk één vinger op. 'Zo meteen zijn de Scotch eggs weer op.'

Hallie keek weer in de spiegel boven de haard, want ze kon het niet laten om zichzelf nog even te bewonderen. Het gebeurde tegenwoordig niet vaak meer dat ze dat kon doen, maar vanavond zag ze er zowaar... Nou ja, helemaal niet slecht uit. De lichtgele jurk zat haar als gegoten, en omdat het afgelopen week zonnig was geweest, had ze ook kleur op haar gezicht. Het mooiste was nog wel dat haar korte haar mooi was opgedroogd toen ze het had geföhnd, en met behulp van Bea zat haar make-up ook goed. Door de BB-crème, blusher en poeder zag haar huid er vlekkeloos uit. Haar ogen leken groot en glanzend, en de wallen eronder waren vakkundig weggewerkt met concealer, wat een groot verschil maakte. Samen met de donkergrijze oogschaduw die Bea had aangebracht, was het resultaat... goed.

Ze zag er voor deze ene keer zelfs gezond uit.

'Klaar?' vroeg Bea.

'Ik zie er leuk uit.' Het was natuurlijk niet iets wat je zomaar tegen iedereen kon zeggen, maar Bea was haar beste vriendin.

Bea kreeg een zachte blik in haar ogen; ze begreep het. 'Meer dan leuk. Je ziet er prachtig uit.'

En ook normaal. Tenminste, als je de zuurstofslangetjes en de rolstoel even wegdacht.

'Oké, dan gaan we.' Bea tikte op haar horloge, en terwijl ze de handvatten van de rolstoel beetpakte, vervolgde ze op bazige toon: 'Instappen jij.'

Alsof ze een geïrriteerde moeder was die haar kind beval om in de buggy te gaan zitten.

Hallie spoot nog snel even een geurtje op, en nadat ze in de rolstoel was gaan zitten, maakte ze haar slangetjes los van de grote zuurstoftank en bevestigde ze aan de draagbare die mee zou gaan naar het feest. Buiten op de stoep draaide ze zich nog even om naar Bea. 'Gaat dit echt alleen maar om de Scotch eggs, of is er nog iets anders aan de hand?'

'Ha, jij merkt ook echt alles, hè? Maar het heeft geen zin om me ernaar te vragen, want ik zeg toch niks. Het is een verrassing.'

Het feest was al in volle gang toen ze arriveerden. Marilyn stond met de band op het podium. Ze leek net Tina Turner in haar zilveren jurkje met franje en haar torenhoge hakken. Bijna heel Carranford was er; het was stampvol in het café en in de tent die in de tuin was opgezet, en in de tuin zelf krioelde het van de mensen. Overal hing feestverlichting, en het was lawaaiig en gezellig druk.

Maar het gekste was nog wel dat het een feest vol Marilyns was – tientallen mensen die een masker droegen met haar foto erop, stonden met elkaar te praten, liepen wat rond of vertoonden hun kunstjes op de dansvloer.

Toen Hallie Luke aan het uiteinde van de bar zag staan, maakte haar hart een sprongetje, zoals altijd wanneer ze hem zag. Iets wat niemand wist en ook niemand mocht weten. Goh, vanavond zag hij er extra leuk uit, met zijn haar zo glad naar achteren gekamd. Hij droeg een donkerblauw linnen jasje, een crèmekleurig overhemd en een spijkerbroek. Het mooiste was echter dat hij geen Marilyn-masker ophad, zodat ze kon zien dat hij haar had gespot en toen meteen begon te glimlachen. Hij stak een hand op en kwam naar haar toe lopen.

'Hoi. Hoe gaat het? Je ziet er fantastisch uit.'

'Ik ook,' zei Bea, nog voordat Hallie haar mond open kon doen. 'Ik zie er ook hartstikke goed uit.'

Luke grinnikte. 'Absoluut. Dat spreekt vanzelf. Jullie zien er allebei fantastisch uit. Kan ik iets te drinken voor jullie halen?'

'Witte wijn graag,' zei Hallie. 'Frascati.'

'Voor mij ook. O...' Bea pakte haar mobieltje en las het sms'je dat ze net had gekregen. Zichtbaar erg in haar sas stuurde ze meteen een reactie. Toen keek ze Luke na, die zich een weg baande tussen een stel cricketers. 'Dit gaat zo leuk worden.'

'Ik wou dat je me vertelde wat er aan de hand is.'

'En ik wou dat jij niet zo nieuwsgierig was. Gewoon een beetje geduld hebben. Het is het waard, echt.'

Hallie wist hoe Bea in elkaar stak; ze vond het heerlijk om mensen te verrassen. Vorig jaar had ze voor de zestigste verjaardag van haar vader een reünie van zijn oude schoolvrienden voor hem georganiseerd. Misschien dat ze voor vanavond iets met hún oude schoolvrienden had geregeld. Als dat zo was, dan hoopte ze maar dat Martin Ormerod niet was uitgenodigd, want die had haar vanwege haar vele hoestbuien gedurende haar hele schooltijd Hoestbonbon genoemd, iets wat hij blijkbaar erg grappig had gevonden.

Omdat hij gewoon een zak was.

Twintig minuten later ontdekte Hallie dat Bea's verrassing helemaal niks met haar te maken had, iets wat ze eigenlijk had verwacht, want waarom zou ze anders zo geheimzinnig tegen haar doen?

Terwijl iedereen om hen heen feestvierde, had Bea Luke compleet voor zich opgeëist; ze stond continu tegen hem aan te praten alsof hij hier de enige man was, en dat deed ze zo vasthoudend dat hij onmogelijk aan haar kon ontsnappen.

In het begin was Hallie er een beetje verbaasd over geweest, maar ze stond er niet al te lang bij stil, want het was veel leuker om naar Marilyns capriolen te kijken dan te moeten luisteren naar Bea's eindeloze vragen over cholesterol.

Ze ontdekte het toen haar blik van de cricketers, die op de dansvloer meenden te moeten laten zien wat twerken was – echt geen fijn gezicht –, afdwaalde naar een vrouw die net binnen was gekomen en op nog geen meter afstand van Luke en Bea bleef staan. Ze droeg zo'n Marilyn-masker en had een drankje in haar hand, maar Hallie herkende haar aan haar benen: slank, elegant, welgevormd... Onmiskenbaar de benen van...

'Hé, hallo!' riep Bea uit. Ze onderbrak haar gesprek en probeerde te doen alsof ze hoogst verbaasd was. Wat haar dus niet goed afging. Hoewel ze zelfs haar mond erbij liet openvallen. 'O mijn god, niet te geloven! Wat doe jij hier?'

De moed zonk Hallie in de schoenen toen de vrouw haar masker afzette en ze zag dat Lukes verbazing plaatsmaakte voor vreugde. 'Wauw, wat een verrassing! Wat zie je er goed uit!'

En toen moest ze noodgedwongen toekijken terwijl ze elkaar omhelsden en kusten, want het was zo druk dat ze met haar rolstoel geen kant uit kon. Deed Luke alleen maar beleefd of was het meer dan dat?

En was dit nou echt Bea's idee van een leuke verrassing?

Het antwoord op die laatste vraag was duidelijk ja, want Bea stond al in haar handen te klappen. Stralend riep ze: 'Goed idee van me, hè? Fantastisch toch? Ik wist dat jij het ook te gek zou vinden!'

Hallie, die het helemaal niet te gek vond, stond zelf verbaasd over hoe goed ze toneel kon spelen. Want op de een of andere manier lukte het haar om te lachen en opgetogen te kijken, terwijl ze het gevoel had alsof er beton in haar borstkas was gestort dat nu op haar longen drukte.

Alsof haar longen het al niet moeilijk genoeg hadden.

Mensen om hen heen die Christina herkenden, stootten elkaar aan en wezen naar het gelukkige paar dat elkaar net weer had gevonden. Christina hield Lukes schouder vast, lachte om iets wat hij zei en schudde ongelovig haar hoofd. Op het podium had de echte Marilyn ook ontdekt wat er gaande was. Ze stopte met het zingen van 'River Deep, Mountain High' om te kunnen gillen: 'O, kijk eens wie we daar hebben! Hallo mooie Christina, dat is lang geleden!'

Hallie hield de blije uitdrukking op haar gezicht geplakt, terwijl ze keek naar Christina, die eerst naar Marilyn zwaaide en toen naar de andere mensen glimlachte die ze al maanden niet had gezien. Het was niet alleen Luke; iedereen leek het heerlijk te vinden dat ze er weer was.

O god.

Het was net de thuiskomst van de verloren dochter.

33

'Kom even mee naar buiten,' fluisterde Christina in Lukes oor, terwijl ze hem bij de hand nam. 'Ik moet je iets laten zien.'

Ze liepen samen door de zijdeur van het café naar buiten, waar Christina hem meenam naar het volle parkeerterrein. In de hoek zag hij haar rode Audi staan. Nog geen seconde later steeg daar een hoog geblaf uit op, en hij zag een klein hondje op de voorbank op en neer springen alsof het een trampoline was.

'Ik weet niet goed hoe ik je dit moet zeggen, maar zo te zien zit er een hond in je auto.'

Ze keek hem grijnzend aan. 'Dat weet ik.'

'En wat nu? Moeten we het alarmnummer bellen? Of de dierentuin? Die kunnen waarschijnlijk wel mensen met netten en een verdovingspistool sturen.'

Ze haalde het portier van het slot, en het hondje stortte zich verrukt in haar armen.

'Niet te geloven,' zei Luke.

'Ja, wat kan ik zeggen?' Christina straalde, terwijl het hondje haar wang likte. 'Er staat hier een geheel nieuwe vrouw voor je. Hij heet Daley en hij is het mooiste wat me is overkomen.'

Nou, dat kon je bijna wel een aardverschuiving noemen. 'En kan hij een beetje met je slangen overweg?'

'De slangen zijn weg.'

'Echt waar?'

'Ja, raar idee, hè?' Ze moest lachen om zijn gezicht. 'Het ging gewoon niet. Je weet dat ik dol was op mijn slangen, maar uiteindelijk heb ik ze toch weg moeten doen, omdat ik nog meer van Daley hield. Hij is echt mijn alles, ik kan me geen leven meer zonder hem voorstellen.' Ze stopte haar neus even in de vacht van de hond en bewoog zijn harige pootjes. 'Toch, mooi schatje van me? O ja, dat ben je. Jij bent mijn allermooiste schatje!'

'Het is inderdaad een leuk beest.' Luke aaide Daleys zachte, beweeglijke lijfje. Hoewel hij het nog steeds een wonder vond, snapte hij best dat Christina voor deze hond overstag was gegaan. 'Maar mag ik ook vragen wat Bea precies met jouw komst vanavond te maken heeft?'

Haar ogen schitterden. 'Ik kwam Bea en Hallie laatst toevallig tegen op Denleigh. We hebben toen heel gezellig met elkaar zitten praten... over van alles... Daley... het leven in het algemeen... jou...'

'O. En wat heb je precies over mij gezegd?'

'Ik niet, Bea! Ze vertelde dat je na mij geen vriendin meer hebt gehad. En toen zei ik dat ik ook nog geen vriend had. En toen zeiden ze dat we altijd zo'n volmaakt paar waren geweest, en dat het eigenlijk heel jammer was dat we uit elkaar waren, en of ik nooit spijt had van hoe het was gelopen.' Ze zweeg even en keek hem recht in de ogen. 'En mijn antwoord was ja.'

'O.' Luke besefte best dat hij zichzelf herhaalde, maar hij stond echt met zijn mond vol tanden.

'Sorry, je weet dat ik normaal gesproken niet zo direct ben, maar het leek me beter om maar gewoon te zeggen hoe het zit.' Terwijl ze een lok haar achter haar oor streek, vervolgde ze: 'Nou ja, hoe dan ook, volgens Bea en Hallie was de kans groot dat jij er net zo over dacht. Ze vroegen of ze er anders eens subtiel naar zouden informeren, en ik zei dat dat wel mocht. Ze waren helemaal door het dolle heen!' Glimlachend bij de herinnering aan dat gesprek schudde ze haar hoofd. 'En ik eigenlijk ook. Tot ik de volgende ochtend gebeld werd met de mededeling dat mijn moeder in het ziekenhuis lag.'

'Ach nee. Wat is er gebeurd? Is het erg?' Christina's moeder was een aardige vrouw die sinds de dood van haar man, drie jaar geleden, in haar eentje in Edinburgh woonde.

'Het gaat nu weer goed. Ze is van de ladder gevallen toen ze de dakgoten wilde schoonmaken en toen heeft ze een been gebroken. Het is dus niet echt ernstig, maar ze kon natuurlijk niet voor zichzelf zorgen. Dus toen moest ik halsoverkop naar Edinburgh. Dat was verder geen probleem, maar ik moest wel Bea bellen om te zeggen dat zij en Hallie hun campagne even moesten stopzetten. Het zou een beetje zinloos zijn om subtiel bij jou te informeren hoe je over mij dacht, terwijl ik honderden kilometers verderop zat. Maar mijn plicht zit erop. Mijn moeder is aan de beterende hand, en ik ben weer thuis. Toen ik Bea een sms'je stuurde om haar dat te vertellen, schreef ze terug dat Marilyn een feest gaf voor haar verjaardag. Ze wist dat jij ook zou gaan, en het was haar idee dat ik ook zou komen, als verrassing voor jou. En dan zou jij vanzelf wel merken wat je voelde als je me weer zag.' Na een korte stilte voegde ze eraan toe: 'En de anderen zouden dat dan ook merken.'

Ze keek weg. Nadat ze haar gezicht even in Daleys vacht had verstopt, hief ze haar hoofd weer en zei: 'Dus dat is nu de grote vraag. Ben je echt blij om me terug te zien?'

Wat een vraag. Wat moest hij in vredesnaam zeggen? Wat werd er precies van hem verwacht?

'Natuurlijk ben ik blij om je weer te zien.' De tijd leek te vertragen terwijl Luke het zei, maar in zijn hoofd raasden zijn gedachten met wel een paar duizend kilometer per uur. Het was waar: waarom zou hij niet blij zijn om haar te zien? Hij was er eerlijk gezegd van uitgegaan dat ze inmiddels wel iemand anders zou hebben, maar blijkbaar was dat niet zo. En voor zover zij wist, gold dat ook voor hem. Ze had geen flauw idee – omdat niemand een flauw idee had – dat hij gevoelens was gaan koesteren voor een ander meisje. Hoewel er op dat gebied toch nooit wat zou gebeuren, dus eigenlijk deed dat er niet toe. En nu bleek ook nog dat Hallie en Bea Christina zowaar hadden aangemoedigd om de eerste stap te zetten in een poging hun relatie nieuw leven in te blazen.

En bovendien waren de slangen weg. Wat, dat moest gezegd, echt een heel groot pluspunt was.

'O Luke, ik heb je zo gemist.' Christina haalde opgelucht adem, alsof nu alles in kannen en kruiken was.

Wat?

Maar ja, aan de andere kant, misschien was dit wel precies wat hij nodig had om over Hallie heen te komen. Dat was hem niet gelukt toen hij single was. Misschien waren zijn gevoelens daar juist wel door aangewakkerd.

Dus theoretisch gezien kon opnieuw iets met Christina beginnen een oplossing voor dat probleem zijn.

En als dat misschien niet echt romantisch klonk... Nou, misschien zou hun relatie op dat punt ook wel verbeteren nu de slangen uit beeld waren. In het begin hadden ze het per slot van rekening erg leuk gehad met elkaar. Ze hadden met elkaar gelachen, ze hadden samen gefeest, samen avonturen beleefd. En liefde kon terugkomen, dat wist iedereen. Dus de kans bestond dat ze samen nog lang en gelukkig zouden leven. Toch?

Hij ademde de bloemachtige geur in van het parfum dat Christina altijd droeg. Het was heel moedig van haar dat ze vanavond was gekomen en zichzelf min of meer op een presenteerblaadje aan hem had aangeboden. En de seconden tikten weg, waardoor het een beetje ongemakkelijk begon te worden.

Luke haalde diep adem en zei toen: 'Ik heb jou ook gemist.'

'Echt?' Christina's gezicht klaarde op. 'En nu? Gaan we nog een poging wagen?'

Aangezien het een voldongen feit leek en het ook wel eens de oplossing kon zijn voor zijn probleem, knikte hij glimlachend. 'Laten we het doen.'

'O, ik ben zo blij!' Ze boog zich naar hem toe om hem te kussen, waarbij Daley bijna tussen hen werd platgedrukt.

Ze gaf hem een echte kus, op de mond. En Luke merkte dat hij haar terugkuste.

Het was fijn.

Vertrouwd.

Ja, vertrouwd was goed.

Toen ze zich even later weer van hem losmaakte, zei ze: 'Wauw, en ik dacht nog wel dat ik dat nooit meer zou kunnen doen.' Ze streelde zijn kaak. 'Je moest eens weten hoe gelukkig ik ben. We kunnen dit laten slagen, dat weet ik gewoon.'

Luke knikte. Zou het? Hij hoopte het echt, voor hen allebei.

Woef woef. Daley likte kwispelend Christina's hand.

'Zo te zien vindt Daley het ook goed,' zei Luke.

'Hij heeft mensenkennis. Kom, dan gaan we weer naar binnen.' Christina pakte zijn hand. 'Hallie en Bea willen vast graag weten of hun plannetje heeft gewerkt.' Met een brede glimlach liet ze erop volgen: 'Tijd om ze te vertellen dat we weer bij elkaar zijn en dat we dat allemaal aan hen te danken hebben!'

34

Hallie was er in de loop der jaren erg goed in geworden om haar gevoelens te verbergen en mooi weer te spelen.

En vanavond kon ze haar kunstjes weer eens toepassen.

Lachen.

Vrolijk doen.

Blij zijn voor Christina en Luke.

Doen alsof ze de avond van haar leven had.

En ja, ze was ook blij voor Luke, want tussen hen kon het toch nooit wat worden, en hij verdiende het om gelukkig te worden. Dat nam echter niet weg dat ze jaloers was en wou dat zij degene was geweest met wie hij gelukkig was.

Ze richtte haar blik op de band op het podium toen ze 'I'm Still Standing' van Elton John begonnen te spelen. Wat wel een beetje ironisch was, aangezien ze in haar rolstoel zat, achter een groepje luidruchtige mensen die met hun rug naar haar toe stonden.

Hoewel het een verleidelijk idee was om gewoon tegen hen aan te rijden, koppelde ze zich los van haar zuurstoftank en stond op. De slangetjes liet ze op de zitting van de stoel liggen. Ze moest naar de wc, en het was gewoon gemakkelijker om dat lopend te doen.

Toen ze drie minuten later de deur van de wc-ruimtes weer openduwde, ontmoette ze weerstand, en ze hoorde iemand 'Au' zeggen.

Het was gevaarlijk om door de smalle gang te lopen waar allerlei deuren op uitkwamen die zomaar konden worden opengegooid. De vaste klanten wisten dat, maar anderen kregen regelmatig een deur in hun gezicht.

'Oeps, sorry.' Terwijl Hallie zich langs de deur wurmde, registreerde ze drie dingen: haar slachtoffer droeg een glas bier en een glas water; als door een wonder was het hem gelukt om niet te knoeien; hij was ontzettend aantrekkelijk.

Oef.

'Geen schade dus,' zei ze. 'Knap, hoor.' Knap was nog zacht uitgedrukt natuurlijk, maar daar ging het nu even niet om.

'Op het nippertje.' Hij liet zijn donkerblauwe ogen over haar heen glijden. 'Maar jij bent niet helemaal schadevrij, zie ik.'

'Wat? Hoezo?' Hallie controleerde snel de voorkant van haar jurk. Niks aan de hand.

'Niet daar. Daar.' Met zijn rechterhand gebaarde hij naar haar linkerschouder.

Ze keek waar hij naar wees. Het beroepsrisico van de rolstoelgebruiker: in een café was de kans groot dat andere mensen hun drank op jou morsten. En vanavond had iemand blijkbaar rode wijn gemorst op de schouder van haar nieuwe lichtgele jurk. De schuldige had dat óf niet gemerkt óf had zich te zeer geschaamd om het haar te zeggen.

'Nou, lekker dan.' Ze slaakte een zucht. 'Ik heb hem pas een week.'

'Gelukkig ben je de juiste man tegen het lijf gelopen. Kom maar even mee,' zei de man met de donkerblauwe ogen en de fantastische glimlach. 'Ik ben een expert op dat gebied.'

Ze zat al vier minuten zonder extra zuurstof, en hoewel ze het al een heel klein beetje begon te merken, hield ze het nog wel even vol. Ze liep achter de man aan naar het einde van de gang en vervolgens de tuin in.

'Ga zitten,' zei de man toen ze een lege tafel met stoelen achter de tent hadden gevonden. 'Trouwens, ik ben Ross.'

'Ross. Hoi, ik ben...'

'Heel mooi.' Meteen schudde hij zijn hoofd. 'O god, niet te geloven dat ik dat heb gezegd. Ik ben echt hopeloos. Ik dacht het, en toen floepte het er zo uit. Sorry. Je loopt nu toch niet weg, hè?'

'Ik ben Hallie.' Onwillekeurig glimlachte ze; het was overduidelijk wat voor soort man Ross was: direct, totaal niet verlegen, ontzettend aantrekkelijk en een enorme flirt. Alleen aan de ondeugende blik in zijn ogen zag je het al; hij keek haar aan alsof ze het enige meisje ter wereld was. Hij was typisch zo'n stoute jongen die graag over de schreef ging in de wetenschap dat hij daar bijna altijd mee wegkwam.

'Hallie. Leuk om je te leren kennen. Zo, en draai nu je schouder naar me toe, dan zal ik die vlekken eens even onder handen nemen.' Hij pakte een schone zakdoek uit zijn zak en doopte hem in het kleinste glas.

'Is dat tonic of zo?'

Hij schudde zijn hoofd. ‘Spuitwater. Geloof me, dat werkt het best. Door het koolzuur lost de vlek vanzelf op.’

‘Voor wie was dat glas bedoeld?’

‘Maak je niet druk, ze waren allebei voor mij. Ik was hier nogal laat. Marilyns zoon had me uitgenodigd... We kennen elkaar al jaren. Maar ik heb hem nog nergens gezien.’

Hallie knikte naar de verlichte feesttent. ‘Hij is daarbinnen, met wat vrienden.’

‘Oké, dan ga ik straks wel even naar hem toe. Maar voorlopig blijf ik liever buiten met jou zitten praten. Veel leuker.’ Hij zat inmiddels geduldig met zijn zakdoek de wijnvlekken te deppen, waarbij hij ervoor zorgde dat hij haar huid niet aanraakte. ‘Als je die vlekken nathoudt, heb je meer kans om ze er straks thuis uit te krijgen.’

‘Nou, je bent echt een expert, of je bent zelf een ongelooflijke knoeipot,’ zei ze. ‘Welke van de twee is het?’

Hij lachte. ‘Probeer daar maar eens achter te komen. Maar dan zul je me eerst wat beter moeten leren kennen. Wat een prachtige ogen heb je trouwens.’

‘Onhandig met drankjes, maar heel handig met complimentjes geven.’ Misschien wel te handig, maar toch moest ze lachen; wanneer iemand je zo diep in de ogen keek, was het nogal lastig om je blik af te wenden.

‘Was dat maar waar. Soms ben ik ook heel onhandig met complimentjes. Ik heb een keer tegen een meisje gezegd dat ze zulke prachtige lange tanden en witte benen had.’ Hij haalde zijn schouders op. ‘Geen wonder dus dat ik nog single ben.’

Iedereen op het feest was nu aan het dansen, terwijl ze meezongen met ‘I Will Survive’ van Gloria Gaynor, een van Marilyns lievelingsnummers. Hallie had het altijd moeilijk gevonden om die tekst mee te zingen; het was dan alsof ze het lot tartte.

‘Wil je soms ook dansen?’ vroeg Ross, toen hij merkte dat ze naar de muziek luisterde. ‘Nou ja, als je echt zo wanhopig graag van me af wilt...’

Ze wist dat hij een grapje maakte. Zouden er überhaupt meisjes te vinden zijn die van hem af wilden? Nee, daar was hij veel te aantrekkelijk voor.

Trouwens, ze was lichamelijk helemaal niet in staat om te dansen; ze begon echt te merken dat ze al even zonder extra zuurstof zat.

Oké, gewoon negeren. Ze was meer dan alleen maar haar lichaam.

'Ik vind het wel fijn hier.' Onwillekeurig keek ze naar zijn mond; volgens haar was het een van de mooiste monden die ze ooit had gezien.

'Nou, en ik vind het fijn dat jij het fijn vindt,' zei Ross. 'Heel fijn zelfs. Zullen we hier de hele avond blijven zitten om elkaar wat beter te leren kennen? Lijkt je dat leuk? Of zullen we ons achter in de tuin verstoppen en elkaar echt heel goed leren kennen? Hè nou!' Hij sloeg met zijn hand tegen zijn voorhoofd. Met gespeelde wanhoop zei hij: 'Zie je nou wat ik bedoel? Nou gebeurde het weer... Dat klinkt zo erg. Ik bedoel op de nette, niet-lichamelijke, "alleen maar vragen aan elkaar stellen"-manier.'

In de takken boven hen hingen kleurige lampjes, en langs de rand van het gazon, tussen de struiken in de borders, stonden tuinlampen die een warm geel licht verspreidden. Anders zouden ze hier in totale duisternis zijn gehuld. Overdag zou Ross misschien hebben gemerkt dat haar lippen een grijzige tint kregen – ze had geen spiegel nodig om te weten dat haar zuurstofsaturatiewaarden daalden. Dat merkte ze aan de druk in haar longen en aan het feit dat ze steeds moeilijker ademde.

Maar ze had het idee dat ze er in dit licht wel mee weg kon komen. Eindelijk was ze eens ergens anders dan thuis en werd er met haar geflirt door een man die niet wist dat ze ziek was. Voor hem was ze gewoon een meisje van ergens in de twintig. Hij dacht dat ze normaal was, hij behandelde haar alsof ze normaal was, en als hij de kans kreeg, zou hij haar waarschijnlijk ook nog vragen om allerlei compleet normale dingen met hem te doen.

Niet dat ze daarop in zou gaan, maar dat hij haar behandelde alsof dat allemaal tot de mogelijkheden behoorde, was bijzonder goed voor haar ego.

God, wat een fantastisch gevoel.

En als je gezond bent, is dit dus de gebruikelijke gang van zaken. Zo kan een avond dus verlopen.

'Wat is er?' Hij keek haar schuin aan. 'Waarom zit je te glimlachen?'

Omdat jij denkt dat ik normaal ben. 'Omdat ik me vermaak.' Ze wees op haar schouder. 'En nog bedankt dat je die vlekken eruit hebt weten te krijgen.'

'Nou ja, bijna dan.' Hoewel er nog vaag een lichtpaarse vlek te zien was, had hij de vochtige zakdoek weggelegd. 'Heb je een man?'

Hallie liet hem haar kale ringvinger zien. 'Nee.'

'Vriend?'

'Ook niet.'

'Dat wilde ik gewoon even weten. Maar ik moet zeggen dat die antwoorden me wel bevallen. Waar woon je?'

'Hier, in Carranford.'

'Cool,' zei hij. 'Ik woon in Oxford. En wat doe je?'

Hm, laat me eens denken. Ik lig dagen achter elkaar in bed met van die geinige slangetjes in mijn neus? Ik voer continu een gevecht tegen infecties en krijg in een jaar tijd meer antibiotica binnen dan de meeste mensen in hun hele leven? Ik stel me mijn eigen begrafenis voor en vraag me dan af wat mensen over me zullen zeggen als ik er niet meer ben?

Zou ze met die bezigheden een vriend aan de haak kunnen slaan?

Nee. Niet echt.

35

'Ik werk in de IT. Soort van... problemen oplossen.' Hallie zag de homepage van www.driedingenoverjou.com voor zich. Dat telde toch zeker wel als IT?

'Dus je bent een troubleshooter,' zei Ross.

'Precies.' Ze knikte fanatiek; dat was precies wat ze was: een troubleshooter voor mensen met emotionele dilemma's. 'En wat doe jij?'

'Ik? Zou je het heel erg vinden als ik je vertelde dat ik makelaar was?' Hij stak verontschuldigend zijn handen op.

'O, jij bent zo'n meedogenloos type dat mensen naar de mond

praat en dan hun dromen in duigen laat vallen?'

'Nou, ik ben eerder zo'n aardig, behulpzaam type dat zijn uiterste best doet om de dromen van zijn klanten te verwezenlijken. Want geloof het of niet, wij willen ook niet dat er minder huizen verkocht worden. Vooral niet omdat dat ons onze provisie kost.'

'Oké, dan vind ik je nog steeds aardig,' zei ze.

'Dat is geheel en al wederzijds,' zei hij met een speels lachje.

Ze knikte ernstig. 'Dank je.'

'Hoewel je niet echt op een nerd lijkt.'

'Uiterlijk zegt niks.'

'Hoe dan ook, ik ben blij dat ik vanavond gekomen ben. Stel je voor dat ik dat niet had gedaan. Of ben ik nou te vrijpostig?'

'Ja, maar ga daar vooral mee door.'

'Wat is er met je vorige vriendje gebeurd?'

'Hij is naar Australië verhuisd. En ik wilde hier blijven.'

'Dan heeft hij een grote fout gemaakt,' zei Ross.

'We zijn nog steeds vrienden.' Ze haalde haar schouders op. 'Nu is het jouw beurt.'

Zijn ogen glansden. 'Mijn beurt om jouw vriendje te zijn?'

'Je weet best wat ik bedoel.'

'O god. Wil je dat echt weten?'

'Als je zo reageert, dan helemaal.'

Hij zuchtte. 'Het is een heel droevig verhaal, dus zet je maar schrap. Ze heette Eva en ze was heel mooi. Volmaakt. En we hadden het ook erg leuk samen.'

'En toen?'

'Toen besloot ze haar flat te koop te zetten, en ze wilde dat ik dat allemaal voor haar regelde. Een week later liet ik een potentiele koper de flat zien, zij was daarbij, en die koper zei tegen me dat hij veel belangstelling had.' Ross trok een wenkbrauw op. 'En pas een paar weken later ontdekte ik dat zijn belangstelling niet naar de flat was uitgegaan.'

'O nee! Zijn ze nog steeds bij elkaar?'

Hij knikte. 'Ja, nog steeds.'

'Had je een gebroken hart?'

'Het lag totaal aan scherven. Voor eeuwig kapot.' Met een grijns voegde hij eraan toe: 'Nou ja, twee weken.'

'Zielig.'

'Ja, hè?' Hij knikte manmoedig.

'Maar je hebt het verzonnen,' zei ze. 'Het is niet echt gebeurd.'

Ross begon te lachen. 'Hoe weet je dat?'

'Dat is mijn gave. Ik kan het altijd zien als mensen liegen.'

'Dat is zowel indrukwekkend als doodeng.'

'Laat me eens raden. Vriendinnetjes vervelen je al snel, dan laat je ze vallen en hup, op naar de volgende.'

'Dat klopt.' Hij knikte. 'Omdat ik altijd op zoek ben naar iets beters, naar iemand die me echt begrijpt. Ik wist gewoon dat ik ooit mijn gelijke wel zou vinden.' Er verschenen lachrimpeltjes om zijn ogen. 'Het was gewoon een kwestie van geduldig blijven wachten tot ik haar tegenkwam.'

Alleen hierom was het al de moeite waard geweest om naar het feest te komen. Om dit gevoel, het gevoel een normaal meisje te zijn. Hoewel ze steeds minder lucht in haar longen kreeg.

Om maar te zwijgen van het feit dat het ook steeds lastiger werd om dat voor hem verborgen te houden.

'Maar ik moet zeggen, je hebt me wel erg lang laten wachten.' Zijn tanden glansden wit op in het donker. Hij boog zich naar haar toe en fluisterde: 'Maar beter laat dan nooit.'

'Ik zie haar!' bulderde plotseling een stem aan de andere kant van de tuin. 'Niks aan de hand, ik heb haar al gevonden. Ze zit buiten!'

En dat was dus het einde van het gevoel een normaal meisje te zijn. Toen Hallie zich omdraaide, zag ze Bea in de deuropening van het café staan; ze hield de deur wijd open voor Luke, zodat hij de rolstoel erdoor kon duwen.

'Mijn god, wat heb je ons aan het schrikken gemaakt!' riep Bea. Met wapperende haren kwam ze over het gazon aanrennen. 'Wij waren aan het dansen, en ik dacht dat je in de hoek met de Wilkinsons zat te praten, maar toen die wegliepen, zag ik dat ze al die tijd voor een lege stoel hadden gestaan. En niemand wist waar je was! Dat mag je echt nooit meer doen!'

Luke kwam vlak achter Bea aanrennen. Hij duwde haar rolstoel op hoge snelheid over het hobbelige gazon, zodat de zuurstoftank rammelde. En om het plaatje compleet te maken, kwam achter hen ook nog Christina aanlopen, wankelend op haar hoge hakken en met een bezorgd gezicht.

Ze leken net ambulancepersoneel dat bij een ongeluk arriveerde. En de uitdrukking op Ross' gezicht was echt onbetaalbaar.

'Kun je nog staan? Bea, pak haar arm. Voorzichtig...' Luke tilde haar op, zette haar in de rolstoel, ontwarde de plastic slangetjes en bevestigde ze weer aan haar neus. Hij zette de zuurstof wat hoger en keek naar haar terwijl ze hijgend inademde.

Hallie wist dat ze te lang had gewacht. Het ademhalen had haar steeds meer moeite gekost, maar ze had zich uit alle macht verzet tegen de aanvechting om luidkeels naar adem te happen, want dan zou het spel uit zijn geweest. En dan had Ross zich afgevraagd waar ze in vredesnaam mee bezig was.

Alsof hij zich dat nu niet afvroeg.

'Waag het niet ooit nog eens zoiets stoms te doen,' beval Bea haar. 'We waren doodongerust. Er had wel van alles kunnen gebeuren zonder dat wij het wisten!'

Hallie keek langs hen heen en zei niets. Ze concentreerde zich op het inademen van de extra zuurstof.

'Jezus,' zei Ross. Hij keek Luke aan. 'Wat mankeert haar?'

Daar had je het al. Hoe vaak had ze dit al niet meegemaakt sinds de rolstoel in haar leven was gekomen? Als mensen je in een rolstoel zagen zitten, met een zuurstoftank en met slangetjes in je neus, dan gingen ze er automatisch van uit dat je niet in staat was om simpele vragen te beantwoorden. Nou ja, niet iedereen, maar meer mensen dan je zou denken.

Ze keek Ross aan. 'Ik heb CF.'

Hij leek wel verbaasd dat ze nog kon praten. 'Wat is dat?'

'Cystic fibrosis. Heb je daar wel eens van gehoord?'

'Natuurlijk heb ik daar wel eens van gehoord. Iets met de longen, toch?' Er trok een mengeling van afschuw en medelijden over zijn gezicht toen tot hem doordrong wat dat te betekenen had.

'Precies.' Hallie knikte. 'Heel knap.'

'Wauw.' Hij pakte zijn glas bier van tafel en zette het toen meteen weer neer. 'Waarom heb je me dat niet verteld?'

Begreep hij dat nou echt niet? Schouderophalend zei ze: 'Sorry. Vergeten.'

'Hoe voel je je?' Luke had zijn doktersgezicht opgezet.

Hoe ik me voel? Teleurgesteld.

Nou ja, het was niet echt als een verrassing gekomen.

Hardop zei ze: 'Goed, hoor.'

Er viel een ongemakkelijke stilte, die werd doorbroken door Bea. 'En wat ga je nou doen? Wil je met ons mee naar binnen of blijf je hier nog even zitten?' Ze wierp een blik op Ross. 'Want als je dat graag wilt...'

Ross zat erbij als een man die gezellig had zitten flirten met een meisje en vervolgens te horen had gekregen dat ze zijn halfzus was.

Om hem uit zijn lijden te verlossen zei Hallie tegen Bea: 'Ik ga met jullie mee.'

'Zeker weten?'

'Heel zeker.' Ze perste er een lachje uit om Ross, die behoorlijk opgelaten keek, te laten merken dat ze het begreep. 'Het is oké. Ik ga liever naar binnen. Tot ziens.' En terwijl Luke haar rolstoel omdraaide, voegde ze er nog aan toe: 'Ik vond het heel gezellig.'

'Ja, ik ook.' Ross knikte. Uit alles sprak zijn opluchting: zijn stem, de manier waarop zijn brede schouders ontspanden onder dat keurig gestreken roze overhemd van Ralph Lauren.

Zijn schouders mochten er dan uitzien alsof ze een zware last konden torsen, in werkelijkheid was dat beslist niet zo, dacht Hallie bij zichzelf.

Nou ja, wat had ze anders verwacht. Hij was makelaar.

36

Het feest in de White Hart was nog in volle gang. Hallie hoorde muziek, gelach en ander feestgedruis. Iedereen had plezier; zoals elk jaar vierde Marilyn haar verjaardag weer in stijl.

En Ross had ongetwijfeld al een ander meisje gevonden om mee te flirten.

Ze zette haar laptop aan en probeerde niet toe te geven aan het treurige gevoel dat alle leuke dingen aan haar neus voorbijgingen. Dat ze zo slecht had gereageerd op twintig minuten zonder extra zuurstof, was een teken dat haar toestand verslechterde. En uit ervaring wist ze dat ze zich morgen nog uitgeputter zou voelen.

En dat allemaal omdat ze zich even een normaal meisje had willen voelen, een normaal meisje dat aandacht had gekregen van een man die zich, toen de waarheid eenmaal aan het licht was gekomen, razendsnel uit de voeten had gemaakt, alsof ze hem had verteld dat ze aan etterende lepra leed.

Maar toch was het dat waard geweest. Arme Ross, ze had bijna medelijden met hem. Eenmaal weer binnen in het café, had ze hem betrapt toen hij uit de verte naar haar had staan kijken, en hij had verlegen naar haar geknikt. Wat hij niet begreep, was dat ze echt niet meer van hem had verlangd; ze had niet stiekem gewenst dat hij zou zeggen: 'Wat maakt het nou uit dat je taaislijmziekte hebt? Ik wil je toch nog eens zien!'

Want ze wilde hem helemaal niet nog eens zien. Het was leuk geweest om met hem te flirten, maar hij was totaal haar type niet. Hoe aantrekkelijk hij ook was, ze had zich niet in het minst tot hem aangetrokken gevoeld, lichamelijk niet en geestelijk niet.

Die twijfelachtige eer viel blijkbaar alleen Luke Hilton te beurt, wat misschien heel zielig was voor haar, maar gelukkig wist niemand het.

Hallie probeerde zichzelf op te peppen. Oké, niet meer aan denken. Luke had Christina. Ze waren een gelukkig herenigd paar. En aangezien het geen zin had om jaloers op Christina te zijn – want het was simpelweg niet zo'n zij-of-iksituatie – kon ze maar beter blij voor hen zijn, en ze had ook geveinsd dat ze dat was.

Misschien werd het er zelfs wel gemakkelijker op nu ze zich niet meer kon overgeven aan hopeloze fantasieën.

Ze richtte haar aandacht op haar mailtjes; er waren een paar nieuwe gekomen die ze snel begon door te lezen.

Beste Rose,

1. Ik ben zevenendertig en zou heel graag een gezin stichten.
2. Ik hou ontzettend veel van mijn drie katten.
3. Een halfjaar geleden heb ik een erg leuke man leren kennen.

Het gaat om het volgende: hij is in alle opzichten volmaakt... op één ding na.

Hij heeft een hekel aan dieren en dan vooral aan katten.

Hij zegt dat hij met me wil samenwonen, maar alleen als ik mijn katten wegdoe. Rose, dit is zo moeilijk voor me. Het is alsof hij me vraagt mijn kinderen op te geven. Hij is een schat van een man, en ik weet dat we samen gelukkig zouden kunnen worden, maar de gedachte om nooit meer een kat in mijn leven te zullen hebben, is onvoorstelbaar voor me. (Hij is niet allergisch voor katten, hij vindt ze gewoon niet leuk.)

Ik ga er kapot aan. Hij zegt dat we, als we niet gaan samenwonen, beter een punt achter de relatie kunnen zetten. Maar misschien is dit wel mijn laatste kans om nog kinderen te krijgen. Wat moet ik doen, volgens jou?

Met vriendelijke groeten, Maggie

Soms waren de antwoorden zo eenvoudig dat ze zichzelf schreven. Hallie typte:

Beste Maggie,

Ik wil je oordeelsvermogen natuurlijk niet in twijfel trekken, maar weet je zeker dat die nieuwe vriend van je wel zo leuk en aardig en volmaakt is? Want zo komt hij niet op me over. Als iemand mij zo'n soort ultimatum zou stellen, dan zou ik meteen terugslaan met mijn eigen eis. En dat zou iets zijn als: Maak dat je wegkomt en waag het niet ooit nog contact met me op te nemen.

Ik zou zeker niet bij zo'n man blijven in de hoop door hem bevrucht te worden. Stel je hem eens voor als vader: misschien komt hij wel tot de ontdekking dat hij zijn kinderen ook niet zo leuk vindt en draagt hij je dan op om ze weg te doen.

Maar serieus, je verdient echt een betere man dan hij.

Of was ze nu te hard? Hallie sloeg het antwoord op, maar postte het nog niet. Ze zou het morgenvroeg nog een keer doorlezen en dan pas besluiten of ze het wel of niet zou plaatsen.

Goed, de volgende.

Beste Rose,

1. Toen ik twaalf was, heb ik een verschrikkelijk auto-ongeluk gehad.
2. Ik weet dat ik van geluk mag spreken dat ik nog leef.
3. Soms als mensen tegen me zeggen dat ik van geluk mag spreken, zou ik het liefst tegen ze schreeuwen dat ze hun bek moeten houden.

Waarschijnlijk ben ik niet zo aardig. Nee, ik ben helemaal niet aardig zelfs. Het zit zo: ik ben inmiddels drieëntwintig, en vorig jaar heb ik de man van mijn dromen leren kennen. Niet dat ik met hem uit ben geweest of zo.

Het probleem is dat hij ook voor mijn beste vriendin de man van haar dromen bleek te zijn, en ze zijn nu heel gelukkig samen. Ik zit te huilen terwijl ik dit schrijf, want ik zou zo graag willen dat iemand mij eens leuk vond. Maar dat gaat niet gebeuren vanwege mijn gezicht. Bij dat auto-ongeluk ben ik ernstig gewond geraakt, en ik zal er nooit normaal uitzien. Ik ben zo lelijk dat ik, als ik in de spiegel kijk, iedere keer wel kan janken. Er zal nooit iemand naar me kijken en denken: wauw, die is leuk. Nee, ik word juist altijd nagewezen, en mensen fluisteren achter mijn rug over me. Sommigen lachen me ook uit en trekken rare bekken. Weer anderen glimlachen meelevend naar me. (En dat laatste maakt soms dat ik me dan nog rotter voel.)

Nou ja, hoe dan ook, ik denk niet dat er echt een oplossing voor is. Ik ben blij dat ik nog leef, maar ik wou dat ik een normaal gezicht had. Ik hou van mijn beste vriendin, en ze heeft er geen flauw idee van dat ik haar vriend zo leuk vind. Hij doet ook altijd aardig tegen me, want hij is een aardige jongen. Ik wou dat ik gewoon blij voor hen kon zijn. Denk je dat het ooit gemakkelijker voor me zal worden, of ben ik gedoemd om me altijd zo te blijven voelen?

Fran x

Beste Fran,
Ik wou dat ik een toverstokje had... Zoals je zegt, er is geen echte oplossing voor, maar ik kan je wel zeggen dat je niet de enige bent. Ik weet precies hoe je je voelt. En ik ben het met je eens dat het verschrikkelijk is om je ongewenst te voelen vanwege redenen die buiten je macht liggen.

Maar maar maar... Vergeet niet dat zulke dingen ook gebeuren met mensen die geen beschadigd gezicht hebben of iets anders wat hen afwijkend maakt. Het stikt in de wereld van de mensen die stiekem verliefd zijn op de partner van hun vriend of vriendin. Je bent niet de enige!

Verder wil ik je er nog op wijzen dat de relatie van je vriendin misschien wel weer uitgaat. Het is heel goed mogelijk dat ze niet de rest van hun leven bij elkaar blijven. (Ja, dat kan zielig voor haar zijn, maar het zou het er voor jou een stuk makkelijker op maken.)

Ook wil ik je zeggen dat je me erg aardig lijkt en dat ik snap dat je je afgewezen voelt, maar je kunt ervan uitgaan dat ook jij op een dag een leuke jongen ontmoet die jou ook wil. Het internet staat bol van de verhalen over mensen die dachten dat ze vanwege hun uiterlijk nooit een partner zouden krijgen, maar bij wie dat toch is gebeurd! Omdat er genoeg mensen rondlopen die verder kijken dan de buitenkant. En dat zijn dan meteen de aardigste mensen.

Blijf gewoon jezelf, Fran, op een dag zal het jou ook overkomen, dat weet ik gewoon.

En beloof me dat je het ons laat weten als het zover is!

Rose xxx

Hallie las nog een keer door wat ze had geschreven en voegde er toen aan toe:

PS En nee, misschien dat je je het afvraagt, maar ik heb geen gehavend gezicht. Maar ik lijd wel aan een aandoening waardoor ik precies begrijp hoe jij je voelt.

Dit mailtje liet ze niet tot de volgende ochtend liggen. Ze postte Frans vraag en haar antwoord meteen. Daarna zette ze haar computer uit, zich afvragend of Fran het haar inderdaad zou laten weten als ze de liefde had gevonden.

Wat ze zich expres niet afvroeg, was of ze zelf dan nog zou leven.

37

'O, je had hier gisteren moeten zijn,' riep Margot uit toen Flo haar appartement binnen kwam lopen. 'Je raadt nooit wie er geweest is!'

'Donald Trump,' zei Flo. 'Barbara Windsor. Jeremy Paxman.'

'Nog veel beter.' Margot legde de glossy neer die ze had zitten lezen en pakte haar iPad. 'Patrick kwam Jade aan me voorstellen. Dat was zo'n verrassing!'

'Echt? Wat leuk!' Tegen alle verwachtingen in had de date die Patricks ex-vrouw zes weken geleden voor hem had geregeld, goed uitgepakt; dat Jade aerobicsles gaf, bleek niet te betekenen dat ze vreselijk was. Ze was zelfs een erg aardige vrouw, die er helemaal niet mee zat als andere mensen geen aerobicsfanaten waren.

'Ze is heel charmant,' zei Margot blij. 'Ik mocht haar meteen. En ze had bloemen meegebracht. Die daar op tafel. Ik laat je even wat foto's zien voordat je in de keuken aan de slag gaat.'

Flo liep naar haar toe. Margot had haar op de hoogte gehouden van Patricks ontluikende relatie nadat het eerste etentje onverwacht succesvol was gebleken. Er waren nog meer afspraakjes gevolgd. Flo was blij voor Patrick. Zo zag je maar weer, je kon nooit van tevoren weten wie er bij je paste of waar je zo iemand zou tegenkomen.

Terwijl Flo naast de met velours beklede leunstoel neerknielde, scrolde Margot naar de foto's die ze gisteren buiten van Patrick en Jade had gemaakt. Daar had je Patrick, met zijn warrige haar, zijn stralende lach en zijn eeuwige groene corduroy broek.

Naast hem stond Jade, in een strakke zomerjurk en mooie gebloemde ballerina's met haar haren in een glanzende paardenstaart. Hoewel ze totaal verschillend leken, waren ze zichtbaar gelukkig samen.

'Hopelijk wordt het wat,' zei Margot. 'Hij verdient het.'

'Ja, dat is zo.'

'En hoe gaat het met jou en die leuke vriend van je?'

'Heel goed.' Flo glimlachte, want verdere bezoekjes van Lena waren uitgebleven, wat vast een gunstig teken was. Met een beetje geluk had Lena zich bij de situatie neergelegd. Nou ja, een mens mocht toch hopen?

'Fijn. Zo te horen moet ik maar alvast eens een nieuwe hoed gaan kopen. Misschien zelfs twee.' Margots ogen glansden ondeugend. 'Ik ben dol op bruiloften.'

Tien uur later lag Flo in haar eigen flat in bad, en ze hoorde de badkamerdeur krakend opengaan. Een fractie van een seconde dacht ze aan een horrorfilm die ze jaren geleden had gezien, waarin een jaloerse vrouw had ingebroken in het huis van haar ex-man en de badkamer in was geslopen, waar de nieuwe vrouw in bad lag, zich er totaal niet van bewust dat haar laatste uur had geslagen.

Flo kreeg kippenvel op haar dijen; stel je voor dat het Lena was met een broodmes in haar hand? Maar toen zag ze Jeremy's wollige kopje om de deur gluren; hij liep verder de badkamer in, met een zwaaiende staart. Zijn glanzende ogen keken haar aan.

Hij had geen broodmes bij zich.

Flo haalde opgelucht adem en schudde haar hoofd naar hem, terwijl hij op de gecapitonneerde bovenkant van de wasmand sprong en daar lekker ging liggen. 'Ik schrok me dood. Ik dacht dat je Lena was.'

Jeremy bewoog eerst zijn ene oor en toen zijn andere, en hij keek haar aan alsof hij wilde zeggen: *hoe stom kun je zijn?*

Hij had natuurlijk gelijk. Lena zou dat nooit doen. Hopelijk was ze inmiddels aan het idee gewend dat Flo en Zander een stel waren en dat ze het niet zouden uitmaken alleen maar omdat zij hun relatie afkeurde.

Je kon het nooit weten. Misschien zou ze er na een tijdje wel achter komen dat ze het bij het verkeerde eind had gehad, dat haar broer verliefd was geworden op iemand die eigenlijk best aardig was. En dan werden ze misschien wel vriendinnen, gingen ze samen gezellig lunchen of winkelen...

Nee, dat ging te ver. Flo verwierp het idee weer en besloot aan leukere dingen te denken, zoals aan Patrick en Jade en hun opbloeiende relatie. Ze was echt blij voor Patrick.

Twintig minuten later werd er aangebeld. Gelukkig was ze al uit bad en had ze haar badjas aan. Minder gelukkig was het dat ze net haar voeten had ingesmeerd met een dikke laag vochtinbrengende crème, waardoor ze als een eend over de houten vloer waggelde en haar uiterste best moest doen om niet te vallen.

Ze drukte op de intercom. 'Ja?'

'Hoi, ik ben Julia. Ik vroeg me af of ik het even met je kon hebben over Zander Travis.'

Verbaasd vroeg Flo: 'Over Zander? Wat is er dan met hem?'

'Alsjeblieft. Het duurt niet lang. Maar als je me liever niet binnen wilt laten, kunnen we misschien even naar de koffiezaak op de hoek gaan.'

De koffiezaak op de hoek betekende dat ze zich moest aankleden, haar haar föhnen en zich minimaal een klein beetje zou moeten opmaken. En ze zou dan ook de crème van haar voeten moeten halen. Na een korte aarzeling drukte ze op de knop om de deur open te doen en zei: 'Kom maar naar boven.'

Julia was slank, mooi en waarschijnlijk een paar jaar jonger dan zij. Ze droeg een dure donkerblauwe blouse, een crèmekleurige broek en een lichtbruin suède gilet. Haar geblondeerde haar kwam tot over haar schouders. Ze had mooie tanden.

En ze kwam haar ook een beetje – een héél klein beetje – bekend voor.

Wat was de bedoeling? Moesten ze elkaar een hand geven? Onzeker wachtte Flo af wat Julia zou doen.

Oké, dus geen hand geven.

'Fijn dat ik even binnen mocht komen,' zei Julia. En ze wachtte.

'Maar ik weet helemaal niet waarom ik je binnen heb gelaten.' Flo stopte haar handen in de pluizige zakken van haar badjas.

'Nou... je wilt het waarschijnlijk liever niet horen, maar ik vond gewoon dat je het moest weten.' Met haar kin naar voren gestoken vervolgde Julia: 'Zander gaat vreemd.'

'Echt? Met wie dan?'

'Met mij.'

'O.'

'Sorry, maar zo zit het.'

Flo's hart klopte haar in de keel, terwijl er van alles door haar heen schoot. Aan de ene kant was het schokkend nieuws. Maar aan de andere kant was er ook een stemmetje in haar onderbewuste dat zei dat er iets niet helemaal klopte.

En bovendien leek Zander haar helemaal geen man om vreemd te gaan.

'Hij heeft tegen je gelogen,' zei Julia. 'En tegen mij ook. Hij zei dat hij single was. Maar later vertelde iemand me dat dat helemaal niet zo was. Maandagavond heb je hem niet gezien, hè?'

Maandag, maandag...

'Nee.' Flo schudde haar hoofd.

'Dat is omdat hij bij mij was. Hij is een leugenaar en een bedrieger,' zei Julia. 'Ik wilde het eerst niet geloven toen ik het hoorde, maar het is echt zo.'

Ze kende dat gezicht ergens van, maar waarvan? Dat ze Julia niet kon plaatsen, maakte Flo gek.

'Je bent er natuurlijk kapot van,' vervolgde Julia. 'Dat was ik ook. Waarom denken mannen altijd dat ze er wel mee weg zullen komen? Omdat ze er ook altijd mee wegkomen! Toen ik het Zander op de man af vroeg, ontkende hij het glashard. Ik durf te wedden dat hij, als jij het hem vraagt, het ook gewoon ontkent. Wat een klootzak. Een beetje van twee walletjes eten!'

Hoewel ze de juiste woorden gebruikte, klonk ze niet erg overtuigend. Flo keek naar haar oren, haar nek, haar ernstige, kwade blik. Er ontbrak iets, maar ze kon er haar vinger niet op leggen. Julia had zongebruinde handen en smalle polsen. Ze sprak duidelijk en ze hield het hengsel van haar kleine crèmekleurige tas stevig vast. Iets aan haar deed Flo aan bloemen denken...

'Hoe wist je waar ik woonde?'

'Dat zeg ik liever niet. Ik wil niemand in de problemen brengen. Maar wat ga je nu doen?' vroeg ze. 'Je weet het, hè, mannen die één keer vreemdgaan, zullen dat altijd blijven doen. Je kunt hem gewoon nooit meer vertrouwen. We kunnen hem het best allebei maar dumpen, vind je ook niet? Zijn verdiende loon!'

Bloemen... bloemen... En om de een of andere reden moest ze ook steeds aan kamelen denken. Dit was echt om gek van te worden. Flo schraapte haar keel. 'Kennen we elkaar soms ergens van?'

'Wij? Nee, echt niet.' Julia schudde haar hoofd. 'Beslist niet.'

'Heb je soms een bloemenzaak?'

'Nee.'

O. Nou, dan de volgende gok maar. 'Werk je in de dierentuin?'

Julia keek haar beledigd aan. 'God, nee, zeg!'

Door het verontwaardigde piepje wist Flo ineens zeker dat ze die stem nog nooit eerder had gehoord. Het was dus alleen het gezicht dat ze herkende. En in een flits wist ze weer waar ze Julia eerder had gezien.

38

Oké, ze wist het bijna zeker. Maar misschien was het beter om het nog even te controleren. Flo pakte haar mobieltje, keek hoe laat het was – ja, Margot zou nu wel in haar kamer zijn – en stuurde gauw een sms'je.

'Wat doe je?' vroeg Julia. 'Vraag je soms aan Zander of het waar is? Hij ontkent toch alles. Hij is echt een gluiperd, hoor.'

'Vertel me eens hoe jullie elkaar hebben leren kennen,' zei Flo, meer om tijd te winnen dan dat ze benieuwd was naar Julia's antwoord.

Julia begon meteen te wauwelen over dat Zander haar een keertje in een bar in Park Street had versierd.

Gelukkig reageerde Margot razendsnel. Toen de bijlages op Flo's schermpje verschenen, opende ze ze meteen.

En ja, hoor, de bevestiging die ze nodig had. Ze had dus toch gelijk gehad.

'Wat doe je?' Julia probeerde ook op het toestel te kijken. 'Waar kijk je naar?'

'Naar foto's van jou,' zei Flo.

Julia kreeg meteen een kleur. 'Ik weet niet waar je het over hebt.'

'O, nee? Nou, dan is het misschien iemand die veel op je lijkt. O, ik weet het al, misschien heeft je moeder wel een tweeling gekregen waarvan ze er eentje heeft weggegeven!'

'Laat me eens zien,' zei Julia.

'Persoonlijk vind ik deze wel leuk, van jou in Egypte met de piramides op de achtergrond. Je staat naast een kameel.'

Julia wreef over haar hals, waarop allemaal rode vlekken waren verschenen. 'Dit is belachelijk.'

'En deze is ook echt heel mooi, van je trouwdag. Vorig jaar zomer was het toch? Je ziet er beeldschoon uit,' zei Flo. 'En je man lijkt me ook heel erg aardig. Weet hij het van jou en Zander?' Ze liet Julia de trouwfoto zien die genomen was in een kerkportaal. De houten pilaren naast de oude eikenhouten deur waren met bloemenslingers versierd, Julia's hoofdtooi bestond uit gele rozenknopjes, en op de diepe stenen kozijnen stonden hoge zilveren vazen met roze en gele rozen.

Bloemen.

En kamelen.

Wat waren hersens toch wonderlijke dingen.

'O god, niet te geloven.' Julia's hooghartige houding verdween als sneeuw voor de zon. Beschaamd schudde ze haar hoofd. 'Sorry, hoor. Ik heb geen relatie met jouw vriend.'

'Dat weet ik,' zei Flo.

'Maar hoe kom je in godsnaam aan die foto's?'

'Ik had meteen het gevoel dat ik je ergens van kende, maar ik kon er gewoon niet op komen.' Flo vroeg zich even af of het niet grappiger was om Julia in onzekerheid te laten. Maar nee, zo zat ze niet in elkaar. 'Ik werk in Nairn House.'

'Nairn... O!' Julia begreep het ineens. 'Mijn grootmoeder zit daar.'

Flo knikte. 'Beryl. Bij haar aan de muur hangen allemaal foto's van jou in witte lijstjes. Ik zie ze iedere dag.'

'Oké.' Julia wist er een grimmig lachje uit te persen. 'Betrapt. Het spijt me echt.'

'Laat me eens raden, heeft Lena je soms overgehaald om dit te doen?' vroeg Flo.

Julia knikte beschaamd. 'Ze is een vriendin van me. Nou ja,

meer een vriendin van een vriend. Haar vriend Giles speelt cricket met mijn man. Toen ze hoorde dat ik aan amateurtoneel doe, kwam ze meteen met dit idee op de proppen. Ik moest naar jou toe gaan en zeggen dat ik Zanders andere vriendin was. Het punt met Lena is dat ze van geen opgeven weet. Ik wilde het eerst niet, maar het is heel lastig om nee tegen haar te zeggen.'

'Dat heb ik gemerkt,' zei Flo.

'Eerlijk gezegd kan ze behoorlijk eng zijn.'

'Ook dat heb ik gemerkt.'

'Het spijt me echt heel erg,' zei Julia weer.

'Het geeft niet.'

'Door wat Lena ons allemaal over jou vertelde, dachten we eigenlijk dat je een monster was. Maar je lijkt me niet...'

'Erg monsterlijk?'

'Nou, nee.'

'Lena mag me niet. En Giles mag me ook niet,' zei Flo.

'Giles is verschrikkelijk, ik kan hem niet uitstaan.'

Er verscheen een nieuw berichtje op Flo's telefoon: *Ik sterf hier van nieuwsgierigheid! Waarom wilde je de foto's?*

Flo glimlachte; ze had Margot gevraagd om even naar Beryl toe te gaan, daar de benodigde foto's te maken en die aan haar te sturen. Ze schreef terug: *Kwam toevallig Beryls kleindochter tegen en dacht haar te herkennen. Meer niet. Nog bedankt!*

Een paar seconden later verscheen Margots antwoord: *Graag gedaan. En als ik later groot ben, wil ik spion worden.*

Een paar uur nadat Julia was vertrokken, ging Flo's telefoon.

'Hoi,' zei Lena. 'Alles goed?'

'Ja, hoor. Hoezo?'

'Ik vroeg me gewoon af of je die geruchten over Zander al had gehoord. Ik hou helemaal niet van roddelen, maar ik vond dat je moest weten wat ze over hem zeggen.'

'Goh. Wat wordt er dan gezegd?'

'Nou ja, ik weet natuurlijk niet of het waar is, maar blijkbaar houdt hij er nog een vriendin op na.'

'O, je bedoelt Julia,' zei Flo. 'Ja, dat weet ik. Ze is vanavond hier geweest. Het klopt allemaal wat je zegt.'

'O!' Een beetje verbaasd zei Lena: 'Nou... dat is dan vreselijk.

Arm kind. Je zult er wel kapot van zijn.'

'Ik schrok inderdaad toen ze het me vertelde, maar nadat ik er even over na had gedacht, vond ik het eigenlijk niet eens zo erg.'

'Ben je wel goed bij je hoofd? Mijn god, hij belazert je! Hoezo, dat is niet erg?'

'Ik hou van hem. En volgens mij houdt hij ook van mij. Dus heb ik besloten om er niet over in te zitten. Ik weet zeker dat hij binnenkort wel genoeg van haar krijgt, en dan heb ik hem weer helemaal voor mezelf.'

'Dus hij gaat met een andere vrouw naar bed, en jij pikt dat? Dat is belachelijk!' zei Lena. 'Hij zet je behoorlijk voor schut.'

'Dat maakt me niet uit,' zei Flo. 'Uiteindelijk win ik toch wel. Hij is het waard.'

Woedend omdat haar plannetje mislukt was, zei Lena: 'Wat een loser ben je!' Daarna hing ze op.

Toen de verbinding was verbroken, drong tot Flo door dat ze in zichzelf lachte. Werd ze soms een soort Lena? Over geraffineerd gesproken. En liegen was heel erg stout.

Maar soms was stout zijn ontzettend grappig.

Toen Zander die avond rond middernacht thuiskwam en de voordeur opendeed, wist hij meteen dat Lena thuis was. De flat stonk naar verbrande toast en Chanel N°5.

Zoals gewoonlijk voelde hij achtereenvolgens gelatenheid, verbijstering en wanhoop. Hoe zou het zijn om een zus te hebben die je het leven niet continu zuur maakte?

'Hoi! Wat ben je laat! Ruikt het hier naar verbrande toast? Ik heb wat parfum gespoten om de stank te verdrijven... Ik snap niet waarom dat stomme broodrooster nooit eens doet wat ik wil. Heb je honger? Wil je ook wat toast? Er is nog een beetje abrikozenjam over als je...'

'Ik heb Flo gesproken.' Zander keek haar recht aan, terwijl hij zijn jasje uittrok. 'Ik weet dat jij het was.'

Precies zoals hij had verwacht, zette Lena een verbaasd gezicht op. 'Pardon? Ik heb geen idee waar je het over hebt.'

'Luister, ik weet dat ik Flo niet bedrieg. En ik zou niemand anders kunnen bedenken die zo'n verhaal ook maar zou willen verzinnen.'

Net zo makkelijk als ze het had ontkend, haalde Lena nu haar schouders op en zei: 'Alsjeblieft, ze is gewoon belachelijk. Ze zou het niet eens erg vinden als je vreemdging. Over zielig gesproken. Hoe dan ook, ik haat haar.'

Hoe vaak hadden ze dit gesprek al niet gevoerd? 'Flo heeft je niets misdaan,' zei hij.

'Hallo? Ze woont in onze flat!'

Dat was het probleem met Lena, een begrip als redelijkheid kwam in haar woordenboek niet voor. Dat hun grootmoeder dat in haar testament had laten opnemen, was wat zijn zus betrof volslagen onbelangrijk.

'Officieel woont ze in Jeremy's flat. En dat blijft zo tot hij doodgaat.'

'Het is echt zo belachelijk!' Lena kneep haar lippen samen uit ergernis. 'Stomme kat.'

Zander haalde een hand door zijn haar. 'Luister. Zoals jij doet, daar help je echt niemand mee. Je kunt wel een hekel aan Flo hebben, maar dat verandert niets aan mijn relatie met haar. Ik mag haar echt heel erg graag.'

'Nietes. Dat denk je alleen maar. Waarschijnlijk doe je het puur om mij dwars te zitten.'

'Ik laat mijn relatie met haar niet door jou verpesten, als je dat maar weet.'

'Je bent ook zo onnozel,' zei ze. 'Waarom zie je nou niet hoe ze is? Je verdient echt beter.'

'Ik verdien beter dan dit!' Zander schudde zijn hoofd om zijn lastige zus. 'Jij woont in mijn flat. Ik kan je er zo uit gooien.'

'Dat kun je niet maken! Waar moet ik dan heen?'

En hoe vaak hadden ze dit gesprek al niet gevoerd? Tientallen keren? Honderden? Vermoeid zei hij: 'Dat kan ik wel. Lena, je bent verdorie zesendertig. Het wordt tijd dat je eens op eigen benen gaat staan.'

'Dat gebeurt ook heus wel, zodra die trut daar weg is. Hoe dan ook, je kunt me er niet uit zetten. Vergeet niet wat je mama hebt beloofd.'

Weer dat argument dat ze als een troefkaart achter de hand hield, het argument waarvan ze wist dat hij er gevoelig voor was. Hun moeder had hem op haar sterfbed gesmeekt om voor Lena te zorgen, en hij had beloofd dat hij dat zou doen. Logisch.

Misschien had het beter uitgepakt als zijn moeder dat niet aan Lena had doorverteld. Het was voor zijn moeder natuurlijk een geruststellende gedachte geweest. Maar Lena had daardoor het idee opgevat dat haar kostje voor de rest van haar leven was gekocht.

'Ik ga slapen. Welterusten.' Vermoeid liep Zander de kamer uit; het had geen zin om nog langer ruzie te maken. Maar wat was het ontzettend frustrerend om verantwoordelijk te zijn voor iemand die ouder was dan jij.

Als het zo doorging, zat hij op zijn tachtigste nog met haar opgescheept.

39

De wind blies in Tasha's gezicht en ze tuimelde door de lucht. De parachute had zich allang moeten openen, maar hij zat nog stevig ingepakt in de zak op haar rug, en de hendel om hem mee los te maken, was weg. Nadat ze er nog even koortsachtig naar had gezocht, gaf ze het op en begon met haar armen te wapperen... Als ze dat snel genoeg deed, redde ze het misschien wel... Alleen kwam de grond nu wel heel erg snel op haar af. O god, te laat, ze zou verpletterd...

Naar adem happend werd ze wakker, opgelucht dat ze in bed lag en niet uiteengespat in een weiland. God, wat een opluchting. Ze leefde nog, ze was niet dood. Hoewel ze zo meteen misschien nog wel doodging aan een hartaanval, want haar hart ging als een gek tekeer.

Naast haar lag Rory vredig te slapen. Gek genoeg was hij niet wakker geworden van haar wilde gewapper.

Maar god, ze kon zich echt niets ergers voorstellen dan het gevoel om van grote hoogte naar beneden te vallen. Ze lag nog steeds na te hijgen van de nare droom, haar maag zat in een knoop en het zweet stond haar in de handen.

Oké, ogen dicht en ontspannen. Er niet meer aan denken. Gewoon weer gaan slapen.

Tien minuten later stapte ze uit bed, want er kwam niks meer van slapen. Ze liep naar de keuken, maakte een kop thee en ging toen met haar laptop in de huiskamer zitten.

Het was donderdag, vier uur 's ochtends. Over drie dagen zou ze de sprong achter de rug hebben. Met een beetje geluk zou de parachute opengaan en ging ze niet dood. En hopelijk zou ze dan ook niet meer iedere nacht die enge droom hebben en weer als een normaal mens kunnen slapen.

'Je zit hier!' Rory kroelde even door haar warrige haren en kwam naast haar op de bank zitten. 'Toen ik wakker werd, was je weg. Ik dacht dat je er met een ander vandoor was.'

'Hij komt me over een uur afhalen.' Ze legde haar blote benen over zijn schoot en keek naar zijn hand, die haar linkerknie begon te masseren.

'Weer die droom?'

'Nee.' Ze schudde haar hoofd en voelde dat hij even in haar knie kneep. Rory wist van haar nachtmerries; de vorige keer had ze zo woest met haar armen gezwaaid dat ze hem een klap op zijn hoofd had gegeven.

'Je hoeft het niet te doen, dat weet je best. Je kunt het altijd nog afzeggen.'

'Geen sprake van.'

'Maar je vindt het doodeng.'

Dat was waar. Toen ze had gezegd dat ze zou springen, was ze ervan overtuigd geweest dat ze niet bang zou zijn. Maar dat was voordat Joe voor de grap had gezegd: 'Wat je ook doet, ga niet googelen op ongelukken met parachutespringen.'

Dat had ze dus wel gedaan, en het had niet bepaald geholpen.

Diezelfde avond nog had ze voor het eerst die droom gehad – nou ja, nachtmerrie.

'Ik kan je hart hier helemaal voelen bonken,' zei Rory. 'Echt, je hoeft jezelf dit niet aan te doen. Je mag best van gedachten veranderen.'

Tasha zette haar laptop iets schuin, zodat hij haar fundraisingpagina kon zien. Sinds ze die was begonnen, was het geld binnengestroomd, dankzij Joe en Rory, die hun vrienden en collega's in de City schaamteloos om donaties vroegen.

'Hij staat al op achtenhalfduizend pond. Ik kan er nu niet meer mee stoppen.'

'Is dat het waar je je druk om maakt?' Hij trok haar tegen zich aan, met haar hoofd op zijn schouder. 'Dat is echt onzin. Als je ze vertelt dat de sprong niet doorgaat en dat ze hun geld kunnen terugkrijgen, zullen ze dat niet eens willen.'

O god, wat verleidelijk. De details van alle ongelukken die ze had gegoogeld, stonden inmiddels zo'n beetje in haar geheugen getatoeëerd. Er was een man gestorven omdat de gordel was losgeraakt... Een parachutiste was neergestort omdat haar parachute niet was opengegaan... Een instructeur was tijdens een tandemsprong samen met zijn leerling omgekomen vanwege een defect aan hun uitrusting...

Ze schudde haar hoofd. Het had geen zin; ze had gezegd dat ze uit een vliegtuig zou springen, en dat zou ze doen ook, al werd het haar dood.

Hoewel dat laatste hopelijk niet echt zou gebeuren.

Ze ging rechtop zitten, klapte haar laptop dicht en keek Rory aan. 'We doen het gewoon. Geen sprake van dat ik me terugtrek.'

Het zware gebulder van de motoren galmde in Tasha's oren terwijl het vliegtuig de lucht in ging. Door de stoffige raampjes scheen de zon naar binnen, en ze moest even haar ogen sluiten. Het was zover. Wanneer ze op een hoogte van twaalfduizend voet zaten, werd de deur geopend, en dan zouden de mensen eruit springen.

Alles voelde precies aan als de andere keren, alleen was dit geen droom.

Ze had haar ogen nog steeds dicht, toen ze voelde dat Rory zijn vingers met de hare verstrengelde. Zijn warme adem beroerde haar oor.

'Je kunt nog van gedachten veranderen.'

Ze deed haar ogen open en glimlachte; hij sprong puur voor de spanning, omdat hij het wilde. Het kwam niet eens bij hem op dat hij dood kon vallen. Ze kneep in zijn vingers. 'Ik doe het.'

'Mij maakt het niet uit, hoor. Dat weet je toch wel? Ik hou van je, of je nou springt of niet.'

'Ik hou ook van jou.' Ze hadden allebei een plastic brilletje op, dus echt romantisch kon je hun kus niet noemen, maar toch voelde ze zich er even wat beter door.

‘Kijk eens wat vrolijker,’ zei een van de instructeurs terwijl hij een fototoestel ophield. ‘Vandaag is de grote dag!’

Tasha hoopte maar dat dit niet de dag zou worden waarop ze van angst haar geleende blauwe jumpsuit zou onderkotsen.

Ze vlogen steeds hoger, op weg naar de twaalfduizend voet. Wat niet eens zo erg had geklonken tot er iemand opgewekt had gezegd: ‘Onvoorstelbaar, hè? We zitten dan op een hoogte van zo’n drie kilometer!’

Drie kilometer. Belachelijk. O god, de angst sloeg ineens weer toe...

‘Goed, we gaan ons gereedmaken.’ De haar toegewezen instructeur, de man aan wie ze zou vastzitten voor de tandemsprong, kwam naar haar toe. Hij heette Graham en zag eruit als een jolige boer. Hij controleerde haar veiligheidsgordel nog een keer en maakte haar toen aan zich vast, voor zijn borst.

‘Weet je nog wat je moet doen?’ vroeg hij.

Ze hadden allemaal een video bekeken, en Graham had haar op de grond al de benodigde instructies gegeven. Ze knikte; ze had nog nooit eerder zo goed opgelet. Een halve meter verderop maakte Rory’s instructeur Rory aan zich vast. Rory stak grijnzend zijn duim naar haar op.

Zie je nou wel? Hij maakte zich echt nergens druk om.

Toen riep iemand: ‘Openmaken!’ Twee mensen trokken het luik omhoog. Zonder enige aarzeling doken ze door het gat heen en verdwenen uit het zicht.

De tandemspringers begaven zich ook naar het luik, onhandig waggelend. Vlak bij het gapende gat gingen ze zitten. Er begon een vrouw te hyperventileren en te gillen dat ze niet durfde, en haar instructeur nam haar mee uit de rij.

Wat niet erg bemoedigend was.

Toen was Rory aan de beurt. Hij had nog net tijd om naar haar te lachen voordat zijn instructeur hem het vliegtuig uit duwde.

‘Gaat het?’ Graham legde een hand op haar schouder.

‘Ja ja.’ Ze zat ongecontroleerd te klappertanden. Op dit moment tuimelde Rory door de lucht. Wat als zijn parachute in de knoop raakte en niet openging?

Wat als die van mij niet opengaat?

Ze waren bij het luik aanbeland. Achter zich hoorde Tasha de hyperventilerende vrouw snikken en kermen: 'Ik kan het niet. Alsjeblieft, ik wil niet.'

Terwijl Graham haar centimeter voor centimeter naar voren schoof, schreeuwde hij boven het lawaai van de wind uit: 'Ontspan je en kruis je armen voor je borst.'

Haar voeten bungelden uit het luik; ze werden opzij gezwiept door de wind. Graham schoof naar voren, en ze voelde zichzelf meeschuiven. Hij zwaaide iets naar achteren en toen weer naar voren... en toen zat ze niet meer op de bodem van het vliegtuig. In een vrije val tuimelden ze door de lucht. Op dat moment wist Tasha zeker dat haar leven voorbij was. Ze ging dood.

Toen tikte Graham haar hard op beide schouders, zijn teken dat ze de vrijevalhouding moest aannemen. Ze hield haar lichaam vlak en spreidde haar armen, toen maakte ze haar rug hol en hield haar hoofd omhoog en krulde haar benen achter zich.

De wind sloeg in haar gezicht. Hoewel ze haar haar in een paardenstaart droeg, zwiepten de slierten tegen haar wangen. Ze wist dat ze met tweehonderd kilometer per uur vielen. En dat zou nog minstens veertig seconden zo doorgaan. En omdat ze toch pas over een paar minuten dood zou gaan, had ze nog de tijd om even om zich heen te kijken. Ze zag groen gras, hooiland, bomen en gebouwen onder zich. En boven zich en om zich heen blauwe lucht, betoverend in al zijn uitgestrektheid.

Ze had niet eens gemerkt dat het gebeurde. Het ene moment was de angst nog allesoverheersend geweest, en het volgende was die verdwenen. Ze schoten samen door de lucht, en het was het mooiste en meest magische gevoel dat ze ooit had gehad. Ze vloog. Nou ja, niet echt. Maar de angst was weg.

Op vijfduizend voet hoogte trok Graham aan het koord van de parachute. Het was alsof er hard aan Tasha's gordel werd gerukt, en toen ging de vrije val over in een kalme zweefvlucht naar beneden.

Wauw, dit was echt te gek. Ze keek verrukt om zich heen, naar het zonlicht dat door de voorruiten van auto's werd weerkaatst, naar de vogels die vlogen in de ruimte tussen hierboven en daarbeneden. En daar had je het weiland waarin ze zouden landen; ze kon het grote witte landingskruis op de grond al zien.

Het leek alsof er iets op het kruis stond geschreven, zag Tasha terwijl ze door de warme lucht zweefde. Grahams arm wees over haar schouder.

'Kun je lezen wat daar staat?'

Ze schudde haar hoofd: waarschijnlijk stond er iets als: HIER LANDEN S.V.P. EN WE ZOUDEN HET FIJN VINDEN ALS U ERVOOR ZORGT DAT U UW BENEN NIET BREEKT.

Een halve minuut later, toen ze er een stuk dichterbij waren, veranderden de wazige zwarte letters in herkenbare woorden, en ze zag dat er stond:

TASH, WIL JE MET ME TROUWEN??

40

Achter het plastic brilletje vulden haar ogen zich met tranen.

O wauw. Gewoon... wauw.

Negentig seconden later leek de grond omhoog te komen om hen te ontvangen. Door haar benen op te trekken en zich zo'n beetje in Grahams schoot te nestelen, werd het een bijna vlekkeloze landing voor Tasha, terwijl de witte parachute achter hen opbolde.

'En?' vroeg Graham, terwijl hij haar losmaakte en uit haar gordel hielp.

'Het was fantastisch. Dank je. Ik vond het heerlijk.'

'Mooi zo.' Hij keek haar stralend aan; zijn olijke boerenwangen gloeiden. 'Maar ik wilde eigenlijk weten wat je van die boodschap op het kruis vond.'

Hij had het dus al die tijd al geweten. Tasha zette haar bril af en zei: 'Opwindend, hè? Er wil iemand met me trouwen!' Haar ogen dansten. 'Nu moet ik alleen nog zien uit te vinden wie dat is.'

Daarna draaide ze zich om, want aan de rand van het weiland stond Rory op haar te wachten, samen met Joe en Carmel. Haar hart sloeg een keer over, want door hem voelde haar leven pas echt compleet.

Toen ze bij hen kwam staan, wees Joe op zijn mobieltje, dat hij in de lucht hield. 'Ik ben dit aan het opnemen, voor het nageslacht. Dus geen rare dingen doen, alsjeblieft.'

Er trok een rilling door Tasha heen toen Rory haar hand beetpakte. Hij boorde zijn blik in de hare. 'Ik ga dit helemaal doen zoals het hoort,' zei hij, terwijl hij op één knie ging zitten.

'O mijn god,' riep Carmel uit. 'Wat romantisch!'

'Hou je mond.' Joe gaf haar een por.

'Ik wist niet dat het mogelijk was om zoveel van iemand te houden als ik van jou hou,' zei Rory.

'Dank je,' zei Joe. 'Maar ik snap het wel, ik ben ook fantastisch.'

'Hou jij nou ook je mond,' zei Carmel. 'Laat het hem nou gewoon even doen.'

'Tash, je hebt mijn leven veranderd. Ik ben zo blij dat ik je die avond voor kerst in een afvalbak zag graaien. Als je je creditcard niet had weggegooid, hadden we elkaar nooit leren kennen.' Rory schudde zijn hoofd. 'Daar moet ik niet aan denken. Ik hou van je en ik wil de rest van mijn leven bij jou zijn. Dus wil je me de gelukkigste man ter wereld maken en mijn vrouw worden?'

Tasha begon breeduit te grijnzen. 'O ja, graag. Ja, ja, ja.' Ze liet zich op haar knieën vallen, zodat ze haar armen om hem heen kon slaan. 'Absoluut!'

Tussen het kussen door, terwijl een groepje omstanders juichte en klapte, zei Rory: 'Maar even voor alle duidelijkheid. Ik doe dit niet omdat je uit een vliegtuig bent gesprongen. Het was sowieso de bedoeling al.' Hij ritste het bovenste zakje van zijn blauwe jumpsuit los en haalde er een klein juwelendoosje uit met een wit lintje eromheen. Toen Tasha de kleur van het doosje zag – die typerende zachtblauwe tint – kreeg ze een droge mond.

Maar toen hij het doosje openmaakte, begon ze te lachen, want op het bedje van satijn lag een Haribo-snoepje in de vorm van een ring.

'Hier.' Joe liet iets in Rory's andere hand vallen. 'Dat moest van mij, voor het geval dat zijn parachute niet open zou gaan.' Hij gaf Tasha een knipoog. 'Ik wilde niet dat de ring vies zou worden.'

'Heel slim,' zei ze.

Rory pakte het snoepje uit het doosje – Joe stak het heel voorspelbaar meteen in zijn mond – en verving het door de echte ring.

Hij liet hem Tasha even zien, pakte toen haar hand en schoof de ring om haar vinger.

Nou ja, echt soepel ging het niet. De ring zat nogal strak, maar na een paar ongemakkelijke seconden schoof hij toch over haar knokkel. *Oef.*

'Niet te geloven. Hoe heb je dat gedaan?' De diamant schitterde in het zonlicht, feller dan welke diamant dan ook. Het was een eenvoudige, prachtige ring; zelf zou ze hem ook hebben uitgekozen.

'Ik heb Joe meegenomen naar de winkel op Old Bond Street.'

'We kregen champagne,' zei Joe op tevreden toon. 'Om tien uur 's ochtends. Echt te gek!'

'En hij probeerde de verkoopster te versieren,' zei Rory. 'Zonder succes.'

'Nou ja, maar de poging was leuk.'

'Hoe dan ook, je mag hem altijd ruilen als je hem niet mooi vindt,' ging Rory verder. 'Dat vind ik echt niet erg – ik wil dat je iets draagt waar je echt blij mee bent.'

Het idee dat Rory en Joe samen naar Tiffany's waren gegaan om een ring voor haar uit te zoeken, ontroerde haar. Ze schudde haar hoofd. 'Ik vind deze echt heel mooi. Ik wil geen andere stijl of zo. Ik doe hem nooit meer af.' Ze kuste hem nog een keer en zei: 'En ik hou ook van jou. Ik ben het gelukkigste meisje van de hele wereld.'

Carmel sloeg haar handen voor haar borst. 'O, dit is zo volmaakt, ik kan wel huilen. Waarom overkomt mij nou nooit zoiets?'

'Zal ik je anders een huwelijksaanzoek doen?' vroeg Joe.

Geamuseerd rolde Carmel met haar ogen. 'Leuk geprobeerd. Maar nee, dank je.'

'Oké, we hebben genoeg film.' Joe zette de camera van zijn mobieltje uit. 'En dat laatste stukje wissen we wel.'

'Mooi zo,' zei Carmel.

'Maar op een dag zul je ja zeggen. Dat weet ik gewoon.'

'Echt niet.' Ze schudde haar hoofd en wees naar Tasha en Rory. 'Zie je die twee? Die hebben het. Ik wil wat zij hebben.'

Rory hielp Tasha overeind. Hij sloeg zijn arm om haar middel en fluisterde: 'Hoor je dat? Wij hebben hét.'

Het was alsof er gesmolten chocolade door haar aderen vloeide, want hij had gelijk. Het was een wonder, maar het was waar. 'En ik wil dat we het altijd blijven houden,' fluisterde ze terug.

'O, dat gebeurt ook, echt.' Hij kneep haar even, en ze voelde zijn warme adem op haar oor. 'Dit is het, in voor- en tegenspoed. Tot de dood ons scheidt.'

Om twaalf uur 's avonds zaten ze in hun stamcafé in Belsize Park nog steeds te vieren wat er die dag was gebeurd. Er waren ook andere vrienden gekomen, er waren champagneflessen ontkurkt, en op het grote scherm achter de bar draaide continu het filmpje van Tasha's parachutesprong en van Rory's aanzoek daarna.

De diamanten ring van Tiffany glinsterde aan Tasha's vinger. Ze kon haar ogen er bijna niet van afhouden. Iedere keer dat iemand haar feliciteerde, voelde ze zich weer euforisch. Toen aan Rory werd gevraagd wanneer ze gingen trouwen, zei hij: 'Wanneer Tasha het wil. Wat mij betreft hoe eerder hoe beter.'

Het was echt een ongelooflijke dag geweest. Tasha wou dat er nooit een einde aan kwam. Ze was uit een vliegtuig gesprongen en had meer dan achtduizend pond opgehaald voor haar favoriete goede doel. Ze had een verloofde, en niet zomaar eentje. Rory McAndrew was alles wat ze wilde en meer. Dus was ze het gelukkigste meisje ter wereld. Beter dan dit kon het leven gewoon niet worden.

Hoewel... Ze wilde niet pietluttig doen, maar het zou nog beter zijn als ze morgen niet om zeven uur op hoefde om de make-up te doen voor een bruiloft in Berkshire.

Om halfeen zei Rory: 'Zal ik een taxi bellen?

'Nee!' Dat was Joe, die blijkbaar ook wilde dat deze dag eeuwig door kon gaan. 'Jullie mogen nog niet weg!'

'Ik ben kapot,' zei Rory.

'En ik moet morgen werken,' zei Tasha.

Joe keek haar aan. 'Dat laatste zou kunnen.' Hij wees naar Rory. 'Maar dat van jou niet! Je bent helemaal niet kapot. Je wilt gewoon naar huis om seks te hebben met je nieuwe verloofde.'

Rory grinnikte. 'Zou kunnen.'

Ze namen afscheid van iedereen. Joe kreeg van Tasha een extra dikke knuffel. 'Dank je wel. Echt.'

'Graag gedaan, schat. Jullie passen perfect bij elkaar. Ik ben heel erg blij voor jullie.'

Ze gaf hem een kus op de wang. 'Je bent fantastisch.'

'Dat weet ik toch,' reageerde hij gepikeerd. 'Maar zou je dat alsjeblieft eens aan die ramp van een vriendin van je kunnen vertellen? Al die afwijzingen van haar doen mijn ego echt geen goed.'

Hij zei het expres zo hard dat Carmel het ook kon horen. Ze klopte hem op zijn arm. 'Ach, arm, kwetsbaar ding.'

'Ja, je maakt er nu een grapje van, maar wacht maar af,' zei Joe tegen haar. 'Als je later oud bent en eenzaam in je schommelstoel zit, zul je er spijt van hebben dat je me geen kans hebt gegeven.'

'Dat zou zomaar eens kunnen.' Carmel knikte. 'Weet je wat, als we allebei over dertig jaar nog steeds single zijn, dan moeten we het er maar op wagen.'

'Te gek. Hoewel we dan misschien voor die tijd toch een keertje moeten oefenen, gewoon om te zien of we wel bij elkaar passen. Als je wilt, kunnen we dat vanavond wel doen. Dan hebben we dat maar gehad.'

'Jij weet echt van geen ophouden, hè?' zei ze met een gespeeld medelijdende blik op hem. 'Droom maar lekker verder.'

'En hij droomt al iedere nacht van je,' zei Rory grijnzend.

41

'Hé, wat is dat? O, wauw, heb je je net verloofd? Gefeliciteerd!' Alice, de bruid van die middag, zag de ring in de spiegel toen Tasha haar aan het opmaken was. Ze draaide zich om en pakte Tasha's hand.

'Gisteren,' vertelde Tasha vrolijk. 'Ik kan het nog nauwelijks geloven.'

'Daarom zie je er zo blozend uit.' Alice keek haar ondeugend aan. 'Nu weten we wat je afgelopen nacht hebt uitgespookt!'

Tasha liet haar in de waan. In werkelijkheid was er niks van seks gekomen. Tegen de tijd dat ze de badkamer uit kwam, had

Rory al liggen slapen. Nou ja, het was ook een lange dag geweest; ze vatte het niet als een belediging op. Bovendien, wat deed het ertoe? Ze hadden de rest van hun leven om het in te halen.

Ze hadden allebei geslapen tot de wekker om zeven uur afging. Rory had haar een kus gegeven. 'Sorry dat ik gisteren ineens instortte.'

'Geeft niks.' Glimlachend streelde ze zijn borst. 'Ik was zelf ook behoorlijk moe. Wat ga jij vandaag doen?'

Hij rekte zich voorzichtig uit en kromp even ineen. 'Naar de sportschool. En daarna misschien nog hardlopen. Ik heb spierpijn van die sprong. Hoe laat ben jij terug?'

'Ergens rond vijven, denk ik.'

'Zal ik kip maken?'

'Klinkt goed,' zei ze.

'Gegrilde kip, gebakken aardappels, groente en een sausje?'

'Weet je?' Ze gaf hem nog een kus. 'Alleen daarom al zou ik ter plekke met je willen trouwen.'

'En na het eten heel veel fantastische seks, om in te halen wat we gisteren gemist hebben.'

Hadden ze daar nú maar even tijd voor. Maar helaas. Tasha stapte uit bed. 'Afgesproken.'

Bruid Alice hoefde dit soort details echter niet te weten. 'We hebben een heel leuk feestje gehad,' vertelde Tasha. 'En de ring is echt van Tiffany! Niet te geloven toch?'

'Echt? Heb je ook foto's? Ik wil weten hoe hij eruitziet.'

Dus zag Tasha zich genoodzaakt haar kwastjes neer te leggen en haar werk te onderbreken om Alice foto's van Rory te kunnen laten zien.

'Wat een stuk. Zo te zien kun je wel met hem lachen. Jullie krijgen vast heel mooie kinderen.' Alice pakte haar eigen toestel om Tasha foto's van haar verloofde, Eric, te laten zien. Eric, een mensenrechtenadvocaat, was mager, blond en leek een beetje een nerd.

'Hij is ook erg leuk,' zei Tasha, hoewel ze die van haar veel en veel leuker vond.

'Ja, hè?' Alice knikte blij. 'Ik hou zoveel van hem. Wat een bofkonten zijn we, hè?'

Tasha's blik bleef even hangen bij een foto die ze gisteravond in de wijnbar van Rory had gemaakt en waarop hij schaterde om iets wat een van zijn vrienden net had gezegd. God, hij was echt volmaakt. En helemaal van haar.

Trots zei ze: 'O, ja.'

De bruiloft was een succes geweest en was vrijwel zonder incidenten verlopen: één bruidsmeisje had te veel gedronken en in een bloemstuk overgegeven. Ze hadden Tasha gevraagd om ook 's middags nog een paar uur te blijven, zodat ze de bruid, haar bruidsmeisjes en de moeder van de bruid tussendoor kon bijwerken voor de foto's die tijdens de receptie zouden worden genomen. Dus was Tasha nog tijden bezig geweest met poeder aanbrengen, lippenstift opdoen en uitgelopen mascara verwijderen.

Toch was het een mooie dag geweest. Het was Tasha opgevallen dat de getuige van de bruidegom en het mooie jongere zusje van de bruid elkaar meteen leuk hadden gevonden. En toen ze wegging, had ze gezien dat ze elkaar stiekem stonden te kussen op het parkeerterrein. Dat was het mooie: je wist nooit waar dit soort ontluikende liefdes toe zouden leiden. Misschien zou ze over een jaar of twee wel gevraagd worden om de make-up op een andere bruiloft te doen, en dan bleek het om dit stel te gaan.

Onderweg naar huis dacht ze verlangend aan Rory. En ook aan het eten dat hij beloofd had te maken, want op wat borrelhapjes na had ze helemaal niets gegeten. Haar verloofde (*ha, moet je mij horen!*) zou nu wel in de keuken staan, in zijn favoriete blauwe T-shirt en versleten spijkerbroek, meezingend met de radio, terwijl hij de kip met boter bedroop, de aardappels omkeerde en de wijn flambeerde voordat die in de saus ging.

Ik bedoel, hoeveel aantrekkelijke, aan adrenaline verslaafde supersportieve mannen konden nou ook nog koken?

Echt, dat soort mannen was heel erg dun gezaaid.

Maar toen ze de sleutel in het slot stopte en de deur opende, werd ze niet begroet door hemelse geuren. In de flat rook het naar... helemaal niets.

Was Rory vergeten dat hij zou koken en was hij met Joe uitgegaan? Of was hij op de sportschool vrienden tegengekomen met wie hij wat was gaan drinken? Of was hij van gedachten veranderd en had hij besloten om haar mee te nemen naar hun lievelingsrestaurant?

'Hallo?' Niemand in de keuken, en ook niet in de kamer. 'Ben je thuis?'

Ineens hoorde ze het bed kraken. Dus hij was er wel. Wat gek, tenzij... Als aan de grond genageld bleef ze staan toen ze zich herinnerde wat een vriendin van Carmel laatst was overkomen. Die was onverwacht thuisgekomen, de slaapkamer in gelopen en had haar vriend betrapt met het bovenbuurmeisje.

Nou ja, hopelijk bleef dat scenario haar bespaard, vooral omdat Rory's bovenbuurvrouw een geschiedenislerares van zestig was met een enorme, opgeblazen buik en een stoppelbaard...

Terwijl ze de slaapkamerdeur opendeed, zei ze: 'Oké, als je soms seks hebt met juf Stoppel, dan zwaait er wat.'

'Hè? O god, hoe laat is het dan?' Rory draaide zich om. Hij kromp ineen van de pijn toen hij zijn ogen opendeed. 'Is het al vijf uur?'

'Bijna halfzes. Ben je ziek?'

Hij knikte. 'Sorry, het was niet de bedoeling dat ik zo lang zou slapen. Ik wilde nog koken.'

'Ik heb je nog nooit ziek meegemaakt.' Ze ging op de rand van het bed zitten en streek zijn verwarde haar van zijn voorhoofd.

'Dat komt omdat ik nooit ziek ben. Het begon gisteravond ineens, toen voelde ik me al beroerd, maar ik had verwacht dat het vandaag wel over zou zijn.' Hij schoof met zijn hoofd over het ingedeukte kussen. 'Maar ik voel me nog steeds rot.'

'Wat naar.'

'Volgens mij heb ik de griep.'

Tasha glimlachte, want ze had al verwacht dat hij dat zou zeggen. 'Het is waarschijnlijk niet de griep, niet in deze tijd van het jaar. Het is gewoon een of ander virusje.'

'Nou, het voelt als de griep.'

Omdat hij er zo zielig bij lag, gaf ze hem zijn zin. 'Oké, dan zal het de griep wel zijn.

'Hoe was de bruiloft?'

'Te gek. Een kotsend bruidsmeisje, maar verder alles onder controle. Het hotel was echt perfect; het liep allemaal op rolletjes, en het personeel was ook erg aardig.'

'Waarom zeg je dat op die manier?' vroeg hij lachend. 'Wil jij daar soms ook trouwen?'

'Ach, we kunnen het in ons achterhoofd houden.' Tasha verstrengelde haar vingers met de zijne en keek bewonderend naar hun handen en naar de diamanten ring, die zo mooi schitterde.

'Sorry dat het niet helemaal de goede maat is.' Rory raakte de smalle platina ring aan. 'Maar we gaan er wel mee terug.'

Tasha schudde haar hoofd. 'O, nee, ik geef hem niet meer terug, zelfs niet voor een dag. Ik stop nog liever met eten tot mijn vinger dun genoeg is.'

Hij streelde haar hand. 'Sorry van het eten.'

'Doe niet zo stom, dat geeft niks. Ik maak snel even iets. Heb jij eigenlijk wel trek?'

Rory hoestte en schudde vermoeid zijn hoofd. 'Nee. Maar een kop thee zou ik best lekker vinden.'

Tasha liep naar de keuken en begon bacon te bakken. Even later hoorde ze hem roepen: 'Maak je soms een baconsandwich? Daar heb ik eigenlijk ook wel zin in.'

Ja, natuurlijk. Geamuseerd pakte ze nog wat plakjes bacon en legde ze in de sissende pan.

Mannen. Ze waren nooit echt zo ziek als ze zich voordeden.

42

Bea kon nog steeds slecht geheimen bewaren.

'Gaat het?' vroeg Hallie, terwijl ze belangstellend naar Bea keek, die op het voeteneinde van het bed met een snoeppapiertje zat te spelen.

'Ja, hoor.' Bea knikte overdreven vrolijk. 'Heel goed!'

Ze had net zo goed een bord kunnen ophouden met de tekst: IK VOEL ME SCHULDIG MAAR PROBEER DAT TE VERBERGEN.

'Je mag nog wel een toffee als je wilt.' Hallie schoof de zak over het dekbed naar haar toe. 'Hier.'

Bea had inmiddels een strakke knoop gelegd in het papiertje van haar eerste toffee. Ze schudde haar hoofd.

'Er is iets,' zei Hallie. 'Zeg het nou maar gewoon.'

'Oké, er is inderdaad iets.' Bea slaakte een diepe zucht en begon aan haar armbanden te friemelen.

'Ja, dat is wel duidelijk. Bovendien is het dinsdag, en heb ik je sinds zaterdag niet meer gezien.' Hallie gaf haar een plagerig schopje. 'Heb je soms een nieuwe beste vriendin?'

'Nee!' Bea keek een beetje berouwvol. 'Ik heb wel een soort van vriendje.'

'Echt waar? Wat leuk! Waarom heb je me dat niet eerder verteld?'

Weer die schuldbewuste blik. Bea haalde nog een keer diep adem. 'Hoor eens, ik vind het echt rot. Maar het is iemand die je kent.'

O, dat kwam als een behoorlijke verrassing. Hallies hart ging sneller slaan, want ze kon maar één man bedenken over wie Bea zich schuldig zou kunnen voelen.

Luke.

Maar dat kon toch niet?

Bovendien, waarom zou Bea zich dan schuldig voelen? Ze wist helemaal niet dat Hallie stiekem verliefd op hem was.

En trouwens, Luke was weer met Christina. Ze waren opnieuw een echt stel. Dus hij kon het beslist niet zijn.

'Ik zou niet weten wie. Je zult het me echt moeten vertellen,' zei Hallie.

Bea slikte. 'Het is Ross.'

Ross. Even wist Hallie niet over wie ze het had. Toen viel het kwartje.

'Die toen op Marilyns verjaardag was? Makelaar uit Oxford? Die Ross?'

'Laat me je even vertellen hoe het is gegaan,' flapte Bea eruit. 'Ik had gezien wat er die avond was gebeurd, en ik wist dat je hem leuk vond, dus toen jij naar huis was, ben ik naar hem toe gegaan en heb hem aangesproken op zijn gedrag. En toen verontschuldigde hij zich... Hij voelde zich er heel rot over, maar hij was echt heel erg geschrokken van de rolstoel en de zuurstoffles. Nou ja, het speet hem dus, en toen raakten we aan de praat, en hij leek me heel aardig, maar hij wilde nog een keertje met me afspreken, en toen zei ik natuurlijk meteen nee, want na wat hij jou had aangedaan en...'

'Ho,' zei Hallie, want Bea was aan het ratelen en raakte behoorlijk over haar toeren. ‘Het is oké. Hij heeft me niks aangedaan.’

‘Nou ja, hij bleef het maar vragen, en ik bleef maar nee zeggen, en toen vroeg hij mijn telefoonnummer, en dat heb ik hem toen wel gegeven, want dat kon geen kwaad, leek me. En toen was het feest afgelopen, en hij ging weg, en ik dacht: dat was dat, ik hoor vast nooit meer iets van hem, want hij is gewoon een flirt.’

‘Maar je hoorde wel wat van hem,’ zei Hallie.

‘Hij begon me te sms’en. Geen rare dingen, hoor, gewoon grappige en leuke berichtjes. En toen hij me na een paar dagen vroeg of ik toch niet een keertje met hem wilde afspreken, heb ik ja gezegd. Ik was gewoon nieuwsgierig.’

‘En je hebt je vermaakt.’

‘O god, het was hartstikke leuk zelfs! Hij heeft iets wat me... Nou ja, je snapt het wel...’ Bea legde haar hand op haar borst. ‘Maar ik voelde me zo schuldig, want ik wist dat jij hem ook leuk vond...’

‘Niet echt,’ zei Hallie. ‘Ik vond het leuk om met hem te praten, meer niet. Hij ziet er goed uit, maar hij is niet echt mijn type. Heus, er is niks aan de hand. Ik ben niet jaloers op je of zo.’ Ze glimlachte. ‘Je mag hem helemaal hebben.’

‘O god, wat een opluchting! Ik zag er zo tegen op om het je te vertellen.’ Bea liet zich languit op haar rug op het bed vallen en trappelde met haar benen in de lucht. ‘Ik heb zo’n rotweek gehad. Ik popelde om je over hem te vertellen, maar dat ging dus niet. En je hebt helemaal gelijk, hij ziet er zo ontzettend goed uit.’

Buiten blafte een hond en een vrouwenstem riep: ‘Daley, hou daar mee op!’

Bea schoot overeind, liep naar het raam en zwaaide naar Christina. ‘Hoi, wij zitten hier! Wat doet Daley?’

‘Hoi! O, hij zit achter de eenden aan. Daley, zit! Gedraag je, stouterd. Hoe gaat het met Hallie?’

‘Goed. Prima.’

‘Er is vanavond een quizavond in het café,’ zei Christina. ‘Komen jullie ook?’

‘Ja, dat is een goed idee. We kunnen samen wel een team vormen. Te gek,’ zei Bea vrolijk. ‘Tot later.’ Ze zwaaide nog een keer en ging toen weer op Hallies bed zitten. ‘Leuk toch? En Luke is hartstikke slim, dus misschien winnen we wel. Maar je vindt het echt niet erg dat ik iets met Ross heb?'

'Nee, hoor.' Hallie hield haar de zak toffees voor, en deze keer pakte Bea er wel eentje.

'Dus dan kan hij vanavond gewoon meedoen met de quiz? Hij is ook heel slim. Dan zijn we met zijn vijven onverslaanbaar!'

Hallie aarzelde. Intuïtief wist ze dat Ross nooit genoeg zou hebben aan één vrouw; hij zou Bea uiteindelijk verdriet doen, en Bea zou zich dan voornemen nooit meer op zo'n aantrekkelijke, charmante klootzak te vallen. Voorlopig was het echter een en al halleluja voor Bea, en Hallie had niet zo'n zin om het vijfde wiel aan de wagen te zijn te midden van een paar dolgelukkige stellen.

'Ik weet niet. Eerlijk gezegd voel ik me niet zo goed.' Of riep ze daarmee het ongeluk over zichzelf af, door zich zieker voor te doen dan ze zich voelde? Ze wreef over haar hals, kuchte een beetje en zei: 'Ik denk dat ik iets onder de leden heb. Het is waarschijnlijk beter om binnen te blijven.'

'Wat naar! Zal ik Ross anders afzeggen? Dan kom ik gezellig bij je zitten.'

Ze zou het nog doen ook. Hallie glimlachte, want Bea was echt een goede vriendin, en ze was dol op haar. 'Nee, je hoeft hem niet af te zeggen.' Ze schudde haar hoofd. 'Ik ga lekker vroeg naar bed. Veel plezier vanavond, hopelijk zijn jullie inderdaad onverslaanbaar.'

Toen Tasha thuiskwam uit haar werk, lag Rory op de bank te slapen. Hij leek alleen maar zieker te worden. Oké, dit was inmiddels dag vier. Geen smoesjes meer. Ze schudde net zolang zachtjes aan zijn schouder tot hij zijn ogen opendeed.

'Hm? O. Hoi. Hoe was je dag?'

'Dat doet er niet toe. Hoe voel je je? Heb je al een afspraak met de huisarts gemaakt?'

Hij schudde zijn hoofd. 'Dat heeft geen zin. Ik heb gewoon griep.'

'Kan zijn, maar het lijkt me beter dat er even een dokter naar je kijkt.' Ze had een naar voorgevoel. Terwijl ze haar mobieltje openklapte, zei ze: 'Ik bel de praktijk wel even.'

'Ik hoef geen dokter. Het stelt gewoon niks voor. Over een paar dagen is het weer over.' Toen hij zag dat ze toch belde, zei hij: 'Ik ga toch niet.'

'Oké, luister. Je bent echt ziek.' Ze keek hem streng aan om hem te laten merken dat ze het meende. 'Je gaat óf zelf naar de dokter, óf ik laat iemand komen.'

Hij sloot zijn ogen en gaf zich gewonnen. 'Oké, oké, maak dan maar een afspraak voor me.'

'Fijn.' Tasha haalde opgelucht adem. Met een klein lachje om haar toenemende bezorgdheid te verbergen, vervolgde ze: 'Het is een wonder. Een man die erin toestemt om naar zijn huisarts te gaan. Ik zal de media inlichten.'

'Heel grappig,' zei hij met hese stem.

'Luke? Voordat je gaat, wil dokter West je nog even spreken.'

Luke knikte naar Susie achter de balie. 'Oké.'

Het was veelzeggend dat iedereen in de praktijk elkaar bij de voornaam aansprak, maar dat hij de enige was die de moed had om Jennifer ook Jennifer te noemen. Hoewel dat nog steeds heel onnatuurlijk voelde. Hij wist bijna zeker dat ze liever zou hebben dat hij mevrouw tegen haar zei.

'Binnen,' zei Jennifer nadat hij had aangeklopt. 'Ah, Luke. Ga zitten. Ik moet je iets vertellen.'

'Oké.' Was er soms een probleem met de praktijk? Had iemand een aanklacht ingediend of zo? Uit Jennifers houding was niets af te leiden, ze was net zo kortaf als anders.

Ze zette haar leesbrilletje af en knipperde met die spiedende kraaloogjes van haar. 'Ik ga weg uit Carranford, ik verlaat de praktijk. Ik verlaat Engeland, om precies te zijn.'

Jemig.

'Wauw,' zei hij hardop.

'Ja ja.' Ze wuifde afwerend. 'Je zult me vast vreselijk missen. Hoe dan ook, je moet het weten, en daarom vertel ik het je ook. Ik heb ontslag genomen. Vanzelfsprekend zal ik de opzegtermijn van drie maanden in acht moeten nemen. En we zullen voor een goede vervanger moeten zorgen.'

'Natuurlijk,' mompelde Luke. En dan met een beetje geluk een minder enge.

‘Dus half september ben ik hier weg.’

Hij had moeite het nieuws te verwerken. Op de een of andere manier was hij er altijd van uitgegaan dat Jennifer hier tot aan haar pensioen zou blijven, efficiënt en kil tot de laatste snik.

‘Je hebt me nog niet gevraagd waarom,’ zei ze.

‘Sorry. Waarom?’

‘Ik heb schoon genoeg van patiënten die eigenlijk niet ziek zijn.’ Ze sloeg haar magere benen over elkaar. ‘Mannen die klagen over overgewicht, maar weigeren aan sport te gaan doen of minder te eten. Ouders die hier met kinderen komen aanzetten die tot diep in de nacht computerspelletjes zitten te doen en dan ’s ochtends hun bed niet uit kunnen komen. Vrouwen die willen dat ik ze een verwijsbrief geef voor een plastisch chirurg omdat ze niet tevreden zijn over hun hangwangen. Om maar te zwijgen van die belachelijke meiden van in de twintig die borstvergrotingen willen en botoxbehandelingen.’

‘Maar lang niet al onze patiënten zijn zo,’ merkte hij op.

‘Nee, maar het zijn er genoeg om er gek van te worden,’ zei Jennifer met een zuinig mondje. ‘Hoe dan ook, ik heb besloten dat het leven meer te bieden heeft. En eerlijk gezegd, iedereen roept altijd wel dat dit zo’n vriendelijk dorp is, maar ik kan niet zeggen dat ik het daarmee eens ben. Ik heb er totaal niets van gemerkt. De helft van de bewoners is zeurpiet en hypochonder en de andere helft drinkt gewoon te veel.’

Zou het nog zin hebben om haar uit te leggen waarom ze hier misschien geen vrienden had gemaakt? Luke dacht van niet.

‘Dus je zei dat je wegging uit Engeland? Weet je al waar je naartoe gaat?’

‘Natuurlijk weet ik waar ik naartoe ga, Luke. Als ik dat niet wist, zou ik een uilskuiken zijn,’ zei ze bits. ‘Ik ga naar Afrika. Om precies te zijn naar Oeganda. Ik ga daar als vrijwilligster in een ziekenhuis werken, met patiënten die mijn hulp écht nodig hebben.’

Lukes mobieltje zoemde, ten teken dat hij een sms’je had gekregen, en hij voelde gewoon Jennifers afkeurende blik toen hij het snel even las: *Hoi, ik heb net de zalm in de oven gezet. Ben je gauw thuis? En vergeet de quizavond niet – we zitten in een team met Bea en Hallie! Xx*

Het was van Christina. Ze zat in zijn cottage op hem te wachten. Bij het lezen van de namen Hallie en Bea ging er even een steek door hem heen.

'Nou, zo te merken heb je het druk.' Jennifer legde een stapel papier recht. 'Hoe dan ook, je weet nu wat er gaat gebeuren. En vertel het alsjeblieft nog aan niemand – dat komt later wel. En nog wat, wanneer het zover is, wil ik beslist niet zo'n afschuwelijke surpriseparty om mijn afscheid te vieren.'

'Oké, begrepen. Ik zal zorgen dat dat niet gebeurt.' Luke knikte ernstig en slaagde er op de een of andere manier in om serieus te klinken. 'Maar goed van je, dat vrijwilligerswerk. Lijkt me echt heel nuttig.'

'Daar kan ik het verschil maken,' beaamde Jennifer. 'Ik kan de plaatselijke bevolking nog heel wat bijbrengen op het gebied van de volksgezondheid.'

Hij wist dat dat waar was; ze was een prima arts. 'Heel goed,' zei hij.

Maar hij had nu al medelijden met de Oegandezen.

43

De Tiffany-ring had haar eerst te strak gezeten, maar nu, tien dagen later, zat hij los. Tasha draaide hem om en om en telde het aantal keren dat de diamant verscheen. Hij schitterde minder dan eerst. Ze deed de ring af en hield hem op tegen het licht van de tl-buis.

'Is er wat?' vroeg de verpleegster.

'Hij schittert minder. Hij is dof geworden.'

De verpleegster wees naar de antiseptische handgel. 'Dat komt omdat je steeds die troep op je handen smeert. Ga hem thuis maar eens goed poetsen met een oude tandenborstel en wat afwasmiddel, dan is hij binnen de kortste keren weer zo goed als nieuw.'

Binnen de kortste keren weer zo goed als nieuw. Konden ze dat ook maar van Rory zeggen. Tasha slikte en leunde iets naar voren in haar stoel om zijn halfgesloten ogen te bestuderen, met de prachtige lichtgroene irissen en de donkere wimpers waar ze zoveel van hield.

Maar eigenlijk was het oneerlijk om er één ding uit te lichten; ze vond alles aan Rory even mooi. Van zijn tenen tot zijn schouders en zijn oorlelletjes en de zijdezachte huid aan de binnenkant van zijn polsen... Alles was mooi aan hem.

Ze pakte zijn hand, verstrengelde haar vingers met de zijne en kneep even. Ze voelde dat hij heel zacht terugkneep, meer kracht had hij op dit moment niet. *O god.*

Het leek nog steeds ongelooflijk dat dit iemand als Rory kon overkomen. Hoe kon een microscopisch klein virus zo'n superactieve, sportieve man nou in zo'n toestand brengen?

Toch was het zo. Het virus bleek de echte griep te zijn; het nare gevoel in zijn borst was veranderd in hevige pijn en moeite met ademhalen. De man die altijd superfit was, kon nog maar een paar stappen achter elkaar zetten. Tegen de tijd dat Tasha hem – typisch iets voor een man – eindelijk zover had gekregen dat hij naar de huisarts ging, was zijn toestand al zo verslechterd dat hij met spoed in het ziekenhuis was opgenomen, waar ze de diagnose hadden gesteld.

De meeste mensen die de griep kregen, voelden zich een paar dagen beroerd, maar daarna won het wonderbaarlijke immuunsysteem van het lichaam de strijd van het virus en werd alles weer normaal. In Rory's geval had het virus echter zijn hartspier aangevallen. Het was een zeldzame complicatie, en hij was een van de pechvogels die ermee te maken had gekregen.

Rory had myocarditis, en niet de milde variant ervan. De symptomen waren ernstig: een versnelde, onregelmatige hartslag, vermoeidheid, kortademigheid en koorts. In het ziekenhuis hadden ze foto's gemaakt van zijn borst, er was bloed afgenomen, er waren een ecg en een echo gemaakt, en er was een endomyocardiale biopsie uitgevoerd. Bij het bestuderen van de resultaten waren de artsen steeds somberder geworden. Het was veel ernstiger dan ze in eerste instantie hadden gedacht.

En er kwam geen einde aan. Het leek net een nachtmerrie waar je niet wakker uit leek te kunnen worden. Tasha, die Rory's steun juist nu zo nodig had, moest alles in haar eentje verwerken, want Rory was zo ziek dat hij alleen maar in bed kon liggen en doorgaan met ademhalen. Door de pijnstillers en de kalmerende middelen ontbrak het hem de meeste tijd aan energie.

Hij zat onder de draadjes en slangetjes en werd omringd door apparaten. De andere mensen op de hartbewaking lagen er net zo bij; sommigen van hen waren wakker, anderen niet. De meesten waren ouder dan Rory.

En dan had je nog het ziekenhuispersoneel, stuk voor stuk hardwerkend en aardig. Ze legden alles uit wat ze deden en moedigden Tasha aan om regelmatig even pauze te nemen en goed voor zichzelf te zorgen. Het waren schatten, maar het enige wat ze niet konden, was haar vertellen dat alles weer goed zou komen en dat Rory volledig zou genezen.

En dat was eigenlijk het enige wat ze wilde horen.

Tasha slikte; niet alleen zij wilde dat horen. Iedereen die Rory kende, wilde dat hij weer beter zou worden. Zijn ouders waren weliswaar gestorven, maar zijn tante Mel, de tante die toen vlak voor kerst haar been had gebroken, was in alle staten en kwam iedere dag even langs. Net als Joe, die echt haar steun en toeverlaat was geworden, en er – ze keek even op haar horloge – elk moment weer kon zijn. In het begin hadden ze hem de toegang geweigerd, maar Joe had vol overtuiging gezegd: 'Jullie laten broers wel binnen? Nou, wij zijn meer dan broers voor elkaar. Ik moet hem zien.'

Eerlijk gezegd wist ze niet wat ze zonder Joe had gemoeten. Zijn steun betekende veel voor haar. Natuurlijk kon ze altijd haar moeder bellen, maar die kon niet overkomen uit Frankrijk om haar in deze vreselijke tijd bij te staan, want ze had niemand die de zorg voor haar vele dieren daar kon overnemen.

Daar had je Joe al. Hij was net de afdeling op gelaten en stond zijn handen te wassen in de wasbak naast de ingang. Daarna droogde hij ze en ontsmette ze nog een keer met de alcoholhoudende gel. Er waren allerlei routines die je je moest aanwennen en die in het begin nogal maf leken, maar na een paar dagen werden ze al een automatisme. Als één fout fataal kon zijn, lette je gewoon heel goed op.

Toen Joe haar even omhelsde, snoof ze de frisse geur van buiten op.

'Hoe gaat het met hem?'

‘Ik weet het niet. Hetzelfde, denk ik. Maar soms gaat dat hartding daar wat onregelmatiger.’ Ze wees naar het scherm op het apparaat tegenover hen. ‘Ze zitten op nog wat uitslagen te wachten en beslissen dan pas wat ze verder gaan doen.’

Joe knikte en nam Rory’s pols in zijn hand. ‘Hé, ik ben het. Ik ben hier met Tasha. Ben je wakker?’

Na een paar seconden knikte Rory bijna onzichtbaar.

‘Alles goed?’ Joe keek strak naar het gezicht van zijn vriend.

Ze wachtten, en toen likte Rory zijn lippen en fluisterde: ‘Beter dan ooit.’

‘Je mag hier snel weer weg. En dan gaan we samen heliskiën,’ zei Joe.

Rory reageerde echter niet meer; hij sliep alweer.

Alle keren dat Tasha Rory en Joe samen had meegemaakt, was het een en al vette grappen geweest. Iets wat nu volledig ontbrak. Ze had Joe nog nooit zo serieus gezien. Ze zag Joe’s kaken verstrakken, terwijl hij Rory’s onderarm streelde om hem zwijgend te laten merken dat hij er nog was.

‘Heb jij al iets gegeten?’ vroeg Joe.

Ze schudde haar hoofd. ‘Nee.’

‘Dat moet je wel doen, hoor.’

‘Ik kan het niet. Het lukt me gewoon niet.’ Ze was zich ervan bewust hoe ironisch het was dat ze voor de grap had gezegd dat ze niet meer zou eten totdat de ring haar paste. Inmiddels was ze vier kilo afgevallen, van pure paniek en omdat ze gewoon geen hap door haar keel kreeg. Ze leefde op dit moment op koffie uit de automaat op de gang.

‘Je moet op krachten blijven.’

Hulpeloos haalde ze haar schouders op. *Welke krachten?*

‘Hij heeft gelijk.’ De verpleegster was weer terug om Rory te controleren. ‘Je moet eten. Als jij er ook nog bij neervalt, zijn we nog verder van huis.’

‘Kom,’ zei Joe. ‘Dan gaan we even naar de cafetaria.’ Hij pakte Tasha’s hand beet en stond op. ‘We zijn over een halfuurtje weer terug.’

‘Goed plan.’ De verpleegster, die waarschijnlijk schoon genoeg van haar had, keek haar bemoedigend aan. ‘Doe dat.’

44

'Hoe gaat het nou verder met hem? Wordt hij snel weer beter?'

'Dat weet ik niet,' zei Joe. 'Dat weet niemand.'

'O god.' Ze zaten tegenover elkaar aan een oranje formicatafel in de cafetaria van het ziekenhuis. Tasha pakte een frietje, doopte het in de mayonaise en probeerde genoeg enthousiasme op te wekken om het ook daadwerkelijk op te eten.

'Slaap je wel?'

'Niet echt. Ik wou dat ik... gewoon mijn batterijen eruit kon halen en dan twaalf uur later weer wakker worden.'

'Je kunt toch om slaappillen vragen?'

'Maar ik ben bang dat ik dan iets belangrijks mis. Wat als er iets gebeurt terwijl ik slaap?'

Hij knikte om haar te laten merken dat hij het begreep. 'Ik weet het. Ik heb precies hetzelfde. Maar je bent wel erg sterk, moet ik zeggen.'

'Ik voel me niet sterk.'

'Je doet het heel goed.' Na een korte pauze voegde hij eraan toe: 'Ik heb je nog niet zien huilen.'

Ze schudde haar hoofd. Ze had inderdaad nog niet gehuild, ook niet wanneer ze alleen thuis was. Al haar concentratie was erop gericht om Rory weer beter te krijgen. Als ze zou instorten, deed dat daar misschien afbreuk aan.

Bovendien moest ze er voor hem zijn. Sterk zijn.

'Ik ben niet erg van het sentimentele gedoe, maar hij houdt echt heel veel van je,' zei Joe.

'Dat weet ik. Ik ook van hem.'

'Wil je nog wat friet?' Hij schoof het bord naar haar toe.

Het was wel het laatste waar ze zin in had. Maar hij had gelijk: Rory had haar nodig, dus moest ze doorgaan, hoe dan ook. Ze slikte de brok ter grootte van een golfbal in haar keel door en pakte nog een frietje. Het maakte niet uit dat het haar niet smaakte. Ze keek Joe aan. 'O ja, ik ga het hele bord leegeten.'

Toen ze weer op de afdeling kwamen, zat Mel naast Rory's bed. Ze stond op en begroette hen bij de deur. Omdat er niet meer dan twee bezoekers bij een patiënt mochten, zei Joe: 'Ik kom straks wel weer terug.'

'Nee, blijf. De behandelend arts heeft net naar de afdeling gebeld. Hij wil dat we even op hem wachten, want hij wil ons spreken. Ze zeiden dat ze hem rond vijven verwachten.'

'Waarom wil hij met ons praten?' vroeg Joe.

'Dat weet ik niet.'

'Is dat goed of slecht nieuws?' Tasha had meteen spijt van haar vraag; een golf van misselijkheid overspoelde haar.

'O lieverd, dat weet ik niet.' Mel keek bezorgd. 'We zullen het gewoon moeten afwachten.'

Het daaropvolgende uur praatte Tasha tegen Rory, terwijl ze zijn hand vasthield en zichzelf ervan probeerde te overtuigen dat hij er al wat beter uitzag.

Ze wist natuurlijk best dat dat niet zo was. Net zoals ze wist dat de arts niet van tevoren had gebeld met de mededeling dat hij hen wilde spreken omdat Rory aan de beterende hand was.

Het werk van een arts had waarschijnlijk wel zo zijn voordelen, maar daar was dit soort gesprekken er vast niet een van.

De klok aan de muur leek steeds langzamer te lopen. Het was inmiddels vijf uur geweest, en iedere minuut verstreek met een oneindige traagheid. Was het verbeelding of meed de verpleegster haar blik? Wist ze soms meer dan ze liet merken?

O god. *O god.*

Om zeventien minuten voor zes kwam de arts de afdeling op lopen. Tasha's knieën knikten. Ze duwde ze tegen elkaar en rechtte haar rug. Het kon vast niet al te erg zijn wat hij ging zeggen. Toch?

'Hallo, sorry dat ik jullie heb laten wachten. Het verkeer was een ramp.' Dokter White had vriendelijke ogen, een lange, knokige neus, en hij straalde een kalme autoriteit uit. Hij gaf hun allemaal een hand. 'We hebben de resultaten van het lab binnen, en ik wil de situatie even met jullie bespreken.' Hij wierp een blik op Rory, die weliswaar zijn ogen dicht had, maar hen misschien wel kon horen. 'Lopen jullie maar even mee, dan praten we verder in mijn spreekkamer.'

'Ik kan het gewoon niet geloven,' zei Carmel twee uur later bij Tasha thuis. 'Ik bedoel, Rory. Uitgerekend hij!'

'Ik weet het.' Dokter White en het verplegend personeel hadden haar min of meer opgedragen om naar huis te gaan en te proberen wat te slapen. Hoewel Tasha zich niet kon voorstellen dat ze ooit nog zou kunnen slapen, wist ze dat ze gelijk hadden. Ze moest zorgen dat ze gezond en fit bleef, voor Rory, en daarom moest ze eten en slapen.

Joe was met haar naar huis gegaan en vlak daarna was Carmel gekomen. De verpleging had beloofd dat ze meteen zouden bellen, mocht Rory's toestand in de loop van de nacht veranderen.

Het voelde raar om weer thuis te zijn. Maar ja, alles voelde raar; er bestond niet meer zoiets als normaal. Ze zette op een rijtje wat er op dit moment allemaal niet normaal was.

Op de lage tafel voor haar stond een glas rode wijn, en ze moest er niet aan denken dat ze die op moest drinken.

Ze had net een sms'je gekregen met de vraag of ze naar Barcelona kon komen voor een shoot met een van de succesvolste zangeressen ter wereld, en ze had de klus zonder bedenkingen afgeslagen.

O, en Rory's hart deed het niet meer. Zijn andere organen begaven het ook bijna. Zijn toestand was dermate verslechterd dat hij op de lijst was gezet voor een harttransplantatie.

Echt waar. *Een harttransplantatie.*

En het allerergste was nog wel dat ze volgens de artsen blij mochten zijn dat hij überhaupt op die lijst terecht was gekomen. Want als hij geen harttransplantatie kreeg, zou hij doodgaan.

'Je drinkt die wijn niet op, hè?' Carmel pakte het glas om het weer mee te nemen naar de keuken. Omdat ze haar vriendin wanhopig graag wilde helpen, zei ze: 'Zeg me wat je wilt, dan zorg ik ervoor dat je het krijgt.'

Ik wil een nieuw hart voor Rory.

Maar dat wisten ze al, en het hardop uitspreken zou niet helpen. Tasha dwong zichzelf om een wat realistischer antwoord te geven. 'Volgens mij staat er nog een blikje custard in de kast. Daar heb ik wel zin in.' Ze wist bijna zeker dat een kleine kom custard er wel in zou gaan.

Carmel knikte. 'Warm of koud?'

'Warm, graag.' Als kind was ze dol geweest op custard uit blik, dat was haar nooit gaan vervelen.

'Joe? Jij ook iets?'

'Nee, dank je. Ik hoef niks.'

Tasha moest ineens denken aan die keer dat Joe en Carmel elkaar hadden leren kennen, aan hoe ze elkaar vanaf dat moment altijd hadden geplaagd en uitgedaagd. Vervolgens herinnerde ze zich ook ineens als de dag van gisteren dat Joe de achterdochtige Carmel ervan had verzekerd dat Rory geen versierder was, dat hij echt stapelverliefd was op Tasha. Waarop Carmel, die haar oudste vriendin wilde beschermen, had gezegd: 'Als hij haar ooit verdriet doet, krijgt hij het met mij aan de stok.'

En Rory had, met zijn armen om haar heen en zijn warme adem tegen haar wang, in haar oor gefluisterd: 'Ik was niet van plan je ooit verdriet te doen.'

Er was toen een rilling van genot door haar heen getrokken.

Hij had alleen geen woord gehouden. Het verdriet dat ze op dit moment voelde, was groter dan ze ooit voor mogelijk had gehouden.

Ze verbaasde zich over de grilligheden van het lot. Ze had haar hele leven lang altijd het ergste verwacht, en nu was het dan zover.

En aangezien ze niet mocht instorten, moest ze het gewoon onder ogen zien en het zo goed mogelijk proberen te overleven.

45

'Zo voelt het dus als je beroemd bent,' zei Zander zacht. 'Overal waar ik kijk mensen die me aanstaren. Ik voel me net Brad Pitt.'

Flo grinnikte, want hij had gelijk; hij stond vandaag echt in het middelpunt van de belangstelling. En wanneer oude mensen in iemand geïnteresseerd waren, maakten ze daar geen geheim van.

'Ze zitten hier al maanden op te wachten, al vanaf toen we elkaar leerden kennen. Sorry dat ze niet erg discreet zijn.'

'Het geeft niet. Je had me al gewaarschuwd.'

'Ze hebben verder zo weinig, en ze houden van roddels. Jij bent groot nieuws hier.'

'Goedemiddag, Flo. Dus dit is je vriend?' Eunice Allsopp kwam achter Zander staan en probeerde zijn aandacht te trekken door met haar ebbenhouten wandelstok in zijn rug te porren. 'Laat me eens naar je kijken.'

Zander bleef beleefd staan wachten terwijl Eunice de juiste bril zocht tussen de verzameling om haar nek. Nadat ze hem had opgezet, tuurde ze aandachtig naar zijn gezicht. 'Heb je soms mascara op, jongeman?'

'Nee.' Zander verbeet een glimlach.

'Hm.' Eunice, die hem blijkbaar niet geloofde, keek over haar bril heen naar Flo. 'Is hij homo?'

'Hij is geen homo,' zei Flo. 'Hij is mijn vriend.'

'Nou en, dat zegt niets. Een van mijn echtgenoten was ook homo. Schat van een man,' vertelde Eunice. 'We konden het erg goed met elkaar vinden. Het heeft ook zo zijn voordelen. Hij viel me tenminste niet de hele tijd lastig, als jullie begrijpen wat ik bedoel.'

'Ja.' Zander knikte ernstig. 'Maar toch ben ik geen homo.'

'O, kijk,' zei Flo, voordat Eunice verder kon gaan met haar ondervraging. 'Daar heb je Margot! Ik heb haar beloofd dat ik je aan haar zou voorstellen. Ze is hartstikke benieuwd!'

Nairn House organiseerde iedere zomer een grote bazaar om de huidige bewoners te vermaken, en hopelijk toekomstige te trekken. Er werd veel reclame voor gemaakt, en er was voor elk wat wils. Gelukkig was het dit jaar mooi weer, waardoor er nog meer bezoekers dan anders waren. Bij de kraampjes was het een drukte van belang, de riante tuin lag er prachtig bij, de roze met wit gestreepte theetent barstte bijna uit zijn voegen, en op dit moment werd het publiek vermaakt door een dansgezelschap dat een opwindende tango uitvoerde.

'Hallo lieverd,' zei Margot, toen Flo en Zander zich voor het sieradenkraampje bij haar voegden. 'En jij ook hallo!' Ze nam Zander belangstellend op. 'Misschien dat je het al hebt gehoord, maar de heersende opvatting onder de bewoners is dat je een stuk bent.'

'Dank je,' zei Zander, terwijl hij haar de hand schudde. 'Ik zou hetzelfde van jou willen zeggen, maar dat is misschien een beetje onbeleefd.'

Het was altijd heel fijn als twee mensen die je allebei mocht, elkaar bij de eerste blik al leuk vonden. Gloeiend van trots bekeek Flo de sieraden die op de met velours beklede schraagtafels waren uitgestald, terwijl ze naar Zander en Margot luisterde, die volkomen op hun gemak met elkaar praatten. Ze werd even afgeleid toen een van de andere bewoners haar vroeg om haar te helpen met de sluiting van een armband, en toen ze zich weer omdraaide naar Margot en Zander, zag ze dat ze haar afwachtend aankeken.

'We houden een wedstrijdje over wie van ons tweeën jou het best kent.' Margot wees op de tafel. 'We hebben allebei een ketting uitgekozen waarvan we denken dat jij die het mooist vindt. En nu moet jij kiezen.'

'Oké. Welke heb jij gekozen?'

Margot schudde haar hoofd. 'Nee, zo werkt dat niet.'

'Maar dan eindigt het ermee dat ik een van jullie beledig.'

'Nee, hoor,' zei Zander. 'We zijn allebei volwassen.' Hij knikte naar de kettingen. 'Zeg het maar.'

De ketting links bestond uit donkerblauwe en zilveren stenen, het was een dubbelsnoer dat het licht weerkaatste en dat elegant aan haar hand bungelde. Flo legde hem weer neer en pakte de rechter, die wat korter en ronder van vorm was en gemaakt van trosjes zaadpareltjes, afgewisseld met witte glazen kralen.

'Oké, ik vind ze allebei mooi. Maar deze iets mooier.'

'Ha!' Margot klapte in haar handen. 'Heel goed!'

'Had jij die uitgekozen?'

'Nee, ik had die blauwe uitgekozen. Maar ik ben blij dat je die van Zander mooier vindt.' Met stralende ogen voegde ze eraan toe: 'Daaruit blijkt dat hij weet wat hij doet. Het bewijst dat hij de juiste man voor je is. Wat doen ze eigenlijk bij die kraam? Is dat Sla-de-Rat? O, leuk!'

Ze slenterden een uurtje rond tussen de kraampjes, waar planten, taarten en snuisterijen werden verkocht; ze keken naar de kleine kinderen in de ouderwetse draaimolen en naar de oudere kinderen op het springkasteel. Ze hadden een steelband gezien die de calypso speelde, een meisje dat liedjes van Céline Dion zong, een jongleur die met groente jongleerde en een streetdancegroep die een voorstelling breakdancen gaf. Zander had een kokosnoot gewonnen bij het kokosnoot gooien. Ze hadden rumpunch gedronken en zelfgemaakte taart gegeten. 'Oeps,' zei Flo zachtjes toen twee vrouwen, een oudere en een jongere, langs hen heen liepen.

'Wie zijn dat?' fluisterde Zander.

'De oudste is Beryl, en de jongste, die zo beschaamd kijkt, is haar kleindochter Julia. Je weet wel, met wie je mij hebt bedrogen.'

'O, die.' Hij glimlachte naar Julia toen ze even naar hen keek. 'Arm kind, ze heeft allemaal rode vlekken in haar hals.'

Annie kwam naar hen toe lopen. Haar geblondeerde stekeltjes trilden op haar hoofd, en ze droeg een tanktop in luipaardprint, een strakke witte spijkerbroek, fluorroze lippenstift en reusachtige oorringen.

'O mijn god, ik ben net bij de waarzegster geweest! Ze zei dat ik op vakantie ging naar een warme plek die met een B begint en dat ik daar dan in een nachtclub de man van mijn dromen tegenkom! En waar ga ik volgende week naartoe? Benidorm! God, zij is echt goed!'

'Wat leuk,' zei Flo.

'Ja, hè? Nu heb ik helemaal zin om te gaan – het wordt tijd dat ik eens een keer een leuke vent aan de haak sla! Ben jij al bij de waarzegster geweest?'

'Nou, nee, ik...'

'Maar dat moet je echt doen, hoor. Serieus. Ik zou meteen gaan als ik jou was, want nu staat er nog geen rij. Toe nou, ze kan je alles vertellen wat je wilt weten.'

Annie sleepte Flo min of meer mee naar de kleine geel met wit gestreepte tent en duwde haar er zonder pardon naar binnen.

'Dan ga ik in de theetent gezellig even zitten kletsen met die vriend van je.' Annie stak haar arm door die van Zander en wuifde naar Flo. 'Kom straks ook maar, als we dan tenminste nog niet samen zijn weggelopen naar Benidorm!'

De binnenkant van de tent was bekleed met zwarte velours doeken, en over het kleine ronde tafeltje hing een kleed van rood satijn. Madame Zara, zo te zien ergens in de zestig, droeg lange rode en zwarte gewaden, heel veel sieraden, en ze had een dikke streep eyeliner boven haar ogen.

Boven haar ene oog een iets dikkere dan boven haar andere.

'Ga zitten, schat, dat is dan tien pond,' zei ze. 'Ik voel nu al dat er een groot geluk om je heen hangt.'

Tien pond om in een bedompte, veel te warme tent te zitten luisteren naar een hoop nonsens. Wat een oplichterij, zeg. Maar ze zat vast, er was geen ontsnappen aan. Flo ademde de zware, kruidachtige geur van het parfum van de vrouw in en wou dat ze er wat minder scheutig mee was geweest.

'Geef me je hand maar, schat. O, ik zie dat dit een mooie periode voor je is, hè? Allemaal leuke dingen in je leven op dit moment.'

'Hm.' Flo haalde neutraal haar schouders op; de vrouw had Annie natuurlijk horen zeggen dat Zander haar vriend was.

'Je hebt een lieve hond,' zei Madame Zara. 'Een zwarte.'

'Nee, hoor.' Flo keek even naar haar kleren om te zien of er soms ergens een haar van Jeremy zat.

'Dat komt dan nog wel.' Zara knikte wijs. 'Je zult een heel lieve hond krijgen. Echt een maatje, je zult je afvragen hoe je ooit zonder hem hebt gekund. En ik zie een gelukkig huwelijk in de maak. Een kerk en een mooie trouwerij. Drie bruidsmeisjes.'

'O,' zei Flo teleurgesteld. 'Drie maar?'

'Drie kleintjes,' zei Zara. 'Maar ook wat grotere. Ze dragen allemaal prachtige blauwe jurken.'

'Weet u ook waar we naartoe gaan voor onze huwelijksreis? Wordt het Venetië?'

'O ja.' Madame Zara knikte beslist. 'Het wordt zeker Venetië. Jullie zullen een tochtje maken in een gondola, en het zal vreselijk romantisch zijn...'

'Krijgen we ook kinderen?'

'O, ja. Twee,' zei Zara. 'Een jongen en een meisje. Maar ik ga je de namen niet verklappen, liefje. Anders is de verrassing eraf.'

'Dat is waar,' zei Flo. 'Ik wacht ook liever tot ze er zijn.'

'Jullie worden allemaal erg gelukkig samen.' Zara knikte. 'Dat is zonneklaar. Ik benijd je.'

Het was pure onzin, dat wist Flo best, maar toch kreeg ze er een warm gevoel van in haar buik.

Want je kon nooit weten, misschien kwam het allemaal nog wel uit ook.

Maar met tien pond kwam je tegenwoordig blijkbaar niet ver meer. Haar tijd zat er alweer op.

'Zo, schat, dat was het,' zei Madame Zara. 'Stuur de volgende maar meteen naar binnen.'

Flo schaamde zich dood toen ze de tent uit kwam en zag dat Annie en Zander helemaal niet naar de theetent waren gegaan, maar haar hadden staan afluisteren.

En het allemaal ontzettend grappig vonden natuurlijk.

'Jemig, jij was lekker bezig, zeg,' zei Annie gillend van de lach. 'Je leek Jeremy Paxman wel! Al die kritische vragen! Echt, ik had niet verwacht dat je haar zou gaan ondervragen over die bruiloft!' Annie, die niet aan discretie deed, stootte Zander aan. 'Ding dong! Ik ga maar vast een mooie hoed kopen!'

Het was zeven uur 's avonds en het was druk in het park: mensen die picknickten, barbecues aanstaken, spelletjes deden of alleen maar het uitzicht op de hangbrug over de Avon Gorge bewonderden. Onder hen kronkelde de rivier, een zilveren lint van water waarin de nog steeds blauwe hemel werd weerspiegeld. Heteluchtballons dreven traag door de lucht, profiterend van de perfecte weersomstandigheden. Honden sprongen en blaften verontwaardigd naar de ballons, en het gas dat ononderbroken bulderde, maakte kleine kinderen aan het schrikken.

'Ik heb nog nooit in een heteluchtballon gezeten,' zei Zander.

'Zou je dat leuk vinden?'

'Jawel.'

Flo sloeg de informatie op voor toekomstig gebruik. Zander was eind augustus jarig. Als ze dan nog steeds bij elkaar waren, zou een ballonvaart een leuk cadeau zijn. Als hij de maffe ouwe vrijster die maar aan één ding kon denken dan tenminste nog niet had gedumpt.

'Sorry,' zei ze, niet voor het eerst sinds ze de bazaar hadden verlaten.

Zander schudde glimlachend zijn hoofd. 'Hou eens op met dat sorry zeggen.'

'Maar het zit me nog steeds dwars.'

'Dat is nergens voor nodig.'

'Maar ik kan er niks aan doen. Ik schaam me dood als ik eraan terugdenk.'

'Luister.' Hij nam haar gezicht tussen zijn handen. 'Ik ben blij dat ik je die vragen heb horen stellen. Je weet toch hoe het is als je iemand echt heel graag mag, maar je dat niet durft te zeggen, uit angst dat die ander niet hetzelfde gevoel heeft?'

Ze keek in zijn kalme, blauwe ogen en kreeg een droge mond. 'Ja.'

'Nou, dat had ik dus. Ik wilde van alles tegen je zeggen, maar ik was bang dat ik je de stuipen op het lijf zou jagen.' Hij zweeg even. 'Luister, ik heb een idee waarvan ik denk dat het een oplossing voor ons allemaal is, maar ik wil niet dat je denkt dat ik het alleen maar voorstel omdat ik er profijt van heb. Want echt, dat is niet waar het me om gaat.'

Op dat moment wist ze dat hem precies dezelfde oplossing voor ogen stond als haar. Zelf had ze het ook niet hardop durven zeggen, uit angst te gretig over te komen.

Ze knikte. En opeens vond ze wel de moed om het te zeggen. 'Lena blijft in jouw flat, en jij komt bij mij wonen.'

Pas toen Zander langzaam uitademde, besefte ze dat hij zijn adem had ingehouden. 'Precies.'

'Ik wilde dat ook voorstellen.'

'Echt?'

O, die donkere wenkbrauwen van hem. 'Echt. Want ik vind je heel leuk, weet je.'

'Ik was bang dat je het te snel zou vinden.'

'En ik was bang dat jij het te snel zou vinden.' Was het te snel? Eerlijk gezegd voelde het niet zo.

'Ik hou van je,' zei Zander.

'En ik hou van jou.'

'Ik wil niks liever dan met je samenwonen.'

'En ik met jou.'

Hij haalde nog een keer diep adem. 'En... het is niet iets waar ik eerder over heb nagedacht, maar aangezien de waarzegster er toch over is begonnen, kan ik wel zeggen dat ik ons samen wel kinderen zie krijgen.'

'Wauw,' zei Flo.

'Een meisje en een jongen. Klinkt goed. Maar pas als je daaraan toe bent,' voegde hij er met een scheef lachje aan toe. 'Niet noodzakelijkerwijs meteen.'

Er dreef toevallig net weer een heteluchtballon over hen heen, een paars met groen geblokte. Twee kinderen renden er gillend van opwinding achteraan. Flo had het gevoel alsof ze zelf ook wel kon opstijgen van geluk. Na al die jaren was ze de volmaakte man tegengekomen, en ze wist dat hij haar nooit zou teleurstellen. Samen konden ze het probleem Lena wel overwinnen.

En misschien dat Lena wat minder negatief over Flo ging denken nu het resultaat was dat ze Zanders flat kon krijgen, al was dat dan niet de flat waar ze haar zinnen op had gezet.

'Dus nou is het geregeld?' Ze sloeg haar arm om zijn middel. 'Je pakt je spullen en je komt bij mij en Jeremy wonen?'

'Als je denkt dat Jeremy het ook goedvindt. Misschien moet je het eerst maar even aan hem vragen.'

'Hij vindt je aardig. Dat komt wel goed. Hij zal je met open pootjes verwelkomen.'

'Nou, dat noem ik nog eens een resultaat,' zei hij.

Ze liepen samen door het park terug naar de auto.

'Wacht. Dit vergeet ik altijd, maar nu moet het echt even.' Flo bleef staan om haar mobieltje te pakken. Ze maakte een selfie van hen tegen de achtergrond van het indrukwekkende ravijn met de hangbrug erover en met boven hen een enorme oranje heteluchtballon. De camera deed *klik*, en toen was het moment vereeuwigd.

'Later kunnen we deze foto aan onze kinderen laten zien,' zei Zander. 'Hoe gaan we ze trouwens noemen? Heb je al een idee?'

'Dat is ook al geregeld,' zei Flo. 'Rennie en Perzik. Zo zullen ze heten. We zullen ze vertellen dat we vandaag hebben bedacht dat we ze wilden.'

Hij kneep even in haar schouder. 'Al met al was het een fantastische dag.'

Flo stopte haar toestel weg en blies hem plagend een kusje toe. 'En het mooiste is dat hij nog niet voorbij is.'

46

Beste Rose,
Mijn drie dingen zijn:

Ik ben de intelligentste persoon die ik ken.

Ik los cryptogrammen voor mijn lol op.

Het ergert me wanneer mensen denken dat ze het beter weten dan ik, vooral wanneer ik weet dat dat niet zo is.

Ik word knettergek van mijn beste vriendin Sally. We kennen elkaar al bijna ons hele leven en we zijn nu allebei zesentwintig. De afgelopen tien jaar heeft ze alleen maar foute vriendjes gehad, maar wanneer ik haar dat vertel, weigert ze naar me te luisteren. Toch heb ik iedere keer weer gelijk. Waarom wil ze me niet geloven? Ik zou haar zoveel verdriet kunnen besparen.

Met vriendelijke groet,
David

Beste David,
Mensen moeten hun eigen fouten kunnen maken, anders zullen ze achteraf denken dat hun keus misschien toch de goede was. We denken het altijd beter te weten voor anderen – zo zit de mens nu eenmaal in elkaar. Als Sally iemand echt leuk zou vinden, maar niet met hem uitging omdat jij haar dat had afgeraden, dan zou ze altijd blijven denken dat hij vast de ware was.

Dat neemt niet weg dat ik met je meeleef. Ja, het is frustrerend, maar in haar positie zou je er precies hetzelfde over denken. Het enige wat je kunt doen, is er voor haar zijn wanneer ze weer eens teleurgesteld is in zo'n fout vriendje. En hopelijk zal je beste vriendin Sally op een dag de ware tegenkomen die haar niet teleurstelt.

Liefs,
Rose

PS Ik vraag me wel af of jij stiekem niet hoopt die ware voor haar te zijn. Als dat zo is, hou er dan rekening mee dat die droom misschien nooit uitkomt.

Arme David, verliefd op zijn beste vriendin. En het zag er niet naar uit dat zijn gevoelens ooit beantwoord zouden worden. Sally mocht dan wel zijn beste vriendin zijn, of hij met zijn bemoeizucht ook haar beste vriend was, viel te betwijfelen. Hallie postte haar antwoord, hoewel ze nu al wist dat het hem niet zou bevallen; David wilde alleen maar gelijk krijgen.

Nou ja.

Ze ging vooroverzitten op de bank om haar schouders en rug te ontspannen. Haar laatste sessie bij de fysiotherapeut had wel iets weggenomen van de pijn die veroorzaakt werd door de inspanning die het haar kostte om adem te halen, maar hij was nog niet helemaal verdwenen. Maar het goede nieuws was dat ze zich vandaag wat minder suf voelde dan anders. Het was haar gelukt om na het innemen van haar medicijnen wakker te blijven, en ze was ook bijna twee kilo aangekomen, wat een hele prestatie was. Dat was haar eeuwige strijd: op gewicht blijven.

En nu had ze haar website ook nog geüpdatet. Ja, na zich twee dagen behoorlijk klote te hebben gevoeld, was ze lekker bezig.

Toen haar telefoon ging, nam ze meteen op.

'Hoi,' zei Bea. 'Waar ben je?'

'In Tanzania, in een heteluchtballon boven de Serengeti. Je zou dat eens moeten kunnen zien. Prachtig gewoon. Ik zie kuddes gnoes over de vlakte rennen...'

'Je hebt weer naar *Fawlty Towers* zitten kijken. Ben je thuis?'

'Ja.'

'Mooi, doe dan maar open. Je hebt bezoek. Bezoekers.'

Bezoekers? Bea en?

Een halve minuut later wist ze het.

'Hallie, mooie Hallie. Deze zijn voor jou, van mij.' Een vlaag dure aftershave, krakend cellofaan, en toen het grootste boeket dat ze sinds tijden had gekregen.

'Verrassing!' zei Bea, terwijl Hallie luchtkussen kreeg van Ross. 'Het leek ons leuk om even bij je langs te gaan!'

Waarschijnlijk om dat onhandige gevoel van de eerste keer als stelletje maar achter de rug te hebben. Geamuseerd nam Hallie de bloemen in ontvangst. 'Wauw, dank je wel. Wat mooi! Leuk om je weer te zien. Kom verder.'

In de huiskamer koppelde Hallie zich weer vast aan de zuurstoffles. De bloemen waren echt heel mooi, exotisch en extravagant; het was alleen jammer dat er zoveel lelies bij zaten, want hun misselijkmakende geur deed haar altijd aan de dood denken.

Nou ja, het gaat om het idee.

'Wauw, wat zie jij er goed uit!' Ross zei het ietwat te enthousiast.

Hallie, die best wist dat het niet zo was, zei: 'Dank je, jij ziet er ook goed uit.' Wat wel zo was; in zijn groene designeroverhemd en donkerblauwe broek en met zijn zonnebril in zijn haar straalde de gebruinde Ross een en al gezondheid uit. Bea, die naast hem zat, was overduidelijk stapel op hem.

'We komen net terug uit Abingdon, waar we met Ross' ouders hebben geluncht,' zei Bea. 'Fantastische mensen. Ik mocht ze meteen.'

'En zij jou ook. Maar vergeet het niet van die kaartjes, hè?' bracht Ross haar in herinnering. 'Zodra je weet dat je dan kunt, moet je mijn moeder bellen, dan kan zij ze bestellen.' Hij wendde zich tot Hallie. '*Les Misérables* in Londen. Niet mijn pakkie-an, maar mijn moeder is er dol op.'

Hallie glimlachte. Die musical stond ook hoog op haar verlanglijstje. Toen Suze was gestorven, had ze zich voorgenomen om er echt naartoe te gaan, ook uit Suzes naam, maar zoals het met zoveel van haar al te ambitieuze plannen ging, was er nog niets van terechtgekomen.

Bea herinnerde zich dat blijkbaar ook ineens. 'O, maar dat is jouw lievelingsmusical. Waarom ga je niet met ons mee?'

Hallie schudde haar hoofd. 'Nee, dat is me te veel... En bovendien moet ik dan vast weer hoesten, en dat wil ik de rest van het publiek niet aandoen. Maar als jij met Ross' moeder bent geweest, moet je me er alles over komen vertellen.'

Toen ze een uur later weggingen, keek Ross Hallie diep in de ogen. 'Het was heel fijn om je weer te zien. Echt. Pas goed op jezelf.'

Alsof ze zijn negentigjarige overgrootmoeder was. Het speelse toontje en de flirterige blikken tussen hen waren blijkbaar voor eeuwig verleden tijd. Wat natuurlijk wel zo gepast was nu hij iets met Bea had, maar toch kreeg ze een beetje het gevoel alsof ze niet meer meetelde.

'Zal ik doen, en pas jij maar op Bea. Als je rottigheid uithaalt met haar, krijg je met mij te maken.'

'Zou niet bij me opkomen.' Hij grijnsde zoals mannen grijnzen die maar al te goed weten dat ze ongetwijfeld een keertje rottigheid zullen uithalen, gewoon omdat dat nu eenmaal iedere keer zo ging.

Toen hij naar buiten liep, bleef Bea nog even bij Hallie staan. 'Nou, wat denk je? Hij vindt me wel leuk, hè? Zien we er als een echt stelletje uit? Hij is stukken aardiger dan Phil...'

Wat niet zoveel te betekenen had, aangezien Phil haar in de zes maanden dat ze verkering hadden gehad, met minimaal vier meisjes had bedrogen.

Maar Bea's ogen straalden. Ze was een onverbeterlijke optimist.

'Hij is aardig, en jullie passen goed bij elkaar.' Hallie omhelsde haar vriendin op de drempel, denkend aan wat Beste Rose zou zeggen. 'Veel plezier nog. En tot gauw.'

47

Zander zuchtte toen hij die zondagnacht de naam van zijn zus in het schermpje van zijn mobieltje zag staan. Zou het nou nooit ophouden? Dat was de hamvraag. Persoonlijk vermoedde hij van niet.

'Neem nou maar op,' zei Flo, die zijn tegenzin voelde. 'Misschien heeft ze zich weer eens een keer buitengesloten.'

Zoals altijd had Flo gelijk. Hij kon de koe beter meteen bij de hoorns vatten; dat was beter dan dat hij zich de komende uren lag af te vragen wat er aan de hand was.

Hij ging weer met zijn hoofd op het kussen liggen, drukte op Beantwoorden en zei vermoeid: 'Het is al twaalf uur, Lena. Wat is er?'

'Zander, je moet me onmiddellijk komen ophalen.' De woorden buitelden bijna over elkaar heen. 'Kun je nu meteen komen?'

'Wat? Nee, dat gaat niet. Waar ben je trouwens? Wat is er?'

Op de achtergrond kon hij boze stemmen horen.

'Nou, ik kan er niks aan doen, als je dat maar weet. Giles' vrouw zou een paar dagen met de kinderen naar Plymouth gaan, dus toen vroeg Giles of ik bij hem wilde komen, omdat er toch niemand was; alleen kwamen ze eerder thuis dan verwacht, en ze ging echt helemaal door het lint toen ze mij zag... En toen haalde ze Giles' moeder erbij, en toen gingen ze met z'n tweeën tegen me tekeer... Echt, ongelooflijk gewoon wat ze allemaal zeiden. Het is een regelrechte ramp, terwijl ik helemaal niks verkeerds heb gedaan...'

Zander deed even zijn ogen dicht. Lena veranderde ook nooit. Een van zijn vroegste herinneringen was dat zijn moeder zich had proberen te verontschuldigen tegenover een ontroostbaar vriendinnetje van Lena, omdat Lena de armen van haar lievelingspop af had gerukt.

'Luister, waar ben je precies? Geef me het adres even.'

Nadat Lena het hem had verteld, voegde ze eraan toe: 'En schiet een beetje op, anders geef ik ze allebei nog een klap voor hun kop!'

'Doe dat nou maar niet. Ik ga nu een taxi voor je bellen.'

'Nee, geen taxi. Ik wil geen taxi!'

'En ik wil niet uit bed om jou te gaan halen.'

'Zander, alsjeblieft!'

'Waarom kan Giles je niet naar huis brengen?'

'Omdat hij al een paar flessen wijn opheeft, dus die klotemoeder van hem wil niet dat hij nog rijdt.'

Even overwoog Zander om te zeggen dat hij ook had gedronken, maar Lena hoorde het altijd aan hem wanneer hij loog. Hij probeerde het nog een keer: 'Maar een taxi kan er sneller zijn dan ik; laat me nou gewoon een...'

'Godsamme, waarom doe je nou zo moeilijk?' brieste Lena. 'Oké, oké, ik zal je vertellen wat er is gebeurd. Ik heb per ongeluk een klok stukgemaakt, en als je niet meteen komt en Giles' moeder tweehonderd pond geeft, dan belt die ouwe heks de politie!'

Hij begreep dat hij er niet onderuit kwam. Uit ervaring wist hij dat Lena het hem alleen maar lastiger zou maken als hij voet bij stuk hield.

Zander voelde dat Flo een hand op zijn arm legde, en hij keek haar aan. Flo, die alles gehoord had, glimlachte en zei zacht: 'Ga nou maar.'

Een golf van opluchting overspoelde hem; zijn vroegere vriendinnen waren lang niet zo begripvol geweest. Wat in wezen ook de reden was dat het was uitgegaan.

En waarom dat met Flo niet zou gebeuren.

'Oké, ik kom eraan,' zei hij tegen Lena. 'Ik kan er over twintig minuten zijn.'

'Schiet nou maar op,' zei Lena. 'Ik word hoorndol van die krijsende wijven.'

Vier minuten later, gekleed in een spijkerbroek en zwart poloshirt, boog hij zich over Flo heen om haar een kus op de mond te geven. 'Ik ben uiterlijk één uur weer terug, hopelijk wat eerder.'

'O, dan ben ik nog wel wakker.'

Hij vond het altijd prachtig zoals haar ogen glansden wanneer ze hem aankeek. 'Je hoeft niet op me te wachten.'

'Maar misschien wil ik dat wel,' zei ze.

Nu was het zijn beurt om te glimlachen. Ze wisten allebei waarom; er was nog iets wat ze moesten afmaken in bed.

'Nou, tot straks dan maar.' Hij gaf haar nog een kus.

'En vergeet niet even geld te gaan pinnen. Chaaarles Giiiles' moeder accepteert misschien wel geen creditcard.'

Het miezerde zacht toen Zander tweehonderd pond uit de automaat haalde. Hij stapte weer in. Op dit tijdstip zou het hem hooguit een kwartier kosten om naar het adres te rijden dat Lena hem had opgegeven.

Hij reed Clifton uit en door Bristol-Noord naar de Cribbs Causeway. Daarna via het knooppunt heuvelafwaarts naar Easter Compton. Er was niemand op de weg, en de auto liep als een zonnetje. Zander zette de cd-speler aan en glimlachte toen de muziek die Flo had uitgezocht uit de luidsprekers knalde. Hij wist dat dat nummer hem altijd aan Flo zou doen denken. Als je haar zag, dan zou je toch niet verwachten dat haar lievelingsnummer 'Titanium' van David Guetta was?

Hij wist nu al dat Lena meteen na het instappen vol afschuw zou zeggen: 'Wat is dat voor herrie? Doe uit!'

Voorlopig mocht hij het geluid echter zo hard zetten als hij maar wilde. Hij hoopte maar dat alles een beetje voorspoedig zou verlopen, dan kon hij om één uur weer bij Flo in bed liggen. En morgen, wanneer de gemoederen wat waren bedaard, zou hij Lena vertellen dat hij bij Flo introk. Met een beetje geluk besefte ze dan...

Net toen hij de bocht om kwam, rende er een vos over de weg, en Zander draaide het stuur met een ruk naar rechts en trapte tegelijkertijd op de rem. De weg was nat van de regen, en hij hoorde het oorverdovende gepiep van zijn banden. In de microseconden voor de knal, die als in slow motion verstreken, schoten er drie dingen door hem heen:

Shit, ik reed te snel.

Lena wordt heel kwaad als ik niet kom.

En toen hij begreep dat het heel erg mis was, was zijn laatste gedachte: *O Flo, ik hou van je, het spijt me...*

En toen knalde de auto tegen het stenen muurtje.

Flo was thee en toast aan het klaarmaken, toen de telefoon ging.

'Zeg, waar is Zander mee bezig? Waar blijft hij verdomme? Want als hij soms denkt dat het grappig is om me hier te laten stikken, dan kan ik je verzekeren dat dat niet zo is!'

'Wat? Hij is al tijden geleden vertrokken.' Flo legde het botermesje neer en keek op haar horloge. 'Hij had er nu wel moeten zijn. Probeer zijn mobieltje eens.'

'Jezus, waar zie je me voor aan? Ik heb al gebeld, maar dat stomme ding blijft maar overgaan. Hij neemt gewoon niet op.'

'Misschien omdat hij achter het stuur zit,' zei Flo. 'En misschien heeft hij niet zo snel een geldautomaat gevonden die het doet. Je weet toch dat hij nog geld moest pinnen?'

Om precies te zijn tweehonderd pond.

'Nou, hij kan maar beter opschieten,' verklaarde Lena. 'Want echt, ik heb schoon genoeg van die twee heksen hier.'

Dit was belachelijk. Flo's vingers trilden toen ze voor de zoveelste keer Zanders nummer belde en het mobieltje hoorde overgaan. Waarom nam hij nou niet op? Zou ze een taxi bellen en kijken of ze hem kon vinden, of was dat...

Ze schrok toen er ineens werd opgenomen. Eindelijk! Opgelucht zei ze: 'Zander, waar ben je? O god, ik maakte me zo'n zorgen...'

Maar toen ze de mannenstem aan de andere kant van de lijn hoorde, kwam haar angst met driedubbele kracht terug.

Want het was niet Zanders stem.

Het was harder gaan regenen. De lucht was loodgrijs. Flo, die uit het raam van de wachtkamer naar buiten keek, hoorde dat twee verpleegsters Lena in de gang tot bedaren probeerden te brengen.

Ze deed even haar ogen dicht toen ze opnieuw werd overspoeld door het besef van wat er was gebeurd. Zander had een ongeluk gehad en lag buiten bewustzijn op de intensive care. De politie had contact opgenomen met Lena en haar afgehaald bij het huis van Giles' moeder om haar naar het ziekenhuis te brengen. Een andere agent had uiteindelijk opgenomen toen Flo voor de twintigste keer Zanders toestel had gebeld. Ze had meteen een taxi gebeld en was een uur na Lena in het ziekenhuis aangekomen.

Het was inmiddels zeven uur 's ochtends, en zo te horen gaf Lena de verpleging er de schuld van dat haar broer in coma lag.

Gelukkig wist het personeel hoe het met lastige familieleden moest omgaan.

'Goed.' Lena gooide de deur van de wachtkamer open. 'Ik ben moe. Ik ga naar huis en probeer wat te gaan slapen. Wat ga jij doen?'

'Ik blijf hier nog even.'

'Nou ja, natuurlijk zou ik ook wel willen blijven, maar ik ben echt op!'

'Dat weet ik. Het geeft niet. Ik spreek je later wel.'

Lena pakte haar crèmekleurige jasje. 'Stuur me alsjeblieft meteen een sms'je als hij bijkomt. Ik heb aan de verpleegsters gevraagd wanneer dat zou gebeuren, maar ze weigeren gewoon antwoord te geven.'

'Dat is omdat ze niet weten wanneer hij weer bijkomt,' zei Flo.

Lena schudde haar hoofd om de incompetentie van het personeel. 'Nou, zoiets horen ze gewoon te weten.'

Na Lena's vertrek ging Flo bij Zanders bed zitten en keek naar hem, terwijl hij sliep. Nou ja, hij sliep niet echt natuurlijk, maar zo zag het er wel uit. Hij had alleen inwendig hoofdletsel, dus er viel niets van een wond te zien. Zijn steile, glanzende donkere haar lag nog steeds over zijn voorhoofd, en zijn hoge jukbeenderen waren mooi als altijd. Hij had zijn ogen dicht en lag aan de beademing. Als je hem zo zag, leek het heel aannemelijk dat hij elk moment wakker kon worden. Maar de arts was net bij haar geweest om te zeggen dat ze hem zo meteen mee zouden nemen naar de operatiekamer, waar ze een gaatje in zijn schedel zouden boren om een apparaatje te kunnen plaatsen waarmee ze de intracraniële druk in de gaten konden houden.

Want het zag er niet best uit voor hem.

Toen Zander om elf uur naar de operatiekamer werd gebracht, besloot Flo om naar huis te gaan. Ze moest zich douchen, omkleden, wat eten, Jeremy zijn voer geven en iemand zien te vinden die regelmatig bij hem langs kon gaan. En als het lukte, kon ze misschien ook een paar uurtjes proberen te slapen.

'Ik zal je meteen bellen als er nieuws is,' zei de aardige verpleegster. Wat zachter voegde ze eraan toe: 'Ik weet dat zijn zus officieel zijn naaste familie is, maar ze is erg van streek op het ogenblik... en snel geïrriteerd. Nou ja, je snapt wat ik bedoel.'

Flo knikte. 'O ja, daar weet ik alles van.'

'Ze is zeker nogal een lastpak, hè?'

'Behoorlijk.' Hoewel Flo wist dat het niet aardig was om achter Lena's rug om zo over haar te praten, moest ze het ziekenhuispersoneel duidelijk maken hoe ze was. 'Maar zo zit ze nu eenmaal in elkaar. Ze kan er ook niks aan doen.' Het was natuurlijk een onlogische gedachte, maar ze was bang dat ze minder goed voor Zander zouden zorgen als ze een hekel aan zijn zus hadden.

Alsof de verpleegster haar gedachten kon lezen, gaf ze haar even een troostend kneepje in haar schouder. 'Natuurlijk kan ze er niks aan doen. Maak je maar geen zorgen, dat snappen we best.'

Pas toen Flo veilig thuis in Clifton was, barstte ze in huilen uit. Jeremy keek haar even vol minachting aan, draaide zich toen om en beende weg. In de keuken ging hij naast zijn lege bakje zitten en wierp haar een blik toe alsof hij wilde zeggen: ik ben erg teleurgesteld in je.

'Ik weet het, sorry, maar ik maak me zo'n zorgen om Zander.'

Jemig, nu stond ze zich ook nog te verontschuldigen tegenover een kat. Ze veegde haar tranen af aan haar mouw, waste het blauwe keramieken bakje af en vulde het met vers voer. 'Zo, ga je gang.'

Waarop Jeremy zich omdraaide en de keuken uit liep. Aan het langzame zwaaien van zijn staart zag ze wat hij van haar vond.

Vier uur later stond Flo op de stoep van Zander en Lena's flat aan te bellen en op de deur te timmeren.

Na een lange tijd verscheen Lena in de deuropening, gekleed in een lila kamerjas. 'Wat is er? Ik sliep.'

'Het ziekenhuis heeft gebeld. We moeten terug.'

In Lena's bleke voorhoofd verschenen rimpeltjes. 'Waarom? Ik lag te slapen.'

'Er is iets gebeurd. Ze wilden me niet zeggen wat. We moeten er zo snel mogelijk naartoe.' Flo hoorde dat haar stem trilde van angst.

'Waarom hebben ze mij niet gebeld? Ik ben zijn naaste familie.'

'Ze hebben je gebeld, maar je nam niet op.'

'Denk je dat hij weer bij is?' vroeg Lena.

'Ik weet het niet.' Afgaande op de toon van het telefoontje, dacht ze geen seconde dat dat het was. 'Kleed je snel aan. Ik heb al een taxi besteld.'

'Hou je mond, waar heb je het over?' vroeg Lena op luide toon, terwijl ze vol ongeloof naar de arts aan de andere kant van het bureau keek. 'Jullie horen hem beter te maken, niet zieker! Je kunt me daar toch niet gewoon gaan zitten vertellen dat mijn broer doodgaat!'

Flo staarde naar de goedkope, onverwoestbare, grijze vloerbedekking en concentreerde zich op de woorden die de man net had uitgesproken; het was belangrijk dat ze ze tot zich door liet dringen, zelfs al zei hij dan het onzegbare.

'Ik vind het ook heel erg, Lena, maar soms lukt het ons gewoon niet om mensen beter te maken.' De arts sprak op meelevende maar ferme toon. 'Er is een inwendige bloeding ontstaan waar we simpelweg niets meer tegen kunnen uitrichten. Het enige wat ik je kan vertellen, is dat je broer niet heeft geleden. Hij heeft geen pijn gehad.'

'Volgens jou!' zei Lena.

Flo stopte haar handen tussen haar knieën. 'Je bedoelt dat hij hersendood is?'

De arts knikte. 'Ja.'

'Hij kan toch niet doodgaan?' zei Lena. 'Dat kan gewoon niet.'

Maar natuurlijk kon dat wel. Zander mocht dan kunstmatig in leven worden gehouden, in feite was hij al dood. Het gebeurde al, of ze dat nu wilden of niet.

'En wat nu?' Flo probeerde de paniek die in haar opsteeg te onderdrukken. 'Zetten jullie het apparaat uit?'

'Nog niet. We testen altijd alles nog een tweede keer.' De arts, die in de vijftig was en staalgrijs haar en een onderkin had, zweeg even en vervolgde toen: 'Er is nog iets wat we moeten bespreken... Ik weet niet of jullie weten hoe Alexander over orgaandonatie dacht...'

'Wat? Wil je daarom dat apparaat zo graag uitzetten soms? O nee, geen sprake van,' zei Lena. 'O nee, jullie blijven van zijn organen af. Hij doneert helemaal niks aan niemand niet.'

'Lena, ik weet hoe je...'

'Geen sprake van.' Lena schudde driftig haar hoofd. 'Dat gaat niet gebeuren. NEE NEE NEE.'

'Ik weet dat hij het zou willen,' zei Flo. 'We hebben het er toevallig een paar weken geleden over gehad. Hij heeft een donorcodicil in zijn portefeuille.'

'DAT MAAKT MIJ NIET UIT!' bulderde Lena. 'Ik wil het niet hebben. Ik wil niet dat ze hem in stukken snijden.'

'Laten we er voorlopig maar even over ophouden. Maar maken jullie je geen zorgen, we doen niets wat jullie niet willen,' zei de arts. 'Dat beloof ik jullie.'

Lena keek als een dier in de val. 'Dat zal je geraden zijn ook.'

'Dit kan gewoon niet waar zijn.' Hoofdschuddend schoof Lena haar mok thee weg.

Het was middernacht en ze waren weer in Zanders flat. Er was contact opgenomen met vrienden en collega's, en zoals te verwachten viel, was iedereen diep geschokt; dit was de ergste nachtmerrie die mensen zich konden voorstellen.

Hoewel Flo kapot was, wilde ze het nog niet opgeven. 'Luister,' zei ze zacht. 'Als jij een nier nodig had, en de artsen zeiden dat ze er eentje voor je hadden gevonden, zou je die dan accepteren? Of zou je nee zeggen?'

'Begin nou niet opnieuw.'

'Lena, ik moet wel, want we hebben niet veel tijd meer. Het is wat Zander wilde. Je redt hem er niet mee door te weigeren zijn organen af te staan. En ik weet dat het helpt om toestemming te geven. Achteraf zijn mensen altijd heel blij dat ze dat hebben gedaan, want het betekent dat er ook nog iets goeds is voortgekomen uit... uit iets ergs. De wetenschap dat er mensen mee zijn geholpen... Nou, daardoor voelen ze zich meestal iets beter.'

De tranen liepen over Lena's smalle, witte gezicht. Ze deed geen poging ze te drogen. 'Andere mensen kunnen me niets schelen.'

'Dat weet ik, dat weet ik. Maar ik zeg alleen maar dat je je er over een tijdje beter door zult voelen. En of zijn organen nu wel of niet worden gebruikt, we krijgen Zander er niet mee terug.' Flo stokte even. 'Hij gaat nog steeds dood.'

'Hou op.' Lena schudde haar hoofd als een kind dat nergens van wil weten.

'Het is gewoon zonde als zijn organen niet worden gebruikt.'

'Ik wil niet dat ze zijn organen gebruiken,' zei Lena snikkend. 'Ik wil niet dat Zander doodgaat. Ik kan er niet tegen.'

'Ik weet het, ik weet het. Luister, ik ga nu weg.' Flo stond een beetje aarzelend op. Voor hen allebei was dit de ergste dag van hun leven. Bij de voordeur omhelsde ze Lena.

In eerste instantie verstijfde Lena; het was alsof Flo een paspop omhelsde. Toen klemde Lena zich luid snikkend aan Flo vast en begroef haar gezicht in haar schouder. Een paar seconden bleven ze zo staan, allebei huilend om de man van wie ze hielden.

Toen mompelde Lena iets onverstaanbaars, zodat Flo moest vragen: 'Wat?'

'Het ongeluk. Dat was mijn schuld.' Diepbedroefd zei ze met verstikte stem: 'Als ik hem niet had gebeld, dan was dit ook niet gebeu-beurd.'

'Zo moet je niet denken.'

Lena ging steeds harder huilen. 'Maar het komt allemaal door mij!'

'Hoor eens, je mag jezelf hier niet de schuld van geven. Ik wilde immers dat hij je ging ophalen,' zei Flo. 'Denk je niet dat ik er geen spijt van heb dat ik niet beter mijn best heb gedaan om hem tegen te houden? Natuurlijk wel! Maar dat maakt het toch nog niet mijn schuld?'

Hulpeloos keek Lena haar aan. 'N-nee...'

'Nou, zie je wel. En het was ook niet jouw schuld. Het is gewoon gebeurd.' Flo veegde de tranen van Lena's gezicht; ze wist niet eens zeker of ze wel meende wat ze zei, maar ze wist dat ze het moest zeggen. 'Daarom heet het ook een ongeluk.'

Flo werd om vier uur 's ochtends door de telefoon uit haar onrustige slaap gewekt. Even dacht ze dat het het ziekenhuis was met nieuws over Zander – *O nee, hij is toch niet doodgegaan zonder dat ik afscheid heb kunnen nemen* – maar toen zag ze Lena's naam in het schermpje staan.

Hoewel het dat nog steeds kon zijn, want Lena was zijn naaste familie.

Met droge mond zei ze: 'Ja?'

'Ik wilde je even laten weten dat ik de dienstdoende arts heb gebeld. Ik heb haar gezegd dat ik de benodigde formulieren voor de orgaandonatie zal tekenen.'

'Echt? O, wat fijn.' Terwijl Flo werd overstroomd door dankbaarheid, zag ze Jeremy's lichtgevende groene ogen vanaf het voeteneinde naar haar kijken. 'Je zult er echt geen spijt van krijgen.'

Lena's stem klonk hees van verdriet en uitputting. 'Ik hoop dat je gelijk hebt.'

Flo begroef haar gezicht in het kussen naast haar en snoof de flauwe, hartverscheurend vertrouwde geur van Zanders aftershave op. Ze wist niet hoe ze dit kon overleven. Maar ze wist dat het moest, hoe dan ook, want iets anders zat er niet op.

Ze haalde diep adem en zei gemeend: 'Ik weet dat ik gelijk heb.'

48

Toen Hallie zag wie er belde, sloeg haar hart een keer over. Jonathan was haar transplantatiecoördinator, en het was maandag, elf uur 's avonds. Het was zeer onwaarschijnlijk dat hij voor de gezelligheid belde.

Zes minuten later deed ze de deur van haar moeders slaapkamer open. 'Mam? Kun je me zo wegbrengen?'

Fay zat rechtop in bed een boek te lezen; ze had roze krulspelden in haar haar, en er lag een zak chips naast haar. Terwijl ze het boek neerlegde, vroeg ze verbaasd: 'Wat? Nu? Waar wil je in vredesnaam heen?'

Hallie stond te trillen op haar benen. 'Naar het ziekenhuis. Jonathan belde net. Ze denken dat ze een match voor me hebben.'

'O MIJN GOD...' Fay sloeg haar handen voor haar mond. Toen ze het dekbed van zich afwierp, vlogen de chips door de lucht en viel het boek met een bons op de grond. Ze stapte uit bed en sloeg haar armen om Hallie heen; ze stonden allebei te beven, terwijl ze tot zich door probeerden te laten dringen dat het telefoontje eindelijk was gekomen.

'Het is nog niet honderd procent zeker. Misschien dat het toch geen goede match is.' Hallie wist dat die mogelijkheid bestond, maar eigenlijk wilde ze daar niet aan denken; diep vanbinnen was ze ervan overtuigd dat het zover was, dat de operatie doorging.

'O lieverd, ik kan het bijna niet geloven. Na al die tijd. O mijn god, moet je mijn handen zien...' Fay hield ze op om Hallie te laten zien hoe erg ze beefden.

'Kun je zo wel rijden? Zullen we anders maar een taxi nemen?'

'Nee, nee, het gaat wel. Ik ga me meteen aankleden... O mijn god, mijn hoofd, ik weet gewoon niet wat ik moet denken. Ik ben in shock...'

'O mam.' Toen Hallie haar moeder weer omhelsde, hoorde ze gekraak onder haar voeten. 'We staan de chips te vertrappen.'

'Mijn lieve meisje,' fluisterde Fay in haar oor, terwijl ze haar stevig vasthield. 'Ik hou zoveel van je.'

Het was voorbij, echt voorbij. En hoewel het klopte dat gisteren de ergste dag van haar leven was geweest, wist Flo tegelijkertijd dat er nog talloze, veel moeilijker dagen zouden volgen.

Het was vroeg in de ochtend, het was eindelijk gestopt met regenen, en de zon kwam op boven de daken van Clifton. Alsof Jeremy voelde dat ze behoefte had aan lichamelijk contact, lag hij in haar armen te spinnen en met zijn pootjes tegen haar borst te duwen.

En dat deed hij anders echt nooit.

Aan de andere kant van het plein hield Giles Lena gezelschap in Zanders flat. Op de een of andere manier hadden ze gisteren gedaan wat er moest worden gedaan, en iedereen in het ziekenhuis was even aardig geweest. Een verpleegster die gespecialiseerd was in orgaandonatie, was overgekomen van het transplantatiecentrum en had alles geregeld. Ze had heel geduldig, stap voor stap, uitgelegd wat de procedure was. Nadat het papierwerk was afgehandeld en de laatste bijzonderheden waren geregeld, hadden Flo en Lena afzonderlijk van elkaar afscheid van Zander genomen.

Daarna was hij overgebracht naar de operatiekamer waar hij geopereerd werd. Van daaruit was zijn lichaam – o god, wat een vreselijk woord – naar het mortuarium vervoerd, en de verpleegster, die persoonlijk de organen die voor transplantatie zouden worden gebruikt, had ingepakt, had ervoor gezorgd dat ze op de juiste plekken terecht waren gekomen.

Ze was echt een ontzettend aardige vrouw, en dat had wel iets geholpen.

Nou ja, in zoverre er überhaupt iets kon helpen.

Ergens daarbuiten waren mensen die de kans van hun leven kregen.

O god, hopelijk waarderen ze dat.

Er biggelde een traan over Flo's wang. Hij belandde op Jeremy's kop, zodat hij even zijn oortjes bewoog. Toen haar mobieltje ging, sprong hij met een geïrriteerde 'mauw' op de grond.

Flo las het mailtje dat net was binnengekomen.

O lieve lieve Flo van me, ik heb net het droevige nieuws gehoord over die fantastische vriend van je. Wat een vreselijke tragedie. Ik vind het zo erg voor je. Ik weet dat deze woorden niet toereikend zijn, maar mijn gevoel van medeleven is er niet minder om. Ik begrijp dat je een tijdje niet zult komen werken, maar mocht je behoefte hebben aan mensen die je snappen, schroom dan niet om langs te komen. De meesten van ons in Nairn House hebben hetzelfde meegemaakt als wat jij nu meemaakt.

Heel veel liefs, Margot xxx

O god, het verdriet was echt onverdraaglijk. Afgelopen zaterdag nog hadden ze Zander voor het eerst gezien. En nu was het dinsdagochtend en was hij er niet meer. Hoe moest ze dit ooit overleven?

Alleen in haar flat, kapot van verdriet en wanhoop, sloeg Flo haar handen voor haar gezicht en begon te huilen.

'Ze hebben een hart voor Rory gevonden. Ze hebben alle tests gedaan, en het is blijkbaar een goede match. Over twee uur wordt hij geopereerd.' Tasha ving Joe bij de ingang van de afdeling op en zag zijn gezicht veranderen terwijl tot hem doordrong wat ze hem vertelde. 'Wat een wonder, hè? Ik bedoel, ik ben doodsbang, maar het is zijn enige kans. Ik had nooit verwacht dat het zou gebeuren... maar nu is het echt zover...'

'Godzijdank.' Joe omhelsde haar geëmotioneerd, en ze voelde de spanning uit zijn lichaam stromen.

'Niet zo hard knijpen, zo meteen moet ik nog overgeven.'

'Sorry, maar ik ben ook zo opgelucht.' Toen hij haar losliet, zag ze dat hij tranen in zijn ogen had. 'Ik had totaal niet verwacht dat ze er op tijd eentje zouden vinden.'

Tasha kon geen woord uitbrengen van emotie. Ze hadden allebei gehoopt dat het goed zou komen, maar natuurlijk hadden ze ook rekening moeten houden met het ergste.

'Dus nu hebben ze een hart voor hem.' Zijn stem klonk onvast. 'Weten ze waar het vandaan komt?'

'Geen idee.' Tasha schudde haar hoofd. 'Misschien wel, maar dat gaan ze ons echt niet vertellen.'

'En nu bij elk kruisje je naam zetten, en dan zijn we klaar,' zei Jonathan.

Hallie zette handtekeningen op het formulier dat voor haar lag. Toen ze in het holst van de nacht in het ziekenhuis was gearriveerd, hadden ze haar naar een kamer gebracht, en er was ontelbaar vaak bloed bij haar afgenomen door allemaal verschillende mensen. En van ongeveer al haar lichaamsdelen was een uitstrijkje gemaakt. Daarna hadden ze haar gedoucht, geschoren en nog een keer gewassen met roze chloorhexidine. En toen was het grote wachten begonnen... terwijl er nog meer onderzoek werd gedaan.

Uiteindelijk hadden ze het nieuws te horen gekregen waarop ze hadden zitten wachten. De transplantatie ging door. En het ging niet alleen om nieuwe longen, ze zou ook een nieuw hart krijgen.

Dat kwam niet echt als een schok. Hallie wist dat dat wel vaker gebeurde. Het kwam erop neer dat het voor een chirurg eenvoudiger was om een hart én longen te transplanteren dan alleen twee longen. En haar hart zou op zijn beurt terechtkomen bij iemand die het nodig had. Dat noemden ze een dominotransplantatie. Haar longen mochten dan wel aangetast zijn door haar taaislijmziekte, haar hart was kerngezond.

Maar als er tijdens de operatie iets misging, kon je niet je eigen hart terugvragen.

Ze had met haar handtekeningen afstand gedaan van alle rechten daarop.

Gek genoeg was ze opeens een stuk minder bang. Over een halfuur zou ze de operatiekamer in worden gereden; het enige wat ze konden doen, was hopen dat alles goed ging. Dit was waar ze al die jaren op hadden gehoopt.

Hallie gaf Jonathan glimlachend de balpen terug. 'Zeg maar tegen ze dat ze er voorzichtig mee moeten zijn.'

'Maak je maar geen zorgen.' Jonathan gaf haar een geruststellend knipoogje. 'Daar zal ik persoonlijk op toezien.'

En toen was ze weer alleen in de kleine grijs met witte kamer die naar ziekenhuis rook. Haar moeder stond buiten iedereen die ze kende te bellen, hoewel het pas halfzes was, en de meesten waarschijnlijk sliepen en hun mobieltjes uit hadden staan. Hallie had sms'jes naar haar eigen vrienden gestuurd, en de bekentenis die ze al eerder had geschreven op haar website geplaatst. In de elektronische wereld waarin ze leefden, hadden haar volgers van over de hele wereld haar al lieve berichtjes gestuurd en sterkte toegewenst. En oké, misschien waren die mensen dan allemaal vreemden voor haar, toch deed hun steun haar goed. Want hoewel ze haar niet persoonlijk kenden, leefden ze oprecht met haar mee.

En dat hielp echt.

Precies op dat moment kwam er een berichtje van Luke: *Hoi, ik hoorde het net. Sterkte. Hoe voel je je?'*

Kort en bondig, maar terwijl ze naar haar toestel staarde, hoorde ze het hem bijna zeggen. Waar zou hij nu zijn? Lag hij nog in bed? Of stond hij in de keuken te wachten tot het water voor de thee kookte? Was Christina bij hem?

Ach, dat deed er niet toe. Het was gewoon aardig dat hij haar even een sms'je had gestuurd. Met een warm gevoel vanbinnen drukte ze op Beantwoorden en schreef: *Dank je. Alles in orde hier. Kan bijna niet wachten. Vandaag is de eerste dag van de rest van mijn leven.*

Ze stopte even en glimlachte, terwijl ze zich zijn bezorgde gezicht voorstelde. Toen voegde ze eraan toe: *Echt, alles in orde. Xxx*

Al haar andere sms'jes van die ochtend had ze met drie kussen afgesloten. Pas toen ze op Verzenden had gedrukt, drong tot haar door dat ze dat ook deze keer had gedaan.

Oeps. Nou ja, op een ander moment zou het veel gênanter zijn geweest. Vandaag had ze dringender zaken aan haar hoofd.

49

Flo, die door Princess Victoria Street in Clifton liep, ging opzij voor een dikke man met een whippet aan een rode riem. Toen ze langs de bloemist kwam, zwaaide ze naar het aardige meisje dat de zaak runde. De geuren die uit de zinken emmers opstegen, herinnerden haar aan iets waar ze echt niet aan herinnerd hoefde te worden. Vandaag twee weken geleden had ze na Zanders uitvaartplechtigheid buiten voor het crematorium naar de rijen kransen en in cellofaan verpakte boeketten staan kijken, terwijl grijze wolken langs de hemel joegen en er af en toe een druppel regen viel.

Nu was het echter bijna zesentwintig graden; de zon scheen fel, en Flo's haar plakte in haar nek. Ze was klaar met haar werk in Nairn House en op weg naar de supermarkt. Hoewel ze eerst van plan was geweest om een paar weken vrij te nemen, was ze daar al snel weer van teruggekomen. In haar eentje thuiszitten was niets voor haar; ze had het gevoel gehad alsof ze tot eenzame opsluiting was veroordeeld. Bezig blijven, dat was het beste, en dat ze weer aan het werk was gegaan, had haar echt het leven gered, vooral omdat, zoals Margot al had gezegd, de meeste bewoners van Nairn House precies wisten wat ze doormaakte. Niemand vond het erg als ze ineens moest huilen. Ze snapten best dat ze minder vrolijk was dan anders. En ze wilden haar ook de hele tijd koekjes geven waar ze totaal geen trek in had.

Hoe dan ook, de supermarkt. Daar hadden ze in elk geval airconditioning. Flo haalde een paar keer diep adem en pakte het flesje water uit haar tas. Ze draaide de dop eraf en nam een slok. Bah, lauw. En nog meer bah, want ze zag ineens allemaal zwarte vlekjes voor haar ogen en kreeg een soort wollig gevoel in haar hoofd.

O god, ze zou toch niet flauwvallen? Dat was haar voor het laatst gebeurd op school tijdens een samenkomst die belachelijk lang had geduurd. Paniekerig liep ze snel de relatief lege Waterloo Street in, waar ze tegen de roze gestuukte buitenmuur van een antiekwinkel leunde. Maar de zwarte vlekjes werden groter, en het gezoem in haar oren werd luider, en haar benen leken te veranderen in pap...

Toen ze haar ogen een seconde later weer opendeed, lag ze languit op haar rug, met de inhoud van haar tas om zich heen en het inmiddels lege waterflesje in de goot. Iemand hield haar hoofd vast en stak tegelijkertijd zijn hand uit naar haar blauwe portemonnee.

'O nee, niet doen...' Flo probeerde overeind te komen; het ging haar niet om het geld, maar ze had de portemonnee van Zander gekregen. 'Alsjeblieft.'

'Ik steel je portemonnee niet, ik stop hem terug. Val je wel vaker flauw?'

'Op school een keertje, toen ik dertien was.' Met een dof gevoel in haar hoofd keek ze naar de man die haar spullen verzamelde en terugstopte in haar tas. Met zijn andere hand hield hij nog steeds haar hoofd van de grond. Het duurde even voordat het kwartje viel. 'O, jij bent het. Hallo.'

Ze wist niet hoe hij heette, maar ze wist wel wie hij was. Sinds dat noodlottige tomatensoepincident in januari had ze hem nog een paar keer gezien, hoewel hij nooit meer voor het café in Princess Victoria Street zat.

'Hallo. Ik zou natuurlijk kunnen informeren hoe het met je gaat, maar dat is waarschijnlijk een domme vraag.'

'Nou, ik heb me wel eens beter gevoeld.' Ze glimlachte moeizaam. 'Maar het gaat wel weer.'

Uit de antiekwinkel kwam een vrouw aanzetten met een glas koud water. Flo dronk het dankbaar in één teug leeg.

'Waar woon je?' vroeg de man.

'Caledonia Place.'

'Kun je opstaan? Dan breng ik je wel naar huis.'

Flo haalde een paar keer diep adem. Toen ze weer stond en redelijk zeker wist dat ze niet weer zou omvallen, liepen ze voorzichtig de hoek om.

'Dank je wel,' zei ze tegen hem. 'Sorry dat ik zo traag ben. Mijn hoofd voelt nog een beetje dof.'

'Je zult je nog wel even beroerd blijven voelen. Moe. Pas op.' Hij pakte haar arm beet toen ze even wankelde. 'Trouwens, ik heet Jason.'

'En ik heet Flo. Ik heb je al een tijdje niet gezien.'

'Ik heb werk,' vertelde hij trots. 'Afwashulp in dat nieuwe Italiaanse restaurant een eindje verderop. Sorry, klinkt dat een beetje verwaand? Maar ik ben er ook zo trots op.'

Ze glimlachte. 'Fantastisch. Wat goed, zeg.'

Tegen de tijd dat ze bij de flat aankwamen, brak het zweet haar uit, en omdat ze ook weer een beetje duizelig werd, hielp Jason haar de trap op.

'Het is echt heel aardig van je, dank je wel,' zei ze, terwijl hij haar naar de bank hielp. Met slappe benen liet ze zich erop vallen. O, wat heerlijk om te kunnen zitten.

'Graag gedaan. Wil je iets drinken of zo?'

Ze had het gevoel alsof ze een dot watten in haar mond had. 'Thee zou lekker zijn. Met twee klontjes suiker.'

Nog geen halve minuut later was hij terug met het bijna lege pak melk uit de ijskast. 'De melk is niet goed meer. Hij is zuur.'

'God, sorry. Ja, dat wist ik.' Ze had op het ogenblik te veel dingen aan haar hoofd; het was een eeuwig gevecht om niet ten onder te gaan. 'Ik was op weg naar de supermarkt toen ik flauwviel.'

'Was dat dat lijstje dat uit je tas viel? Zal ik boodschappen voor je doen? In jouw toestand kun je dat echt niet zelf,' zei Jason.

Ze aarzelde. 'Is dat niet te veel gevraagd?'

'Echt, het is geen probleem. Ik wil je graag helpen. Hier.' Nadat hij haar haar tas had overhandigd, gaf ze hem het boodschappenlijstje en maakte haar portemonnee open. Toen ze even aarzelde, zei hij: 'Ik ga er heus niet met je geld vandoor, hoor.'

'Dat dacht ik ook niet.' Omdat ze zich niet meer kon herinneren wat er precies op het lijstje stond, gaf ze hem drie briefjes van twintig pond. 'Dat moet genoeg zijn. En alvast heel erg bedankt.'

'Graag gedaan.' Vroeg hij zich soms stiekem af waarom ze er zo beroerd uitzag? Misschien wel, maar hij zei er niets over. Met een blik op het lijstje zei hij: 'Ik ben over een halfuur weer terug. Verroer je niet.'

Toen er vijfentwintig minuten later werd aangebeld, voelde ze zich al een stuk beter. Ze liet hem binnen en zei: 'Echt heel erg bedankt.'

Hij liep met de tassen door naar de keuken. 'Hou daar nou eens mee op. Je moest eens weten wat een goed gevoel het is om ook eens iemand anders te kunnen helpen.' Jason was ergens in de veertig, mager en pezig, met gespierde armen en een litteken op zijn linkerslaap. Hij had een vriendelijke stem en een aardig gezicht. 'Jij hebt mij toen geholpen. En ik ben blij dat ik nu wat voor jou kan doen.'

Onder het praten pakte hij efficiënt de drie tassen van de supermarkt op de tafel uit. Omdat ze bijna niks meer in huis had gehad, waren het behoorlijk veel boodschappen: melk, brood, boter, eieren, koffie, zakdoekjes, ham, Marmite, twee zakken gemengde drop en drie flesjes tabasco.

'Al die tabasco is niet voor mij, hoor,' zei ze snel. Ze had het gevoel dat ze iets uit te leggen had. 'Ik werk in Nairn House en ik koop ze altijd voor een bewoonster daar. Ze wil daar graag een hele voorraad van... O.'

De adem stokte haar in de keel toen ze zag wat Jason als laatste uit de tas pakte. 'Ik neem aan dat dit niet voor een van de bewoners is,' zei hij vriendelijk.

Flo ging aan de keukentafel zitten. Het hart klopte haar in de keel. Ze had het boodschappenbriefje tijdens de lunchpauze geschreven, terwijl ze buiten in de schaduw had gezeten met Annie en Bridget. Annie, nieuwsgierig als altijd, had meegelezen en gevraagd: 'Twee zakken gemengde drop? Echt waar?'

'Ik heb bijna een hele zak drop van Margot opgegeten, dus eentje is voor haar.'

'Ik dacht dat je helemaal geen drop lustte,' zei Bridget.

Schouderophalend had Flo gezegd: 'Ik had er gewoon ineens zin in.'

En Annie, die er altijd alles uit flapte wat er maar bij haar opkwam, had gevraagd: 'Je bent toch niet zwanger, hè?'

Het was een compleet belachelijke vraag natuurlijk. Heel kort overwoog ze de mogelijkheid. Nee, ze waren toch altijd voorzichtig geweest? Oké, ze was nog steeds niet ongesteld, maar dat had met de schok van Zanders dood te maken. Omdat het idee dat ze misschien zwanger was, te angstaanjagend was, zette ze het meteen weer uit haar hoofd en zei: 'Nee, natuurlijk niet.'

Maar terwijl ze tabasco op haar lijstje had geschreven, had ze vanuit haar ooghoeken gezien dat Annie en Bridget elkaar veelbetekenend aankeken.

Nee, het kon gewoon niet. Ze weigerde erover na te denken.

Tegen Jason zei ze, zich ervan bewust dat haar hand trilde: 'Laat me dat briefje eens zien?'

Daar stonden ze, de boodschappen die ze zelf met een blauwe balpen had opgeschreven. En daar, helemaal onderaan, in Annies handschrift en met zwarte viltstift geschreven: *zwangerschapstest*.

Weer heel subtiel. Typisch Annie.

'Sorry.' Jason volgde haar blik. 'Had ik die soms niet moeten kopen?'

'Nee, hoor, is prima.' O god, en ze was daarnet flauwgevallen; was dat ook een teken?

'Oké,' zei hij. 'Hoewel ik me wel even afvroeg of het geen grap was.'

'Nee, dat was het niet.' Flo kreeg een droge mond en pijn in haar kaken van het denken aan het ondenkbare. 'Fijn dat je die test hebt gekocht.'

'Heeft voor heel wat verbaasde blikken gezorgd, dat kan ik je wel vertellen.' Gerustgesteld begon hij te grijnzen. 'Ze kennen me in die supermarkt, en je weet hoe het gaat in Clifton. Mary van de kassa fluisterde tegen me: "Och hemel, nou, sterkte ermee." Dus daar gaat over geroddeld worden. Nou ja. Hier heb je je thee.' Hij had het water weer aan de kook gebracht en de beloofde mok thee voor haar gezet. 'Dan ga ik maar. Zal ik de mok naar de huiskamer brengen?'

'Graag.' Ze liep hem door de gang achterna en ging weer op de bank zitten.

'Je ziet er nog steeds beroerd uit,' zei Jason. 'Misschien kun je maar beter even naar de dokter gaan. Vooral als je...' Hij gebaarde verlegen naar zijn eigen buik.

'Dat zal ik doen.' Flo zag dat hij naar de condoleancekaarten op de schoorsteen keek.

Zich weer tot haar wendend zei hij vol medeleven: 'Och, arm kind, zo te zien komt alles tegelijk. Wie is er doodgegaan?'

'Mijn vriend,' zei ze.

'Kijk.' Flo hield de flesjes tabasco op. 'Of was je bang dat ik ze zou vergeten?'

'Eerlijk gezegd wel,' zei Margot. 'Niet dat het had uitgemaakt, hoor,' vervolgde ze, terwijl Flo de flesjes op het aanrecht zette. 'Ik zou je dat echt niet kwalijk hebben genomen. Na de dood van Yves was mijn geheugen net een kapotte spiegel. Ik wist nauwelijks nog hoe ik heette.'

'Dat heb ik ook. Daarom had ik ook een lijstje gemaakt. En deze heb ik ook voor je gekocht.' Flo pakte de zak gemengde drop. 'Omdat ik toen je laatste drop heb opgegeten.'

'Ach lieverd, dat had toch niet gehoeven.'

'Ik vond van wel. Bovendien kan ik er dan straks nog een paar jatten als ik aan het werk ben.' Ze zweeg even. 'Vroeger lustte ik helemaal geen drop.'

'O nee?'

Flo schudde haar hoofd. 'Toen ik tegen Annie zei dat ik drop tegenwoordig juist lekker vond, vroeg ze meteen of ik soms zwanger was.'

Margot legde haar iPad neer en zette haar leesbrilletje af. 'En?'

'Ik heb gisteravond zo'n testje gedaan.' Het had tot twaalf uur geduurd voordat ze daarvoor genoeg moed had verzameld.

'En?' vroeg Margot weer.

Zeg het nou maar gewoon. Flo haalde diep adem. 'En... het blijkt dat Annie gelijk had.'

'Och heden. Och lieverd.' Margot pakte haar hand beet. 'Ik sta niet vaak met mijn mond vol tanden, maar nu weet ik toch echt niet wat ik moet zeggen.'

'Jij bent de eerste aan wie ik het vertel.'

'En wat vind je ervan?'

'Ik ben geschokt. Bang. Overweldigd.' Flo keek naar de zak drop op het aanrecht. Ze had zo'n zin in een dropje. 'In de war. Dat was gisteravond. En toen ging ik naar bed met het idee dat ik vast niet zou kunnen slapen. Maar ik heb juist heel goed geslapen. En toen ik vanochtend wakker werd, leek het me ineens iets heel moois, een volmaakt cadeau van Zander. Ik ben zo blij dat het is gebeurd, echt waar.'

Margot knikte tevreden. 'In dat geval, kom hier...' Ze sloeg haar armen om Flo heen en knuffelde haar. 'Het is ook mooi. Het mooiste cadeau dat je ooit had kunnen krijgen. Gefeliciteerd!'

'Dank je.' Flo begreep best dat het niet gemakkelijk zou worden, maar het voelde goed.

'Ik bedacht ineens iets,' zei Margot. 'Die belachelijke waarzegster op de zomerbazaar die alles fout had...'

'Ik weet het.' Flo had daar ook al aan gedacht.

'Zei ze niet dat jij en Zander twee kinderen zouden krijgen?'

Wat hadden ze gelachen om de hopeloze, incompetente Madame Zara met haar ongelijke strepen eyeliner, die maar wat had geroepen...

Flo trok een gezicht. 'Ik weet niet of ik een tweeling wel aankan.'

50

Het was de eerste week van september, en de herfst kondigde zich al aan. Buiten veranderden de blaadjes aan de bomen van kleur, allerlei tinten groen die langzaam overgingen in rood en roze en bruin.

Hallies telefoon ging. Toen ze zag wie het was, drukte ze op Beantwoorden. 'Hoi.'

'Ha,' zei Bea. 'Waar ben je? Wat doe je?'

De vragen die haar beste vriendin haar al jarenlang stelde. 'O, niks bijzonders. Ik heb net vijf kilometer hardgelopen, en straks ga ik misschien nog twintig of dertig baantjes zwemmen. Daarna ga ik lunchen met een vriendin van me. Ik vergeet steeds hoe ze heet...'

'Ze heet Bea, en ze vraagt zich af of die man die rechts van je zit, je ook is opgevallen.'

'Welke man?'

'Die op de crosstrainer. Zwart hemdje, mooie biceps. Mooie alles eigenlijk.'

'Zou kunnen...'

'Yes!'

'Nee, niks yes.' Ze draaide zich om naar Bea, die aan de andere kant van de zaal bij de roeiapparaten stond. 'Want zijn trouwring is me ook opgevallen.'

'Shit, wat jammer. Anders had je hem kunnen vragen of hij soms zin had om met ons te gaan lunchen.'

'Wil je daar nou eindelijk eens mee ophouden? Als ik een man zou willen, ben ik heus wel in staat om dat zelf voor elkaar te krijgen.'

'Oké, dan niet. Maar hoe voel je je?'

Hallie glimlachte, want ze had Bea net verteld dat ze vijf kilometer had hardgelopen op de loopband en dat was nog waar ook. 'Ik voel me fantastisch.'

En ook dat was waar.

In het begin was het natuurlijk niet allemaal even gemakkelijk geweest. De eerste dagen na de operatie had ze in een soort mist doorgebracht vanwege de pijnstillers, het ongemak en alle slangetjes, waarbij ze ook nog eens voortdurend werd gewekt, terwijl ze liever zou zijn blijven slapen. Maar de artsen hadden haar meteen kunnen vertellen dat de operatie geslaagd was, en zelfs in haar verdoofde toestand had ze gemerkt dat ze beter kon ademhalen, dat de oneindige zwaarte van de taaislijmziekte weg was.

Ze had geluk gehad, want ze had geen infecties gekregen. En na die eerste moeilijke dagen was alles eigenlijk van een leien dakje gegaan. De mist was opgetrokken, ze had vaker fysiotherapie gekregen, en uiteindelijk hadden de mensen die haar kwamen bezoeken geen maskers en schorten meer hoeven dragen.

In haar borst werkten nu de longen en het hart van een onbekende, en hopelijk sloeg háár hart in de borst van iemand anders. Het was echt een wonder... en toch voelde het niet wonderbaarlijk; het voelde gewoon normaal en zoals het hoorde.

Tweeënhalve week na de operatie was ze uit het ziekenhuis ontslagen. En oké, ze slikte nog steeds heel veel medicijnen en ze moest regelmatig terugkomen voor allerlei testjes – logisch – maar dat maakte niet uit, dat had ze allemaal graag over voor het ongelooflijke cadeau dat ze had ontvangen.

Inmiddels waren ze drie maanden verder, en Hallie genoot van elke dag; ze jogde, ze fietste en verbaasde iedereen met wat ze allemaal kon. Het was een geheel nieuw leven, een leven waar ze eigenlijk niet meer op gerekend had, en ze wilde er geen moment van verspillen. Uiteindelijk zou ze alle dingen gaan doen die voor andere mensen allemaal heel vanzelfsprekend waren – een echte baan, vakanties in het buitenland... zelfs een kind krijgen was niet meer onvoorstelbaar.

Het kwam erop neer dat je gewoon nooit kon weten wat de toekomst voor je in petto had.

Toen ze later die middag terugreden naar Carranford, zei Bea: 'Ik heb gisteravond wat van die vragen op je website zitten lezen.'

Nadat Hallie op de nacht van de transplantatie haar identiteit bekend had gemaakt, wist iedereen dat ze Beste Rose was; zelfs inwoners van Carranford die nauwelijks wisten hoe je het woord 'internet' moest spellen, hadden weet van driedingenoverjou.com. Hallie zei: 'O ja?'

'Er is iets waar ik me echt heel rot over voel.'

Verbaasd keek Hallie haar aan. 'Wat dan?'

'Ik las een brief van een meisje dat Fran heette en dat na een auto-ongeluk onder de littekens zat. Ze was verliefd op de vriend van haar beste vriendin, maar ze wist dat hij nooit iets voor haar zou voelen.'

'Ja, dat herinner ik me nog.'

'En jij schreef terug dat je precies wist hoe ze zich voelde.'

'Ja.' Hallie knikte. Ook dat herinnerde ze zich.

'En toen zag ik op welke datum je dat antwoord had gepost. Het was op de avond van Marilyns feest,' zei Bea. 'Toen je Ross net had leren kennen, en hij niet wist dat je ziek was.'

'Oké...' Hallie begreep er nog steeds niets van. 'Maar waarom doe je zo raar? Wat heeft hij er nou mee te maken?'

'Je had tegen mij gezegd dat je niet op hem viel, maar toen ik dat las, drong tot me door dat je hem dus wel leuk had gevonden... en toen voelde ik me weer zo rot...'

Hallie begon te lachen. 'Nou, daar kun je dan meteen mee ophouden, want ik had het echt niet over Róss!'

Ze stopte abrupt met lachen toen tot haar doordrong wat ze had gezegd. Bea keek haar aan met een blik alsof ze Miss Marple in hoogsteigen persoon was.

'O? Over wie had je het dan?'

'Over niemand. In elk geval niet over Ross.'

'Toe zeg, ik hoorde toch hoe je het zei? Je legde er de nadruk op dat het niet om Ross ging. Je legde nadruk op zijn naam,' hield Bea aan. 'Alsof het niet Ross was, maar wel iemand anders.' Ze keek Hallie nog steeds met opgetrokken wenkbrauwen aan. 'Denk je soms dat ik debiel ben of zo?'

God, Bea was net een fret als ze ergens haar tanden in had gezet. Hallie besloot om van onderwerp te veranderen. 'Nou, debiel is misschien wat sterk uitgedrukt, maar we hebben wel de laatste pubquiz verloren omdat jij dacht dat baklava de hoofdstad van Azerbeidzjan was.'

'Je kunt wel proberen een ander onderwerp aan te snijden,

maar daar trap ik heus niet in,' zei Bea triomfantelijk. 'Ik geef het niet op voordat ik weet wie het is.'

'Nou, dan wens ik je veel succes.' Het zweet stond Hallie in de handen. Ze veegde ze stiekem af aan haar spijkerbroek. 'Want er is helemaal niemand. Ik heb dat gewoon verzonnen om dat meisje te troosten.'

'Ik geloof je lekker niet.' Bea kneep haar ogen tot spleetjes en tikte met haar nagels op het stuur, terwijl ze even nadacht. 'Is het Brendan soms?'

Brendan runde het hotel aan de overkant van de rivier.

'Ja.' Hallie knikte.

'Hou je mond, hij is het dus niet. Den Simpson dan?'

'Ja, het is Den Simpson.'

'Nietes. O, misschien Steve van de rugbyclub?'

'Ja, die is het. Ik ben al jaren stiekem verliefd op Steve Biggins.'

'Niet waar. Je vindt dat hij stomme oren heeft.'

En was dat een wonder soms? Het leken wel gekookte slakken.

Hallie zei: 'Misschien deed ik wel net alsof ik zijn oren stom vond. Misschien vind ik het juist wel heel aantrekkelijk dat er van die rare krullen in zitten.'

'Lach me niet uit. Ik kom er heus nog wel achter. O kijk, daar heb je Christina.' Bea toeterde en wuifde naar Christina, die voor Lukes cottage net met Daley uit haar auto stapte. 'Trouwens, gaan we morgen nog naar het café? Luke heeft dan dat ding, je weet wel.'

Luke. Hallie bereidde zich voor op nog meer nieuwsgierige vragen, maar die bleven uit. Bea's ondervraging zat erop; ze waren echt op een ander onderwerp overgestapt: de kennismakingsbijeenkomst van morgen.

'We moeten eigenlijk wel gaan. Iedereen gaat. En ik weet dat Marilyn voor de hapjes zorgt.'

Zoals ze al had verwacht, keek Bea haar opgetogen aan. 'O, te gek. Ik vraag me af of er ook Scotch eggs zijn.'

Luke zat in de huiskamer zijn e-mails te checken. Hij wilde zeker weten dat de wisseling van de wacht soepel zou verlopen. Jennifer, zijn ex-collega, was vertrokken en zat op dit moment in een vliegtuig naar Oeganda. Morgenavond zou haar vervangster zich voorstellen aan de dorpsbewoners tijdens een informele bijeenkomst in de White Hart. Misschien niet zo gebruikelijk, maar het had hem nu eenmaal een leuk idee geleken.

Dokter Tess Hannigan leek totaal niet op haar voorgangster. Toen Jennifer West aan haar was voorgesteld, had die haar lippen getuit en aan Luke gevraagd: 'Hm, zou je echt met zo iemand willen samenwerken?' Waarop Luke op besliste toon had geantwoord: 'O ja!'

Tess was in de veertig, gelukkig gescheiden, spraakzaam en vriendelijk; ze had kastanjebruine krullen, droeg rode lippenstift en opvallend grote sieraden. Ze was mollig en had een voorkeur voor felgekleurde kleren en ingewikkelde schoenen; ze was extravert, maar zo te merken ook zeer intelligent, doortastend en hardwerkend. En het belangrijkste was dat Luke wist dat de dorpsbewoners haar zouden mogen.

Hij drukte op Printen en de printer naast hem kwam tot leven.

De voordeur, die hij niet op slot had gedaan, ging krakend open, en een klein, vastbesloten hondje wurmde zich door de kier. Luke draaide zich om naar Daley, die op hem af rende en bij hem op schoot sprong.

'Hallo! Waar ben je dan geweest? Pas op...' Hij kon nog net voorkomen dat Daley met zijn staart de vellen papier die uit de printer kwamen, wegzwiepte. Toen krabbelde hij de hond achter zijn oren en hield zijn voorpootjes in de lucht. 'Wie is hier een lief hondje?'

'Hoi,' zei Christina, terwijl ze het tafereel vanuit de deuropening bekeek.

Luke glimlachte naar haar. 'Hoi.'

'Wat zijn dat?' Ze liep naar hem toe en pakte een van de vellen papier uit de printer.

'Dat is Tess. Het leek haar wel een goed idee om er wat foto's bij te doen, dan weten de mensen hoe ze eruitziet. Ik heb ze vanmiddag genomen.'

Christina bekeek het resultaat. 'Hm. Ik had verwacht dat ze mooier zou zijn. Ik bedoel, ze ziet er niet echt slecht uit... als je daarvan houdt. Maar echt mooi kun je haar niet noemen.'

'Ze is een ontzettend leuk mens,' zei Luke.

'Je kijkt ernaar uit, hè, om met haar samen te werken?' Christina's stem had een scherp randje gekregen.

'Ja.' Luke knikte, uiterlijk kalm. Vanbinnen was er echter een knop omgedraaid; hij had zijn besluit genomen. Het was zover: hij kon hier niet mee doorgaan. En als hij zich eenmaal iets had voorgenomen, dan moest het gebeuren ook. 'We moeten praten,' zei hij.

'Waarover?'

Hij keek haar recht aan. 'Toe zeg, alsof je dat niet weet. Dit werkt gewoon niet.'

Ze verstijfde. 'Heeft het met Tess te maken?'

'Nee. Absoluut niet. En het is ook niet jouw schuld. Het is niemands schuld,' zei hij. 'We hebben ons best gedaan, maar het gaat gewoon niet. En jij weet dat net zo goed als ik.'

De spanning leek van haar af te glijden. Ze knikte. 'O god. Ja, ik geloof dat je gelijk hebt.'

'Het spijt me,' zei hij. En dat meende hij; sinds ze weer bij elkaar waren, hadden ze allebei hun uiterste best gedaan om te doen alsof het goed ging, maar het belangrijkste ingrediënt – liefde – ontbrak gewoon. Ze hadden gehoopt dat die vanzelf wel weer zou groeien, maar dat was niet gebeurd.

'Het geeft niet. Ik dacht dat ik toen zo'n groots romantisch gebaar maakte door onverwacht op Marilyns feest te verschijnen.' Christina's slanke vingers speelden met de zoom van haar groene zijden sjaal. 'Ik geloof dat ik dacht dat je dan meer van me zou houden. Maar het enige wat er gebeurde, was dat jij het gevoel kreeg dat je geen nee kon zeggen. Je wilde me niet voor schut zetten en daarom deed je alsof jij het ook wilde.'

'Nee, zo was het niet.' Hij schudde zijn hoofd. 'Niet zo negatief over jezelf. Ik deed niet net alsof ik het wilde. Ik dacht toen echt dat het misschien wel wat kon worden. We hebben het allebei geprobeerd.'

'Maar dat was niet genoeg,' zei ze. Haar stem klonk bedroefd, maar ook gelaten.

'Nee,' zei hij. 'Het was niet genoeg.'

'Jammer.' Ze wist er een klein lachje uit te persen. 'Nou ja, we hebben het in elk geval geprobeerd. Weet je wat zo ironisch is?'

'Nou?'

'De vorige keer dat je het met me uitmaakte, was dat deels omdat je niet zo dol was op mijn mooie slangen.' Christina wierp een blik op Daley, die nog steeds tevreden tegen Lukes borst lag. 'En ik weet bijna zeker dat je het deze keer langer hebt uitgehouden dan je eigenlijk wilde, omdat je zoveel van mijn mooie hond houdt.'

Hij kon niet ontkennen dat ze gelijk had; hij wist dat hij Daley meer zou gaan missen dan hij Christina zou missen.

'Zeg maar niks,' zei ze droog. 'Moet je kijken hoe je hem altijd begroet. Heel anders dan je mij begroet.'

Luke verontschuldigde zich weer, want haar woorden gaven hem een rotgevoel. Maar wat overheerste, was een gevoel van opluchting. Hij had het eindelijk gezegd; de kogel was door de kerk.

'Nou ja, niks aan te doen. Ik had al gemerkt dat je de afgelopen weken wat afstandelijker deed.' Christina's sluike haar viel over haar voorhoofd toen ze nog een keer naar de foto in haar hand keek. 'Weet je zeker dat het niets met haar te maken heeft?'

'Echt niet,' zei hij.

Stilte, gevolgd door nog een misprijzende blik op de foto. 'Nou, mooi zo,' zei ze. 'Want ze is totaal je type niet.'

51

Mocht Luke al hebben gedacht dat hij een toespraakje zou moeten houden om dokter Tess Hannigan aan de dorpsbewoners voor te stellen, dan had hij het mis. Tess hield vanaf het podium haar eigen toespraak, waarin ze zichzelf voorstelde en zei dat ze zich erop verheugde in Carranford te gaan werken. Daarna had ze zich onder de mensen begeven en zo'n beetje met iedereen wel een praatje gemaakt. Het was een daverend pr-succes; binnen de kortste keren had ze zelfs de meest sceptische potentiële patiënten voor zich weten te winnen.

Toen Luke aan de bar nog wat wilde bestellen, kwam hij naast Hallie te staan. 'Nou?' vroeg hij, met een knikje naar Tess, die aan de andere kant van de zaak stond. 'Wat denk je ervan?'

'Ze is fantastisch, zo warm en vriendelijk.' Ze schonk hem een medelijdende blik. 'En dan te bedenken dat jij altijd de populaire dokter was. Je beseft toch wel wat er nu gaat gebeuren?'

'Je bedoelt dat al mijn vaste patiënten me in de steek zullen laten en naar haar overstappen? Ik weet het.'

'Maar vergeet niet dat je dan lekker veel vrije tijd krijgt.' Hallies ogen glinsterden. 'Misschien kun je gaan golfen.'

Hij glimlachte, want ze wist dat hij een bloedhekel aan golfen had; daar maakten ze samen al jaren grapjes over. 'Je ziet er goed uit.'

'Dank je, ik voel me ook goed. Ik moet er nog steeds aan wennen dat ik zonder zuurstoffles de straat op kan.' Ze deed alsof ze een plastic slangetje achter haar oor duwde.

'Je doet het fantastisch,' zei hij. Uiterlijk was ze enorm veranderd. Ze had geen donkere wallen meer onder haar ogen, haar ogen waren helderder en haar haren glanzender. Ze straalde een nieuwe energie en joie de vivre uit.

'Ik heb gisteren op de sportschool vijf kilometer gelopen op de loopband. Daar ben ik erg trots op.' Ze zweeg even en zei toen: 'Toen we gisteren langs je huis reden, zagen we Christina nog. Ik had haar hier eigenlijk ook wel verwacht. Of komt ze straks nog?'

Luke zocht naar een uitvlucht. Of zou hij het meteen vertellen? 'Nee... ze komt vanavond niet.'

'O. Oké. Ik vraag het omdat ze graag *Les Misérables* wilde zien, en ik had haar mijn dvd beloofd.' Ze ritste haar tas open en rommelde er wat in. 'Daarom had ik hem ook bij me. Maar ik kan hem ook aan jou geven natuurlijk, dan zorg jij wel dat ze hem krijgt. Misschien kunnen jullie er samen naar kijken!'

Het zag ernaar uit dat hij het toch moest vertellen.

'Nou, eerlijk gezegd heeft het weinig zin om hem aan mij te geven,' zei hij toen ze met een triomfantelijke blik de dvd uit haar tas opdiepte. 'Ik zie Christina voorlopig niet... Nou, een hele tijd niet eigenlijk... Eh, eerlijk gezegd waarschijnlijk nooit meer.' *Nou, dat was er heel cool uit gekomen, echt heel professioneel afgehandeld. Gefeliciteerd.*

Hallie staarde hem aan. 'Wat? Hoezo?'

Omdat ik haar heb geboeid en op zolder verstopt. Hardop zei hij: 'Het ging gewoon niet. We... hebben het uitgemaakt.'

'O nee! Wat jammer. Dat vind ik echt erg voor jullie.'

Ze klonk alsof ze het meende. Hij haalde zijn schouders op. 'Het is oké. Ik bedoel, zo goed ging het niet.'

'O, oké, dat wist ik niet.' Haar blik ging van zijn ogen naar zijn mond, alsof ze daar iets uit zou kunnen opmaken. 'We dachten allemaal dat jullie... Nou ja, je weet wel...'

Luke veegde een druppeltje condens van zijn glas. 'Blijkbaar niet.'

'Vind je het erg?'

'Eerlijk gezegd niet.'

'Nou, dan is het goed.' Er trok even een lachje over haar gezicht. 'Maar wel jammer van Daley.'

'Ik weet het. Dat had ik ook al bedacht.'

'Je was zijn grote liefde.'

Net toen ze dat zei, begon een groepje mensen bij het raam heel hard te lachen, en een fractie van een seconde meende Luke dat ze had gezegd: *mijn grote liefde*. Hoewel de logische kant van zijn hersens die mogelijkheid meteen van de hand wees, schoot de adrenaline al door zijn lichaam. Hij slikte en schraapte toen zijn keel. 'Ik zal hem heel erg missen.'

Hallie maakte automatisch weer het gebaar alsof ze een slangetje achter haar oor stopte, maar toen ze zichzelf daarop betrapte, nam ze gauw een slokje wijn. 'Misschien moet je dan zelf maar een hond nemen.'

Luke aarzelde. Hij had daar zelf ook al aan gedacht. 'Dat zou leuk zijn, maar ik weet niet of het met mijn werktijden wel aardig is tegenover een hond...'

'Nou, mocht je ooit besluiten het te doen, dan wil ik je best helpen met oppassen en uitlaten. Ha, moet je mij nou horen.' Ze schudde verbaasd haar hoofd. 'Ik had nooit verwacht dat ik dat nog eens zou kunnen zeggen, dat ik wel een hond wil uitlaten. Ik ben er nog steeds niet aan gewend dat ik alles kan... Het is echt een wonder.'

Haar ogen straalden en om haar mond verscheen een glimlach. Hij had zo'n zin om haar gezicht aan te raken.

'Dank je. Ik zal het in mijn achterhoofd houden als...'

'Godsamme, niet te geloven!' Bea kwam verontwaardigd aanlopen. 'Ross belde net. Hij kan toch niet komen. Een of andere stomme klant wil per se vanavond om negen uur naar een huis kijken, en hij wil dat Ross hem rondleidt.'

'Wat vervelend voor je,' zei Hallie. 'Maar Ross had toch een andere afspraak kunnen maken?'

'Het gaat om een Georgian landhuis van drie miljoen pond in Winchcombe. Bij dat soort prijzen bepaalt de klant,' zei Bea. 'Nou ja, niks aan te doen. Het werk zal wel op de eerste plaats komen dan.'

Hoewel Hallie zelf niets meer wilde drinken, ging ze wel een drankje voor Bea halen, zodat ze even tijd had om na te denken. Ze kon zich nauwelijks concentreren op wat haar vriendin allemaal zei, want haar hoofd werd compleet in beslag genomen door het nieuws dat Luke en Christina uit elkaar waren.

'Alsjeblieft.' Ze gaf Bea een groot glas pinot noir. 'Zullen we nog wat hapjes gaan halen? Heb je al Scotch eggs gehad?'

'Nee. Ach, ik moet mezelf niet voor de gek houden. Dit is al de derde keer in drie weken dat hij dat doet.' Bea slaakte een zucht, liet zich op een kruk vallen en besloot open kaart te spelen. 'Dan zegt hij dat hij komt, maar op het laatste moment kan hij dan weer niet.' Omdat Luke ergens anders was gaan staan en ze maar met z'n tweetjes waren, durfde Bea het wel te vertellen. 'Ik heb ook op hun website gekeken. Ze hebben helemaal geen landhuis in Winchcombe in hun bestand.'

'Ach.' Arme Bea. Hallie leefde met haar mee. Dit was niet de eerste keer dat haar dit overkwam.

'Zal ik hem anders even bellen?'

En het was ook niet de eerste keer dat *dit* gebeurde. Hallie schudde haar hoofd. 'Doe maar niet.'

'Ik kan ook een taxi bellen en dan naar zijn huis gaan.'

Ook dat was niet nieuw. En het had bovendien nooit tot iets goeds geleid. 'Luister, dat lijkt me geen goed idee,' zei Hallie.

'Maar...'

'Echt niet.' Het was tijd om streng te worden. 'Nee!'

'Oké, dit is een heel klein beetje gênant,' zei Bea.

'O ja?' Tess Hannigan keek haar belangstellend aan. 'Hoezo dat?'

Hallie schoof snel wat lege glazen opzij voordat Bea die per ongeluk om zou stoten. Het was halfelf, en het was hun beurt om even met de nieuwe dokter te praten.

'Omdat ik een beetje te veel heb gedronken en een klein beetje aangeschoten ben...' Wanneer Bea dit stadium had bereikt, knipperde ze altijd als een uil met haar ogen. 'En jij wilt met ons babbelen, maar je kent ons niet, dus dan denk je dat ik de plaatselijke alcoholist ben. Maar dat ben ik niet. Toch?' Ze keek Hallie even aan, alsof ze om bevestiging vroeg. 'Ik ben meestal een erg matige en verstandige drinker, maar dit was eerlijk gezegd nogal een rotavond. Je hebt vast al gehoord over Hallie en haar gloednieuwe hart? Nou, mijn hart is dus oud en gebroken.' Ze sloeg haar beide handen voor haar linkerborst. 'Daar zit-ie. In allemaal kleine stukjes. Helemaal gebroken. Door mijn vriend. Nou ja, exvriend. Klootzak.'

Hallie keek de nieuwe dokter verontschuldigend aan. Het was haar schuld; ze had Bea's mobieltje in beslag moeten nemen, dan had ze zich ook niet in de wc kunnen opsluiten om Ross te bellen. Hallie, die aan de andere kant van de deur had gestaan, had haar met trillende stem horen vragen: 'Ross, eerlijk zeggen, heb je een ander?'

Met ingehouden adem had Hallie staan wachten tot de stilte werd doorbroken door Bea die verklaarde: 'Ik wíst het.'

En daarna was ze haar verdriet gaan verdrinken, en nu was ze zover heen dat ze de nieuwe dokter ernstig aan het vertellen was dat haar lever er echt nog niet uitzag als een spons.

Toen Bea eindelijk wankelend de tuin in liep, bleef Hallie nog even zitten praten met Tess Hannigan.

'Het is echt waar, hoor, wat ze zei,' zei Hallie.

'Dat weet ik. Dat zie je zo. Maar luister, ik ben hier om mensen te helpen, niet om ze te veroordelen.'

Goh, ze was echt heel anders dan haar voorgangster. Hallie voelde zich al wat meer op haar gemak. 'Dat is fijn om te horen.'

'En jij bent dus Hallie Kingsley. Luke heeft me natuurlijk al alles over je verteld,' zei Tess glimlachend. 'Je ziet er erg goed uit.'

'Dank je. Ik voel me ook erg goed. Het is heel raar om ineens niet meer ziek te zijn. Daar moet ik echt aan wennen. Dat ik kan staan.' Ze gebaarde naar haar benen. 'Dat ik geen extra zuurstof meer nodig heb, geen rolstoel, dat ik niet steeds hoef te hoesten. Ik heb zoveel geluk gehad. Het is echt een wonder.'

'Er ligt een heel nieuw leven voor je,' zei Tess op warme toon.

'Ja.'

'Heb je een vriend?'

'Nee.' Hallie schudde haar hoofd.

'Een liefdesleven van niks natuurlijk?'

'Dat kun je wel zeggen. Nou ja, ik had ook wel belangrijker dingen aan mijn hoofd.'

Tess' ogen glinsterden. 'Nou, dan heb je nog iets om naar uit te kijken. Voor jou begint het nu allemaal pas. Heb je al een oogje op iemand?'

Nou ja, zeg. Tess was blijkbaar iemand met het hart op de tong. 'Nog niet, nee,' antwoordde Hallie. Hopelijk zou ze niet gaan blozen.

'Ach, je hebt nog tijd genoeg,' zei Tess.

Om kwart voor twaalf was iedereen weg. Luke en Tess liepen naar Tess' auto; ze had hem een lift aangeboden.

'Dat was een groot succes,' zei Luke toen ze het dorp uit reden, op weg naar zijn cottage. 'Ze mochten je meteen.'

'Dat komt omdat ik ook zo ontzettend leuk ben.' Ze ontweek behendig een egel die de straat overstak. 'En ik ben ook erg slim.'

Geamuseerd vroeg Luke: 'In welke zin?'

'Lichaamstaal. Gezichtsuitdrukkingen. Dat is een beetje een specialiteit van me. Ik zie dingen die anderen niet zien. Links of rechts?' vroeg ze toen ze bij een splitsing kwamen.

'Links,' zei Luke. 'Daar is het al... dat huis met het blauwe hek.' Hij wachtte tot ze de auto tot stilstand had gebracht en vroeg toen: 'Nou, zeg het maar. Wat is je precies opgevallen met die slimheid van je?'

Tess glimlachte. 'Ik zag jou en Hallie met elkaar praten. Jullie hebben een heel speciale band.'

Luke verstijfde een beetje. 'Ik ben haar arts. Zij is mijn patiënte. Hallie heeft veel meegemaakt. En ze klaagt nooit.'

'Ze is een schat van een meid.'

'Er is nooit iets tussen ons gebeurd.' Hij had de behoefte om duidelijk te zijn, want hij begreep dat Tess het niet zomaar zei.

'Maar je voelt wel wat voor haar.'

God, wat was dit gênant. Een mens kon ook té slim zijn. Een beetje stroef zei hij: 'Ik heb nooit iets gedaan wat mijn positie als arts kan schaden.'

'O, Luke, relax. Ik beschuldig je helemaal nergens van. Ik zeg alleen dat je haar graag mag. Meer dan dat.' Na een korte stilte voegde ze eraan toe: 'En zij mag jou ook erg graag en meer dan dat.'

Zijn mond viel bijna open; dit was wel het laatste wat hij had verwacht. 'Wat?'

'Toe zeg, je hoorde best wat ik zei. De belangstelling is wederzijds. Wist je dat echt niet?'

'Nee.' Hij wist bijna niet wat hij moest zeggen. 'Of verzin je dit soms?'

'Absoluut niet. Zoals ik al zei, lichaamstaal en gezichtsuitdrukkingen. Alles was er. Zonneklaar. Voor mij dan.' Geamuseerd vervolgde ze: 'Voor jou blijkbaar niet.'

'Shit, shit. Maar niemand anders is het ooit opgevallen. Dat weet ik zeker, want dan was het geen geheim gebleven. Niet hier.'

'Ze kennen Hallie allemaal al jaren. En ze kennen haar niet anders dan chronisch ziek. Dus dat soort dingen komt niet eens bij ze op. Terwijl ik alles met een frisse blik bekijk,' legde ze uit. 'En zoals ik al zei, beschik ik over magische krachten als het om observeren gaat.' Haar ogen glansden. 'Heel interessant talent.'

'God, ik had geen idee. Weet je het zeker?'

'O ja. Alles wat jij voor haar voelt, voelt zij ook voor jou. Echt.'

Luke kon geen woord uitbrengen; zijn hoofd tolde en zijn borst barstte bijna uit elkaar. Hij keek zijn nieuwe collega aan. 'Ik zweer je dat ik het niet wist.'

'Dan ben ik blij dat ik het je heb verteld. Misschien moet ík maar haar behandelend arts worden. Dan zit dat tenminste niet meer in de weg. En wanneer je het gevoel hebt dat de tijd er rijp voor is... Nou ja, dan kun je het onderwerp aansnijden... God, sorry, "het onderwerp aansnijden"... Dat klinkt wel heel suf. Als ik jou was, zou ik het wat romantischer aanpakken.'

'En wat als ze me afwijst?' vroeg hij.

'Het leven bestaat uit risico's nemen. Je overleeft het wel als ze je afwijst. Maar ik geloof niet dat dat gebeurt. De gevoelens die jullie voor elkaar hebben, zijn wederzijds, geloof mij nou maar, ik ben een dokter,' eindigde ze grijnzend.

52

Lukes hart ging als een dolle tekeer. Oké, het was gekkenwerk, maar op de een of andere manier waagde hij liever meteen de sprong dan dat hij moest wachten tot hij ooit misschien genoeg moed wist te verzamelen om het te zeggen.

En aangezien hij toch niet kon slapen, kon hij het net zo goed meteen doen.

Hij deed er een kwartier over om terug te wandelen naar het dorp. Het was een heldere nacht, met een maansikkel boven de kerktoren en een hemel vol sterren. Hallie was wakker. Hij wist dat omdat hij kon zien dat ze aan het twitteren was met een vriendin in Tempe, Arizona.

Er was niemand op straat toen hij de oude stenen brug overstak en naar Hallies huis toe liep. Hij keek omhoog; er brandde nog licht in haar slaapkamer.

Op zijn mobieltje zag hij dat ze nog steeds aan het twitteren was. Hij toetste een berichtje in: *Hoi, ik sta buiten. Kan ik even met je praten?*

Vijf seconden later verscheen Hallies gezicht achter het raam. Toen ze hem zag, zwaaide ze en gebaarde hem naar de voordeur te lopen. Op hetzelfde moment verscheen met een bliep haar reactie op zijn schermpje: *Natuurlijk! Kom binnen.*

Hij probeerde zich geestelijk schrap te zetten; de komende minuten konden de mooiste van zijn leven zijn, of de ergste tot nu toe.

God, Tess Hannigan met haar magische gaven kon maar beter gelijk hebben.

Hallie controleerde snel even haar gezicht in de spiegel, haalde haar vingers door haar haren en veegde wat koekkruimels van haar T-shirt. Het was al halfeen, waarom zou Luke haar nu nog willen spreken? Niet dat ze het erg vond – bij het idee dat ze hem zo zou zien, joeg de adrenaline alweer door haar heen. Net als altijd.

Terwijl ze met twee treden tegelijk de trap af rende, bedacht ze ineens dat hij misschien wel over Christina wilde praten. Misschien had hij inmiddels bedenkingen bij hun breuk... Misschien wilde hij wel van haar weten of ze vond dat hij en Christina het toch nog eens moesten proberen...

O nee, laat dat het alsjeblieft niet zijn.

Ze deed de voordeur open en haar hart maakte het vertrouwde sprongetje. Hoewel het een ander hart was, had het intuïtief geleerd om op precies dezelfde manier op hem te reageren. Stralend zei ze: 'Hoi!'

Luke keek bezorgd. 'Vind je het niet te laat?'

'Nee, hoor. Ik ben nog klaarwakker. En mijn moeder is bij Pete, dus we hebben het rijk alleen.' Ze gebaarde hem haar naar de keuken te volgen en voegde er voor de grap aan toe: 'We kunnen doen waar we maar zin in hebben, harde muziek draaien, dansen...'

'Nou, dat was niet waarvoor ik kwam, maar het is een idee.'

'Iets te drinken? Thee, koffie? Whisky?'

Na een korte aarzeling zei hij: 'Whisky zou wel lekker zijn. Zonder ijs.'

Hallie schonk wat van haar moeders Glenfiddich in een glas. Toen ze het hem gaf, zag ze dat haar vingers trilden. Om te voorkomen dat Luke het zou merken, vroeg ze snel: 'Gaat het om Christina?'

'Nee.' Hij haalde zijn schouders op. 'Nou, niet echt. Meer om Tess.'

'O.' Allemachtig, Tess? Wat had dit nu weer te betekenen?

'We hebben vanavond even met elkaar gepraat. Over... allerlei dingen.'

'Jij en Tess.' Het kostte Hallie moeite om zich aan dit nieuwe scenario aan te passen, want dit kwam echt compleet uit de lucht vallen.

'Ik vind haar echt geweldig,' zei hij. 'Jij niet?'

Zijn ogen glansden. *O god...*

'Ja, ze is geweldig.' Ze knikte, terwijl ze zich schrap zette voor nog een teleurstelling. Zo te merken liet Luke er geen gras over groeien. Eerst Christina en nu dit. En eigenlijk had ze helemaal niet verwacht dat Tess zijn type was.

Alleen... Waarom zat hij haar nog steeds aan te kijken met een blik alsof hij haar iets belangrijks moest vertellen?

En wil ik dat wel horen?

'Ze vindt dat jij niet meer mijn patiënte kan zijn,' zei hij.

'Wat?' Hallie begreep er eerlijk gezegd niets meer van. Was Tess Hannigan soms ziekelijk jaloers? Had ze bedongen dat Luke van nu af aan alleen nog patiënten mocht behandelen die man waren of ouder dan zeventig?

Luke haalde zijn vingers door zijn haar en zei met iets van wanhoop in zijn stem: 'Ze vindt dat het beter is als je in het vervolg naar haar toe gaat.'

Pardon? Hallie barstte bijna uit elkaar van woede om zoveel onrechtvaardigheid. 'O, en dat bepaalt zij? En jij pikt dat?'

Hij schudde zijn hoofd. 'Ze heeft helemaal niks bepaald. Het is gewoon een voorstel. Tess had ons samen zien praten, en ze dacht dat we... nou ja, dat we een bepaalde band hadden. Blijkbaar heeft ze een neus voor dat soort dingen.'

Hallie kreeg een droge mond. Luke keek naar haar, en ze wist gewoon niet hoe ze zich moest gedragen. In verlegenheid gebracht flapte ze eruit: 'Nou, dat is niet zo.'

'O nee?'

'Ik bedoel, natuurlijk mag ik je heel graag, maar niet op die manier.'

'Oké.' Er vertrok een spiertje in zijn kaak.

'Maar het is dus niet omdat ze zelf iets met je wil?'

'Wat? O god, nee!'

Nou, dat had ze dus mis gehad. Oef. 'Maar ze zag ons en dacht toen meteen dat ik een oogje op je had?'

'Ze dacht dat we een oogje op elkaar hadden,' zei hij kalm.

Had Tess gelijk? Was er echt een band tussen hen die niet alleen in haar hoofd bestond? En was het mogelijk dat dat gevoel wederzijds was? Dat het altijd wederzijds was geweest?

Haar knieën begonnen te trillen. Al die tijd had ze haar gevoelens voor iedereen geheimgehouden, omdat ze er toch niets mee kon.

Maar nu... o, maar nu... Als ze zag hoe hij naar haar keek...

Zou het dan toch kunnen?

'En wat dacht jij toen ze dat zei?' Ze kon nauwelijks geloven dat ze het vroeg.

Luke nam een grote slok whisky. 'Ik hoopte dat ze gelijk had.' Hij wreef even over zijn kaak en keek haar toen recht aan. 'Ik hoopte echt dat ze gelijk had.'

Zoemde er iets in de lucht, of zat het alleen in haar hoofd? Hallie voelde de houten rugleuning van de keukenstoel tegen haar rug drukken; waarschijnlijk werd ze alleen daardoor nog rechtop gehouden. Maar als hij de sprong in het diepe had gewaagd dan kon zij dat ook.

'Ik kon het je nooit vertellen,' zei ze met trillende stem.

'Ik jou ook niet.'

'Maar ik wilde het wel. Heel graag.'

'Ik ook.' Hij knikte.

'Ontzettend lang al.'

'Ik ook. Maar mag ik je één ding vragen?'

'Je mag me alles vragen.'

'Jij en Nick.'

'Hoezo, Nick en ik?'

'Voel je nog wat voor hem? Ik bedoel, vind je het nog steeds jammer dat...' Luke aarzelde; blijkbaar wist hij niet goed hoe hij zijn vraag onder woorden moest brengen. 'Ben je... ben je wel echt over hem heen?'

Aha, dus dat zat hem dwars. Nick had haar verteld dat hij, toen hij hier voor zijn bliksembezoekje was, Luke even had gesproken, terwijl zij boven in bed had liggen slapen. Ze schudde haar hoofd. 'Er is die dag niks gebeurd. Hij bood het wel aan, wat aardig van hem was, maar ik wilde niet. Hij zal altijd een goede vriend blijven, maar ik ben echt helemaal over hem heen.'

Luke slaakte een zucht van verlichting. 'Nou, dat is erg fijn om te weten.'

Haar nieuwe hart ging van boem-boem-boem in haar borstkas. 'Dus je zou het echt niet erg vinden als ik niet meer je patiënte zou zijn?'

'Nee, echt niet,' zei hij.

'Niet te geloven dat Tess het zag en verder niemand.'

'Zelfs ik zag het niet van jou.'

‘En ik niet van jou,’ zei ze met een klein lachje. ‘Misschien is ze wel een heks.’

‘Nou, mocht ze dat zijn, dan ben ik daar blij om. Anders hadden we eeuwig door kunnen gaan met stommetje spelen.’ Hij schoof naar haar toe en pakte haar handen beet. ‘En dat zou heel erg zijn geweest.’

Toen zijn warme vingers haar aanraakten, begon haar hele huid te tintelen. *O mijn god*, zei het stemmetje in haar hoofd, terwijl hun hoofden elkaar naderden en ze Luke Hilton voor de allereerste keer kuste.

In het echt...

Eerder dan op dit moment was het niet mogelijk geweest, maar het gebeurde nu. En het voelde volmaakt.

O ja, sommige dingen waren beslist de moeite van het wachten waard.

53

‘Waar gaan we naartoe?’ Tasha zat bijna achterstevoren in de auto. ‘Je rijdt verkeerd.’

Rory, die achter het stuur zat, reed met een onschuldige blik verder. Het was de dag voor kerst, en hij had een plannetje. Tasha zag er zoals altijd weer prachtig uit. Ze droeg een zilvergrijze jas van namaakbont met een rode fluwelen sjaal, over een crèmekleurige wollen jurk. Ze dacht dat ze op weg waren naar een saaie maar noodzakelijke lunch bij zijn saaie maar onvermijdelijke ex-baas en zijn vrouw.

Hij vond het leuk dat ze desondanks haar best had gedaan om er op haar mooist uit te zien. En hij vond het ook leuk dat ze zelf truffels had gemaakt en die per stuk in zilverpapier had verpakt voor twee mensen die ze niet kende en waarschijnlijk ook nooit meer zou zien.

Het kwam erop neer dat hij alles leuk vond aan Tasha, zijn verloofde, het meisje met wie hij de rest van zijn leven wilde doorbrengen.

De transplantatie lag inmiddels een halfjaar achter hem, en de eerste weken erna waren niet gemakkelijk geweest. Omdat hij het helemaal niet gewend was om ziek te zijn, was iedere terugval voor hem nauwelijks verteerbaar geweest. Natuurlijk, hij moest dankbaar zijn dat hij nog leefde, maar de weg naar volledig herstel was niet zonder hobbels verlopen. Hij had zowel geestelijk als lichamelijk aan zijn nieuwe hart moeten wennen, en daar kwam nog bij dat het een tijd had geduurd voordat zijn medicijnen goed waren afgestemd.

Uiteindelijk was hij met behulp van een revalidatieprogramma weer op de been gekomen en was hij beter opgewassen geweest tegen alles wat er gebeurde. Hij was met fysiotherapie begonnen om zijn kracht en uithoudingsvermogen terug te krijgen. Hij had het idee dat hij de toekomst weer aankon.

En al die tijd had Tasha hem ondersteund. Ze liet zich nergens door van slag brengen; ze had begrip getoond wanneer hij neerslachtig was en hem onafgebroken moed ingesproken, zonder ook maar één keer haar geduld of goede humeur kwijt te raken.

'Vertel je me nog waar we naartoe gaan?' vroeg Tasha.

Hij kneep even in haar knie. 'Niet zo ongeduldig. Je merkt het vanzelf wel.'

'O mijn god.' Tasha begon te lachen. 'Dit is echt niet te geloven!'

Nadat Rory de auto had geparkeerd, had hij haar meegenomen door een doolhof van achterafstraatjes. Pas toen ze via de achteringang een winkel waren binnen gegaan om er aan de voorkant weer uit te lopen, drong tot haar door waar ze waren en waarom hij haar hier mee naartoe had genomen.

Het tafereel was hetzelfde; de kerstliedjes waren dezelfde; de mensenmassa's waren dezelfde. Alleen de eerste sneeuwvlokken ontbraken nog.

Rory pakte haar hand. 'Hier hebben we elkaar leren kennen, precies een jaar geleden.'

'Ja.' Ontroerd leunde ze tegen hem aan en gaf hem een kus op zijn wang.

'En dit is onze afvalbak. Dit zal altijd onze afvalbak blijven.' Hij leidde haar ernaartoe. 'Zonder deze afvalbak hadden we elkaar nooit leren kennen.'

Tasha wees naar een frietbakje dat boven op het afval lag. ‘Wil je er soms eentje?’

‘Hm, liever niet. Maar ik heb wel zin in koffie. Sorry...’ Rory sprak een man van middelbare leeftijd aan die net langsliep. ‘Mag ik u iets vragen? Zou u een foto willen maken van mijn verloofde en mij?’

De man bleef staan en nam Rory’s mobieltje aan. ‘Maar dan zou ik even iets van die afvalbak af gaan staan.’

Ze stonden elk aan een kant van de bak, als de trotse ouders van hun geliefde enige kind.

‘Dat hoeft niet, we willen juist dat de afvalbak op de foto komt,’ zei Rory.

Toen Tasha de verbaasde blik van de man zag, gaf ze de gietijzeren bak een liefdevol klopje. ‘De bak is de reden dat we hier zijn,’ legde ze uit.

‘Hij denkt dat we knettergek zijn,’ zei Rory toen de man snel was doorgelopen nadat hij de foto had genomen en Rory zijn toestel had teruggegeven.

‘Nou en? Laat me eens zien.’ Tasha wierp een tedere blik op de foto. ‘Onze mooie bak.’

‘Zullen we nu koffie gaan drinken? Herinner je je dat café nog?’ Terwijl hij haar meetroonde, vervolgde hij: ‘Daar zat ik toen ik je je mouwen zag opstropen en je hand in het afval zag steken.’

‘Koolsla en peuken. Koude koffie en ketchup die van mijn hand droop. Hoe kan ik dat ooit vergeten?’ zei ze.

Hij duwde de deur van het dampige café open en liet haar voorgaan. Tasha geloofde haar ogen niet. Daar zaten Carmel en Joe aan een tafeltje bij het raam, en ze hielden elkaars hand vast.

Ze hielden echt elkaars hand vast.

Als door een wesp gestoken bleef ze staan, en Rory botste tegen haar op. Ze wees. ‘Kijk!’

‘Wat?’

‘Daar zitten Carmel en Joe.’

‘Ik zie het.’

‘Maar... maar... ze houden elkaars hand vast.’

‘Ja.’

Hij klonk niet erg verbaasd. Tasha begreep dat ze haar flink beet hadden genomen. Ze draaide zich naar hem om en vroeg ongelovig: 'Wist jij dat?'

'Wat?'

'Dat van die handen!'

'Joe vertelde het me gisteravond.'

Joe en Carmel zaten te lachen om haar verbaasde gezicht. Nadat Tasha met Rory bij hun tafel was komen staan, zei ze: 'Oké, vertel.'

'We komen vieren dat jullie elkaar een jaar kennen,' zei Joe.

'En dat?' Tasha wees naar hun handen.

'We komen vandaag uit de kast,' zei Carmel met een brede grijns. 'We zijn nu officieel een paar.'

'Eindelijk! Hoera!' Tasha omhelsde hen allebei even. 'Dat werd tijd ook!'

'Ja, ze mag van geluk spreken,' zei Joe.

'En dat hebben jullie gisteravond besloten?'

'Ja.' Carmel wendde zich tot Joe. 'Hè?'

'O ja.'

'Te gek,' zei Tasha.

'Maar vergeet niet dat we al maanden met elkaar naar bed gaan,' voegde Joe eraan toe.

'Wat?' Tasha staarde hen aan. 'Dat meen je niet!'

'Ik vroeg haar steeds mee uit, maar ze bleef nee zeggen.' Joe knipoogde. 'Maar dat wist je al. Om de een of andere reden wist ze niet of ze me wel kon vertrouwen.'

'Ik dacht gewoon dat het toch niks kon worden,' legde Carmel schouderophalend uit. 'Hij is mijn type niet.'

'Maar uiteindelijk heb ik haar zover gekregen. Ze kon mijn lichaam niet meer weerstaan.'

'Maar ik wilde dus nog steeds geen relatie,' bemoeide Carmel zich ermee.

'Dus besloten we het alleen voor de seks te doen. Wat ons allebei goed uitkwam,' vertelde Joe.

Tasha schudde verbaasd haar hoofd. 'En jullie hebben dat al die tijd geheimgehouden?'

'Jij had al genoeg aan je hoofd. En bovendien had ik niet verwacht dat het zo'n tijd zou duren,' zei Carmel. 'Ik bedoel, het was geen echte relatie. Het was niet de bedoeling dat het dat zou worden.'

'Bovendien was het wel leuk om samen een geheim te hebben,' zei Joe. 'En natuurlijk heb ik haar uiteindelijk toch voor me weten te winnen.'

'Met zijn legendarische bescheidenheid en charme.' Hoewel Carmel deed alsof ze met haar ogen rolde, straalde ze een en al geluk uit.

'Om maar te zwijgen van mijn ongelooflijke seksuele technieken.'

Carmel stootte hem even aan. 'Ja, heel verstandig om dat privé te houden.'

'Ik vind dit echt fantastisch.' Tasha ging naast Carmel zitten en keek Joe en Rory aan, die aan de andere kant van de tafel zaten. 'Ongelooflijk dat jullie niks hebben gezegd, maar het is echt de mooiste verrassing ooit.'

'En ook een lekker goedkope manier om je een kerstcadeau te geven dat niet eens ingepakt hoeft te worden,' zei Joe.

Carmel leunde tegen Tasha aan. 'Zal ik je vertellen wat de doorslag gaf? De manier waarop hij voor Rory zorgde toen hij in het ziekenhuis lag en ook in de weken na de operatie. Toen drong pas tot me door dat hij echt een goed mens was. Vriendelijk. Geduldig. Aardiger dan ik altijd dacht.'

'Dat wil ik op mijn grafsteen,' zei Joe. 'Hier ligt Joseph James. Aardiger dan je dacht.' Na een korte stilte voegde hij eraan toe: 'En fantastisch in bed.'

De serveerster, een vrouw van middelbare leeftijd, die hun bestelling kwam opnemen, wees ineens met haar potlood naar Rory en riep: 'Nu weet ik het weer! Ik weet ineens weer wie je bent!'

Rory keek haar verbaasd aan.

'Je denkt zeker dat hij Ryan Reynolds is, hè?' vroeg Joe. 'Sorry, maar dat is niet zo. Maar ik ben wel Brad Pitt.'

'Ja, en ik ben Angelina Jolie,' zei de serveerster. Ze wendde zich weer tot Rory. 'Vorig jaar, rond dezelfde tijd. Toen stond daar een meisje in de afvalbak te graaien... We keken er allemaal naar, en toen vroeg jij een vuilniszak aan me en bent haar gaan helpen zoeken naar wat het dan ook was.'

'Ze was haar creditcard kwijt,' zei Rory.

'En een stel jongens op skateboards deed heel vervelend, en die heb je toen weggejaagd. En toen ze eindelijk haar creditcard had gevonden, moest ze van jou naar ons zwaaien! En wij zwaaiden allemaal terug!'

'Dat is zo.' Rory knikte. 'Ik herinner het me weer.'

'En toen liepen jullie allebei de andere kant uit, en iedereen hier zei "Aaaahhhh", omdat we wilden dat jullie samen weg zouden gaan, net als in van die kerstfilms op tv. Maar dat deden jullie niet,' zei de serveerster. 'We waren zo teleurgesteld.'

'Nou ja, maakt niet uit,' zei Joe. 'Hij heeft uiteindelijk toch nog een vriendin weten te vinden.'

'Ja, logisch, zo'n aantrekkelijke jongen. Maar jij ziet er ook heel leuk uit, hoor, schat.' Het lichtgevende plastic gewei van de serveerster wiebelde toen ze Tasha stralend toeknikte.

'Dank je.' Tasha hield haar linkerhand op. 'We zijn verloofd!'

'Wauw, dat is een mooie! Zo zie je maar, het heeft blijkbaar zo moeten zijn dat hij later jou is tegengekomen.'

Tasha voelde zich in het geheel niet beledigd; haar haren waren veel langer dan vorig jaar. En ze was ook blonder. Bovendien had de serveerster haar alleen maar uit de verte gezien.

'Zij heet Tasha,' zei Rory tegen de serveerster. 'Vraag me eens waar we elkaar hebben leren kennen?'

'O, was het zo romantisch dan? Vertel.' Ze gaf hem een bemoedigend knikje. 'Ik ben dol op dat soort verhalen.'

'Nou.' Rory liet even een stilte vallen om de spanning te verhogen. 'Het was de avond voor kerst, en Tasha was nog snel wat cadeautjes gaan kopen, en toen verloor ze haar creditcard in een afvalbak...'

'O mijn god!' De mond van de serveerster was een perfect rondje. 'Echt? Was jij dat?'

'Ja, dat was ik,' beaamde Tasha.

'En daarom noemen wij haar het afvalbakmeisje,' voegde Joe eraan toe.

'Daarom noem *jíj* haar het afvalbakmeisje.' Carmel stootte hem even aan. 'Wij noemen haar gewoon Tasha.'

'Nou ja, zeg, wat prachtig.' De serveerster was betoverd door het verhaal. 'Maar ook wel frustrerend – ik zou alle mensen die dat vorig jaar hebben gezien, zo graag vertellen dat jullie elkaar toch nog gevonden hebben, maar dat gaat niet, want ze zijn er niet. Nou ja, mijn dag kan in ieder geval niet meer stuk. Fantastisch. Geen wonder dat jullie er allebei zo gelukkig uitzien.' Haar gewei ging weer op en neer. 'Dit moet wel het mooiste jaar van jullie leven zijn geweest.'

Onder de tafel duwde Tasha even met haar voet tegen die van Rory. Ze glimlachten naar elkaar. Hardop zei ze: 'O, zeker weten.'

54

'Oké, persen!' beval de oudste, ietwat bazige vroedvrouw.

'Ik wil niet. Dat doet... Auauauauau!'

Flo hapte naar adem en greep de stang van het bed vast, terwijl een nieuwe golf van pijn haar ingewanden leek fijn te knijpen.

'Vooruit, we zijn er bijna, je kunt het.' De jongste vroedvrouw streelde bemoedigend haar arm; het was blijkbaar haar rol om de aardige agent te spelen.

'Ik kan het niet, ik kan het niet.' Flo schudde haar hoofd. Het zweet droop over haar slapen haar oren in. Toch wist ze dat ze gelijk hadden. Het mocht lichamelijk gezien dan onmogelijk lijken, ze zou zo meteen het leven schenken aan een baby.

De oudste vroedvrouw keek naar de monitoren. 'Daar komt de volgende wee al. Laten we het nu doen.'

Flo pakte de hand van de jongste vroedvrouw beet, haalde een keer diep adem en deed haar uiterste best om een menselijk wezen uit haar lichaam te persen.

En toen, in een zweterig waas van lawaai en licht en handen en een drukkend gevoel en een onvoorstelbare pijn, gebeurde het in één golf van glibberige natheid en onder verontwaardigd gejammer van de pasgeborene.

'O mijn god...' Flo's stem begaf het toen de oudste vroedvrouw de navelstreng doorknipte, de baby kordaat afdroogde met een handdoek en haar op Flo's borst legde. De tranen sprongen Flo in de ogen, en er ontsnapte haar een snik, maar ze moest ook lachen, overweldigd door de stortvloed aan emoties waarvoor ze al was gewaarschuwd, maar waar ze toch niet op voorbereid was geweest, want hoe kon je nu weten dat het zo overweldigend zou zijn?

'Goed gedaan.' De vrouw glimlachte, haar bazigheid was helemaal verdwenen. 'Het is je gelukt. Je hebt een prachtige dochter.'

Nu begon Flo pas echt te huilen en te lachen, want hoewel ze een enorme wirwar aan emoties voelde, overheerste het gevoel van geluk. Allerlei mensen hadden haar de afgelopen maanden verteld dat Zanders geest bij haar zou zijn wanneer ze van haar kind beviel, maar dat hadden ze alleen gezegd om haar te troosten. In werkelijkheid kon ze zijn geest niet voelen. Hij zou het fantastisch hebben gevonden om erbij te zijn, maar hij was er niet bij. En hoewel ze hem nog steeds vreselijk miste, redde ze zich ook wel zonder hem. Ze was niet de eerste vrouw in deze situatie en ze zou ook niet de laatste zijn. Maar ze had Zanders kind, en dat was een wonder. In vele opzichten had ze ongelooflijk veel geluk gehad.

En de gelijkenis met Zander was echt adembenemend. Terwijl Flo en haar dochter elkaar onderzoekend aankeken, zag Flo steeds meer trekjes van Zander... van de lange, puntige wimpers tot de vorm van de kobaltblauwe ogen, van de vorm van de wenkbrauwen tot de curve van de bovenlip.

'Hallo,' fluisterde Flo. Haar mond streelde het voorhoofdje van de baby, terwijl ze haar dicht tegen zich aan hield. 'Jij bent mijn baby, en ik ben jouw mama.' Ze snoof de geur van haar dochters huid op en bestudeerde haar kleine, bijna doorzichtige vingertjes. 'Je bent volmaakt.'

Flo lag in een apart kamertje met maar twee bedden. Ze vermoedde dat ze haar daar expres heen hadden gebracht, zodat ze geen buitengesloten gevoel zou hebben wanneer het bezoekuur was en alle vaders binnen kwamen marcheren met bloemen en cadeautjes voor hun vrouw of vriendin.

Ze deelde de kamer met een leuke, nuchtere, alleenstaande moeder van drie kinderen, die ook door de vader van haar derde kind in de steek was gelaten.

'Ik zweer je, ik dacht echt dat ik eindelijk een goeie aan de haak had geslagen,' had Ceecee haar al toevertrouwd. 'Hij was goed met de andere kinderen, gaf niks om voetbal... Hij had zelfs een baan, wat voor de verandering wel eens leuk was. En hij leek ook heel blij toen ik zwanger werd. Ik dacht echt dat hij een blijvertje was. Maar afgelopen maand begon hij ineens iedere avond uit te gaan... Niet echt ideaal, maar ik zei er niks van. En twee weken geleden ging hij weer uit en toen kwam hij niet meer terug. Ik kreeg de volgende dag een sms'je waarin hij zei dat het uit was en dat hij een ander had. Er kon niet eens "sorry" af, de rotzak. Dus we zijn weer terug bij af, alleen ik en de kinderen. Maar ja, die zijn toch het belangrijkst, hè? Zolang zij maar gelukkig zijn.'

'Dat is waar.' Flo kon alleen maar bewondering hebben voor Ceecees optimistische houding. Het leven mocht dan misschien niet altijd zo lopen als je wilde, je moest toch door.

'Ik vind het wel erg van die vriend van jou,' zei Ceecee. 'De verpleegsters hebben me verteld wat er is gebeurd, waarschijnlijk om te voorkomen dat ik iets stoms zou zeggen zonder het te beseffen. Nog gecondoleerd.'

'Dank je.'

'Heb je ook een foto van hem? Ik ben best benieuwd hoe hij eruitzag.'

'Ja, heb ik.' Flo pakte haar mobieltje uit haar tas.

'Dan laat ik je ook een foto van die van mij zien.' Ceecee pakte ook haar telefoon en begon langs de foto's te scrollen. Ze kwam op de rand van Flo's bed zitten. 'Kijk, dat is 'm, dat is Matt.'

Matt lag languit op een leren bank, gekleed in een roze poloshirt en een spijkerbroek; hij grijnsde ondeugend naar de camera en maakte een v-teken.

Flo op haar beurt liet Ceecee de foto zien die ze van Zander en zichzelf in het park had gemaakt, met de hangbrug achter hen en de heteluchtballon boven hen.

'Wat leuk. Hij ziet er heel aardig uit,' zei Ceecee. 'Wat vind je van die van mij?'

Wat kon ze zeggen? 'Hij ziet er ook aardig uit.'

'Vind je?' Ceecee stootte haar vrolijk aan. 'Ha, ik vind hem eruitzien als een leugenachtige klootzak die nergens voor deugt.'

'O schat, kijk nou toch!' Margot kwam als een koningin de kamer binnen schrijden, aan de arm van iemand van de verpleging. 'Je straalt helemaal.' Ze gaf Flo een kus die naar gin rook en ging toen voorzichtig op een stoel zitten. 'En laat me nu die baby van je eens zien. O. Hallo Alexandra. Dag schoonheid! Mag ik haar even vasthouden?'

Flo gaf haar Alexandra aan. Het had iets heel moois om een pasgeboren baby in de armen te zien liggen van iemand van boven de tachtig. Haar hart zwol op van liefde en trots, terwijl Margot haar dochter bewonderde, die inmiddels twaalf uur oud was.

'Hoe ben je gekomen? Met een taxi?'

'Nee, Patrick heeft me gebracht. Hij is de auto aan het parkeren. Je krijgt natuurlijk de groeten van iedereen uit Nairn House. Ze zullen je vast wel allerlei rare gebreide dingetjes sturen. Maar aangezien ik niet brei, dacht ik dat Alexandra deze misschien wel mooi zou vinden.'

Flo maakte het verschoten juwelendoosje open. Genesteld in ivoorkleurig satijn lag een paar diamanten oorknopjes, klein, maar volmaakt van vorm. 'O Margot, dat kan ik echt niet aannemen!'

'Ze zijn niet voor jou, ze zijn voor haar. En ik sta erop.' Margots ogen kregen een zachte glans. 'Geef ze haar maar als ze achttien wordt. Dan ben ik allang dood, maar ik vind het een mooi idee dat ze dan weer door een jong meisje gedragen worden. Ik heb ze op mijn eenentwintigste van mijn ouders gekregen. Ik droeg ze toen ik werd voorgesteld aan het hof. Kijk me niet zo aan. Ik wil dat je dochter er later plezier van zal hebben. En probeer me er niet van af te brengen, want we weten allebei dat ik toch win.'

'Nou, in dat geval, dank je wel. Ze zijn prachtig.' Flo omhelsde Margot nog een keer.

'En hoe voel je je, lieverd?'

'Blij en bedroefd. Maar ik red me wel.'

'Natuurlijk, je bent een sterke meid.' verklaarde Margot.

'Daar heb je Patrick.' Flo wuifde toen hij aarzelend in de deuropening bleef staan. 'Hoi. Kom verder.'

Ze had Patrick nog een paar keer in Nairn House gezien voordat ze met zwangerschapsverlof was gegaan. Zijn relatie met de aerobicslerares had de kerst niet gehaald, en hij liep weer gewoon in zijn ouderwetse broeken en oude overhemden rond.

'Gefeliciteerd. Alsjeblieft, een kleinigheidje voor de baby.' Hij gaf Flo een papieren tas die uit zijn winkel kwam. 'Sorry dat het geen diamanten zijn.'

Het was een klein roze met groen wollen mutsje met gebreide roosjes en blaadjes erop.

'Wat prachtig!' zei Flo ontroerd. 'Dank je wel.'

'En ik had onderweg ook een bos tulpen voor jou gekocht, maar die heb ik op het dak van de auto laten liggen toen ik met mijn sleutels zat te klungelen. En toen reed ik weg en toen zag ik ze op de grond vallen.' Hij schudde spijtig zijn hoofd. 'Ze zijn onder een vrachtwagen gekomen.'

'Geeft niks. Het gaat om het idee,' zei Flo glimlachend.

'Nou?' Margot hield Alexandra op zodat hij haar kon bewonderen. 'Wat vind je ervan?'

'Ze lijkt op een baby.'

'Zo makkelijk kom je er niet mee weg, Patrick!'

Hij knipoogde naar Flo. 'Ze ziet er... schattig uit. Goed gedaan.'

'Typisch een man,' zei Margot opgewekt. 'Zo, en nu moet je foto's van ons maken, zodat ik ze straks aan iedereen kan laten zien. Ik voel me net een trotse grootmoeder.'

Patrick vroeg aan Flo: 'Hoe was de... Nou ja, je weet wel, dat hele gedoe met de bevalling?'

'Behoorlijk erg. Wil je het in geuren en kleuren horen?'

Hij schrok. 'Liever niet.'

Dertig minuten later kwam Lena. Ze keek van Margot naar Patrick en vroeg: 'Wie zijn jullie?'

'Dat zijn vrienden van me,' legde Flo geduldig uit. 'Margot woont in Nairn House, en Patrick is haar neef.'

'Oké. Nou, ik had wel iets voor de baby willen kopen, maar ik wist niet wat. Dus heb ik niks gekocht.'

'Dat geeft niet,' zei Flo.

Lena, die zag dat Margot en Patrick elkaar even aankeken, zei: 'Wat hebben jullie dan gegeven?'

'Diamanten oorknopjes,' zei Margot. 'Van Cartier.'

'Dat is gewoon barbaars.' Lena kneep haar ogen tot spleetjes.

'Het is een belachelijk idee om bij een baby gaatjes in de oren te laten maken.'

'Jij moet Lena zijn.' Patrick gaf haar een hand. 'We hebben al over je gehoord.'

'O, als ze slechte dingen over me heeft verteld, gewoon negeren. Want het is allemaal gelogen.'

'Wil je Alexandra niet zien?' vroeg Flo, want Lena had zelfs nog geen blik op de baby geworpen.

'Wie? O, de baby. Oké, laat maar eens zien.'

'Het is een meisje,' bracht Flo haar in herinnering, terwijl ze Alexandra voor Lena ophield. 'Wil je haar even vasthouden?'

'Nee, dank je. Ze is een beetje klein. Zo meteen laat ik haar nog vallen.' Lena bestudeerde de baby even. Toen zei ze: 'Hm, een DNA-test is dus niet nodig.'

Had ze dat serieus overwogen dan? Zou kunnen. Van Lena kon je alles verwachten.

'Die is nooit nodig geweest,' zei Flo zacht.

'Misschien niet.' Lena slaakte een zucht. 'Vooruit dan maar, ik zal haar wel even vasthouden.'

Flo gaf haar de baby en deed voor hoe ze het hoofdje moest ondersteunen. 'Zo. En maak je niet druk, je doet het prima.'

Lena's blik verzachtte. 'Ze lijkt precies op Zander.'

'Ja, hè?'

'Ik mis hem zo.' Er verschenen tranen in haar ogen.

'Ik weet het.' Flo knikte; het was voor Lena ook zwaar geweest. Zelf had ze Zander maar een halfjaar gekend en liefgehad, maar hij was vierendertig jaar Lena's broer geweest.

'Ik heb nog nooit eerder een baby vastgehouden,' vertelde Lena. 'Het voelt best wel fijn.'

'Ja, hè?' zei Flo glimlachend.

'Wie zorgt er eigenlijk voor Jeremy zolang jij in het ziekenhuis ligt?'

'Sarah, de benedenbuurvrouw.'

'Je had het mij ook wel kunnen vragen, hoor. Ik ben heus geen kattenmoordenaar.'

Laten we hopen van niet.

Flo zei: 'Dat weet ik, maar Sarah hoeft alleen maar even naar boven te lopen. En ik ga waarschijnlijk morgen alweer naar huis.'

Het was voor Lena een grote schok geweest toen Mary, de notaris, haar had verteld dat Zanders kind zijn erfgenaam was. Maar ze was langzaam aan het idee gewend geraakt. Flo had gezegd dat ze gewoon in Zanders flat kon blijven wonen, en daar leek ze haar wel dankbaar voor te zijn. Mary had haar er dan ook op zakelijke toon op gewezen dat ze blij mocht zijn dat ze nog een dak boven haar hoofd had.

Lena knikte. 'Oké. En hoelang denken jullie hier nog te blijven?'

Ze had het tegen Patrick, die zijn mouw iets opstroopte en op zijn horloge keek. 'Nog een halfuurtje? Het bezoekuur is om acht uur afgelopen.'

'Kan ik dan met jullie mee terugrijden naar Clifton?' vroeg Lena. 'Ik heb een bus moeten nemen om hier te komen. Afschuwelijk gewoon.'

Geamuseerd door haar rilling van afkeer knikte Patrick. 'Prima, het is toch in de buurt.'

'Dank je.' Lena wierp een blik op zijn mouwen. 'Je manchetten zijn versleten.'

Patrick vertrok geen spier. 'Tja. Dat is zo.'

'Maar waarom trek je dat overhemd dan nog aan?' Lena was zichtbaar geschokt. 'Je lijkt wel een zwerver! Waarom koop je geen nieuw overhemd?'

'Ik vind dit een fijn overhemd.' Patrick nam niet eens de moeite om zich beledigd te voelen. 'Het is zelfs mijn lievelingsoverhemd.'

'Maar het is zo belangrijk om er goed uit te zien. Echt, als deze baby groot genoeg is voor echte kleren, zal ik ervoor zorgen dat ze er stijlvol uitziet. Dat soort dingen doen er echt toe.'

Hij haalde zijn schouders op. 'Voor jou misschien. Voor mij niet.'

'Je zou heus wel wat meer moeite kunnen doen,' zei Lena.

'Je lijkt mijn ex wel,' zei Patrick.

Flo, die met Alexandra in haar armen in bed zat, vond het een genot om te merken dat Patrick totaal niet geïntimideerd was door Lena. Ze wisselde stiekem een lachje uit met Margot.

'Ik zeg alleen maar wat iedereen denkt,' zei Lena.

'En dat kan mij niets schelen. Dus als je liever niet met de bus gaat, kun je je gedachten verder misschien beter voor je houden,' zei Patrick.

O ja, hij wist precies hoe hij haar moest aanpakken.

55

'Oké, ik ga, sommige mensen hebben normale werktijden.'

Tasha deed haar ogen open en glimlachte slaperig naar Rory. Het was kwart over zeven, en hij had zich al gedoucht en aangekleed. Ze hief haar hoofd voor een kus. 'Eigen schuld, had je maar geen normale baan moeten nemen. Ik hoef pas om twaalf uur aan de slag.'

'Bofkont. Ik ben om zes uur weer thuis.' Nog een kus. 'Tot vanavond.'

'Dag.'

Toen hij weg was, stuurde Tasha een sms'je naar Sandra, de fotografe met wie ze vandaag zou werken voor een shoot voor de zondagsbijlage van een van de betere roddelkranten. Ze werden wel vaker samen geboekt. *Hoi, even ter controle. Het Carrick Hotel in Chelsea om 12 uur toch?*

Een minuut later kreeg ze al antwoord: *Ja. Tot dan. x*

Het Carrick Hotel lag aan Park Lane en had een prachtig uitzicht over Hyde Park. Er kwam een eindeloze stroom rode dubbeldekkers, zwarte taxi's en duizenden auto's langs. Aan de overkant van de straat, in het park zelf, waren mensen aan het joggen, wandelen, hun honden aan het uitlaten... en ja, ze ruimden ook de hondenpoep op.

Hallie keek met verwondering naar de drukte. Je zou hier de hele dag achter het raam op de vijfde verdieping naar buiten kunnen staan kijken zonder je een moment te vervelen. Het was heel wat anders dan Carranford. En toch was ze hier, midden in de gekte van de hoofdstad.

En dat ook nog in haar eentje. Nog geen jaar geleden zou het volslagen ondenkbaar zijn geweest dat ze ergens alleen naartoe zou gaan. Maar haar leven zag er nu gelukkig heel anders uit.

Het was de laatste week van mei, bijna een jaar na de wonderbaarlijke transplantatie. Toen ze door de krant was uitgenodigd om naar Londen te komen om te worden geïnterviewd voor de zondagsbijlage, was ze door het dolle heen geweest. Het was heel opwindend om in een chic hotel te worden ondergebracht en dan ook nog eens een soort make-over te krijgen.

Luke had niet meegekund omdat hij moest werken, net als haar moeder en Bea. Maar dat had niets uitgemaakt; ze was gewoon alleen gegaan. Als een normaal mens! Vanavond zou ze weer teruggaan naar Carranford, naar de cottage die ze nu met Luke deelde. Ook als een normaal mens.

En ze had drie verschillende outfits meegenomen voor de fotoshoot. Ook dat was compleet normaal!

Een uur later, na een telefoontje van de receptioniste die zei dat iedereen er was, deed Hallie de deur open voor de fotografe, de visagiste en de journaliste die het interview zou afnemen. De journaliste, een vrouw van in de vijftig die Jean heette, liep meteen het balkon op om te bellen.

'Ik vind dit echt te gek.' Hallie keek de visagiste, die Tasha heette, stralend aan toen ze haar make-upkoffer opende en een idioot grote verzameling kwastjes, flesjes, sponsjes en cosmetica-artikelen begon uit te stallen. 'Dit is allemaal nieuw voor me.'

Tasha ging verder met het uitpakken van haar koffer. 'Nou, ik hoop dat het resultaat je zal bevallen,' zei ze vrolijk.

'Normaal draag ik geen make-up.'

'Maak je geen zorgen,' zei Tasha met een geruststellend lachje. 'Ik zal je heus niet in een dragqueen veranderen, hoor. Je zult er net zo uitzien als altijd, maar dan nog ietsje mooier.'

De tien minuten daarop bracht ze vakkundig eerst de basis aan en toen de primer, gevolgd door verschillende tinten foundation, terwijl ze Hallie precies uitlegde wat ze aan het doen was. Het was veel ingewikkelder dan Hallie had gedacht. Ze keek in de verlichte spiegel naar Tasha, die met haar gezicht bezig was; ze boog zich naar haar toe, ging weer rechtop staan en deed steeds een paar passen naar achteren om tussendoor het resultaat te bekijken. Zo te zien was ze achter in de twintig, en ze droeg haar lichtbruine, gehighlighte haar in een knot boven op haar hoofd. Ze had opvallend blauwe ogen en een perfecte huid, en ze had een licht, citroenachtig parfum op.

'Ik ken je website trouwens,' zei ze tegen Hallie. 'Een van mijn klanten las hem altijd.'

'O ja?' Hallie zag dat Jean haar gesprek had beëindigd en de kamer weer in kwam lopen. 'Hij is het afgelopen jaar nogal populair geworden. Nou ja, daarom wilde de krant ook dit interview natuurlijk.'

Jean bekeek hen met een scheef hoofd. 'Dus jullie hebben nog niet ontdekt wat jullie gemeenschappelijk hebben?'

'Sorry?' Met opgetrokken wenkbrauwen hief Tasha haar hoofd om de journaliste aan te kijken. 'Wat dan?'

'Hallie heeft vorig jaar een hart- en longtransplantatie gehad.'

'Wat? Meen je dat?' Tasha wendde zich weer tot Hallie. 'Echt waar?'

'Ja.' Hoewel het kennelijk belangrijk was, begreep Hallie niet goed waarom.

'Mijn verloofde heeft ook een harttransplantatie gehad!' riep Tasha uit.

'Wauw.' Oké, dat was dus de verklaring. Hallie schudde haar hoofd. 'Wat toevallig.'

'Nou, niet echt,' zei Jean met een klein lachje. 'De fotoredactie had eigenlijk iemand anders voor de shoot van vandaag willen boeken, maar ik heb jou toen voorgesteld, omdat je met je vriend ongeveer hetzelfde hebt meegemaakt.'

'Nou, het blijft verbazingwekkend.' Hallie vond het lief dat ze daaraan had gedacht. 'Zoveel van ons zijn er niet. Hoe gaat het met hem?'

'Heel goed. Nou ja, in het begin ging het moeizaam, maar nu gaat alles fantastisch. Hij werkt weer, al moet hij natuurlijk regelmatig terug voor controle... Het is nu bijna een jaar geleden...'

'Bij mij ook,' zei Hallie. 'Nog net geen jaar. Elf maanden.'

Tasha keek in de spiegel naar Hallie. 'Rory is op 25 juni geopereerd.'

De woorden flakkerden en echoden in de lucht tussen hen in. Ze keken elkaar aan. Hallie greep de leuningen van haar stoel beet en fluisterde: 'Ik ook.' Haar hart ging als een gek tekeer, haar mond was kurkdroog en haar hoofd tolde.

Jean keek op van haar mobieltje. 'Kijk, dat noem ik wél toevallig, twee mensen die op dezelfde dag een nieuw hart krijgen! Ik bedoel, hoe groot is die kans nou?'

De fotografe, die Sandra heette, stopte even met het opzetten van de lampen en zei: 'Wauw, maf, zeg! Als het om nieren was gegaan, hadden die van een en dezelfde persoon kunnen komen. Maar niemand kan twee harten doneren!'

Hallie kon geen woord uitbrengen. De tijd leek tegelijk sneller en langzamer te gaan. Tasha keek in de spiegel nog steeds naar haar. Ze wist het. Natuurlijk wist ze het. Misschien dat de meeste mensen nog nooit van dominotransplantaties hadden gehoord, maar Tasha en zij kenden dat begrip maar al te goed.

O mijn god...

'Dus ik vraag me af of er toen soms een groot verkeersongeluk heeft plaatsgevonden waarbij veel mensen betrokken waren.' Met glanzende ogen vervolgde Jean: 'Dat zou een interessante invalshoek voor het artikel zijn. Is er ook een manier waarop we daarachter kunnen komen?'

Ho...

'Nee,' zei Hallie op ferme toon. 'Ze vertellen je nooit wie de donor is. Daar zijn ze heel streng in. Alles loopt via de transplantatiecoördinator, dus als je bijvoorbeeld een brief aan de familie schrijft, dan is de kans groot dat je er nooit meer wat over hoort.'

'Ze zeggen ook dat je beter een jaar kunt wachten voordat je ze schrijft,' deed Tasha een duit in het zakje.

'Hebben jullie al aan de familie van de donor van je vriend geschreven?' vroeg Jean, die als journaliste een zesde zintuig voor verhalen had.

'Nog niet.'

Hallie schudde haar hoofd. 'Ik ook niet.'

Op de een of andere manier slaagde Tasha erin om zichzelf weer onder controle te krijgen en door te gaan met haar werk. Het was alsof ze door hun gedeelde geheim samen in een doorzichtige bubbel zaten. Pas toen Sandra even ergens anders mee bezig was, en Jean weer op het balkon stond te bellen, durfde Tasha even in Hallies schouder te knijpen. 'Dit is idioot,' zei ze zacht.

'Ik weet het,' zei Hallie.

'We hebben het er nog wel over als zij weg zijn, oké?'

'Oké.'

Jean kwam weer binnen om met het interview te beginnen; Tasha ging verder met Hallies haar en make-up, en Sandra nam wat testfoto's. Samen zochten ze de beste outfit voor de shoot uit: Hallies dunne donkerblauwe topje met bijpassende zwierige rok, samen met haar nieuwe, fuchsiarode sandaaltjes.

'Ik kan niet kiezen tussen de sjaal en de kettingen, dus laten we wat foto's maken met en zonder,' zei Sandra.

'Ik hou van heldere lijnen.' Jean wond er geen doekjes om. 'Je hebt geen accessoires nodig. Haar gezicht is genoeg.'

'Dat weet ik, maar het is slimmer om de fotoredacteur wat verschillende foto's te geven om uit te kiezen,' zei Sandra diplomatiek.

God, wat was het raar om te worden gefotografeerd door iemand die ze niet kende; gewoon glimlachen werd ineens iets heel ingewikkelds. En ze moest zich ook nog concentreren op Jeans vragen. Hallie stond naast het raam, zat in kleermakerszit op bed, terwijl ze deed alsof ze antwoorden intikte op vragen die haar op de website werden gesteld. Op het laatst werden er ook nog close-ups gemaakt en moest ze achterstevoren op een stoel zitten, terwijl Sandra haar van alle kanten fotografeerde.

En de hele tijd dacht ze maar één ding: *Zo is het wel genoeg... Gaan jullie alsjeblieft allebei weg...*

Eindelijk zat het erop. Sandra had honderden foto's genomen. Het interview was beëindigd. Toen Jean wegging, zei ze: 'Ik vond het erg leuk. Het artikel verschijnt eind juni. En hoor eens.' Ze pakte een visitekaartje uit haar tas en gaf het aan Hallie. 'Mocht je ooit contact krijgen met de familie van de donor, dan willen we er dolgraag nog een artikel aan wijden. Laat het me dan even weten.'

'Dank je. Ik vond het ook leuk.' Ze gaven elkaar een hand, en Jean vertrok.

Sandra was haar spullen aan het inpakken, net als Tasha, alleen deed de laatste het overdreven langzaam.

'O, dat was ik bijna vergeten, ik zou je nog laten zien hoe je valse wimpers opplakt.' Tasha hield een plastic doosje op en voegde er opgewekt aan toe: 'Ik heb geen haast. Zal ik het je nu even leren?'

'Graag,' zei Hallie.

Sandra, met fotokoffers over haar beide schouders, nam vrolijk afscheid en liep de hotelkamer uit.

En toen waren ze alleen.

'O mijn god, drie uur!' Tasha sloeg een hand voor haar mond. 'Het is een wonder dat we het hebben overleefd. Ik hield het bijna niet meer.'

'Wat voor bloedgroep heeft Rory?' vroeg Hallie voor de zekerheid.

'O.'

Hallie knikte. 'Ik ook.'

'Kom hier.' Tasha sloeg haar armen om Hallie heen en hield haar stevig vast. Ze fluisterde in Hallies oor: 'Dit is zo mooi. Je hebt Rory je hart gegeven. Zonder jou zou hij nu dood zijn. Dank je, dank je wel.'

Er biggelde een warme traan over Hallies wang. 'Maar het komt niet door mij, hoor. We moeten de familie van de andere donor dankbaar zijn. Ik heb ze een tijdje geleden een kaart gestuurd, via mijn transplantatiecoördinator, maar ik wilde wachten met een echte brief schrijven tot het jaar om was.' Ze wist nu al dat het de moeilijkste brief uit haar leven zou worden. 'En misschien schrijven ze wel nooit terug... Er is geen enkele garantie dat dat gebeurt.'

'Maar ondertussen hebben we jou gevonden. O god, ik kan het nog steeds niet geloven!'

'Ik ga Jonathan bellen, mijn coördinator, kijken of hij kan bevestigen dat het Rory is.'

Vijf minuten later, nadat ze het gesprekje had beëindigd, zei ze grijnzend: 'Nou, hij kan het niet bevestigen.'

'Maar je lacht erbij.'

'Ik ken Jonathan lang genoeg om te weten wanneer hij iets voor me achterhoudt,' zei Hallie. 'Hij weet het, maar hij mag het niet bevestigen. Hij zei dat Rory het aan zijn coördinator moest vragen.' Geamuseerd schudde ze haar hoofd. 'Die arme Jonathan, hij is altijd zo beheerst. Maar nu was het duidelijk dat hij heel erg schrok.'

'En wat gaat er nu gebeuren?' vroeg Tasha.

'Nou, het lijkt me dat Rory zijn coördinator maar moet gaan

bellen. We doen het gewoon zoals Jonathan het wil, dan is iedereen blij. En daarna... Hoe laat is hij klaar met zijn werk?' vroeg Hallie. 'Ik zou de man die mijn hart heeft, best wel eens willen zien.'

56

'O, moet je dat koppie eens zien? Dag mooi meisje! Lach dan eens tegen me?'

Het was zo'n situatie die twee kanten uit kon gaan. Met ingehouden adem wachtte Flo af, hopend dat het de goede kant zou worden. Haar dochter, inmiddels drie maanden oud, was anders dan haar leeftijdgenootjes, gelukkig niet zo snel van slag van stokoude gezichten die boven haar opdoemden, gezichten die eerlijk gezegd zelfs sommige volwassenen nog de stuipen op het lijf zouden jagen. Alexandra begon echter te stralen en wapperde met haar handjes naar de achtennegentigjarige Esme Carpenter, die op dit moment de oudste bewoonster van Nairn House was.

'Ach, kijk nou wat een lieverdje! Flo, je hebt echt een engeltje. Ik vind het zo fijn als je haar meeneemt. Is mijn hele dag weer goed, echt waar. Wat een klein mooi meisje is ze toch!'

Flo, die nog steeds ouderschapsverlof had, ging een of twee keer per week met Alexandra op bezoek in Nairn House. Het was leuk om een beetje op de hoogte te blijven van het reilen en zeilen daar en ook om te zien hoe fantastisch iedereen met haar dochtertje omging. Vandaag zat ze samen met wat bewoners op het terras. Links van haar zat Esme. Rechts Margot, die druk foto's aan het maken was met haar iPad.

'Mooi meisje,' bulderde Thomas, die tegenover hen zat. 'Maar veel te mager. Kan wel wat stevige maaltijden gebruiken. Heel anders dan jij,' vervolgde hij tegen Bridget, die net langsliep met de theewagen. 'Jij hebt genoeg gegeten in je leven.'

Thomas was de nieuwste bewoner, een voormalige kapitein met een luide stem, die voortdurend zijn ongezouten mening over van alles en nog wat gaf.

'Als je zo doorgaat, knip ik die baard van je er nog eens af als je slaapt,' zei Bridget onverstoorbaar. 'Maar wie bedoel je met het mooie meisje? Flo?'

'Natuurlijk niet. Ik bedoel deze hier!' Thomas wees naar het blad dat hij zat te lezen.

Bridget wierp er een blik op. 'O, dat is echt een mooi meisje. En helemaal niet te mager.'

'Hm. Ik vind het maar onzin, dat met die transplantaties tegenwoordig.' Thomas haalde zijn neus op. 'Helemaal verkeerd, als je het mij vraagt, om te denken dat je het beter kunt dan de natuur. Die dokters denken allemaal dat ze God zijn, een beetje spelen met mensenlevens, alleen maar omdat het technisch mogelijk is.'

Flo keek even naar Margot, die haar hoofd schudde en luid en duidelijk zei: 'Thomas, komt het nooit eens bij je op om eerst na te denken en dan pas je mond open te doen?'

'Wat? O, hou jij alsjeblieft je mond. Je bent net zo erg als mijn tweede vrouw.' Een geërgerde zucht slakend hees Thomas zich omhoog uit zijn stoel en pakte zijn wandelstok.

'Nou, ik heb in elk geval meer geluk gehad dan zij,' merkte Margot op. 'Ik ben niet met jou getrouwd geweest.'

Mopperend liep Thomas naar binnen. Bridget legde een hand op Flo's schouder. 'Let maar niet op hem. Over een week of twee hebben we hem wel getemd.'

'Het geeft niet.' Flo knikte naar het blad dat Thomas opengeslagen op de smeedijzeren tafel had laten liggen. 'Zou je me dat even kunnen aangeven?'

'En mag ik nou Alexandra even?' Nadat Margot haar iPad had neergelegd, nam ze de baby van Flo over, terwijl Bridget Flo het blad aanreikte.

De kop boven het artikel luidde: 'Drie dingen over Hallie'.

Een paar seconden later riep Flo uit: 'O god, maar dat is Beste Rose.'

'Wie?' Margot keek even naar het artikel, dat twee pagina's besloeg.

'Dat meisje. Ze heet Hallie. Zij is degene die die website is begonnen. Je weet toch nog wel dat ze altijd anoniem is gebleven? Niemand wist wie ze was.'

‘Natuurlijk weet ik dat nog,’ zei Margot. ‘We lazen die problemen toch altijd samen? Maar nadat ik mijn iPad heb moeten resetten, was ik al mijn favoriete websites kwijt.’

‘Ze had taaislijmziekte.’ Terwijl Flo snel het artikel doorlas, ging ze steeds sneller ademen. ‘Bijna een jaar geleden heeft ze een hart- en longtransplantatie gehad. Die heeft haar het leven gered.’

‘Ach, wat mooi. Te bedenken dat ze allerlei mensen hielp, terwijl ze zelf met zoiets zat.’ Margot, een geboren multitasker, hield Alexandra stevig vast op haar arm, terwijl ze met haar vrije hand langs pagina’s op haar iPad begon te scrollen. Binnen een paar seconden had ze het artikel online gevonden en begon het ook te lezen.

‘Je denkt toch niet...’ Flo wist dat Zander een vrouw had geholpen, maar meer informatie bezat ze niet. De ontvangster had Lena een prachtige kaart gestuurd om haar te bedanken, maar voor zover ze wist, had Lena daar niet op gereageerd. En aangezien Lena de naaste familie was, kon Flo zelf niets uitrichten.

‘Hè, wat irritant, er staat niet bij op welke datum precies.’ Margot was haar voor; ze had inmiddels de website van Beste Rose gevonden en nam de oude berichten door. Opeens stopte ze met scrollen. ‘Daar heb ik hem al. Och lieverd, kijk...’

Met een bonkend hart liet Flo haar blik snel over de pagina glijden...

1. Ik ben achtentwintig, ik heb taaislijmziekte en ik had eerlijk gezegd nooit verwacht zo lang te leven.
2. Twee uur geleden ben ik gebeld door mijn transplantatiecoördinator – ze hebben nieuwe longen voor me.
3. Ik ben nog nooit zo bang geweest...

Dank aan de prachtfamilie van de donor voor dit geschenk, voor de ongelooflijke kans die jullie me hiermee geven. Ik hoop dat jullie beseffen hoe bijzonder jullie zijn. Ik zal jullie moed, jullie vriendelijkheid en vrijgevigheid nooit vergeten.

Hoewel Flo het al wist, keek ze naar de datum.

Dinsdag 25 juni.

'Ze is het. Ze is het echt. Niet te geloven. En moet je haar eens zien.' Met een beverig lachje bestudeerde Flo de foto van een mooie, gezond uitziende jonge vrouw met kort rood haar, grote, heldere ogen als Bambi en een oogverblindende glimlach. Ze droeg een donkerblauwe outfit en een opvallende sjaal met allemaal kleuren, als vuurwerk tegen een nachtelijke hemel.

Flo hapte naar adem. Ze keek weer naar de bruine ogen van de vrouw op de foto, en toen nog een keer naar de sjaal.

'Kun je nog even teruggaan naar dat artikel?' vroeg ze aan Margot.

Nadat Margot het artikel weer had geopend, gaf ze haar de iPad. Flo vergrootte de foto en keek nog eens. De sjaal was donkerblauw, met roze, felgroene, donkerpaarse en gouden explosies erop.

Het was een sjaal waar er maar één van bestond.

Hoewel het meisje hem eigenlijk te duur had gevonden, had ze hem zo graag willen hebben dat ze later die middag was teruggekomen naar de kraam om hem te kopen.

Flo deed even haar ogen dicht, terwijl ze zich het meisje in de rolstoel weer voor de geest haalde, met haar opvallend bleke gezicht en de donkere wallen onder haar ogen, en met al die slangetjes die zuurstof vanuit een tankje naar haar zieke longen vervoerden. Toch was ze heel vrolijk en aardig geweest. Zo iemand van wie je meteen wilde dat ze je vriendin was.

Boven het gemurmel van Alexandra uit vroeg Margot: 'Gaat het, lieverd?'

Flo knikte. Haar ogen vulden zich met tranen, maar het waren deze keer tranen van geluk. 'Ja. Het is raar om het op deze manier te weten te komen, maar het is echt fijn.'

'Ze lijkt me een ontzettend leuke vrouw.'

'Dat is ze ook.' Flo kon bijna niet wachten tot ze het aan Patrick kon vertellen. 'Want het gekke is dat ik haar een keertje heb gesproken.' Haar hand trilde enigszins terwijl ze naar de foto wees. 'Ik heb haar zelfs die sjaal nog verkocht!'

57

Beste Rose (ja, ik weet dat je Hallie bent, maar voor mij zul je altijd Rose blijven!),
Ik heb een update voor je.

Waarschijnlijk weet je het niet meer, maar ik heb je vorig jaar over mijn probleem geschreven. Het kwam erop neer dat ik dol was op mijn katten, maar dat mijn leuke vriend ze haatte en wilde dat ik ze wegdeed. En jij zei toen dat hij dan helemaal niet zo'n leuke vriend was.

Ik moest huilen toen ik je antwoord las, maar uiteindelijk begreep ik dat je gelijk had. Hij kon het niet geloven toen ik het uitmaakte, en de maanden daarna voelde ik me behoorlijk rot. Ik moet toegeven dat ik aan mijn beslissing begon te twijfelen.

Maar in september was ik bij de kattenopvang hier in de buurt om naar jonge katjes te kijken en daar raakte ik aan de praat met een man die Paul heette en die er om dezelfde reden was. Het eindigde ermee dat we allebei een katje uit hetzelfde nest kozen.

En raad eens? Paul bleek een veel aardiger man dan mijn ex-vriend. In het begin hielden we contact om nieuwtjes over onze jonge katten uit te wisselen (ze heten Bo en Marvin) en later werden we verliefd. We wonen inmiddels samen – met al onze katten! – en ik ben nog nooit zo gelukkig geweest.

Dus dank je wel voor je vriendelijke woorden en goede raad. Je had gelijk, en Paul en ik zijn je allebei heel erg dankbaar!

We vinden het ook fijn dat het met jou nu zo goed gaat. Je bent te gek!

Liefs van
Maggie xxx

Nou, hoera voor Maggie en Paul. Hallie zette een vlaggetje bij het mailtje zodat het niet zoek zou raken in haar inbox. Ze was altijd blij met updates, maar vooral als het verhaal goed eindigde.

Ze nam een slok thee, een hapje toast en genoot ervan dat ze uit vrije keus in bed lag te luieren, en niet uit noodzaak omdat ze te weinig energie had om op te staan.

Oké, het was tien uur 's ochtends. Ze zou zo meteen opstaan en dan met de auto haar moeder en Bea ophalen voor een middagje shoppen in Oxford. Ze vond het nog steeds heel leuk dat ze, in plaats van bijna alles via internet te kopen, tegenwoordig daadwerkelijk allerlei grappige winkeltjes binnen kon stappen en alles wat ze zag, kon aanraken.

Nadat ze haar mok thee leeg had gedronken, opende ze het volgende mailtje.

Beste Hallie,
Eerst drie dingen over mij:

1. Ik heb een pracht van een dochter van drie maanden en ze is mijn alles.
2. We hebben elkaar al een keer ontmoet, maar dat ontdekte ik nu pas. Het is een grappig toeval. Ik denk dat jij het ook wel leuk zult vinden.
3. Dat ik je dit vandaag kan schrijven, maakt me heel erg gelukkig. En hopelijk denk jij er hetzelfde over nadat je hebt gelezen waarom.

Daar gaan we dan. Ik heet Flo Fenwick en ik woon samen met mijn dochtertje, Alexandra, in Bristol. Bijna achttien maanden geleden had ik het geluk een ontzettend leuke man te leren kennen en verliefd op hem te worden. We waren van plan samen een toekomst op te bouwen, maar hij is omgekomen bij een auto-ongeluk, en dat was het einde van mijn gelukkige leven toen.

Ik heb net dat artikel over je gelezen. Je lijkt me een fantastische vrouw. Vroeger las ik altijd de brieven die mensen naar Beste Rose schreven en jouw briljante antwoorden daarop, maar ik moet bekennen dat ik na de dood van mijn vriend weinig belangstelling meer kon opbrengen voor de problemen van andere mensen. Dus vond ik het heel leuk om het artikel te lezen en te ontdekken dat jij Beste Rose was.

In het artikel vertel je dat je graag in contact zou komen met de familie van jouw donor, wat, zoals je inmiddels wel zult hebben begrepen, de reden is dat ik je schrijf. Ik mag dan strikt genomen geen familie zijn, maar Zander was de belangrijkste persoon in mijn leven. Vlak na zijn dood ontdekte ik dat ik zwanger was.

Hoe dan ook, ik wilde je vertellen dat ik heel blij ben dat de transplantatie een succes was. Als het mag, zou ik je graag wat foto's van Zander sturen. (En als trotse jonge moeder heb ik natuurlijk ook heel veel foto's van zijn dochtertje!)

Ik hoop dat je blij bent met deze brief en dat het geen al te grote schok voor je is. Het afgelopen jaar heb ik het behoorlijk moeilijk gehad, maar langzamerhand gaat het beter. En dat ik nu weet van jou heeft me ook geholpen.

O, en als je je afvraagt wanneer we elkaar hebben ontmoet, denk dan even terug aan vorig jaar en aan Denleigh. Het kraampje waar je die sjaal kocht? De vrouw achter de kraam die van haar baas een paarse hoed op moest? Dat was ik dus. (Trouwens, je bent prins Harry toen net misgelopen – vlak nadat jij weg was gegaan, kwam hij naar onze kraam. Echt waar!)

Nou, zo zit het dus. Ik zal je de tijd geven om even op adem te komen en deze informatie te verwerken. Wanneer je bekomen bent van de schok, zou ik graag wat van je horen.

Liefs en de beste wensen,
Flo xxx

Wauw. *Nou.* Leunend tegen de kussens las Hallie de brief nog eens van begin tot einde door. Flo leek haar een erg leuke vrouw. En ze kende pas de helft van het verhaal...

Toen Hallie het nieuws had verwerkt, begon ze aan haar antwoord.

Lieve Flo,
Dank je, dank je wel. Jouw brief heeft me ongelooflijk gelukkig gemaakt. We hebben zoveel om over te praten. Mag ik je bellen? Vind je dat goed?

En wanneer kunnen we iets afspreken?

58

Hoewel het niet volgens het boekje was gegaan, had het allemaal goed uitgepakt. Hallie glimlachte toen ze terugdacht aan Jonathans ongelovige blik op het moment dat ze hem vertelde dat ze Flo had gezien. 'Zoiets moet heel voorzichtig en langzaam opgebouwd worden,' had hij hoofdschuddend gezegd. 'Het is een hoogst emotionele situatie, daar zou eigenlijk een professional bij aanwezig moeten zijn. Dat is onze taak ook.'

'Ik weet het, maar we hebben elkaar door stom toeval gevonden. Het voelde alsof het lot ons samen had gebracht.' Hallie had het druk gebarend proberen uit te leggen. 'Het voelde voor ons allemaal goed. Zodra ik Flo over Rory had verteld, wilde ze hem ook leren kennen. Dus toen hebben we afgesproken om allemaal naar Bristol te gaan, en we hebben elkaar ontmoet bij Flo thuis, in Clifton. Het was zo'n prachtige dag.'

En dat was ook echt zo geweest. Rory en Tasha waren vanuit Londen overgekomen, en Luke en zij uit Carranford. Ze hadden zich voorgesteld aan Flo, zich allemaal bewust van de bijzondere band die ze hadden. Hallie had Flo's hand gepakt en op haar borst gelegd, om haar de regelmatige hartslag van Zanders hart te laten voelen. Daarna hadden ze gevoeld hoe Hallies oude hart achter Rory's ribben klopte.

En dat hadden ze allemaal aan Zander te danken. Nou ja, ook aan Flo, want zij was degene die erop aan had gedrongen om Zanders organen te doneren.

Op die eerste dag hadden ze meteen een klik gevoeld. Tegen alle verwachtingen in was Flo hun net zo dankbaar geweest als zij haar. Die avond was er een mooie vriendschap ontstaan, en ze hadden ook steeds contact met elkaar gehouden.

En nu was het 28 april, een mooie lentedag, en Rory McAndrews verjaardag. Hallie en Luke waren op weg naar de flat van Rory en Tasha, waar ze een feest gaven voor al hun vrienden en familie.

'We zijn al in Hampstead, nog een klein stukje maar,' zei Hallie. Ze voelde iets van opwinding bij het vooruitzicht hen allemaal weer te zien.

En toen stonden ze al op de stoep en werden ze begroet door Tasha.

'Ha, jullie zijn er!' Tasha omhelsde Hallie. 'Rory, kom eens kijken wie er zijn!'

Rory verscheen in de hal. 'Onze nieuwfamilie! Kom binnen!'

Hij had dat woord vorig jaar bedacht om hun band te onderstrepen.

Hallie omhelsde hem en zei: 'Gefeliciteerd! Je ziet er fantastisch uit.'

Rory's groene ogen glinsterden. 'Jij ook. Alles goed?'

Hallie legde, zoals het ritueel van hun nieuwfamilie voorschreef, haar hand op zijn borst en voelde het boem-boem-boem van haar eigen hart. 'Heel goed. O, ik kan haar hier al horen!'

Ze draaiden zich allebei om en zagen Joe komen aanlopen met een stralende en kirrende Alexandra op zijn schouders. Toen ze Hallie en Luke zag, begon ze nog wat harder te kirren en probeerde zich los te wurmen.

Toen Hallie haar armen spreidde om haar van Joe over te nemen, zei hij: 'Graag. Mijn trommelvliezen zijn al bijna gescheurd.'

Alexandra, inmiddels dertien maanden oud, was een vrolijke, luidruchtige baby die vrijwel nooit huilde en dol was op feestjes.

'Maar het is wel een mooie oefening voor je,' zei Luke tegen Joe, want hij wist dat Carmel zeven maanden zwanger was.

'Zeg dat wel.' Joe grinnikte. 'Hoewel, ik denk dat we niet weten wat ons overkomt wanneer het eenmaal zover is.'

Hallie knuffelde Alexandra en snoof de heerlijke babygeur van haar donzige zwarte haar op. 'Hallo schoonheid! Wat ben je mooi!'

'Gadaboe,' zei Alexandra, terwijl ze Hallies zilveren oorring probeerde te grijpen.

'Ja, jij ook gadaboe.' Hallie deed net alsof ze in Alexandra's kleine vingertjes beet, zodat het meisje het uitgilde van het lachen.

'Heeft iemand hier ergens een baby gezien? Een lawaaiig ding in een rood babypakje?' Flo kwam door de volle kamer aanlopen. 'Ah, gevonden... Hoi Hallie!'

Ze omhelsden elkaar, en Hallie vroeg: 'Hoe gaat het?'

'Heel goed. Ze krijgt tandjes, dus het kan zijn dat ze zo meteen op je hand probeert te kauwen. Hoe was jullie vakantie?'

'Ontzettend leuk, hè?' Hallie draaide zich om naar Luke, die haar in maart als verrassing had meegenomen naar Venetië. 'Echt te gek; toen Bea belde en me vroeg waar ik was, zei ik dat ik op een terras op het San Marcoplein zat en werd bediend door een knappe ober. En het was nog waar ook!'

'Wat leuk. En hoe gaat het op je werk?'

'O, ik geniet er zo van. Ik mag lekker de baas spelen over Luke en Tess, en als ik vind dat het nodig is, mag ik patiënten er zo tussen proppen.' Toen de baan van receptioniste vrij was gekomen in de praktijk, had Hallie erop gesolliciteerd, en ze had de baan gekregen. Misschien dat ze haar hadden voorgetrokken, maar ze had dat goedgemaakt door een toegewijde, efficiënte en hardwerkende receptioniste te zijn.

'En hoe gaat het met Bea?'

'Niks veranderd.' Hallie grinnikte. Ze kenden inmiddels ook elkaars vrienden een beetje. 'Ze had op de sportschool een leuke man leren kennen en heeft toen weken met hem zitten flirten bij de roeiapparaten, net zolang tot hij haar mee uit vroeg. Ze was helemaal door het dolle heen...'

Flo voelde het al aankomen. 'O god, en wat toen?'

'Nou, ze kende hem alleen in sportkleren... Je weet wel, korte broek of trainingspak. En dat was oké. Tot hij op hun eerste date in een felroze broek kwam opdagen. De arme man, dat was meteen zijn doodvonnis.'

'Dus Bea is weer alleen.'

'Voorlopig. Maar ze heeft alweer iemand op het oog van wie ik nu al weet dat hij haar hart zal breken.'

'Weet je dat echt zeker?' vroeg Luke fronsend. 'Wie is het dan?'

Hallie glimlachte. Luke had hem nog niet ontmoet. 'De nieuwe barman van het café. Hij heet Angelo, hij heeft vroeger als mannelijke stripper gewerkt, en de laatste vriendin met wie hij heeft samengewoond, had hij leren kennen toen hij op haar vrijgezellenavondje moest optreden.'

'Ah,' zei Luke. 'Oké, jij wint. Hij gaat haar hart breken.'

'Ik win altijd, want ik heb altijd gelijk.' Hallie knipoogde naar Flo. 'En hoe gaat het met Lena?'

'Het is ongelooflijk, maar het gaat eigenlijk best goed. Ze doet echt haar best om haar leven te beteren.'

Omdat Hallie alle verhalen over Lena kende, kon ze zich wel voorstellen wat de reden voor die verbetering was. Blijkbaar was eindelijk tot Lena doorgedrongen dat het, nu haar broer haar niet meer overal mee kon helpen, slimmer was om wat aardiger te worden. Ze knikte. 'Dat is fijn om te horen.'

'Ze heeft zelfs een baan,' vertelde Flo.

Nou, dat mocht wel in de krant. 'Jemig, als wat? Metselaar? Stoffeerder? Melkboer?'

'Zie jij dat voor je? Nee, ze werkt in zo'n chique galerie, je weet wel, een beetje achter een bureau zitten en de hele dag met je vriendinnen bellen omdat er toch geen hond komt. Maar het gaat erom dat ze iets doet. Het is de eerste keer dat ze ergens langer dan drie dagen werkt. Ik voel me net een trotse moeder!'

Hallie vond dat ze Flo nog een knuffel moest geven; het zou heel logisch zijn geweest als Flo het had opgegeven met Lena, maar dat had ze niet gedaan. 'Ik durf te wedden dat het door jou komt. Waar is Patrick trouwens?'

'Hij moest wat kroonluchters ophalen bij een werkplaats in Primrose Hill.' Flo bloosde terwijl ze het zei. 'Hij is zo terug.'

Een tijdje later keek Flo uit het raam naar Patrick die zijn auto tussen een grijze Porsche en een witte Fiat 500 parkeerde.

Zoals altijd maakte haar hart een sprongetje. Patrick had haar gelukkiger gemaakt dan ze zich ooit had kunnen voorstellen. Goed, ze zouden hem nooit aanzien voor een mannelijk model, maar hij was een van de aardigste mensen die ze kende. En hij was ook fantastisch met Alexandra. Zijn ontspannen houding en zijn zelfspot had ze meteen al leuk gevonden. Als ze bij hem was, voelde ze zich beter, zelfs gedurende die eerste moeilijke maanden na Zanders dood. Toen ze voor het eerst contact had gehad met Hallie, waren Patrick en Margot de enigen geweest aan wie ze het had willen vertellen. En nadat ze er met Margot over had gepraat, had ze er nog veel langer met Patrick over gepraat.

In de maanden daarna had hun band zich verdiept. Toen Margot had gehoord dat ze meer voor elkaar begonnen te voelen dan alleen maar vriendschap, was ze door het dolle heen geweest van blijdschap.

En nu was het april, en alles was goed.

Patrick keek omhoog en begon te lachen toen hij haar zag. Flo kreeg een steek in haar buik en zwaaide. Hij was niet beter of slechter dan Zander; hij was gewoon anders.

En anders was goed. Ze waren liever bij elkaar dan bij wie dan ook. Uitgezonderd Alexandra natuurlijk. Toen Patrick uit het zicht verdween en het gebouw in liep, verheugde Flo zich al op het geluid van zijn stem wanneer hij zo boven kwam.

Net als Alexandra, wist ze.

Wat kon een mens zich nog meer wensen?

'Nou krijgen we het,' fluisterde Rory tegen Tasha toen Joe met een mes tegen een glas tikte om de aandacht te vragen. 'Hij had me al gewaarschuwd dat hij een toespraakje zou houden.'

'Mij ook.' Tasha kneep hem even in de hand. 'Voor het eerst dat hij me waarschuwt trouwens. Weet jij wat hij gaat zeggen?'

Rory schudde zijn hoofd. Bij Joe wist je het nooit.

'Dames en heren, mag ik even jullie aandacht, alsjeblieft? En dat geldt ook voor die mensen daar achterin. Ik zou graag een paar woorden willen zeggen, als dat mag.'

'En als dat niet mag?' riep Carmel, die achter in de kamer stond.

'Nou, dat is dan jammer, want ik zeg ze toch,' zei Joe.

Iedereen begon te lachen.

Tasha fluisterde: 'Als hij ons maar niet weer uit een vliegtuig laat springen.'

Rory trok haar glimlachend wat steviger tegen zich aan. Tasha was zijn grote liefde. Zou hij het afgelopen jaar hebben kunnen overleven zonder haar? Waarschijnlijk wel. Maar zou hij net zo gelukkig zijn geweest als nu? Beslist niet.

'Mijn beste vriend Rory is vandaag zevenentwintig geworden,' zei Joe. 'En ik geloof dat we het er allemaal over eens zijn dat de afgelopen twee jaar behoorlijk gedenkwaardig zijn geweest.'

Carmel, met één hand op haar dikke buik, zei droog: 'Voor mij ook.'

Er steeg weer gelach op. Rory keek even naar Flo, die haar vingers verstrengeld had met die van Patrick. Ze lachte even. Naast hem stond Hallie. Ze hield nog steeds Alexandra in haar armen; haar kleine handje lag op Hallies borst. Daar stonden ze, zijn nieuwe familie, complete onbekenden die samen zijn leven hadden gered. Hij had alles aan hen te danken.

'Hoe dan ook, daar wil ik verder niet veel over zeggen, want we weten allemaal nog hoe het was,' vervolgde Joe. 'Ik wil alleen zeggen dat niemand van ons weet hoelang we nog hebben. Vijftig uur, vijftig jaar, het kan allemaal. We zijn gewoon blij dat we er vandaag zijn. En we zullen degenen die er niet zijn, nooit vergeten.' Hij hief zijn glas. 'Op onze afwezige vrienden. En vooral op Zander.'

Iedereen hief zijn glas.

Rory voelde dat Tasha haar vingers losmaakte uit de zijne. Ze liep naar voren in een wolk van azuurblauwe zijde en keek de aanwezigen aan. 'Rory zal de kans die hem is gegeven, niet verpesten. Hij wilde het jullie zelf niet vertellen, uit angst dat jullie hem een opschepper zouden vinden, maar hij gaat volgend jaar de marathon van Londen lopen. Hij hoopt Engeland te kunnen vertegenwoordigen op de Wereld Transplantatie Spelen. En hij is ook van plan om van John O'Groats naar Land's End te fietsen om mensen bewust te maken van het belang van orgaandonatie. Ik ben echt zo ontzettend trots op hem.' Tasha glimlachte naar hem. 'Hij is fantastisch. Hij zal nooit veranderen. En ik zou dat ook niet willen.'

Rory kreeg een brok in zijn keel; heel even was hij bang dat hij zou gaan huilen. *O god...*

'Je moet hem niet aan het huilen maken, afvalbakmeisje.' Natuurlijk was het Joe die hem kwam redden. 'Want dan moet hij dat de rest van zijn leven aanhoren.'

'Op Rory!' Flo hief haar glas.

Toen ze hadden getoost, zei Rory: 'En op Hallie.'

Hallie op haar beurt voegde eraan toe: 'En op Flo en Alexandra.'

Flo kwam naar hen toe lopen, tikte even met haar glas een voor een het hunne aan en zei: 'Op ons.'

WOORD VAN DANK

Ik dank dr. Joanna Cannon, omdat ze dit boek in manuscriptvorm heeft willen lezen om te kijken of ik geen gênante fouten op medisch gebied had gemaakt. Ook dank ik dr. Keir Shiels, die al mijn medische vragen heeft beantwoord, en Helen Davies voor haar advies met betrekking tot erfeniskwesties.

Als laatste wil ik de inspirerende Oli Lewington bedanken. Zijn autobiografie *Smile Through It*, over leven met taaislijmziekte, was van onschatbare waarde voor me bij het schrijven van dit boek. Mochten er fouten in zitten, dan komen die helemaal voor mijn rekening.

Jill Mansell, daar word je vrolijk van!

Solo *Solo*
Wanneer Tessa vier boterhammen met banaan achter elkaar opeet, beseft ze dat ze zwanger is.

Open huis *Open House*
Tegenpolen trekken elkaar aan, zeggen ze, maar de verschillen tussen Marcus en Nell zijn wel heel groot.

Tophit *Kiss*
Izzy raakt in één klap alles kwijt, maar ze klimt weer uit het dal, vastbesloten om te scoren.

Kapers op de kust *Sheer Mischief*
Maxine solliciteert bij een beroemde fotograaf, maar ze is niet de enige.

Hals over kop *Head Over Heels*
Als de nieuwe buurman je oude grote liefde is, dan kan het leven heel ingewikkeld worden.

Geknipt voor Miranda *Miranda's Big Mistake*
Een man is net een trein, er komt altijd een volgende!

De boot gemist *Perfect Timing*
Poppy Dunbar ontmoet op een vrijgezellenavond de man van haar dromen.

Millies flirt *Millie's Fling*
Millie vindt het wel best, een manloze zomer. Tot ze Hugh ontmoet.

Niet storen! *Staying at Daisy's*
In het hotel van de spontane Daisy is het nooit saai.

Kiezen of delen *Nadia Knows Best*
Nadia wordt gered door een knappe vreemdeling. Nu moet zij...

Gemengd dubbel *Mixed Doubles*
Drie vriendinnen gaan vol goede voornemens het nieuwe jaar in. Maar het lot heeft andere plannen.

Geluk in het spel *Good at Games*
Suzy valt nota bene voor de agent die haar een boete geeft... maar na hun tweede ontmoeting is hij verdwenen.

De prins op het verkeerde paard *Falling for You*
Voor Maddy en Kerr is het liefde op het eerste gezicht. Tot ze ontdekt wat zijn achtergrond is.

Schot in de roos *The One You Really Want*
Nancy vertrekt naar Londen voor een nieuw leven. Al snel ontmoet ze haar nieuwe, knappe buurman Connor.

En de minnaar is... *Making Your Mind Up*
Lottie is helemaal niet op zoek naar liefde, tot ze haar nieuwe baas Tyler ontmoet.

Ondersteboven *Thinking of You*
Ginny wordt door een lange, knappe man van diefstal beschuldigd en is totaal...

Scherven brengen geluk *An Offer You Can't Refuse*
Lola voelt meteen weer kriebels als ze haar oude liefde Doug terugziet.

Eenmaal andermaal verliefd *Rumour Has It*
Tilly Cole raakt verstrikt in de intriges en rivaliteit rondom de aantrekkelijkste man van de stad.

Versier me dan *Take a Chance on Me*
Cleo wordt versierd door de liefste man van de wereld.

De smaak te pakken *To the Moon and Back*
Vindt Ellie na maanden verdriet weer ruimte voor verliefdheid?

Drie is te veel *Two's Company*
Cass ontdekt dat haar man niet zo perfect is als ze dacht.

Vlinders voor altijd *A Walk in the Park*
Lara komt opeens haar vriendje van vroeger tegen. Voor ze het weet voelt ze weer vlinders.

Huisje boompje feestje *Don't Want to Miss a Thing*
Er is meteen een enorme aantrekkingskracht tussen Molly en haar nieuwe buurman.

Rozengeur en zonneschijn *The Unpredictable Consequences of Love*
Voor Sophie geen relatie meer, echt niet! Maar dan ontmoet ze Josh en wordt ze tot haar afgrijzen toch verliefd.

Je bent geweldig *Three Amazing Things About You*
Hallie heeft een geheim: ze is verliefd op de perfecte man. Maar het zal nooit wat kunnen worden, want Hallie heeft niet lang meer te leven.

Lang leve de liefde *You and Me, Always*
Wanneer Lily op haar verjaardag de allerlaatste brief van haar overleden moeder opent, krijgt ze de verrassing van haar leven.